ullstein

Vincents Leben ist geprägt vom Unterwegssein. Früh verlässt sie ihre Heimat, Vancouver Island, nachdem ihre Mutter von einem Kanuausflug nicht mehr nach Hause kommt. Sie wächst bei ihrer Tante in Toronto auf. Als auch ihr Vater stirbt, kehrt sie zurück und beginnt als Barkeeperin im Hotel Caiette zu arbeiten. Dort lernt sie Jonathan Alkaitis kennen, einen New Yorker Investor. Sie ergreift die Gelegenheit und folgt ihm an die Ostküste der USA, spielt seine Ehefrau, lebt im Luxus, ohne sich darin zu verlieren. Dann schlägt die Finanzkrise zu, Alkaitis steht vor dem Nichts, wird zu 170 Jahren Gefängnis verurteilt, und Vincents Leben wird ein weiteres Mal in unvorhergesehene Fahrwasser gelenkt.

EMILY ST. JOHN MANDEL ist eine preisgekrönte Bestsellerautorin. *Das Glashotel* war eines von Barack Obamas Lieblingsbüchern im Jahr 2020. Mit *Station Eleven* (ehemals: *Das Licht der letzten Tage*) war sie für den National Book Award nominiert und feierte einen weltweiten Publikums- und Presseerfolg.

Von Emily St. John Mandel sind in unserem Hause außerdem erschienen:
Station Eleven • Das Meer der endlosen Ruhe

Emily St. John Mandel

DAS GLASHOTEL

Roman

Aus dem Englischen von
Bernhard Robben

Ullstein

Besuchen Sie uns im Internet:
www.ullstein.de

Wir verpflichten uns zu Nachhaltigkeit

• Papiere aus nachhaltiger Waldwirtschaft
und anderen kontrollierten Quellen
• ullstein.de/nachhaltigkeit

MIX
Papier | Fördert
gute Waldnutzung
FSC® C021394
FSC
www.fsc.org

Ungekürzte Ausgabe im Ullstein Taschenbuch
1. Auflage August 2023
© für die deutsche Ausgabe Ullstein Buchverlage GmbH, Berlin 2021 /
Ullstein Verlag
© 2020 by Emily St. John Mandel
Die englische Originalausgabe erschien 2020 unter dem Titel
The Glass Hotel bei Alfred A. Knopf, New York
Wir behalten uns die Nutzung unserer Inhalte für Text und Data Mining
im Sinne von § 44b UrhG ausdrücklich vor.
Umschlaggestaltung: zero-media.net, München,
nach einer Vorlage von Rothfos & Gabler, Hamburg
Titelabbildung: © Stan Jones & © local_doctor / Shutterstock
Satz: Pinkuin Satz und Datentechnik, Berlin
Gesetzt aus der Sabon Next
Druck und Bindearbeiten: ScandBook, Litauen
ISBN 978-3-548-06680-6

für Cassia und Kevin

TEIL EINS

1

Vincent im Ozean

Dezember 2018

1

Beginne am Ende: Der Sturz an der Schiffswand hinab ins wilde Dunkel des Sturms, der Schock des Fallens verschlägt mir den Atem, meine Kamera fliegt durch den Regen davon ...

2

Fegt mich weg. An ein Fenster gekritzelte Worte, ich war dreizehn. Ich trat zurück, ließ den Stift aus der Hand fallen und kann mich noch gut an die überschäumende Lebensfreude jenes Augenblicks erinnern, an ein Gefühl in meiner Brust wie blitzendes Licht auf zerstoßenem Glas ...

3

Bin ich wieder zur Oberfläche aufgestiegen? Die Kälte ist tödlich, es gibt nur noch diese Kälte …

4

Eine merkwürdige Erinnerung: Am Strand in Caiette, ich bin dreizehn, in der Hand kühl und fremd die brandneue Kamera, mit der ich die Wellen in fünfminütigen Videos filmte; und während ich filme, höre ich mich flüstern: »Ich will nach Hause; ich will nach Hause; ich will nach Hause«, nur wenn ich dort nicht zu Hause war, wo dann?

5

Wo bin ich? Nicht im Ozean, nicht außerhalb des Ozeans. Ich spüre die Kälte nicht länger, spüre eigentlich überhaupt nichts mehr, bin mir aber einer Grenze bewusst, doch kann ich nicht sagen, auf welcher Seite ich bin, und es scheint, als könnte ich mich zwischen Erinnerungen bewegen, als ginge ich von einem Zimmer ins andere …

6

»Willkommen an Bord«, sagte der Dritte Maat, als ich zum ersten Mal die *Neptune Cumberland* betrat. Als ich ihn sah, traf es mich wie ein Schlag, und ich dachte: *Du* …

7

Mir bleibt keine Zeit mehr …

8

Ich will meinen Bruder sehen. Ich kann hören, wie er mit mir redet, und meine Erinnerungen an ihn wühlen mich auf. Ich konzentriere mich mit aller Macht, bis ich plötzlich auf einer schmalen Straße im Dunkeln stehe, im Regen, in einer fremden Stadt. In sich zusammengesackt liegt mir gegenüber ein Mann in einem Hauseingang, und obwohl ich meinen Bruder zehn Jahre nicht gesehen habe, weiß ich, dass er es ist. Paul blickt auf, lang genug, dass ich registrieren kann, wie schrecklich er aussieht, erschöpft und abgemagert; er sieht mich an, ein Blinzeln, dann ist die Straße verschwunden …

2

I always come to you

1994 und 1999

Ende 1999 studierte Paul Finanzwissenschaft an der Universität Toronto, für ihn im Grunde ein Triumph, nur fühlte sich nichts daran richtig an. Als er noch jünger gewesen war, hatte er geglaubt, er würde einmal Komposition studieren, aber während einer schlimmen Phase vor ein paar Jahren hat er das Keyboard verkauft, und für ein unpraktisches Studium hatte seine Mutter nichts übrig, was er ihr, nach mehreren Runden Entziehungskur, auch kaum verübeln konnte, weshalb er beschloss, sich für Finanzwissenschaften einzuschreiben, denn er sagte sich, beweise er damit doch eine praktische und beeindruckend erwachsene, zukunftsorientierte Einstellung – *Seht her, ich lerne etwas über Geldfluss und Marktgeschehen!* –; der entscheidende Fehler in diesem brillanten Plan aber war der, dass er sein Studium hoffnungslos uninteressant fand. Das Jahrhundert ging zu Ende, und es gab für ihn so manchen Anlass zur Klage.

Er hatte erwartet, wenigstens ein paar anständige Leute kennenzulernen, doch wenn man aus der Welt fällt, besteht das Problem eben darin, dass sich die Welt auch ohne einen weiterdreht, und während er seine Zeit mit betäubenden Drogen oder mit geisttötenden Minijobs verbrachte, bei denen er sich Mühe gab, nicht an Drogen zu denken, und sich zudem noch eine Weile in Krankenhäusern und Entzugskliniken aufhielt, wurde Paul dreiundzwanzig, sah aber älter aus. In den ersten Studienwochen ging er auf Partys, nur war er noch nie gut darin gewesen, mit Fremden ins Gespräch zu kommen, und überhaupt fand er alle so unglaublich jung. Bei den Zwischenprüfungen schnitt er schlecht ab, weshalb er gegen Ende Oktober oft in der Bibliothek hockte – wo er las und sich Mühe gab, für Finanzwissenschaft Interesse aufzubringen, das Steuer rumzureißen – oder auf seinem Zimmer saß, während es in der Stadt um ihn herum immer kälter wurde. Er lebte in einer Einzimmerwohnung, denn zu dem wenigen, worin er mit seiner Mutter einer Meinung war, gehörte, dass es katastrophal wäre, wenn Paul sich die Wohnung mit jemandem teilte und dieser jemand wäre drogenabhängig, also blieb er fast immer allein. Das Zimmer war so klein, dass er Platzangst bekam, wenn er nicht unmittelbar vorm Fenster saß. Begegnungen mit anderen Menschen waren selten und meist oberflächlicher Natur. Am Horizont drohte die dunkle Wolke des Examens, aber dafür zu lernen war hoffnungslos. Er versuchte, sich auf Wahrscheinlichkeitstheorie und zeitdiskrete Zufallsprozesse zu konzentrieren, nur wanderten seine Gedanken immer wieder zu jener Klavierkomposition, von der er wusste, dass er sie nie zu Ende bringen würde, dieses – von einigen kleineren, verstörenden Mollläufen einmal abgesehen – gänzlich schnörkellose C-Dur-Stück.

An einem Tag Anfang Dezember verließ er die Bibliothek zur selben Zeit wie Tim, der in zween seiner Kurse war und ebenfalls die letzte Bank im Vorlesungssaal
bevorzugte. »Heute Abend schon was vor?«, fragte Tim.
Es war lange her, dass Paul von jemandem angesprochen
worden war.

»Ich wollte irgendwo Livemusik hören.« Er hatte gar
nicht daran gedacht, ehe er den Mund aufmachte, doch
schien es ihm für den Abend genau das Richtige zu sein.
Tims Miene hellte sich auf. Ihre bislang einzige Unterhaltung hatte sich um Musik gedreht.

»Ich wollte mir diese Band ansehen, Baltica«, sagte Tim,
»muss aber eigentlich für die Abschlussprüfungen büffeln.
Schon mal von gehört?«

»Von Abschlussprüfungen? Klar, ich werde mit fliegen-
den Fahnen untergehen.«

»Nein, von Baltica.« Tim blinzelte verwirrt. Paul fiel wieder ein, was er früher schon bemerkt hatte, dass Tim nämlich keinerlei Sinn für Humor zu haben schien. Es war, als
redete man mit einem Anthropologen von einem anderen
Stern. Eigentlich, fand Paul, müsste das doch Möglichkeiten zu einer Art Freundschaft eröffnen, nur konnte er sich
einfach nicht vorstellen, wie man unter solchen Umständen ein Gespräch beginnen sollte – *ich komme nicht umhin
zu bemerken, dass du dich ebenso fremd fühlst wie ich mich –
wollen wir nicht unsere Notizen vergleichen?* –, außerdem verschwand Tim bereits im dunklen Herbstabend. Aus dem
Zeitungsständer der Cafeteria nahm Paul ein paar Ausga-
ben der alternativen Wochenblätter mit und ging zurück
auf sein Zimmer, wo er sich zur Gesellschaft Beethovens
Fünfte auflegte, um dann die Anzeigen zu studieren, bis er

jene der Band Baltica fand, die für einen späten Gig an einem Veranstaltungsort angekündigt war, von dem er noch nie gehört hatte, irgendwo Queen Street Ecke Spadina Avenue. Wann war er das letzte Mal losgezogen, um Livemusik zu hören? Paul zerzauste seine Haare, glättete sie wieder, änderte seine Meinung und zerzauste sie erneut, probierte drei Shirts an und lief, von der eigenen Unentschlossenheit angewidert, aus dem Zimmer, ehe ihn die Versuchung überkommen konnte, es sich erneut anders zu überlegen. Die Temperatur war weiter gesunken, doch hatte die kalte Luft etwas Reinigendes, und Bewegung war ein therapeutischer Rat, den er allzu oft missachtet hatte, weshalb er entschied, zu Fuß zu gehen.

Zum Club führten einige Stufen hinab zu einem Kellergeschoss unter einem Gothic-Shop. Als er das sah, wartete er einige Minuten auf dem Bürgersteig, da er fürchtete, der Club wäre nur für Gothic-Fans – dann würden alle über seine Jeans und sein Poloshirt lachen –, aber der Türsteher schien ihn kaum wahrzunehmen, und das Publikum bestand nur gut zur Hälfte aus Vampiren. Baltica war ein Trio: ein Typ mit Bassgitarre, ein zweiter, der mit einer Reihe mysteriöser, an ein Keyboard angeschlossener Elektronikgeräte hantierte, und eine Frau mit E-Geige. Was sie auf der Bühne fabrizierten, hörte sich eigentlich nicht nach Musik, sondern wie ein verzerrter Radiosender an, voll verrückter statischer Explosionen und zusammenhangloser Noten, genau die Art diffuser Ambientmusik, der Paul, sein Leben lang Beethoven-Fan, absolut nichts abgewinnen konnte; die Frau aber war schön, also machte es ihm nichts aus, denn auch wenn ihm die Musik nicht gefiel, genoss er es doch, der Frau zuzusehen. Sie beugte sich zum Mikro vor und sang: »*I always come to you*«, nur war da ein Echo, der Typ mit dem Keyboard hatte aufs Pedal gedrückt, weshalb es sich anhörte wie:

I always come to you, come to you, come to you

– was ziemlich schräg klang, ihre Stimme untermalt von Keyboardtönen und statischen Entladungen, dann aber griff die Frau zu ihrem Instrument, und da zeigte sich, dass die Geige das fehlende Element gewesen war. Als sie mit dem Bogen darüberstrich, konnte Paul hören, wie alles zusammenfand, die Geige, die statischen Geräusche und deren schattenhafte Untermalung durch die Bassgitarre; einen Moment lang lauschte er hingerissen, dann ließ die Frau jedoch die Geige sinken, woraufhin die Musik wieder in ihre Bestandteile zerfiel und Paul sich verwundert fragte, wie irgendwem so was gefallen konnte.

Später, als die Band an der Bar saß und trank, wartete Paul einen Moment ab, in dem die Geigerin mit niemandem redete, und drängte sich in die Runde.

»Entschuldigt«, sagte er, »ich wollte euch bloß sagen, dass ich eure Musik toll finde.«

»Danke«, erwiderte die Violinistin und lächelte, wenn auch auf die distanzierte Weise schöner Frauen, die ahnen, was als Nächstes kommt.

»War echt fantastisch«, sagte Paul zum Bassspieler, um ihre Erwartungen zu durchkreuzen und sie ein wenig aus dem Konzept zu bringen.

»Danke, Mann.« Der Bassgitarrist strahlte ihn so an, dass Paul ihn für stoned hielt.

»Ich heiße übrigens Paul.«

»Theo«, sagte der Bassgitarrist. »Und das sind Charlie und Annika.« Charlie, der Keyboarder, nickte und prostete ihm mit seinem Bier zu, während Annika ihn über den Rand ihres Glases hinweg beobachtete.

»Sag, kann ich euch was Verrücktes fragen?« Paul wollte Annika unbedingt wiedersehen. »Ich bin noch neu in der Stadt und find einfach keinen Laden, in dem man richtig gut tanzen kann.«

»Lauf einfach die Richmond Street runter und bieg dann links ab«, sagte Charlie.

»Nein, ich mein, ich war in ein paar von den Läden da unten, aber es ist gar nicht so leicht, was zu finden, wo die Musik nicht nervt; und ich hab gedacht, vielleicht könnt ihr was empfehlen …?«

»Ach so, klar.« Theo trank den letzten Schluck von seinem Bier. »Sicher, versuch's mal im System Sound.«

»An den Wochenenden ist da allerdings die Hölle los«, sagte Charlie.

»Ja, Mann, geh bloß nicht am Wochenende hin. Dienstagabend ist es da meist ziemlich gut.«

»Ja, Dienstagabend ist es am besten«, sagte Charlie. »Wo kommst du her?«

»Hinterste Vorstadt«, sagte Paul. »Dienstag im System Sound, okay, danke, probier ich mal.« Und zu Annika: »Vielleicht sehen wir uns ja wieder«; mit diesen Worten wandte er sich so rasch ab, dass er ihre Gleichgültigkeit nicht sehen konnte, die ihm wie ein kalter Wind zur Tür folgte.

***

Am Dienstag nach dem Examen – drei Dreien, eine Drei minus, weshalb die Uni sein Studium zur Bewährung aussetzte – ging Paul in die System Soundbar und tanzte für sich allein. Die Musik gefiel ihm nicht besonders, aber er tanzte gern in der Menge. Die Beats waren kompliziert, und er war sich nicht sicher, wie er sich dazu bewegen sollte, also trat er irgendwie nur vor und zurück, ein Glas Bier in der Hand, und versuchte, an nichts weiter zu denken. Ging es bei Clubs nicht genau darum? Mit Alkohol und Musik das Denken auszuschalten? Er hatte gehofft, Annika würde hier sein, aber in der Menge entdeckte er weder sie noch sonst jemanden von Baltica. Immer wieder blickte er sich um, und immer wieder waren sie nicht da, also besorgte er sich von einer Frau mit pinkfarbenem Haar schließlich ein Tütchen mit hellblauen Pillen, denn E war kein Kokain, zählte also nicht, nur stimmte irgendwas damit nicht, vielleicht auch nicht mit Paul: Er biss eine Pille in zwei Teile und schluckte nur eine Hälfte, da er aber nichts spürte, spülte er mit einem Schluck Bier auch die andere Hälfte runter, und der Saal verschwamm, Paul brach der Schweiß aus, sein Herz hämmerte, und eine Sekunde lang fürchtete er, er müsse sterben. Die Frau mit dem pinkfarbenen Haar war verschwunden. Paul suchte sich eine Bank und lehnte sich an die Wand.

»Hey, Mann, alles okay? Geht's wieder?« Irgendwer kniete vor ihm. Eine beträchtliche Menge Zeit war vergangen, die Leute verschwunden. Man hatte Licht gemacht, und diese Helligkeit war grässlich. Sie verwandelte die System Soundbar in einen schäbigen Saal mit kleinen, auf dem Boden blitzenden Pfützen einer unbestimmbaren Flüssigkeit. Ein älterer, totäugiger Typ mit vielen Piercings sammelte Flaschen und Becher in einen Müllsack, und nach dem Dröhnen der Musik war die Stille ein Tosen, eine Leere. Der Mann, der vor Paul kniete, gehörte zum Club-Management und trug die vorgeschriebene Jeans plus Radiohead T-Shirt plus Blazer, genau das, was die vom Management alle trugen.

»Ja, geht wieder«, sagte Paul. »Tut mir leid. Ich glaub, ich hab zu viel getrunken.«

»Weiß nicht, Mann, was du dir reingezogen hast, aber es steht dir nicht«, sagte der Management-Typ. »Verschwinde jetzt, wir schließen.« Paul kam unsicher auf die Beine, und erst als er die Straße betrat, fiel ihm ein, dass er seinen Mantel in der Garderobe vergessen hatte, aber die Tür hinter ihm war schon ins Schloss gefallen. Er fühlte sich wie vergiftet. Fünf leere Taxen zogen an ihm vorbei, ehe das sechste anhielt. Der Fahrer war ein überzeugter Abstinenzler und belehrte Paul auf dem Rückweg zum Campus ununterbrochen über die Gefahren des Alkohols. Paul wünschte sich nichts sehnlicher, als ins Bett zu kommen, also ballte er die Fäuste und sagte keinen Ton, bis der Wagen an den Bürgersteig fuhr und hielt, woraufhin er zahlte – kein Trinkgeld – und dem Fahrer sagte, er solle verdammt noch mal aufhören, ihm Vorträge zu halten, und sich lieber wieder nach Indien verpissen.

»Hören Sie, lassen Sie mich das klarstellen«, erklärte Paul zwanzig Jahre später dem Suchtberater einer Entzugsklinik in Utah, »ich habe mich verändert. Ich versuche nur, möglichst ehrlich zu beschreiben, wie ich damals so war.«

»Ich komme aus Bangladesch, du rassistischer Idiot«, fauchte der Taxifahrer und ließ seinen Fahrgast auf dem Bürgersteig stehen, wo Paul vorsichtig in die Knie ging, um sich zu übergeben. Danach torkelte er zurück zum Studentenheim und staunte über das Ausmaß des Desasters. Trotz der vielen Widrigkeiten hatte er einen Platz an einer exzellenten Uni ergattert, im Dezember aber war bereits alles wieder vorbei. Er scheiterte schon im ersten Semester. »Sie müssen sich gegen Enttäuschungen wappnen«, hatte ihm mal ein Therapeut geraten, aber er konnte sich gegen rein gar nichts wappnen, das war schon immer sein Problem.

Zwei Wochen im Zeitraffer, die ereignislosen Winterferien vorgespult – ihre Therapeutin hatte seiner Mutter geraten, sich Abstand zum Sohn und ein wenig Zeit für sich selbst zu gönnen, dem Jungen Gelegenheit zu geben, erwachsen zu werden etc., also war sie, ohne Paul einzuladen, nach Winnipeg gefahren, um Weihnachten bei ihrer Schwester zu verbringen. An Heiligabend saß er allein in seinem Zimmer und rief seinen Dad an, kein leichtes Gespräch, bei dem er über alles log, genau wie früher; und so zog sich die Zeit bis zum 28. Dezember hin, dem Tiefpunkt dieser toten Woche zwischen Weihnachten und Neujahr, ein weiterer Dienstag, an dem er sich abends für die System Soundbar das Haar nach hinten gelte und ein Hemd anzog, das er eigens für diesen Abend gekauft hatte. Er trug dieselben Jeans wie bei seinem letzten Besuch im Club und wusste nicht mehr, dass in einer der vorderen Taschen noch das Tütchen mit den blauen Pillen steckte.

Er ging ins System, und da standen die Mitglieder der Band Baltica, Annika, Charlie und Theo, zusammen an der Bar. Anscheinend hatten sie in der Nähe einen Gig gehabt, bestimmt ein gutes Omen. War Annika seit ihrer letzten Begegnung noch schöner geworden? Durchaus möglich. Sein Leben als Student schien fast vorbei, doch wenn er sie so sah, konnte er für sich eine neue Version der Realität erahnen, eine andere Art Leben. Er wusste, er war, ganz objektiv betrachtet, kein schlecht aussehender Mann. Er besaß ein gewisses Talent für Musik. Und vielleicht machte ihn seine Vergangenheit ja interessant. Jedenfalls gab es eine Version dieser Welt, in der er mit Annika ausging und in vielerlei Hinsicht erfolgreich war, selbst wenn er sich für ein Leben an der Universität nicht sonderlich eignete. Er könnte zurück in den Einzelhandel gehen, das Ganze diesmal ernster nehmen und genug für ein anständiges Leben verdienen.

»Sehen Sie«, wird er dem Berater in Utah zwanzig Jahre in der Zukunft sagen, »ich hatte natürlich viel Zeit, um über all das nachzudenken, und natürlich weiß ich, dass meine Überlegungen damals verrückt und egozentrisch waren, aber Annika war so schön; und ich habe gedacht: Sie ist meine Chance, von hier fortzukommen, meine Gelegenheit, mich nicht länger wie ein Versager zu fühlen …«

Jetzt oder nie, dachte Paul, und getragen von plötzlichem Überschwang, näherte er sich der Bar.
»Hey«, sagte Theo. »Du bist doch dieser Typ!«
»Ich habe mich an euren Rat gehalten«, sagte Paul.
»Was denn für einen Rat?«, fragte Charlie.
»System Soundbar am Dienstag.«
»Ach so«, sagte Charlie, »richtig, ja natürlich.«

»Gut, dich zu sehen, Mann«, sagte Theo, und Paul spürte, wie ihm warm wurde. Er lächelte alle an, insbesondere aber Annika.

»Hi«, sagte sie, gar nicht mal unfreundlich, doch immer noch mit einer gewissen irritierenden Skepsis, so als rechnete sie damit, dass jeder, der sie sah, mit ihr ausgehen wollte, was natürlich exakt das war, was Paul vorhatte.

Charlie sagte irgendwas zu Theo, der sich leicht vorbeugte, um ihn besser hören zu können. (Kurzes Porträt von Charlie Wu: Kleiner Typ mit Brille und normalem, büroadäquatem Haarschnitt, dazu weißes Hemd und Jeans, stand da mit den Händen in den Taschen, und in seiner Brille spiegelte sich das Licht, weshalb Paul seine Augen nicht sehen konnte.)

»Hör mal«, sagte Paul zu Annika. Sie sah ihn an. »Ich weiß, du kennst mich nicht, aber ich finde, du siehst wirklich toll aus, und ich frage mich gerade, ob du nicht irgendwann einmal mit mir essen gehen magst.«

»Nein, danke«, sagte sie. Theos Aufmerksamkeit wanderte von Charlie zu Paul, und er musterte Paul aufmerksam, fast, als fürchtete er, einschreiten zu müssen, und Paul begriff: Ihr Abend war schön gewesen, bis er, Paul, gekommen war. Er war das Problem. Charlie putzte sich die Brille, wirkte ganz selbstvergessen, wie er die Gläser polierte, und nickte im Takt zur Musik.

Paul zwang sich zu einem Lächeln. »Okay«, sagte er, »kein Problem, nichts für ungut, dachte nur, kann ja nicht schaden, mal zu fragen.«

»Kann nie schaden«, gab Annika ihm recht.

»Habt ihr Bock auf E?«, fragte Paul.

»… Ich weiß es nicht«, sagte er dem Berater zwanzig Jahre später, »ganz ehrlich, ich habe keine Ahnung, was ich mir damals dachte; ich erinnere mich nur an diese entsetzliche Leere in meinem Kopf; ich hatte wirklich keinen Schimmer, was ich sagen würde, bis ich es dann gesagt habe …«

»Ist nicht so mein Ding«, sagte Paul, weil sie ihn jetzt alle anstarrten, »ich sag das ganz wertfrei, hab einfach nie viel dafür übriggehabt. Die hier sind von meiner Schwester.« Er präsentierte die kleine Türe auf der ausgestreckten Hand. »Würde sie nur ungern verkaufen, ist nämlich auch nicht so mein Ding, aber sie im Klo runterzuspülen, wäre doch Verschwendung, also dachte ich …«

Annika lächelte. »Ich glaube, die hatte ich letzte Woche schon mal«, sagte sie. »Genau dieselbe Farbe.«

»Sie verstehen, warum ich diese Geschichte noch nie jemandem erzählt habe«, sagte Paul dem Berater zwanzig Jahre nach der System Soundbar. »Ich habe echt nicht gewusst, dass es üble Pillen sind. Ich dachte nur, ich hätte schlecht darauf reagiert, vielleicht, weil mein Körper von den Opiaten noch völlig durcheinander war oder so, jedenfalls hab ich wirklich nicht gewusst, dass jedem, der die einwirft, automatisch schlecht wird, schon gar nicht, dass …«

»Egal, ihr könnt sie haben, wenn ihr wollt«, sagte er zu dieser Gruppe, die ihn, wie all die Gruppen, die er in seinem Leben je kennengelernt hatte, ablehnen würde; und Annika lächelte und nahm das Tütchen aus seiner Hand.

»Wir sehen uns«, sagte er in die Runde, vor allem aber zu ihr, denn manchmal bedeutet *Nein, danke* auch: *im Augenblick nicht, aber vielleicht später*, wären nur die Pillen nicht gewesen, die Pillen, die Pillen …

»Danke«, sagte sie.

»Also, allein wie sie reagiert hat«, sagte Paul dem Berater. »Mir ist schon klar, was Sie jetzt denken, aber ich habe echt geglaubt, sie hätte genau so eine Pille eingeworfen, in der Woche zuvor, wie sie gesagt hat; und so, wie sie mich anlächelte, habe ich gedacht, sie hatte einen guten Trip, sie mochte diese Pillen, weshalb das, was mir selbst passierte, eindeutig nur eine schräge Reaktion gewesen sein konnte, nichts, wie gesagt, womit man rechnen musste … hören Sie, ich weiß, ich wiederhole mich, aber Sie müssen einfach verstehen, dass ich das wirklich nicht wissen konnte, ich meine, ich weiß schon, wie sich das jetzt anhört, aber ehrlich, ich hatte nicht die geringste Ahnung …«

Nachdem Paul gegangen war, nahm Annika eine Pille und gab die anderen beiden Charlie, dessen Herz auf der Tanzfläche eine halbe Stunde später stehen blieb.

2

Im Nachhinein fällt es leicht, die Hysterie um den Millennium-Bug zu belächeln – falls man sich überhaupt noch daran erinnert –, doch schien die Gefahr eines allgemeinen Zusammenbruchs damals sehr real. Am 1. Januar 2000, so die Experten, käme es Schlag Mitternacht in den Atomkraftwerken zur Kernschmelze, fehlfunktionierende Computer schickten Raketenschwärme über die Ozeane, das Internet bräche zusammen und Flugzeuge stürzten vom Himmel. Für Paul aber war die Welt längst zusammengebrochen, weshalb er drei Tage nach Charlie Wus Tod in der Ankunftshalle des Vancouver Airport in einer Telefonzelle stand und versuchte, seine Halbschwester Vincent zu erreichen. Er hatte genug Geld, um aus Toronto zu fliehen, für alles andere blieb ihm dann allerdings kaum noch was übrig, weshalb sein ganzer Plan darauf beruhte, sich der Gnade seiner Tante Shauna auszuliefern, die laut seinen nebulösen Kindheitserinnerungen ein riesiges Haus mit zahlreichen Gästezimmern besaß. Nur hatte er Vincent seit fünf Jahren nicht mehr gesehen, seit sie dreizehn und er achtzehn gewesen und Vincents Mutter gerade gestorben war. Und Shauna hatte er nicht mehr gesehen, seit er, was, elf gewesen war? All das ging ihm durch den Kopf, während das Telefon im Haus seiner Tante endlos klingelte. Ein Pärchen mit identischen T-Shirts ging vorbei, auf denen »Party Like It's 1999« stand, und erst da fiel ihm ein, dass Silvester war. Die letzten zweiundsiebzig Stunden hatten was Halluzinatorisches gehabt. Und er hatte nicht viel geschlafen. Seine Tante besaß offenbar keinen Anrufbeantworter. Auf dem Regal in der Telefonzelle lag ein Adressbuch, in dem er die Anwaltsfirma fand, bei der sie arbeitete.

»Paul«, sagte sie, nachdem er die Hürden der Vorzimmerdame genommen hatte. »Was für eine nette Überraschung.« Ihre Stimme klang sanft, zurückhaltend. Was hatte sie gehört? Er nahm an, dass sein Name über die

Jahre in Gesprächen öfter gefallen war. *Paul? Ach, der macht doch wieder einen Entzug. Ja, zum sechsten Mal.*

»Tut mir leid, dass ich dich im Büro behellige.« Paul spürte, wie ihm die Augen kribbelten. Es tat ihm wirklich leid, unendlich leid, einfach alles. (Angestrengt versuchte er, nicht an Charlie Wu in der System Soundbar zu denken, an Charlie Wu auf der Trage, an seinen Arm, der baumelnd herabhing.)

»Ach, das macht doch nichts. Rufst du nur an, um Hallo zu sagen …?«

»Ich versuche, Vincent zu erreichen«, sagte Paul, »aber aus irgendeinem Grund geht sie bei dir zu Hause nicht ans Telefon, deshalb habe ich mich gefragt, ob sie jetzt vielleicht einen eigenen Anschluss hat …«

»Vincent ist schon vor über einem Jahr ausgezogen.« Die bemühte Neutralität in der Stimme seiner Tante verriet, dass die Trennung wohl nicht gerade einvernehmlich vonstattengegangen war.

»Vor einem Jahr? Da war sie sechzehn, oder?«

»Siebzehn«, sagte seine Tante, als machte das einen Unterschied. »Sie ist zu einer Freundin, die sie noch aus Caiette kannte, irgendein Mädchen, das gerade in die Stadt gezogen war. Von dort aus hatte sie es nicht so weit zur Arbeit.«

»Hast du ihre Nummer?«

Hatte sie. »Falls du sie siehst, sag Hallo von mir.«

»Redet ihr nicht mehr miteinander?«

»Unsere Trennung war nicht ganz einfach, fürchte ich.«

»Ich dachte, du solltest dich um sie kümmern«, sagte er. »Bist du nicht ihr Vormund?«

»Paul, sie ist keine dreizehn mehr. Sie wollte nicht länger bei mir wohnen, sie wollte auch nicht mehr zur Highschool gehen, und wenn du ein wenig mehr Zeit mit ihr verbracht hättest, dann wüsstest du, Vincent zu etwas zu bewegen, was sie nicht will, das ist, als versuchte man, auf eine Ziegelmauer einzureden. Aber wenn du mich jetzt bitte entschuldigen würdest, gleich beginnt ein Meeting, und ich muss mich beeilen. Pass auf dich auf.«

Paul stand da und lauschte auf den Freiton, in der Hand die Boardingkarte mit Vincents hingekritzelter Telefonnummer. Er hatte sich ausgemalt, in einem der Gästezimmer untergebracht zu werden, der Grund unter seinen Füßen aber geriet immer heftiger ins Schwanken. Die Kopfhörer baumelten um den Hals, also setzte er sie mit leicht zittrigen Händen auf, um dann die Starttaste auf seinem Discman zu drücken, woraufhin die Brandenburgischen Konzerte erklangen. Bach hörte er nur, wenn er dringend Ordnung brauchte. *Das ist die Musik, die mich zu Vincent führt*, dachte er und machte sich auf die Suche nach einem Bus, der ihn zurück in die Stadt brachte. In was für einer Wohnung Vincent wohl lebte? Und mit wem? Vincents einzige Freundin, an die er sich erinnern konnte, war Melissa, und an die erinnerte er sich auch nur, weil sie da gewesen war, damals, als Vincent das Graffiti schrieb und anschließend suspendiert wurde:

***

Fegt mich weg. Mit einem Ätzstift ans Nordfenster der Schule gekrakelte Worte; in Vincents behandschuhter Faust hatte der Stift leicht gezittert. Sie war dreizehn und in Port Hardy, British Columbia, einer Stadt am nördlichs-

27

ten Zipfel von Vancouver Island, die irgendwie nicht ganz so abgelegen war wie der Ort, an dem Vincent eigentlich wohnte. Paul bog um die Ecke der Highschool, kam aber zu spät, um sie daran zu hindern, doch rechtzeitig, um sie dabei zu ertappen; und jetzt schwiegen sie einen Moment, sie alle drei – Vincent, Paul und Melissa –, und sahen zu, wie von mehreren Buchstaben Säuretropfen die Scheibe hinabperlten. Durch sie hindurch war das abgedunkelte Klassenzimmer zu sehen, eine Ansammlung von Schatten, leere Reihen Tische und Stühle. Vincent trug einen ledernen Männerhandschuh, den sie weiß Gott wo aufgetrieben hatte. Jetzt zog sie ihn aus und ließ ihn ins zertrampelte Wintergras fallen, wo er wie eine tote Ratte lag, während Paul einfach nur nutzlos und gaffend dastand. Melissa kicherte nervös.

»Was machst du da?« Paul wollte in strengem Ton mit ihr sprechen, fand aber, dass seine Stimme zu hoch klang, zu unsicher.

»Ist doch bloß ein Spruch«, sagte Vincent. Paul wurde unwohl dabei, wie sie das Fenster anstarrte. Auf der anderen Seite der Schule drückte der Busfahrer auf die Hupe.

»Lass uns im Bus weiterreden«, sagte Paul, aber da sie beide wussten, dass sie kein Wort mehr darüber verlieren würden, klang Paul als Autoritätsperson nicht gerade überzeugend.

Vincent rührte sich nicht.

»Ich sollte besser gehen«, sagte Melissa.

»Vincent«, sagte Paul, »wenn wir den Bus verpassen, müssen wir nach Grace Harbour trampen und ein Wassertaxi bezahlen.«

»Ist doch egal«, sagte Vincent, folgte ihrem Bruder aber

zum wartenden Schulbus. Melissa saß vorn beim Fahrer und tat, als hätte sie schon mit den Schularbeiten angefangen, blickte aber verstohlen auf, als sie an ihrem Platz vorbeigingen. Schweigend fuhren sie nach Grace Harbour, wo das Postboot wartete, das sie nach Caiette brachte. Während es die Halbinsel umschiffte, starrte Paul zur riesigen Baustelle, wo das neue Hotel entstand, auf die Wolken, auf Melissas Hinterkopf, auf die Bäume am Ufer, irgendwohin, nur nicht ins Wasser, denn da unten gab es nichts, an das er denken wollte. Als sein Blick auf Vincent fiel, registrierte er erleichtert, dass sie auch nicht aufs Wasser sah. Sie schaute zum dunkel werdenden Himmel auf. An der anderen Seite der Halbinsel lag Caiette, ein Ort, mit dem verglichen Port Hardy geradezu eine Metropole war: einundzwanzig Häuser, eingezwängt zwischen Wasser und Wald, die gesamte Infrastruktur nur eine in zwei Sackgassen endende Straße, eine kleine Kirche aus den 1850er-Jahren, eine Ein-Raum-Post, eine geschlossene Ein-Raum-Schule – seit Mitte der Achtziger gab es für die Schule nicht mehr genügend Kinder – und eine Pier. Kaum hatte das Boot in Caiette angelegt, gingen sie den Hügel hoch nach Hause zu Grandma und Dad, die am Küchentisch auf sie warteten. Normalerweise lebte Grandma in Victoria und Paul in Toronto, aber dies waren keine normalen Zeiten. Vor zwei Wochen war Vincents Mutter verschwunden. Jemand hatte ihr Kanu gefunden, es trieb leer auf dem Wasser.

»Melissas Eltern haben in der Schule angerufen«, sagte Dad. »Und die Schule hat mich angerufen.«

Vincent – sie hatte Mut, das musste man ihr lassen – zuckte nicht mal zusammen. Sie setzte sich an den Tisch, verschränkte die Arme und wartete, während Paul sich unbeholfen ans Ofenrohr lehnte und zusah. Sollte er auch am Tisch Platz nehmen? Den verantwortungsbewussten älteren Bruder mimen etc.? Wie immer und überall wusste er nicht, was er tun sollte. In der Art, wie Dad und Grandma Vincent anblickten, klang alles an, was ungesagt blieb: Vincents kürzlich blau gefärbtes Haar, ihre immer schlechter werdenden Noten und der schwarze Lidstrich, ihr unfassbarer Verlust.

»Warum hast du das ans Fenster geschrieben?«, fragte Dad.

»Weiß nicht«, antwortete sie leise.

»War das Melissas Idee?«

»Nein.«

»Was hast du dir nur dabei gedacht?«

»Ich weiß nicht, was ich mir dabei gedacht habe. Sind einfach nur Worte, die mir gefallen.« Der Wind wechselte die Richtung, und Regen rasselte ans Küchenfenster. »Tut mir leid«, sagte sie. »Ich weiß, das war blöd.«

Dad sagte Vincent, dass sie für eine Woche suspendiert worden sei. Es hätte schlimmer kommen können, aber die Schule ließ Nachsicht walten. Vincent nahm es kommentarlos hin, erhob sich und ging auf ihr Zimmer. In der Küche blieben sie stumm. Paul, Dad und Grandma, lauschten Vincents Schritten auf der Treppe und dann, wie sie leise die Tür hinter sich zuzog, ehe Paul sich zu den beiden an den Tisch setzte – an den Erwachsenentisch, wie er unwillkürlich dachte –, und niemand wies auf das Offensichtliche hin, nämlich darauf, dass er aus Toronto zurückgekommen war, um auf Vincent aufzupassen, was idealerweise vermutlich auch bedeutet hätte, dass er sie keine Graffiti an Schulfenster schmieren ließ, die man nicht mehr wegputzen konnte. Wann aber wäre er je in der Lage gewesen, auf andere aufzupassen? Warum hatte er geglaubt, helfen zu können? Auch darauf kam niemand zu sprechen. Sie saßen einfach nur da und lauschten stumm dem Regen, während Vincent noch unter ihnen weilte dank eines Luftschachts, von dem Dad und Grandma offenbar nicht wussten, dass er direkt zu ihrem Zimmer führte.

»Tja«, sagte Paul, der unbedingt auch einen Szenenwechsel wollte, »ich sollte wohl besser mit meinen Hausarbeiten anfangen.«

»Wie läuft's denn so?«, fragte Grandma.

»Mit der Schule? Bestens«, sagte Paul. »Alles bestens.« Sie glaubten, er brächte ein Opfer, hätte all seine Freunde in Toronto zurückgelassen, um herzukommen, hier den Abschluss zu machen und *für deine Schwester da zu sein*, doch hätten sie etwas besser aufgepasst oder mal mit seiner Mutter geredet, dann wüssten sie, dass er nicht zurück an seine alte Schule durfte und von seiner Mutter vor die Tür gesetzt worden war. Aber muss ein Mensch denn entweder bewundernswert *oder* furchtbar sein? Ist das Leben wirklich immer so binär? Manchmal, sagte er sich, kann doch auch zweierlei zugleich wahr sein. Dass man den vermeintlichen Tod der Stiefmutter als Vorwand nutzte, um neu anzufangen, hieß nicht, dass man damit nicht auch etwas Gutes tat und für die Schwester da war oder so. Grandma starrte ihn nur ausdruckslos an – hatte sie vielleicht doch mit seiner Mutter gesprochen? –, aber Dad setzte an, etwas zu sagen, ein umständlicher Prozess, zu dem gehörte, dass er sich räusperte, sich in seinem Sessel rekelte und die Teetasse halb an den Mund hob, um sie dann wieder abzustellen, weshalb Paul und Grandma aufhörten, sich gegenseitig anzustarren, und darauf warteten, dass er das Wort ergriff. Trauer verlieh seiner Stimme ein gewisses Gewicht.

»Ich muss bald wieder zur Arbeit«, sagte Dad. »Und ich kann sie nicht mit ins Lager nehmen.«

»Was willst du damit andeuten?«, fragte Grandma.

»Ich denke daran, sie zu meiner Schwester zu schicken.«

»Mit der hast du dich doch noch nie verstanden. Ihr habt schon angefangen, euch zu streiten, da warst du zwei und sie noch ein Baby.«

»Sie treibt mich manchmal zur Weißglut, aber eigentlich ist sie ein guter Mensch.«

»Sie arbeitet hundert Stunden die Woche«, sagte Grandma. »Wäre es für Vincent nicht besser, du würdest dir eine Arbeit in der Nähe suchen?«

»Es gibt in der Nähe keine Arbeit«, sagte er, »jedenfalls keine, von der ich leben könnte.«

»Was ist mit dem neuen Hotel?«

»Das neue Hotel ist noch mindestens ein Jahr lang Baustelle, und so lange gibt es da für mich nichts zu tun. Aber wisst ihr, es geht nicht nur um …« Er verstummte für einen Moment und starrte in seinen Tee. »Von finanziellen Überlegungen einmal ganz abgesehen, bin ich mir auch nicht sicher, ob dieses Leben hier wirklich so gut für Vincent ist. Immer wenn sie aufs Wasser sieht …« Damit endeten seine Überlegungen. Und Paul fand, es war ihm wirklich hoch anzurechnen, dass er, als Dad das sagte, zuerst an Vincent dachte und nicht an diesen unheimlichen Meeresarm, auf den er tunlichst nicht durchs Küchenfenster hinaussah, dass sein erster Gedanke also dem Mädchen galt, das oben am Luftschacht lauschte.

»Ich sehe mal nach Vincent«, sagte Paul. Ihm gefiel, wie sie ihn ansahen – *Paul ist ja so erwachsen geworden!* –, nur störte ihn, dass es ihm auffiel. Oben auf der Treppe hätte ihn der Mut fast verlassen, aber dann gab er sich einen Ruck, klopfte leise an und öffnete, als er keine Antwort hörte, die Tür zu Vincents Schlafzimmer. Er war lange nicht mehr hier gewesen, und ihm fiel auf, wie schäbig ihr Zimmer aussah. Dass ihm das auffiel, fand er ebenso peinlich wie die Tatsache, dass Vincent es offenbar nicht bemerkte. Oder doch? Unklar. Ihr Bett war älter als sie selbst, vom Kopfende blätterte Farbe ab. Um die oberste Schublade ihrer Kommode öffnen zu können, musste man an einem Strick ziehen. Die Vorhänge waren mal Laken gewesen. Vielleicht machte ihr das nichts aus. Sie saß mit überkreuzten Beinen vorm Luftschacht, genau wie er es vermutet hatte.

»Ist es okay, wenn ich mich zu dir setze?«, fragte er. Sie nickte. *Vielleicht klappt es ja*, dachte Paul. *Vielleicht könnte ich für sie ja wirklich ein richtiger Bruder sein.*

»Du solltest nicht mehr in die Elfte gehen«, sagte sie. »Ich hab nachgerechnet.« Verdammt. Ein Schmerz durchzuckte ihn, den es anzuerkennen galt, hatte seine dreizehnjährige Halbschwester doch etwas bemerkt, was dem eigenen Vater anscheinend entgangen war.

»Ich wiederhole eine Klasse.«

»Du hast die Elfte nicht geschafft?«

»Nein, war letztes Jahr die meiste Zeit gar nicht da, weil ich für eine Weile in eine Entzugsklinik musste.«

»Warum?«

»Ich hatte ein Problem mit Drogen.« Er war stolz auf sich, so ehrlich zu ihr zu sein.

»Hast du ein Drogenproblem, weil deine Eltern sich getrennt haben?«, fragte sie und klang ehrlich interessiert, woraufhin er sich nichts sehnlicher wünschte, als von ihr fortzukommen, sodass er aufstand und sich die Jeans abklopfte. In ihrem Zimmer war es staubig.

»Ich habe kein Drogenproblem, ich *hatte* eins. Liegt alles längst hinter mir.«

»Aber du rauchst Hasch auf deinem Zimmer«, sagte sie.

»Hasch ist kein Heroin. Ist was völlig anderes.«

»*Heroin?*« Sie sah ihn mit weit aufgerissenen Augen an.

»Egal, ich muss Hausarbeiten machen, hab verdammt viel auf.« *Ich hasse Vincent nicht*, sagte er sich, *Vincent war nie das Problem. Vincent habe ich nie gehasst. Ich habe immer nur die* Idee *Vincent gehasst.* Eine Art Mantra, das er sich in gewissen Abständen aufsagen musste, denn als Paul noch sehr klein gewesen war – damals waren seine Eltern noch verheiratet –, hatte sich sein Vater in diese junge Hippiedichterin am Ende der Straße verliebt, die schon bald mit Vincent schwanger war, und keinen Monat später verließen Paul und Pauls Mutter Caiette, flohen »vor diesem ganzen elenden Kitsch«, wie sie sich ausdrückte, und Paul hatte den Rest seiner Kindheit in Torontos Vorstädten verbracht, war im Sommer und jedes zweite Weihnachten aber immer nach British Columbia gependelt, eine Kindheit im Flugzeug hoch über Prärien und Bergen, um den Hals das Schild »Alleinreisendes Kind«, während Vincent bei beiden Eltern leben durfte, die ganze Zeit, jedenfalls bis vor zwei Wochen.

Er ließ sie vor dem Luftschacht sitzen und ging auf sein Zimmer – er hatte schon als Kind dort geschlafen, allerdings war es während seiner Abwesenheit als Vorratsraum genutzt worden, weshalb es sich nicht mehr wie seins anfühlte –, und die Hände zitterten, Trübsal überkam ihn, er drehte sich einen Joint und öffnete das Fenster, aber der Rauch trieb zurück ins Zimmer, und schließlich klopfte es an die Tür. Als Paul aufmachte, stand Dad vor ihm und musterte ihn mit einem Blick unsäglicher Enttäuschung; am Ende der Woche war Paul zurück in Toronto.

***

Das nächste Mal sah er Vincent am letzten Tag des Jahres 1999, als er mit dem Bus vom Flughafen in die Stadt fuhr, die Brandenburgischen Konzerte hörte und Vincents Wohnung in der zweifelhaftesten Gegend fand, die er je gesehen hatte, ein heruntergekommenes Haus, auf der anderen Straßenseite gleich gegenüber ein kleiner Park, durch den Junkies torkelten, als wären sie Komparsen für einen Zombie-Film. Während Paul darauf wartete, dass Vincent die Tür öffnete, versuchte er, nicht zu den Junkies hinüberzusehen und nicht daran zu denken, dass ein Leben auf Heroin doch seine Vorzüge hatte, nicht an das schmutzige Geschäft, sich den Stoff besorgen zu müssen, und nicht daran, wie übel einem vom Entzug wurde, sondern nur an das Eigentliche, an jenen Zustand, in dem alles in der Welt perfekt zu sein schien.

Melissa kam an die Tür. »Oh«, sagte sie, »hey! Du hast dich kein bisschen verändert. Komm rein.« Das war irgendwie beruhigend, da er sich wie gezeichnet fühlte, fast, als wären ihm die Details von Charlie Wus Tod auf die Haut tätowiert worden. Melissa dagegen hatte sich sehr verändert. Sie war offensichtlich tief in die Rave-Szene abgetaucht und trug eine blaue Hose aus Kunstpelz, ein regenbogenfarbenes Sweatshirt und das pinkfarbene Haar zu solchen Rattenschwänzchen geflochten, wie Vincent sie mit fünf, sechs Jahren getragen hatte. Melissa ging vor ihm her, die Treppe hinab in das halb fertige Untergeschoss einer der schlimmsten Wohnungen, die Paul je betreten hatte, einer mit Wasserflecken an den Betonwänden. In einer winzigen Kochnische machte Vincent Kaffee.

»Hey«, sagte sie, »schön, dich zu sehen.«

»Freut mich auch.« Bei ihrer letzten Begegnung war Vincents Haar blau gefärbt gewesen, und sie hatte Graffiti an Fenster geschrieben. Inzwischen schien sie die Richtung gewechselt zu haben. Jedenfalls war sie wohl kein Raver mehr, und wenn doch, dann sparte sie sich die Kostümierung für die Raves auf. Sie trug Jeans und einen grauen Pullover, das lange, dunkle Haar fiel ihr offen auf die Schultern. Melissa redete ein wenig zu schnell, aber hatte sie das nicht schon immer getan? Seiner Erinnerung nach war sie ein nervöses Kind gewesen. Er suchte bei Vincent nach Anzeichen von Ärger, sah jedoch nur eine reservierte, sehr gefasste Frau, die sich mit Bedacht bewegte und allen Stolperfallen aus dem Weg zu gehen schien. Wie war sie bloß *so* geworden? Und wie Paul *so*? Diese Frage wies alle Anzeichen jener Art von zirkulärem Denken auf, das er meiden sollte – wieso bist du *du*? –, trotzdem konnte er der Spirale nicht entkommen. *Du hast Vincent nie gehasst, vergiss das nicht. Ist nicht ihre Schuld, dass sie nicht dieselben Probleme hat wie du.* Sie saßen im Wohnzimmer, der Boden staubig, Paul und Vincent auf einer alten Couch, Melissa auf einem schmierigen Plastikgartenstuhl, und sie suchten nach Gesprächsthemen, nur versandete ihre Unterhaltung immer wieder, weshalb sie viel Instantkaffee tranken und einander nicht in die Augen zu sehen wagten.

»Hast du Hunger?«, fragte Vincent. »Unsere Vorräte sind gerade etwas knapp, aber ich könnte dir einen Toast machen oder ein Sandwich mit Thunfisch oder so …«

»Lass mal, alles gut. Danke.«

»Zum Glück«, sagte Melissa, »sind es nur noch vier Tage bis zum Zahltag, und morgen ist die Miete fällig, deshalb haben wir buchstäblich nur Brot oder Thunfisch aus der Dose im Haus.«

»Wenn du unbedingt was essen willst, kannst du dir jederzeit was von deinem Biergeld nehmen.«

»Ich tue jetzt mal so, als hätte ich das nicht gehört.«

»Vom nächsten Scheck muss ich unbedingt Glühbirnen kaufen«, sagte Vincent. »Wenn ich Geld habe, vergesse ich das immer.« Drei verschiedenartige Stehlampen erhellten das Wohnzimmer, und die in der hintersten Ecke flackerte. Vincent stand auf, schaltete sie aus und ging zurück zur Couch. Das Zimmer lag jetzt im Halbdunkel, Schatten drängten sich an den Rändern.

»Ich soll dich von Tante Shauna grüßen«, sagte Paul nach einer Weile.

»Sie ist in Ordnung«, sagte Vincent wie zur Antwort auf eine Frage, die er nicht gestellt hatte, »war wohl nur nicht darauf gefasst gewesen, eine traumatisierte Dreizehnjährige bei sich aufnehmen zu müssen.«

»Sie meinte, du hättest die Schule geschmissen.«

»Stimmt, die Schule war total langweilig.«

»Und deshalb hast du sie abgebrochen?«

»Im Grunde schon«, sagte sie. »Es genügt ja nicht, gute Noten zu haben, man muss sich auch jeden Morgen aufraffen können, zur Schule zu gehen.«

Er wusste nicht, was er dazu sagen sollte. Wie eh und je war ihm nicht klar, welche Rolle ihm zukam. Sollte er Vincent raten, wieder zur Schule zu gehen? Dabei wäre er der Letzte, der irgendwem sagen könnte, was er oder sie tun sollte. Heute war Charlie Wus Beerdigung. Und Charlie Wu stand ganz bestimmt nicht in der dunkelsten Zimmerecke, aber man musste ja trotzdem nicht unbedingt hinsehen.

»Gehst du zur Schule?«, fragte er Melissa.

»Ich fange im Herbst an die University of British Columbia an.«

»Gut für dich. Ist eine gute Uni.«

Melissa hob die Kaffeetasse. »Auf lebenslange Darlehensschulden«, sagte sie.

»Prost.« Er hob auch seine Tasse, mochte Melissa aber nicht in die Augen sehen. Pauls Mutter war für seine Studiengebühren aufgekommen.

»Wir sollten heute Abend tanzen gehen«, erklärte Melissa schließlich. »Ich wüsste da ein paar Locations.«

»Ich kenne Leute, die sich in einsamen Hütten verschanzen für den Fall, dass die Zivilisation heute Nacht zusammenbricht«, sagte Vincent.

»Ein ziemlicher Aufwand, finde ich«, sagte Paul.

»Hofft ihr eigentlich insgeheim darauf, dass es mit der Zivilisation zu Ende geht?«, fragte Melissa. »Nur damit mal was passiert?«

Später am Abend stiegen sie in Melissas zerbeulten

Wagen und fuhren zu einem Club. Vincent war noch minderjährig, aber der Türsteher beschloss, eine Ausnahme zu machen, denn wenn man fast achtzehn und so schön ist, öffnen sich einem alle Türen, zumindest kam es Paul so vor, als er sah, wie Vincent vor ihnen in den Club huschte. Der Türsteher studierte sorgfältig seinen Ausweis und musterte ihn dann mit so durchdringendem Blick, dass Paul am liebsten etwas Sarkastisches gesagt hätte, doch entschied er sich dagegen. Das neue Jahrhundert, beschloss er, bedeutete eine neue Gelegenheit. Sollten sie den Millennium-Bug überleben und die Welt heute nicht enden, wollte er ein besserer Mensch werden. Und er hoffte, falls sie die Nacht überstanden, den Ausdruck *Millennium-Bug* nie wieder hören zu müssen. An der Garderobe sah Paul, dass Vincent ein funkelndes Etwas trug, das eigentlich bloß zur Hälfte eine Bluse war, vorn normal, hinten aber nur zwei zur Schleife gebundene Schnüre über den nackten Schulterblättern, was ihren Rücken schrecklich verletzlich aussehen ließ.

»Ich brauche einen Drink«, erklärte Melissa, also begleitete Paul sie zum Tresen, wo sie sich statt harter Getränke je ein Bier bestellten, sich zurückhielten – ganz die verantwortungsbewussten Erwachsenen –, und als er zur Tanzfläche sah, tanzte Vincent bereits, tanzte ganz für sich und mit geschlossenen Augen, oder vielleicht sah sie auch nur zu Boden, war in einem fundamentalen Sinne allein: *Verloren in ihrer eigenen kleinen Welt* lautete die Redewendung, die Vincents Mutter gebraucht hatte, wenn sie versuchte, Vincents Aufmerksamkeit zu gewinnen, während ihre Tochter ein Buch las oder unerreichbar in die Ferne starrte.

»Komplett weggetreten«, sagte Melissa, das heißt, eigentlich schrie sie, denn die Musik war am Tresen zwar leiser, aber immer noch zu laut, um sich unterhalten zu können.

»Sie war immer schon ein bisschen entrückt«, schrie Paul.

»Na ja, wer wäre das nicht, bei dem, was mit ihrer Mom passiert ist«, schrie Melissa, die ihn vermutlich missverstanden hatte. »Das war einfach so ein tragischer …« Paul konnte das letzte Wort nicht verstehen, musste er aber auch nicht. Einen Augenblick lang blieben sie still und dachten an Vincent, aber auch an die Tragödie Vincent, die was ganz Eigenes war. Bloß kam Paul seine Halbschwester gar nicht wie eine tragische Figur vor, vielmehr wie eine, die ihr Leben mehr oder weniger im Griff hatte, eine in sich ruhende Person mit einem Vollzeitjob, nämlich als Hilfskellnerin im Hotel Vancouver, weshalb er sich in ihrer Gegenwart irgendwie unbehaglich fühlte.

Nach zwei Bier ging er zu ihr auf die Tanzfläche, und Vincent lächelte ihn an. *Ich gebe mir Mühe*, wollte er sagen, *ich gebe mir echt Mühe, alles ist schiefgelaufen, aber im neuen Jahrhundert wird das anders.* Außer Bier hatte er nichts zu sich genommen, und unter dem Einfluss von nichts – oder doch fast nichts, denn Biere zählten nicht – tanzte er eine Zeit lang wie wild, bis er aufblickte und in der Menge Charlie Wu sah; einen Herzschlag lang setzte die Nacht aus. Paul erstarrte. Natürlich war es nicht Charlie, nur irgendein Typ, der ein bisschen wie Charlie aussah, jemand mit ähnlichem Haarschnitt und einer Brille, in der sich das Licht spiegelte, doch fand Paul den Anblick so grauenhaft, dass er keinen Moment länger bleiben konnte, nicht mal lang genug, um Vincent und Melissa zu sagen, was los war. Er stolperte nach draußen auf die Straße, wo sie ihn eine halbe Stunde später frierend unter einer Straßenlaterne fanden. Nichts, sagte er, ihm habe die Musik einfach nicht mehr gefallen und er hätte ein bisschen frische Luft gebraucht und überhaupt, hatte er schon erwähnt, dass er sich in Menschenmengen manchmal klaustrophobisch fühle? Außerdem habe er richtig Hunger. In einem Diner, in dem alle betrunken waren, starrten sie zwanzig Minuten später in die Speisekarte. Das Licht war so grell, dass es ihm durchaus möglich schien, mit Gewissheit zu sagen, dass er keinen Geist gesehen hatte. Im Stroboskoplicht wirkten alle gleich, und überall entdeckte man Doppelgänger.

»Warum bist du wirklich hergekommen?«, fragte Melissa. Er selbst hatte es offengelassen, wie lange er bleiben wollte. »Sind die Clubs in Toronto nicht besser?«

»Ehrlich gesagt, ich ziehe hierher«, erwiderte Paul.

Vincent sah von der Speisekarte auf. »Warum?«

»Ich brauche einfach einen Ortswechsel.«

»Steckst du in Schwierigkeiten?«, wollte Melissa wissen.

»Ja«, sagte er, »könnte schon sein.«

»Komm schon«, sagte Melissa, »erzähl.«

»Da war ein bisschen schlechtes E im Umlauf, und offenbar hat man versucht, mir das anzuhängen.«

»Nun, es gab einfach keinen Grund, nicht irgendwie ehrlich zu sein«, erklärte er dem Berater 2019 in Utah. »Natürlich habe ich kein weiteres Wort gesagt, aber ich ahnte auch schon, dass ich damit durchkommen würde. Mein Studium war zur Bewährung ausgesetzt, also erstaunte es niemanden, dass ich nicht mehr an der Uni auftauchte. Paul dürfte zudem einer der geläufigsten Namen der Welt sein, und weiter wussten die Baltica-Typen ja nichts von mir ...«

»Oh Mann«, sagte Melissa. »Wie schrecklich«, und er dachte: *Du hast keine Ahnung.* Unwillkürlich fiel ihm auf, wie desinteressiert Vincent wirkte. Sie hatte sich kommentarlos wieder der Speisekarte zugewandt. Und ihm gefiel keine Variante dessen, was das bedeuten konnte: Entweder interessierte sie es schlichtweg nicht, was mit Paul war, oder sie hatte von ihm nichts anderes erwartet, als dass er in Schwierigkeiten steckte, oder sie hatte selbst genug Ärger. *Ich hasse Vincent nicht*, sagte er stumm vor sich hin, *ich habe immer nur Vincents unglaubliches Glück gehasst, sie selbst statt ich zu sein. Ich hasse nur, dass Vincent von der Schule abgehen, in so eine grässliche Gegend ziehen kann und es dann wundersamerweise trotzdem irgendwie schafft, dass es ihr ausgezeichnet geht, fast, als ob die Gesetze der Schwerkraft und des Unglücks für sie nicht gelten würden.* Sie hatten die Burger bereits verdrückt, als Melissa auf ihre Armbanduhr blickte, ein großes digitales Plastikding, das aussah, als gehörte es einem Kind.

»Vierzehn Minuten nach elf«, sagte Melissa. »Bis zum Ende der Welt bleiben uns noch vierundvierzig Minuten.«

»Sechsundvierzig«, sagte Paul.

»Ich glaub nicht, dass das Ende bevorsteht«, sagte Vincent.

»Wäre doch ziemlich aufregend«, sagte Melissa. »Alle Lichter gehen aus, einfach so, *pffft* ...« Sie spreizte die Finger wie eine Magierin, die einen Zauber wirkt.

»Scheiße«, sagte Vincent. »Eine Stadt ohne Licht? Nein, danke.«

»Fände ich irgendwie unheimlich«, sagte Paul.

»Mann, Alter, *du* bist irgendwie unheimlich«, sagte Melissa, weshalb er eine Pommes nach ihr warf, und sie alle vor die Tür gesetzt wurden. Zitternd und durstig standen sie auf der Straße und diskutierten einige Minuten lang darüber, wohin sie gehen sollten, bis Melissa einfiel, dass es da noch einen Club gab, in den man Vincent sicher reinlassen würde, ein weiterer Club in einem weiteren Kellergeschoss, gar nicht weit von hier – also zogen sie los, verliefen sich zweimal, standen aber schließlich vor einer unmarkierten Tür, durch die man leise einen von unten heraufpulsierenden Bass hörte. Irgendwie war immer noch 1999. Sie liefen eine Treppe hinab in eine andere dauerhafte Nacht, und Paul hörte den Text der Musik, sobald die Tür aufging

I always come to you, come to you, come to you

– einen Moment lang bekam er keine Luft. Es war ein Remix von Balticas Song, Annikas Stimme über einen satten House-Beat gelegt, und doch erkannte er sie sofort; er hätte sie überall wiedererkannt.

»Alles okay?«, rief Melissa in Pauls Ohr.

»Klar«, schrie er zurück. »Mir geht's gut!«

Sie gaben ihre Mäntel ab und mischten sich unter die Tanzenden. Balticas Track ging in ein anderes Stück über, einen Song übers Traurigsein, der 1999, in diesem Jahr, von dem nur noch wenige Minuten blieben, auf allen Tanzparketts lief. *Das letzte Lied des zwanzigsten Jahrhunderts*, dachte

Paul, und er wollte dazu tanzen, aber irgendwas machte ihm zu schaffen, die Ahnung einer Bewegung im äußersten Blickfeld, das Gefühl, beobachtet zu werden. Hektisch blickte er sich um, aber da war nur ein Meer anonymer Gesichter, und keines sah ihn an.

»Wirklich alles okay?«, rief Melissa.

Das Licht zuckte, und einen Moment lang sah er Charlie Wu in der Menge aufblitzen, der, Hände in den Taschen, Paul beobachtete, da, aber gleich wieder weg.

»Bestens«, brüllte Paul. »Echt gut!« Denn welch andere Option blieb ihm, als dass es ihm gut ging, und das trotz der schrecklichen Gewissheit, Charlie Wu irgendwo in der Menge gesehen zu haben. Einen Moment lang schloss Paul die Augen, zwang sich aber weiterzutanzen oder doch verzweifelt so tun, als ob. Aus dem Jahr 1999 wurde das Jahr 2000, und keine Lichter gingen aus, die Stunden schnurrten bis zum Sonnenaufgang dahin, und sie traten auf die eisige Straße, ins neue Jahrhundert, um sich in Melissas zerbeultes Wrack zu zwängen, kalt vom Schweiß, Paul auf dem Beifahrersitz und Vincent auf der Rückbank, zusammengerollt wie eine Katze.

»Wir haben das Ende der Welt überstanden«, sagte sie, aber als er sich nach ihr umsah, schlief sie, und er fragte sich, ob er sich ihre Worte bloß eingebildet hatte. Melissa, mit roten Augen und auf Speed, fuhr zu schnell und erzählte von ihrem neuen Job, Klamotten verkaufen im Le Château, aber Paul hörte nur mit halbem Ohr zu, und irgendwann während der Fahrt zur Wohnung spürte er, wie ihn eine seltsame, fast manische Hoffnung überkam. Es war ein neues Jahrhundert. Wenn er Charlie Wus Gespenst überlebte, konnte er alles überleben. In der Nacht hatte es offenbar geregnet, denn die Gehwege glänzten feucht, und in ihnen spiegelte sich das erste Licht des Tages.

»Nein«, sagte Paul dem Berater, »damals habe ich ihn nur zum ersten Mal gesehen.«

3

Das Hotel
Frühjahr 2005

Schlucken Sie doch Glassplitter. Mit Ätzstift auf die gläserne Ostwand des Hotel Caiette gekrakelte Worte, unter mehreren Lettern verliefen weiße Tropfspuren.

»Wer schreibt denn so was?« Der einzige Gast, der diesen Vandalismus mitbekam, war ein an Schlaflosigkeit leidender Schiffsreeder, der tags zuvor eingecheckt hatte und in einem der Ledersessel saß, in der Hand einen vom Nachtmanager servierten Whisky. Es war kurz nach halb drei am Morgen.

»Kein Erwachsener, nehme ich mal an«, sagte der Nachtmanager. Er hieß Walter, und es war das erste Graffiti, das er in seinen drei Jahren in diesem Haus gesehen hatte. Die Botschaft war von außen auf die Glasscheibe geschrieben worden. Walter hatte sie mit einigen Papierbögen verklebt und mithilfe von Larry, dem Nachtportier, verrückte er gerade einen eingetopften Philodendron, der das Papier verdecken sollte. Vincent, die Bardienst hatte, trocknete Weingläser ab und sah dem Geschehen vom Tresen am anderen Ende der Lobby aus zu. Walter hatte kurz überlegt, sie um Hilfe beim Verrücken der Topfpflanze zu bitten, da er ein weiteres Paar Hände gut gebrauchen konnte und der Nachtdiener Essenspause hatte, nur machte die junge Frau auf ihn keinen sonderlich robusten Eindruck.

»Geht an die Nieren, oder?«, sagte der Gast.

»Da will ich Ihnen nicht widersprechen, aber ich denke«, sagte Walter mit größerer Überzeugung, als er empfand, »das kann nur das Werk eines gelangweilten Jugendlichen sein.« In Wahrheit war er ziemlich aufgewühlt und flüchtete sich in rastlose Betriebsamkeit. Er trat zurück und musterte den Philodendron. Die Blätter konnten das angeklebte Papier nicht zur Gänze verdecken. Er warf Larry einen Blick zu, der ihm mit einem Achselzucken zu verstehen gab, besser ginge es nicht, um dann mit einer Mülltüte und einer Rolle Klebeband nach draußen zu gehen und die Worte auch von der anderen Seite abzuhängen.

»Dass die Anweisung so präzise ist«, sagte der Gast, »ist so verstörend, finden Sie nicht?«

»Tut mir sehr leid, dass Sie das sehen mussten, Mr Prevant.«

»Niemand sollte so etwas sehen müssen.« In Leon Prevants Stimme schwang ein bekümmertes Beben mit, das er rasch mit einem Schluck Whisky hinunterzuspülen versuchte. Auf der anderen Seite des Fensters hatte Larry die Mülltüte zu einem ordentlichen Streifen zusammengefaltet, den er jetzt über die eingeätzten Worte klebte.

»Da gebe ich Ihnen völlig recht.« Walter warf einen Blick auf die Uhr. Drei Uhr früh, seine Schicht dauerte noch mehrere Stunden. Larry hatte seinen Posten an der Tür wieder eingenommen. Vincent polierte weiter Gläser.

Walter ging, um ein Wort mit ihr zu reden, sah im Näherkommen aber, dass ihr Tränen in den Augen standen.

»Alles in Ordnung?«, fragte er leise.

»Es ist schrecklich«, sagte sie, ohne aufzublicken. »Ich kann mir einfach nicht vorstellen, welcher Mensch etwas Derartiges schreiben kann.«

»Ich weiß«, sagte er, »aber ich bleib bei meiner Theorie: ein gelangweilter Teenager.«

»Das glauben Sie?«

»Ich kann es mir einreden«, sagte er.

Walter fragte nach, ob er Mr Prevant etwas bringen könne – konnte er nicht –, um dann die Inspektion der gläsernen Wand wieder aufzunehmen. In dieser Nacht wurde nur noch ein weiterer Gast erwartet, ein VIP, dessen Flug Verspätung hatte. Walter hielt sich noch einige Minuten vor der Glaswand auf und betrachtete das über die Dunkelheit geblendete Spiegelbild der Lobby, ehe er zurück an seinen Schreibtisch ging, um einen Bericht über den Vorfall zu schreiben.

2

»Das Hotel liegt mitten im Nirgendwo«, hatte ihm der Generaldirektor bei ihrer ersten Begegnung vor drei Jahren in Toronto erklärt, »aber genau darum geht es ja.«

Ihr Treffen hatte in einem Coffeeshop am See stattgefunden. Das Café lag direkt auf der Pier, und ganz in der Nähe schaukelten Boote. Wie fast alle, die dort arbeiteten, wohnte Raphael, der Generaldirektor, auf dem Hotelgelände, war aber zu einem Kongress nach Toronto gekommen, um von anderen Häusern talentiertes Personal abzuwerben. Man hatte das seit Mitte der Neunziger geöffnete Hotel Caiette von Grund auf renoviert, und zwar im Grand West Coast Style, so Raphael, einem Stil, der sich offenbar durch freiliegendes Zederngebälk und riesige Glasflächen auszeichnete. Walter besah sich die Werbefotos, die Raphael ihm über den Tisch hinweg zuschob. Das Hotel war ein Glas-und-Zedern-Palast in der Dämmerung, umschattet von Wald. Auf dem Wasser spiegelten sich die Lichter.

»Was haben Sie vorhin gesagt?«, hakte Walter nach. »Das Hotel ist nicht mit dem Auto zu erreichen?« Er hatte beim ersten Mal offenbar irgendwas falsch verstanden.

»Sie haben ganz richtig gehört. Die Zufahrt zum Hotel ist nur mit dem Boot möglich. Sind Sie mit der Geografie dieser Region etwas vertraut?«

»Nur ein wenig«, log Walter. Er war noch nie so weit im Westen gewesen. Seine Vorstellungen von British Columbia glichen einer Abfolge von Urlaubsfotos: aus blauem Wasser schlagende Wale, grüne Küstenstreifen, Boote.

»Hier.« Raphael wühlte in seinen Papieren. »Werfen Sie einen Blick auf diese Karte.« Ein weißer Stern an einem Meeresarm am nördlichen Ende von Vancouver Island markierte das Grundstück. Die lang gestreckte Bucht teilte die Insel fast in zwei Hälften. »Ist die reinste Wildnis da oben«, sagte Raphael, »aber lassen Sie mich Ihnen ein Geheimnis über die Wildnis verraten.«

»Nur zu.«

»Die wenigsten Menschen gehen in die Wildnis, weil sie die Wildnis erleben wollen. Eigentlich fast niemand.« Mit einem feinen Lächeln lehnte sich Raphael in seinem Sessel zurück und hoffte vermutlich, dass Walter fragte, was genau er damit meine, aber Walter schwieg. »Jedenfalls nicht solche Leute, die in Fünfsternehotels absteigen«, fuhr Raphael schließlich fort. »Unsere Gäste in Caiette möchten zur Wildnis kommen, aber nicht *in* der Wildnis sein. Sie möchten wildnisnah sein und wollen nur den Blick darauf genießen, idealerweise durch die Fenster eines Luxushotels. Das Entscheidende …«, dabei legte er den Finger auf den weißen Stern, und Walter bewunderte die maniküre Hand, »ist außergewöhnlicher Luxus in einem überraschenden Setting. Ehrlich gesagt, das hat was Surreales. Eine Fünf-Sterne-Erfahrung in einer Gegend, in der kein Handy funktioniert.«

»Wie kommen Gäste und Vorräte zum Hotel?« Walter hatte einige Mühe, die Faszination dieses Ortes zu verstehen. Das Gebäude war unbestreitbar schön, lag geografisch aber ziemlich unpraktisch, und er war sich auch nicht sicher, ob typische Geschäftsleute wirklich unbedingt in einer handyempfangfreien Zone Urlaub machen wollten.

»Mit einem Speedboat. Braucht von Grace Harbour fünfzehn Minuten.«

»Verstehe. Einmal abgesehen von der unleugbaren Schönheit der Natur«, probierte es Walter auf einem anderen Weg, »gibt es, Ihrer Meinung nach, eine Besonderheit, die Ihr Hotel von allen ähnlichen Projekten unterscheidet?«

»Ich hatte gehofft, dass Sie diese Frage stellen. Die Antwort lautet: Ja. Da ist das Gefühl, außerhalb von Zeit und Raum zu sein.«

»Außerhalb von …?«

»Eine Redewendung, die es aber ziemlich gut trifft.«

Walter konnte spüren, wie sehr Raphael das Hotel liebte. »Ehrlich gesagt, es gibt durchaus eine gewisse Klientel, die bereit ist, viel Geld dafür zu bezahlen, wenn sie dafür der modernen Welt für eine Weile entkommen kann.«

Als Walter später heimging, musste er unaufhörlich daran denken, wie es wäre, der Welt zeitweilig zu entfliehen. In jenen Tagen hauste er in einer beengten Einzimmerwohnung in einer Straße, die sich irgendwie anfühlte, als läge sie zwischen zwei Bezirken. Es war die deprimierendste Wohnung, die ihm je untergekommen war und für die er sich aus Gründen entschieden hatte, auf die er nicht näher eingehen wollte. Anderswo in der Stadt richtete sich die Balletttänzerin, mit der Walter bis vor zwei Monaten verlobt gewesen war, bei einem Anwalt häuslich ein.

Wie immer ging er auf seinem Heimweg am Abend beim Lebensmittelladen vorbei, und der Gedanke, den Laden morgen erneut zu betreten, und am Tag danach, und auch am übernächsten Tag den Gang mit der Tiefkühlkost entlangzutrotten, nur unterbrochen von der Schicht in jenem Hotel, in dem er seit zehn Jahren arbeitete, Tag für Tag einen Tag älter, um ihn herum die stetig näher rückende Stadt, tja, also ehrlich, die Vorstellung war eigentlich unerträglich. Er legte eine Packung mit tiefgefrorenem Mais in seinen Korb. Und was, wenn er das zum letzten Mal machte, hier in diesem Geschäft? Ein verlockender Gedanke.

Zwölf Jahre war er mit der Balletttänzerin zusammen gewesen. Das Ende ihrer Beziehung hatte er nicht kommen sehen. Er war sich mit seinen Freunden einig gewesen, nur nichts Unüberlegtes zu tun, dabei hatte er in jenen Tagen damals eigentlich nur noch verschwinden wollen. Und als er jetzt zur Kasse ging, wurde ihm bewusst, dass die Entscheidung längst gefallen war. Er würde die Stelle annehmen; Vereinbarungen wurden getroffen; und einen Monat später flog er am ausgemachten Tag nach Vancouver und nahm von da aus den Anschlussflug nach Nanaimo, setzte sich in eine Propellermaschine mit gerade mal vierundzwanzig Plätzen, die, kaum hatte sie Wolkenhöhe erreicht, auch schon wieder in den Landeanflug überging, verbrachte die Nacht in einem Hotel und machte sich am nächsten Tag auf den Weg ins Hotel Caiette. Er hätte viel Zeit sparen können, wäre er zu einem der winzigen Flughäfen weiter im Norden geflogen, aber er wollte Vancouver Island besser kennenlernen.

Es war ein kalter Tag im November mit tief hängenden Wolken. In einem grauen Mietwagen fuhr er durch eine Abfolge grauer Städte, sah hin und wieder zu seiner Rechten das graue Meer und fuhr unter bleiernem Himmel an dunklen Bäumen vorbei, an McDrives und riesigen Supermärkten. Endlich erreichte er Port Hardy, triste Straßen im Regen, und verfuhr sich mehrmals, bis er schließlich die Mietwagenvertretung fand, bei der er das Auto wieder abgab. Er telefonierte mit dem einzigen Taxi-Dienst der Stadt und wartete eine halbe Stunde, dann kam ein alter Mann in einem klapprigen, nach Zigarettenqualm riechenden Kombi.

»Möchten Sie zum Hotel?«, wollte der Fahrer wissen, als Walter bat, nach Grace Harbour gefahren zu werden.

»Ja«, sagte Walter, der nach den vielen Stunden einsamen Reisens keine Lust zum Reden hatte. Schweigend fuhren sie durch den Wald, bis sie Grace Harbour erreichten, eine Kleinstadt, wenn man so wollte: hier und da einige Häuser entlang der Straße und der Küste, im Hafen Fischerboote, bei den Docks ein Gemischtwarenladen, dazu ein Parkplatz mit ein paar alten Autos. Hinter den Fenstern des Ladens sah er eine Frau, ansonsten konnte er niemanden entdecken.

Laut Walters Anweisungen sollte er sich im Hotel melden und ein Boot anfordern. Wie vorhergesagt, hatte er keinen Empfang, doch gab es unweit der Pier eine Telefonzelle. Das Hotel versprach, innerhalb der nächsten halben Stunde jemanden zu schicken. Walter hängte auf und trat hinaus in die kühle Luft. Es ging dem Abend zu, und die Welt verfärbte sich schwarz-weiß, fahl und glasig lag das Wasser unter dem sich verdunkelnden Himmel; im Wald sammelten sich Schatten. Er lief bis ans Ende der Pier und genoss die Ruhe. Dies hier war das Gegenteil von Toronto, und hatte er sich nicht genau danach gesehnt? Nach dem Gegenteil seines früheren Lebens? Irgendwo im Osten der Stadt saßen die Balletttänzerin und der Anwalt in einem Restaurant, oder sie gingen Hand in Hand spazieren, oder sie lagen zusammen im Bett. *Denk nicht dran. Denk einfach nicht dran.* Walter wartete, lauschte, und eine Zeit lang hörte er nur das sanfte Plätschern, mit dem das Wasser an die Pier schlug, oder den gelegentlichen Schrei einer Möwe, bis er aus der Ferne das Tuckern eines Außenbordmotors vernahm. Wenige Minuten später sah er das Boot, ein weißer Fleck zwischen dunkel bewaldeten Ufern, ein Spielzeug, das stetig größer wurde, bis es an der Pier anlegte, der Motor in dieser Stille unanständig laut, Wellen klatschten gegen die Pfosten. Die Frau im Heck schien Mitte zwanzig zu sein und trug eine frisch gebügelte, vage maritim anmutende Uniform.

»Sie müssen Walter sein.« Mit einer einzigen, fließenden Bewegung sprang sie an Land und band das Boot fest. »Ich heiße Melissa und bin vom Hotel. Kann ich Ihnen mit Ihrem Gepäck helfen?«

»Danke«, sagte er. Von ihr ging etwas Verblüffendes aus, die Aura einer Erscheinung. Walter merkte, dass er beinahe glücklich war, als sich das Boot von der Pier entfernte. Kalter Wind blies ihm ins Gesicht, und obwohl er wusste, dass die Fahrt kaum fünfzehn Minuten dauern würde, überkam ihn das absurde Gefühl, zu einem Abenteuer aufzubrechen. Sie fuhren schnell, die Dunkelheit sank herab. Er wollte Melissa über das Hotel ausfragen, wollte wissen, wie lang sie schon dort arbeitete, aber der Motor war unglaublich laut. Als Walter über die Schulter zurückblickte, führte die silberne Spur ihres Kielwassers zurück zu den wenigen Laternen von Grace Harbour.

Melissa lenkte sie um die Spitze der Halbinsel herum, und da lag das Hotel vor ihnen, ein ganz unwirklicher, hell erleuchteter Palast vor dunklem Wald; und zum ersten Mal konnte Walter nachvollziehen, was Raphael gemeint hatte, als er von etwas Surrealem sprach. Das Gebäude wäre überall schön gewesen, bloß wirkte es mit dieser Gegend völlig unvereinbar, und eben diese Unvereinbarkeit trug wesentlich zu seinem Zauber bei. Die Lobby war so einsehbar wie ein Aquarium, nur Zederngebälk, der Boden ausgelegt mit Schieferplatten. Eine doppelte Lichtreihe erhellte den Weg zur Anlegestelle, an der ein Türsteher – Larry – ihn mit einem Gepäckwagen abholte. Walter gab Larry die Hand und folgte seinem Gepäck hinauf zum Haupteingang des Hotels und zum Empfangstisch, an dem ihn Raphael mitsamt Conciergelächeln erwartete. Nach Begrüßung,

Abendessen und Papierkram fand Walter sich schließlich in einem Apartment im obersten Stock des Personaltraktes wieder, dessen Fenster und Veranda hinaus auf den Wald gingen. Er schloss die Vorhänge gegen die Dunkelheit und dachte an das, was Raphael gesagt hatte, daran, dass das Hotel außerhalb von Zeit und Raum existiere. Es lag solch ein Glück in einer erfolgreichen Flucht.

Am Ende seines ersten Jahres in Caiette wurde Walter klar, dass er noch nirgendwo so glücklich gewesen war. Nur in den Stunden nach dem Graffiti wirkte der Wald draußen auf neue Weise dunkel, und die Schatten kamen ihm dichter vor, fast, als steckten sie voller Gefahren. Wer war aus dem Wald gekommen, um die Worte ans Fenster zu kritzeln? *Die Buchstaben waren in Spiegelschrift geschrieben*, merkte Walter in seinem Bericht an, *was darauf hindeutet, dass die Worte von der Lobby aus gelesen werden sollten.*

***

»Sie haben einen klaren Bericht geschrieben, und das weiß ich zu schätzen«, sagte Raphael, als Walter am nächsten Nachmittag in sein Büro kam. Raphael lebte seit zwanzig Jahren in English Canada, hatte aber einen starken Quebecer Akzent beibehalten. »Ich habe auch einige Ihrer Kollegen um eine Einschätzung gebeten, aber die haben kaum mehr als einen Buchstabensalat voller Tippfehler und wilder Spekulationen abgeliefert.«

»Danke.« Walter schätzte diesen Job mehr als jeden Job zuvor und war jedes Mal erleichtert, wenn Raphael seine Arbeit lobte. »Ist verstörend, dieses Graffiti, finden Sie nicht?«

»Doch, Sie haben recht. Fehlt nicht viel, und man könnte es für eine Drohung halten.«

»Haben die Überwachungskameras was ergeben?«

»Nichts Brauchbares. Wenn Sie wollen, zeige ich Ihnen die Aufnahmen.« Raphael drehte den Monitor zu Walter um und drückte die Play-Taste. Der schwarz-weiße Videofilm zeigte ins gespenstische Licht des Nachtsichtmodus getauchte Bilder von der vorderen Terrasse: Am Rand taucht eine Gestalt aus dem Dunkeln auf, schwarze Hose und XL-Sweatshirt mit Kapuze. Er hält den Kopf gesenkt – oder ist es eine Frau? Unmöglich zu sagen – und da, in der behandschuhten Hand: der Ätzstift, der das Glas beschmiert. Geschmeidig klettert das Gespenst auf die Bank, sudelt die Worte ans Glas, und nach kaum zehn Sekunden ist der ganze Spuk vorbei.

»Als hätte er geübt«, sagte Walter.

»Wie?«

»Nun, er schreibt so schnell. Und das falsch rum. Oder sie. Schwer zu sagen.«

Raphael nickte. »Können Sie mir sonst noch was über gestern Abend mitteilen?«, fragte er. »Vielleicht etwas, das Sie in Ihrem Bericht nicht erwähnt haben?«

»Was meinen Sie?«

»Irgendwas Ungewöhnliches in der Lobby? Auffällige Details? Vielleicht etwas, das Sie nicht weiter wichtig fanden?«

Walter zögerte.

»Raus damit.«

»Nun ja, ich will nicht schlecht über Kollegen reden«, sagte Walter, »aber ich finde, der Nachtdiener benimmt sich irgendwie seltsam.«

Paul, der Nachtdiener, war Vincents Bruder – nein, er sei ihr Halbbruder, hatte Vincent gesagt, welchen Elternteil sie gemeinsam hatten, das wusste Walter allerdings nicht – und seit drei Monaten im Hotel angestellt. Er habe fünf, sechs Jahre in Vancouver gelebt, sei aber in Toronto aufgewachsen, hatte er Walter erzählt, eine Gemeinsamkeit, die sie hätte miteinander verbinden können, es aber nicht tat, vor allem wohl, weil er und Paul aus gänzlich verschiedenen Gegenden Torontos stammten. Sie zählten sich ihre liebsten Restaurants und Nachtclubs in Toronto auf, aber Walter hatte nie von der System Soundbar gehört und Paul nie vom Zelda's. Pauls Toronto war jünger, anarchischer, ein Toronto, das zum Takt einer Musik tanzte, die Walter weder mochte noch verstand, ein Toronto, das seltsame Moden bevorzugte und Drogen nahm, von denen Walter noch nie gehört hatte. (»Na ja, Sie wissen schon, warum die Raver-Kids einen Schnuller um den Hals tragen«, sagte Paul, »das hat nichts mit schlechtem Stil zu tun, hilft aber gegen Kiefermahlen, wenn man auf K ist«, und Walter nickte vielsagend, obwohl er keinen Schimmer hatte, was mit ›K‹ gemeint war.) Paul lächelte nie. Er erledigte seinen Job eher leidlich, besaß aber die Angewohnheit, beim nächtlichen Putzen der Lobby ins Leere zu starren, wenn er den Boden wischte oder die Tische polierte. Manchmal musste man ihn zwei-, dreimal beim Namen rufen, jede Schärfe im Ton bei der zweiten oder dritten Wiederholung provozierte allerdings einen vorwurfsvollen, verletzten Blick. Walter fand seine Gegenwart so irritierend wie deprimierend.

In der Nacht des Graffiti beendete Paul um halb vier Uhr früh seine Pause und betrat die Lobby durch den Nebeneingang. Walter schaute gerade noch rechtzeitig auf, um zu sehen, dass Pauls Blick sofort auf den umgestellten Philodendron fiel und dann auf Leon Prevant, den Schiffsreeder, der mittlerweile bei seinem zweiten Whisky war und eine zwei Tage alte Ausgabe der *Vancouver Sun* las.

»Ist was mit dem Fenster?«, fragte Paul, als er am Empfangstisch vorbeiging. In Walters Ohren klang seine Frage zu beiläufig.

»Leider ja«, sagte Walter. »Irgend so ein ziemlich widerwärtiges Graffiti.«

Pauls Augen weiteten sich. »Hat Mr Alkaitis das gesehen?«

»Wer?«

»Sie wissen schon.« Paul wies mit einem Kopfnicken auf Leon Prevant.

»Aber das ist nicht Alkaitis.« Walter beobachtete Paul aufmerksam. Er war rot im Gesicht und sah noch elender aus als gewöhnlich.

»Dachte, er wär's.«

»Alkaitis' Flug hat sich verspätet. Sie haben da draußen niemanden rumlungern sehen, oder?«

»Rumlungern?«

»Oder etwas Verdächtiges bemerkt? Es muss in der letzten Stunde passiert sein.«

»Oh, nein.« Paul sah ihn gar nicht mehr an – noch so eine irritierende Eigenart; warum musste er immer den Blick abwenden, wenn Walter mit ihm redete? – und starrte zu Leon hinüber, der seinerseits aus dem Fenster blickte. »Ich sehe mal nach, ob ich für Vincent nicht ein neues Bierfass anschließen soll«, sagte er.

* ***

»Was war ungewöhnlich?«, fragte Raphael.

»Dass er sich so nach Gästen erkundigt hat. Woher wusste er, wer in dieser Nacht noch einchecken würde?«

»Ist für einen Hausdiener doch gar nicht verkehrt, einen Blick auf die Gästeliste zu werfen und sich mit dem vertraut zu machen, was auf einen zukommt, oder? Ich spiele jetzt einfach mal des Teufels Advokaten.«

»Sicher, klar, da gebe ich Ihnen recht. Aber dass er beim Reinkommen direkt auf die Glaswand sieht, genau auf die Stelle hinterm Philodendron? Ich glaube nämlich nicht, dass die Topfpflanze wirklich so auffällig war«, sagte Walter.

»Also für mich steht sie eindeutig nicht am richtigen Platz.«

»Aber wäre der Philodendron das Erste, zu dem Sie hinsehen? Vor allem nachts? Sie kommen durch den Seiteneingang in die Lobby, blicken vorbei an der Doppelreihe Säulen, an den Sesseln und Beistelltischen, zur Mitte der Glaswand …«

»Er putzt die Lobby«, sagte Raphael. »Da weiß er sicher besser als jeder andere, wohin die Topfpflanze gehört.«

»Ich möchte betonen, dass ich ihm nichts vorwerfe, aber ich fand sein Verhalten schon auffällig.«

»Verstehe. Ich rede mit ihm. War sonst noch was?«

»Nein, nichts, der Rest der Schicht verlief ganz normal.«

***

Der Rest der Schicht:

Gegen vier Uhr früh begann Leon Prevant zu gähnen. Paul war irgendwo im Innern des Gebäudes, wischte im Angestelltentrakt die Fußböden auf. Walter war mit seinem Bericht fertig und ging die Checkliste durch. Er blickte über die Lobby und versuchte, nicht allzu sehr an das Graffiti zu denken. (Hieß *Schlucken Sie doch Glassplitter* letztlich nicht: *Ich hoffe, Sie sterben*?) Larry stand an der Tür, die Augen halb geöffnet. Walter wäre gern zu ihm gegangen und hätte mit ihm geredet, aber er wusste, dass Larry in den ruhigen Stunden oft meditierte und jetzt vermutlich seine Atemzüge zählte. Walter überlegte kurz, mit Vincent zu sprechen, aber es schien ihm nicht richtig, dass der Nachtmanager sich an der Bar herumtrieb, solange noch ein Gast anwesend war, also beschloss er, in aller Ruhe die Lobby zu inspizieren. Am Kamin rückte er ein gerahmtes Bild gerade, fuhr mit den Fingerspitzen über die Buchrücken, um zu prüfen, ob auch Staub gewischt worden war, und ordnete die Zweige des Philodendron so an, dass sie das aufgeklebte Papier besser verdeckten. Für einen Moment ging er dann nach draußen, um die kühle Nachtluft zu genießen, und lauschte auf das Motorengeräusch eines Bootes, von dem er wusste, dass es noch gar nicht abgefahren war.

Um halb fünf stand Leon Prevant auf und schlenderte gähnend in Richtung Fahrstuhl. Zwanzig Minuten später traf Jonathan Alkaitis ein. Wie immer hörte Walter das Boot, lang ehe es zu sehen war, der Motor mörderisch laut in der Stille der Nacht; und dann, als es um die Spitze der Halbinsel bog, kamen die Buglampen in Sicht. Larry zog den Gepäckwagen über die Pier. Vincent legte die Zeitung beiseite, in der sie gelesen hatte, richtete ihr Haar, zog die Lippen nach und nahm rasch noch zwei Schluck Espresso. Walter setzte sein herzlichstes Begrüßungslächeln auf, als Alkaitis hinter seinem Gepäck das Hotel betrat.

In späteren Jahren wurde Walter wegen Jonathan Alkaitis einige Male interviewt, doch waren die Journalisten meist enttäuscht, wenn sie wieder gingen. Als Hotelmanager, erklärte er ihnen, sei für ihn nichts wichtiger als Diskretion, in Wahrheit aber gab es einfach nicht viel über Alkaitis zu sagen. Er war nur im Nachhinein interessant. Früher kam er oft mit seiner inzwischen verstorbenen Frau. Sie hatten sich beide in diesen Ort verliebt, weshalb Alkaitis das Grundstück, als es zum Verkauf stand, erwarb und an die Managementfirma des Hotels leaste. Er lebte in New York, verbrachte drei-, viermal im Jahr einige Tage im Hotel und verströmte, wie alle Leute mit Geld, ein enervierendes Selbstvertrauen und die frohgemute Gewissheit, dass ihm nichts Schlimmes passieren könne. Er war ausnahmslos gut angezogen, auf jene Weise gebräunt, wie man es von Leuten kennt, die im Winter einige Zeit in tropischen Gegenden verbringen, und nicht über die Maßen fit, aber doch gut trainiert, kurz, er war in jeder Hinsicht nicht weiter bemerkenswert. Und nichts an ihm deutete darauf hin, dass er im Gefängnis sterben würde.

Wie immer war die beste Suite für ihn reserviert. Er leide unter extremem Jetlag, erzählte er Walter, und er sei ziemlich hungrig. Ob sich ein frühes Frühstück arrangieren lasse? (Natürlich, für Alkaitis ließ sich alles arrangieren.) Draußen war es noch dunkel, in der Küche aber begann der Tag schon lange vor Sonnenaufgang. Die Frühschicht musste jeden Moment eintreffen.

»Ich warte so lange an der Bar«, sagte Alkaitis und war Minuten später in ein Gespräch mit Vincent vertieft, die, fand Walter, noch nie so gut gelaunt und bezaubernd gewesen war. Nur worüber sie sich unterhielten, das bekam er nicht so richtig mit.

3

Leon Prevant verließ die Lobby um halb fünf Uhr früh, ging die Treppe hinauf zu seinem Zimmer und kroch ins Bett zu seiner Frau, die bereits schlief. Marie wurde nicht wach. In der Hoffnung, besser einschlafen zu können, hatte er extra einen Whisky mehr als üblich getrunken, doch dieses Graffiti öffnete einen Spalt in der Nacht, durch den all seine Ängste strömten. Hätte Marie genauer nachgehakt, hätte er vielleicht zugegeben, dass ihn Geldsorgen plagten, *Sorgen* traf es allerdings nicht genau. Leon hatte Angst.

Von einem Kollegen war ihm versichert worden, dass dieses Hotel wirklich außergewöhnlich sei, also hatte er als Geburtstagsüberraschung für seine Frau ein extrem teures Zimmer gebucht. Sein Kollege hatte recht gehabt, das sah er gleich. Es gab Angeltouren und Kajakexpeditionen, geführte Wildniswanderungen, Livemusik in der Lobby, fantastisches Essen und einen Plankenweg, der zu einer Waldlichtung mit Open-Air-Bar führte; an den Bäumen hingen Laternen; aus einem geheizten Pool blickte man über das ruhige Wasser der Bucht.

»Es ist himmlisch«, sagte Marie an ihrem ersten Abend.

»Ich bin durchaus geneigt, dir zuzustimmen.«

Er hatte sich für ein Zimmer mit einem Jacuzzi auf der Terrasse entschieden, in dem sie am ersten Abend fast eine Stunde lang saßen und mit einer kühlen Brise im Gesicht an ihrem Champagner nippten, während die Sonne postkartenschön im Wasser versank. Er küsste Marie und sagte sich, er müsse sich entspannen. Nur war das mit der Entspannung nicht so einfach, denn eine Woche nachdem er dieses extravagante Zimmer gebucht und seiner Frau davon erzählt hatte, begann er, Gerüchte über eine bevorstehende Unternehmensfusion zu hören.

Leon hatte bereits zwei solcher Fusionen und eine Umstrukturierung überstanden. Als sich aber erste Gerüchte über diese neuerliche Reorganisation verbreiteten, meinte er plötzlich mit absoluter Sicherheit zu wissen, dass er seinen Job verlieren würde. Er war achtundfünfzig Jahre alt und lang genug dabei, um der Firma reichlich teuer zu kommen, bis zu seiner Pensionierung aber waren es nur noch so wenige Jahre, dass man ihn vermutlich ohne große Gewissensbisse entlassen würde. Außerdem war sein Job nicht so schwierig, dass ihn nicht auch einer der jüngeren Angestellten für weniger Geld übernehmen konnte.

Seit er von der Fusion gehört hatte, gelang es ihm immer wieder einige Stunden lang, nicht daran zu denken, die Nächte aber waren schlimmer als die Tage. Er und Marie hatten sich gerade in Südflorida ein Haus gekauft, das sie bis zu seiner Pensionierung vermieten wollten, um dann irgendwann den New Yorker Wintern und der New Yorker Steuerlast zu entfliehen. Ihm kam es wie ein neuer Anfang vor, nur hatten sie für das Haus weit mehr bezahlt als geplant. Im Umgang mit Erspartem war er noch nie gut gewesen, und er wusste, dass er viel zu wenig Geld für sie

beide zurückgelegt hatte. Erst um halb sieben morgens fiel
er in einen unruhigen Schlaf.

4

Als Walter am nächsten Abend die Lobby betrat, aß Leon
Prevant an der Bar mit Jonathan Alkaitis zu Abend. Sie hatten sich kurz zuvor auf eine Art und Weise kennengelernt,
die damals zufällig gewirkt haben musste, später aber wie
eine Falle aussah. Leon hatte allein an der Bar gesessen und
sich einen Lachsburger bestellt, allein deshalb, weil Marie
mit Kopfschmerzen oben im Bett lag. Alkaitis, der zwei
Barhocker weiter ein Pint Guinness trank, begann mit der
Barkeeperin ein Gespräch, bezog irgendwann aber auch
Leon mit ein. Sie redeten über das Hotel Caiette, worüber, wie es der Zufall wollte, Jonathan Alkaitis allerhand
wusste. »Ehrlich gesagt, mir gehört der Kasten«, gestand er
Leon fast im Ton der Entschuldigung. »Ist nicht leicht herzukommen, aber gerade das gefällt mir so gut.«

»Ich glaube, ich weiß genau, was Sie meinen«, sagte
Leon, der immer auf Gespräche aus war, die ihn wenigstens einen Moment lang an etwas anderes – an irgendetwas
anderes – als an drohende Insolvenz und Arbeitslosigkeit
denken ließen. »Gehören Ihnen noch mehr Hotels?«

»Nur dieses eine. Ich arbeite vorwiegend im Finanzsek-
tor.« Er besitze zwei Geschäfte in New York, sagte Alkaitis,
bei beiden gehe es darum, das Geld anderer Leute auf dem
Aktienmarkt zu investieren. Eigentlich nehme er keine
neuen Kunden mehr an, mache gelegentlich aber noch
eine Ausnahme.

Die Sache mit Alkaitis war die, schrieb eine Frau aus Philadelphia Jahre später in ihrer persönlichen Aussage, die bei Prozessanhörung laut verlesen wurde, *dass er einem das Gefühl gab, einem exklusiven Club beizutreten.* Was ein Körnchen Wahrheit enthielt, wie Leon zugeben musste, als er die Mitschrift las, ebenso wichtig aber war der Mann selbst. Alkaitis besaß Präsenz. Er hatte diese für spätabendliche Radiosendungen bestens geeignete Stimme, warm und beschwichtigend, strahlte eine unglaubliche Ruhe aus und machte den Eindruck, keine Schaumschlägerei nötig zu haben, selbstgewiss, aber nicht arrogant, ein Mann, der lieber zuhörte, als über sich selbst zu reden. Er hatte diesen Trick – und es war wirklich ein Trick, wie Leon später herausfand –, so zu tun, als würde ihn nicht die Spur interessieren, was irgendwer über ihn dachte, wodurch er in seinem Gegenüber genau das Gegenteil provozierte: *Wie findet Alkaitis mich?* Wenn Leon in späteren Jahren an diesen besonderen Abend zurückdachte, erinnerte er sich an seinen Wunsch, Alkaitis beeindrucken zu wollen.

»Das ist mir jetzt ein bisschen peinlich«, sagte Alkaitis an jenem Abend, als sie die Bar verließen und sich in eine ruhigere Ecke der Lobby zurückzogen, um über mögliche Investments zu reden, »aber als Sie gesagt haben, Sie seien in der Reederei tätig, wurde mir im selben Moment klar, dass ich nicht den geringsten Schimmer habe, was das genau bedeutet.«

Leon lächelte. »Da sind Sie nicht der Einzige. Es ist eine größtenteils unsichtbare Industrie, doch fast alles, was Sie je gekauft haben, wurde über Wasser transportiert.«

»Meine Made-in-China-Kopfhörer?«

»Ein naheliegendes Beispiel, aber ich meine wirklich

fast alles. Alles, was wir am Leib tragen, einfach alles um uns herum. Ihre Socken. Unsere Schuhe. Mein Aftershave. Dieses Glas in meiner Hand. Ich könnte ewig so weitermachen, erspare Ihnen das aber lieber.«

»Tut mir leid, ich muss zugeben, ich habe noch nie darüber nachgedacht«, sagte Jonathan.

»Tut eigentlich niemand. Man geht ins Geschäft, kauft Bananen, denkt aber nie an die Leute, die die Bananen durch den Panamakanal geschleust haben. Warum auch?« *Immer langsam*, sagte er sich. Er wusste, dass er dazu neigte, anderen Leuten endlos von seiner Arbeit vorzuschwärmen. »Ich habe Kollegen, die sich darüber beklagen, dass die Öffentlichkeit so wenig über das Schifffahrtsgeschäft weiß, aber ich finde, allein die Tatsache, dass man nicht darüber nachdenken muss, beweist, wie gut das ganze System funktioniert.«

»Die Bananen kommen pünktlich an.« Jonathan nippte an seinem Drink. »Sie müssen dafür einen sechsten Sinn entwickeln, hier, mitten in dieser Welt, umgeben von den vielen Sachen, die per Schiff hergebracht werden. Hat es Sie je verwirrt, an all die Schiffsrouten zu denken, an all die Herkunftsländer?«

»Sie sind erst der zweite Mensch, der das errät«, sagte Leon.

Der erste war eine Studienfreundin von Marie gewesen, ein Medium, das es aus Santa Fe nach Toronto verschlagen hatte, damals, als Leon noch in Toronto stationiert gewesen war. Zu dritt hatten sie im St. Tropez zu Abend gegessen, Maries Lieblingsrestaurant während ihrer Zeit in Toronto. Die Hellseherin – Clarissa, fiel ihm jetzt wieder ein – war ein freundlicher, warmherziger Mensch. Sie gefiel ihm auf

Anhieb. Er hatte allerdings den Eindruck, dass Hellseher von Freunden oder zufälligen Bekannten oft ausgenutzt wurden, ein Eindruck, der auch durch Maries Erinnerungen an die vielen Male nicht gemindert wurde, bei denen sie Clarissa um kostenlosen Rat gefragt hatte, weshalb Leon im Laufe des Abends peinlich genau darauf achtete, Clarissa keine Fragen zu stellen, bis ihn beim Nachtisch die Neugier schließlich doch überkam: Fand sie es ohrenbetäubend, in einem Raum mit vielen Menschen zu sein? Hörte sich das für sie wie ein Zimmer voller Radios an, die auf sich überlappenden Frequenzen eingestellt waren, ein Stimmengewirr, das ihr so alltägliche wie entsetzliche Details aus einem Dutzend Leben zuflüsterte? Clarissa lächelte. »Das ist wie hier«, sagte sie und umfasste mit einer Handbewegung ihre Umgebung, »es ist, als wäre man in einem vollen Restaurant. Man kann das Gespräch am Nachbartisch verfolgen, man kann es aber auch zu einem bloßen Hintergrundrauschen dämpfen. Genau wie es dir mit der Schifffahrt geht«, sagte sie, und in seiner Erinnerung blieb dies eines der besten Gespräche seines Lebens, da er sonst eigentlich niemandem erzählte, dass er sich in die Welt der Schifffahrt einwählen konnte, als würde er am Senderknopf eines Radiogerätes drehen. Sah er zum Beispiel über den Tisch zu Marie, konnte er die Frau betrachten, die er liebte, oder er wechselte die Frequenz und sah ihr in England produziertes Kleid, die Schuhe aus China, die lederne Handtasche aus Italien; oder er drehte noch etwas weiter und sah die auf einer Weltkarte hell hervorgehobenen Schiffsrouten der Reederei Neptune-Avramidis: Das Kleid kam über die Transatlantische Westroute Nr. 3, die Schuhe entweder über die Transpazifische Ostroute oder die Shanghai-Los-Angeles-Expressroute etc. Drehte er noch weiter, hörte er jene Sprache, die er selbst nie benutzte, nicht einmal vor Marie: In jedem beliebigen Augenblick fahren Zehntausende Schiffe übers Meer, und Leon gefiel es, sich jedes Schiff als einen Lichtpunkt vorzustellen, Punkte, die sich zu über den nächtlichen Ozean ziehenden, elektrischen Leuchtströmen zusammenfanden, die sich durch schmale Kanäle drängten, den Suezkanal, den Panamakanal oder die Straße von Gibraltar, die Kontinente umrundeten und sich in Meere ergossen, eine unaufhörliche Bewegung, die alle Länder antrieb, diese geheime Welt, die er so liebte.

**

Als Walter einige Zeit später in Hörweite von Leon Prevant und Jonathan Alkaitis kam, hatte sich das Gespräch von Leons Arbeit zu der von Alkaitis verlagert, von Schifffahrt zu Investmentstrategien. Walter verstand kein Wort. Finanzen waren nicht gerade seine Welt, waren eine Sprache, die er nicht beherrschte. Irgendwer von der Tagschicht hatte das Graffiti am Fenster mit Reflexband überklebt, ein seltsam silbriger Spiegelstreif auf der dunklen Scheibe. An der Bar aßen zwei amerikanische Schauspieler.

»Ihretwegen hat er seine erste Frau verlassen«, sagte Larry und deutete mit einer Kopfbewegung auf die beiden an der Bar.

»Ach ja?«, sagte Walter, den das nicht im Mindesten interessierte. Zwanzig Jahre Arbeit in einem Edelhotel hatten ihn von jeglichem Interesse für Stars kuriert. »Ich wollte Sie was fragen«, sagte er, »so ganz unter uns: Kommt Ihnen der Neue nicht irgendwie seltsam vor?«

Theatralisch warf Larry einen Blick über die Schulter und schaute sich suchend in der Lobby um, aber Paul war woanders, wischte den Flur hinterm Empfang auf.

»Hat er Sie gestern Abend nach ankommenden Gästen gefragt?«

»Woher wissen Sie das? Also ja, er hat mich gefragt, wann Jonathan Alkaitis eintrifft.«

»Und warum haben Sie es ihm gesagt …?«

»Ach, wissen Sie, meine Augen sind nicht mehr so gut, und für mich hatte die Schicht gerade erst angefangen. Also habe ich ihm gesagt, ich sei mir nicht ganz sicher, glaube aber, der Typ, der in der Lobby einen Whisky trinke, sei Alkaitis. Hab meinen Irrtum erst viel später bemerkt. Aber wieso fragen Sie?« Larry war ein halbwegs diskreter Mensch, nur lebte das Personal in ein und demselben Gebäude mitten in den Wäldern, und Tratsch war für die Mitarbeiter fast wie eine Schwarzmarktwährung.

»Einfach so.«

»Nun kommen Sie schon.«

»Erzähl ich Ihnen später.« Während Walter zurück zur Rezeption ging, überlegte er noch, was das Motiv sein könnte, hegte aber längst keinen Zweifel mehr daran, dass Paul der Täter war. Er schaute sich in der Lobby um. Im Augenblick schien nichts und niemand seine Aufmerksamkeit zu verlangen, weshalb er durch die Personaltür hinterm Empfangstisch schlüpfte. Paul putzte das dunkle Fenster am anderen Ende des Flurs.

»Paul.«

Der Nachtdiener hielt inne. Ein Blick in sein Gesicht verriet Walter, dass er mit seinem Verdacht richtiglag. Paul wirkte gehetzt.

»Woher haben Sie den Ätzstift?«, fragte Walter. »Kann man so was einfach im Baumarkt kaufen? Oder haben Sie ihn selbst gemacht?«

»Was reden Sie denn da?«, sagte Paul, aber er war ein schrecklicher Lügner. Seine Stimme klang eine halbe Oktave zu hoch.

»Warum sollte Jonathan Alkaitis diese widerlichen Worte lesen?«

»Ich weiß nicht, was Sie meinen.«

»Dieses Haus bedeutet mir viel«, sagte Walter. »Und es so besudelt zu sehen, war, als wenn …« Es war dieses *als wenn*, das ihm am meisten zu schaffen machte, die Schändlichkeit der eingeätzten Botschaft, nur wusste er nicht, wie er Paul dies erklären sollte, ohne ihm Einblick in sein persönliches Leben zu gewähren, und allein die Vorstellung, diesem fantasielosen kleinen Schisser etwas auch nur entfernt Persönliches zu offenbaren, fand er unerträglich. Er brachte den Satz nicht zu Ende und räusperte sich. »Ich gebe Ihnen noch eine letzte Gelegenheit«, sagte er. »Wenn Sie jetzt Ihre Sachen packen und mit dem ersten Boot verschwinden, werde ich keine Polizei hinzuziehen …«

»Tut mir leid.« Pauls Stimme war kaum mehr als ein Flüstern. »Ich dachte nur …«

»Sie dachten nur, Sie besudeln ein Hotelfenster, um diese absolut grausame, völlig gestörte …« Walter schwitzte. »Warum haben Sie das bloß getan?« Aber Paul hatte die verstohlene Miene eines kleinen Jungen aufgesetzt, der nach irgendeiner plausiblen Erklärung sucht, und Walter konnte an diesem Abend keine weiteren Lügen ertragen. »Hören Sie, verschwinden Sie einfach«, sagte er. »Mir ist egal, warum Sie es getan haben. Ich will Sie nicht mehr sehen. Räumen Sie das Putzzeug fort, gehen Sie auf Ihr Zimmer, packen Sie Ihre Sachen und sagen Sie Melissa, dass Sie so rasch wie möglich nach Grace Harbour gebracht werden wollen. Sind Sie heute um neun Uhr noch da, melde ich Sie Raphael.«

»Sie verstehen nicht«, sagte Paul. »Ich habe da diese Schulden …«

»Wenn Sie den Job so dringend brauchen«, sagte Walter, »hätten Sie sich das mit dem Fenster besser noch mal überlegen sollen.«

»Man kann Glassplitter nicht mal schlucken.«

»Wie bitte?«

»Das ist physisch unmöglich.«

»Im Ernst? Das ist Ihre Entschuldigung?«

Paul lief rot an und wandte den Blick ab.

»Haben Sie bei dem Ganzen auch nur ein einziges Mal an Ihre Schwester gedacht?«, wollte Walter wissen. »Sie hat Ihnen diesen Job doch besorgt, oder nicht?«

»Vincent hat nichts mit alldem zu tun.«

»Werden Sie jetzt endlich gehen? Ich bin in großzügiger Laune und will Ihre Schwester nicht in Verlegenheit bringen, also lasse ich Sie einen sauberen Abgang machen, falls Ihnen eine Anzeige aber lieber ist, dann nur zu …«

»Nein, nein, ich gehe schon.« Paul schaute auf die Putzsachen in seinen Händen, als wüsste er nicht, wie sie da hingekommen waren. »Tut mir leid.«

»Sie sollten verschwinden, ehe ich meine Meinung ändere.«

»Danke«, sagte Paul.

***

Aber der Horror des Ganzen. *Schlucken Sie doch Glassplitter. Warum sterben Sie nicht. Warum ziehst du nicht jeden, den du liebst, ins Verderben.* Er musste an seinen Freund Rob denken, in alle Ewigkeit sechzehn, an das Gesicht seiner Mutter bei der Beerdigung. Walter schlafwandelte durch den Rest seiner Schicht und blieb anschließend noch auf, um am Morgen mit Raphael zu reden. Als er um acht Uhr, hundemüde und lange nach seiner üblichen Schlafenszeit, durch die Lobby ging, wanderte sein Blick zum Ende der Pier, wo Paul seine Reisetaschen ins Boot lud.

»Guten Morgen«, sagte Raphael, als Walter bei ihm im Büro vorbeischaute. Seine Augen strahlten, und er war frisch rasiert. Raphael und Walter lebten im selben Gebäude, aber in verschiedenen Zeitzonen.

»Ich habe gerade Paul mitsamt seiner weltlichen Habe ins Boot steigen sehen«, sagte Walter.

Raphael seufzte. »Ich weiß nicht, was da los ist. Er kam heute Morgen und hat mir eine wirre Geschichte darüber aufgetischt, wie sehr er Vancouver vermisse, dabei hat der Junge mich erst vor drei Monaten angefleht und behauptet, er brauche dringend einen Tapetenwechsel.«

»Er hat keinen Grund genannt?«

»Keinen. Schreiben wir die Stelle neu aus. Sonst noch was?«, fragte Raphael, und Walter, dessen Abwehrkräfte durch Übermüdung erschöpft waren, begriff zum ersten Mal, dass Raphael ihn nicht besonders mochte. Mit einem traurigen kleinen Plumps kam diese Einsicht bei ihm an.

»Nein«, antwortete er, »danke. Dann lass ich Sie mal weitermachen.« Auf dem Weg zum Personaltrakt wünschte er sich, er wäre, als er mit Paul geredet hatte, weniger wütend gewesen. Erst jetzt, so viele Stunden später, begann

72

er sich zu fragen, ob ihm das Entscheidende entgangen war: Wenn Paul behauptete, Schulden zu haben, meinte er damit, die Arbeit im Hotel unbedingt zu brauchen? Oder wollte er damit sagen, dass jemand ihn dafür bezahlt hatte, diese Worte auf die Fensterscheibe zu schreiben? Eigentlich ergab beides keinen Sinn, denn es schien offensichtlich, dass Pauls Botschaft Alkaitis galt, nur welche Bedeutung konnte Alkaitis schon für ihn haben?

Leon Prevant und Frau reisten am Morgen ab, zwei Tage später Jonathan Alkaitis. Als Walter in der Nacht von Alkaitis' Abreise die Schicht begann, stand Khalil hinter der Bar, obwohl er eigentlich keinen Dienst hatte: Vincent, sagte er, habe überraschend Urlaub genommen. Einen Tag später rief sie Raphael aus Vancouver an und sagte, sie habe beschlossen, nicht ins Hotel zurückzukehren, weshalb jemand vom Housekeeping ihre Sachen eingepackt und die Kiste hinten im Wäschezimmer abgestellt hatte.

Unter enormen Kosten wurde die Glasscheibe ersetzt, und das Graffiti verschwand allmählich aus der Erinnerung. Der Frühling ging in den Sommer über, und es begann das herrliche Chaos der Hochsaison, die Lobby jeden Abend rappelvoll, ein temperamentvolles Jazz-Quartett sorgte, wenn es nicht gerade die Gäste begeisterte, im Personaltrakt für Dramen. An jedem zweiten Abend spielte statt des Quartetts ein Pianist, dessen Haschkonsum toleriert wurde, da er anscheinend jede Melodie spielen konnte, die je geschrieben wurde. Das Hotel war ausgebucht, der Mitarbeiterstab fast verdoppelt, und Melissa fuhr den ganzen Tag und noch bis spät in den Abend zwischen Hotel und Grace Harbour hin und her.

Der Sommer ging in den Herbst über, dann in die Stille

73

und Dunkelheit der Wintermonate, die Unwetter häufiger, das Hotel halb leer, und selbst in den Angestelltenquartieren wurde es nach Abreise der Saisonarbeiter ruhiger. Walter verschlief die Tage, begann am frühen Abend seine Schicht – herrlich lange Nächte in der stillen Lobby, Larry an der Tür, Khalil hinter der Bar, aufziehende Gewitter, die im Laufe der Nacht heftiger wurden – und setzte sich gelegentlich zu seinen Kollegen an den Tisch, um mit ihnen eine Mahlzeit einzunehmen, die für die Nachtschicht das Abendessen und für die Tagschicht Frühstück war, genehmigte sich hin und wieder einen Drink mit dem Küchenpersonal, hörte allein in seiner Wohnung Jazz, ging in und um Caiette spazieren und bestellte sich Bücher per Post, in denen er las, wenn er am späten Nachmittag wach wurde.

An einem stürmischen Abend im Frühling checkte Ella Kaspersky ein. Sie war Stammgast im Hotel, eine Geschäftsfrau aus Chicago, die gern kam, um, wie sie sich ausdrückte, »all dem Lärm« zu entfliehen, ein schon deshalb bemerkenswerter Gast, weil Jonathan Alkaitis deutlich gemacht hatte, dass er sie nicht zu sehen wünsche. Walter hatte keine Ahnung, warum Alkaitis ihr aus dem Weg ging, und wollte es ehrlich gesagt auch gar nicht wissen, doch als sie eintraf, prüfte er wie sonst auch, dass Alkaitis sich nicht zufällig ebenfalls angemeldet hatte. Er war, wie Walter feststellte, schon eine Weile nicht mehr im Hotel gewesen, jedenfalls lag sein letzter Besuch länger als gewöhnlich zurück. Als es gegen zwei Uhr früh in der Lobby ruhiger wurde, suchte er daher auf Google nach Alkaitis und fand Bilder einer Benefizveranstaltung, die noch nicht lange zurücklag. Ein strahlender Alkaitis im

Smoking, eine jüngere Frau am Arm. Sie kam ihm bekannt vor.

Walter vergrößerte das Foto. Die Frau war Vincent, eine Hochglanzversion mit teurer Frisur und professionell aufgebrachtem Make-up, doch zweifellos Vincent. Sie trug ein metallisch glitzerndes Abendkleid, das sicher mehr gekostet hatte, als sie in einem Monat hinter der Bar verdiente. Die Überschrift lautete: *Jonathan Alkaitis mit seiner Frau Vincent.*

Walter blickte vom Bildschirm in die stille Lobby. Seit Vincents Abreise vor einem Jahr hatte sich in seinem Leben nichts geändert, und das, weil er es so geplant und nicht anders gewollt hatte. Khalil, jetzt fest angestellter Barkeeper, unterhielt sich mit einem gerade eingetroffenen Pärchen. Larry stand an der Tür, die Hände hinterm Rücken, die Augen halb geschlossen. Walter verließ seinen Posten und trat hinaus in die Aprilnacht. Er hoffte, dass Vincent glücklich war in jenem fremden Land, in diesem fremden neuen Leben, das sie für sich gewählt hatte. Er versuchte, sich vorzustellen, wie es sein mochte, in Jonathan Alkaitis' Welt einzutreten – das Geld, die Häuser, der Privatjet –, aber all das blieb ihm letztlich unbegreiflich. Die Nacht war kalt und klar, am Himmel kein Mond, allein das Glitzern der Sterne war überwältigend. In seinem früheren Leben, in Toronto, wäre es ihm unvorstellbar gewesen, sich einmal in einen Ort zu verlieben, an dem die Sterne so hell leuchteten, dass er in einer mondlosen Nacht noch einen Schatten warf. Er wollte nichts, was er nicht bereits hatte.

Kaum aber wandte er sich wieder zum Hotel um, blendete ihn die Erinnerung an das verstörende Mysterium jener vor einem Jahr an die Glasscheibe geschriebenen Worte: *Schlucken Sie doch Glassplitter.* Der Wald war ein einziges Dunkel. Er verschränkte die Arme gegen die Kälte und ging zurück in das Licht und die Wärme der Lobby.

4

Ein Märchen
2005–2008

Kopfsprung

Ein gesunder Verstand basiert auf Ordnung. Nur einen Monat nach ihrer Abreise aus dem Hotel Caiette und der Ankunft in Jonathan Alkaitis' absurd großem Haus in einer von Connecticuts Vorstädten folgte Vincent einem festen Tagesablauf, von dem sie nur selten abwich. Sie stand um fünf Uhr auf, eine halbe Stunde vor Jonathan, um zu joggen. Wenn sie ins Haus zurückkehrte, war er bereits auf dem Weg nach Manhattan. Bis acht hatte sie sich geduscht und fertig angezogen, und Jonathans Fahrer stand ihr jetzt zur Verfügung, um sie zum Bahnhof zu fahren – wiederholt hatte er sich erboten, sie in die Stadt zu bringen, aber Vincent war ein fahrender Zug lieber als ein Verkehrsstau. Wenn sie die Grand Central Station betrat, schlenderte sie außerdem gern durch die Haupthalle, betrachtete die Sternbilder an der grünen Decke, die Tiffany-Uhr über der Auskunft, die Menschenmenge. Meist frühstückte sie in einem Diner in der Nähe des Bahnhofs, um sich danach auf den Weg Richtung Süden zu einem bestimmten Café in Lower Manhattan zu machen, wo sie einen Espresso trank und Zeitung las, ehe sie ein wenig shoppen ging, zum Friseur oder mit ihrer Kamera ziellos durch die Straßen lief, und falls dann noch Zeit blieb, hielt sie sich für eine Weile im Metropolitan Museum of Art auf, ehe sie zurück zur Grand Central spazierte und den Zug nach Norden nahm, um rechtzeitig daheim zu sein und sich bis sechs Uhr etwas Hübsches anzuziehen. Jonathan würde nämlich keinesfalls früher aus dem Büro zurück sein.

Sie verbrachte den Abend mit ihm, fand aber immer die Zeit, eine halbe Stunde zu schwimmen, ehe sie ins Bett ging. Im Königreich des Geldes, wie sie es nannte, gab es ungeheure Zeiträume auszufüllen, und sie hatte eine unbestimmte Angst davor, sich treiben und einen Tag ohne festen Ablauf oder Plan verstreichen zu lassen.

***

»Alle Welt will nach Manhattan«, sagte Jonathan, als sie ihn fragte, warum sie nicht einfach in seiner Zweitwohnung am Columbus Circle blieben, in der sie, wenn sie Theaterkarten hatten, manchmal übernachteten, »aber ich lebe gern ein wenig außerhalb.« Er war in der Vorstadt aufgewachsen und hatte schon immer ihre Ruhe geliebt, ihre Weitläufigkeit.

»Verstehe«, sagte Vincent, aber die Stadt zog sie an, denn sie war das Gegenstück zum überbordenden Grün ihrer Kindheitserinnerungen. Sie wollte Beton, gerade Linien und präzise Winkel, wollte den Himmel nur zwischen Hochhäusern sehen können und hartes Licht.

»Außerdem wärst du in Manhattan niemals glücklich«, sagte Jonathan, »denk nur daran, wie sehr du den Pool vermissen würdest.«

***

Würde sie den Pool vermissen? Beim Schwimmen dachte sie darüber nach. Ihre Beziehung zum Becken glich eher einer Hassliebe. Vincent schwamm jeden Abend, um ihren Willen zu stärken, da sie schreckliche Angst vorm Ertrinken hatte.

***

Abends in den Pool springen: Im Sommer schwamm Vincent durch die Hauslichter, die sich an der Wasseroberfläche spiegelten. Bei kaltem Wetter wurde der Pool beheizt, also schwamm sie durch den Dampf. Sie blieb unter Wasser, so lange sie konnte, testete ihr Durchhaltevermögen. Wenn sie schließlich auftauchte, tat sie oft, als wäre der Ring an ihrem Finger echt und als gehörte ihr alles, was sie sah: das Haus, der Garten, der Rasen und der Pool, in dem sie schwamm. Es war ein Infinity-Pool, der den verwirrenden Eindruck machte, das Wasser verschwände im Rasen oder der Rasen im Wasser. Vincent hasste den Rand.

Menschenmengen

Ihr Abkommen mit Jonathan, jedenfalls wie sie es verstand, beinhaltete, dass sie ihm zur Verfügung stand, wann immer er wollte, ob im Schlafzimmer oder außerhalb. Sie würde stets elegant sein, makellos – »Du füllst jedes Zimmer mit solch einer Anmut«, hatte er gesagt –, dafür erhielt sie eine Kreditkarte, deren Abrechnungen sie niemals zu Gesicht bekam, führte ein Leben in schönen Häusern und war oft auf Reisen, kurz, das Gegenteil jenes Lebens, das sie zuvor gehabt hatte. Kein Mensch benutzt in Gesprächen das Wort *Vorzeigefrau*, aber Jonathan war vierunddreißig Jahre älter als Vincent, und sie wusste genau, was sie war.

Einige Anpassungen waren nötig. In Jonathan Alkaitis' Haus zu wohnen, war anfangs wie einer jener Träume, in denen man in der Küche eine Tür bemerkt, die einem zuvor nie aufgefallen war, und diese Tür geht auf einen hinteren Flur, der in ein nie bewohntes Au-pair-Zimmer führt, von dem aus man ein unbenutztes Kinderzimmer erreicht, das größer als das Haus der eigenen Kindheit ist; und später findet man dann noch heraus, dass es einen Weg vom Schlafzimmer zur Küche gibt, auf dem man keinen Fuß in eines der beiden Wohnzimmer oder in den unteren Flur setzen muss.

Während ihrer Zeit im Hotel hatte sie Geld stets mit Privatsphäre gleichgesetzt – die reichsten Hotelgäste hatten immer am meisten Platz, Suiten statt Zimmer, eigene Terrassen, Zugang zu VIP-Lounges –, doch je tiefer man ins Königreich des Geldes vordrang, desto voller wurde es. Ständig waren im Haus Leute um einen herum, weshalb Vincent nur am Abend schwamm. Tagsüber war da Gil, der Hausmanager, der mit seiner Frau Anya in einem Cottage an der Auffahrt wohnte. Anya war die Köchin, der drei Frauen aus der näheren Umgebung unterstellt waren, die das Haus sauber hielten, sich um die Wäsche kümmerten,

Lieferungen annahmen oder dergleichen machten. Außerdem gab es einen Chauffeur, der über der Garage wohnte, sowie einen stillen Platzwart, der sich um alles außerhalb des Hauses kümmerte. Jedes Mal, wenn Vincent aufblickte, war jemand in der Nähe, fegte, putzte, telefonierte mit dem Klempner oder beschnitt eine Hecke. Man hatte sich tagsüber mit einer Menge Leute abzufinden, abends aber zog sich das Personal ins Privatleben zurück, und Vincent konnte schwimmen, ohne das Gefühl zu haben, dass sie von jedem Fenster aus beobachtet wurde.

»Es freut mich, dass Ihnen der Pool so gut gefällt«, sagte Gil. »Der Designberater hat viel Arbeit reingesteckt, aber ich könnte schwören, vor Ihnen hat den niemand benutzt.«

***

Sie war im Pool, als sie Claire zum ersten Mal sah, Jonathans Tochter. Es war ein kühler Abend im April, Dunstschwaden stiegen auf. Sie hatte gewusst, dass Claire vorbeischauen wollte, hatte aber nicht damit gerechnet, aus dem Wasser aufzutauchen und eine Frau im Hosenanzug vor sich zu sehen, die sie durch den Dampf hindurch wie eine gottverdammte Erscheinung anstarrte, völlig regungslos, die Hände hinterm Rücken verschränkt. Vincent keuchte laut auf, was kaum besonders damenhaft geklungen haben konnte. Claire, die offensichtlich direkt aus dem Büro kam, war eine sehr geschäftsmäßig wirkende Frau Ende zwanzig.

»Sie müssen Vincent sein.« Sie griff nach dem gefalteten Handtuch, das Vincent auf einem Liegestuhl bereitgelegt hatte, und hielt es ihr auf eine so unmissverständliche

Raus-aus-dem-Pool-Weise hin, dass Vincent keine andere Wahl blieb, als die Leiter hinaufzusteigen und das Handtuch entgegenzunehmen, was sie ärgerlich fand, da sie eigentlich vorgehabt hatte, noch ein wenig länger zu schwimmen.

»Und Sie müssen Claire sein.«

Claire würdigte sie keiner Antwort. Vincent trug einen schlichten Badeanzug, fühlte sich beim Abtrocknen aber fast nackt.

»Vincent – was für ein ungewöhnlicher Name für ein Mädchen«, sagte Claire mit einer leichten Betonung auf *Mädchen*, die Vincent ziemlich unangebracht fand. *So jung bin ich nun auch wieder nicht*, hätte sie ihr am liebsten geantwortet, da sie sich mit vierundzwanzig überhaupt nicht mehr jung fühlte, aber vielleicht war Claire ja gefährlich, und Vincent hoffte auf Frieden zwischen ihnen beiden, weshalb sie so besänftigend wie möglich antwortete:

»Meine Eltern haben mich nach Edna St. Vincent Millay benannt, einer Dichterin.«

Claires Blick huschte zum Ring an Vincents Hand. »Tja«, sagte sie, »schätze, wir können uns unsere Eltern nicht aussuchen. Was machen die denn so?«

»Meine Eltern?«

»Ja.«

»Sie sind tot.«

Claires Gesichtszüge wurden ein wenig weicher. »Tut mir leid.« Ein, zwei Herzschläge lang schauten sie sich nur an, dann langte Vincent nach ihrem Bademantel auf einem der Liegestühle, und Claire sagte, jetzt eher resigniert als verärgert: »Haben Sie gewusst, dass Sie fünf Jahre jünger sind als ich?«

»Unser Alter können wir uns auch nicht aussuchen«, erwiderte Vincent.

»Ha.« (Kein Lachen, sondern ausgesprochen wie ein Wort: *Ha*) »Was soll's, wir sind ja alle erwachsen. Nur damit wir uns richtig verstehen, ich finde die ganze Situation absurd, doch ist das kein Grund, nicht freundlich zueinander zu sein.« Sie wandte sich ab und ging zurück ins Haus.

***

Geister

Vincents Mutter, die selbst einmal Dichterin gewesen war, hatte oft Lyrik gelesen. 1912 begann Edna St. Vincent Millay im Alter von neunzehn Jahren ein Gedicht mit dem Titel *Wiedergeburt* zu schreiben, das Vincent in ihrer Kindheit und Jugend an die tausend Mal gelesen haben musste. Millay hatte es für einen Wettbewerb verfasst, den sie nicht gewann, doch enthielten ihre Verse eine elektrische Spannung, die sie aus der Plackerei ihrer New-England-Armut ans Vassar College und in jene Art Boheme versetzte, von der sie ihr Leben lang geträumt hatte: eine andere Art Armut, die Variante Greenwich Village, eine Armut mit spätabendlichen Dichterlesungen und tollen Freunden.

»Entscheidend ist, dass sie durch schiere Willenskraft ein neues Leben für sich schuf«, so Vincents Mutter, und Vincent hatte sich schon damals gefragt – sie war vielleicht elf gewesen –, was ein solcher Satz darüber aussagte, wie zufrieden Vincents Mutter mit dem Weg sein mochte, den ihr eigenes Leben genommen hatte, diese Frau, die darauf gehofft hatte, Gedichte in der Wildnis schreiben zu können, was irgendwie aber immer wieder an ganz banalen Problemen scheiterte, am Aufziehen eines Kindes und dem Führen eines Haushalts in der Wildnis. Es gibt die *Idealvorstellung* einer solchen Wildnis, und es gibt die so gar nicht glamouröse Schinderei, die endlose Last, Brennholz heranzuschaffen, Lebensmittel über absurd große Entfernung nach Hause zu schleppen, sich um den Gemüsegarten zu kümmern und die Zäune instand zu halten, damit das Wild nicht das Gemüse frisst, den Generator zu reparieren, ans Benzin für den Generator zu denken, an den Kompost, darauf zu achten, dass im Sommer nicht das Wasser knapp wird; und nie genug Geld zu haben, weil Gelegenheiten zu Nebenverdiensten in der Wildnis nun mal knapp sind, mit dem Unwillen eines aufgebrachten Kindes fertigzuwerden, das ihre Liebe zur Wildnis nicht versteht und jede Woche fragt, warum sie nicht an einem normalen Ort ohne Wildnis leben können, etc. etc.

Was Vincents Mutter sich vermutlich nie vorgestellt hatte: ein Leben – ein *Arrangement* –, in dem Vincent einen Ehering trug, aber nicht verheiratet war. »Ich möchte dich in meiner Nähe wissen«, hatte Jonathan zu Beginn gesagt, »aber ich mag noch nicht wieder heiraten.« Suzanne, seine Frau, war drei Jahre zuvor gestorben. Doch auch wenn er Vincent nicht heiraten wollte, war er doch der Ansicht, dass Eheringe einen gewissen Eindruck von Stabilität vermittelten. »In meinem Metier«, sagte er, »in dem es darum geht, das Geld anderer Leute zu verwalten, kommt es vor allem auf den Anschein von Beständigkeit an. Wenn ich zu einem Abendessen mit Klienten ausgehe, ist es besser, du bist meine schöne junge Frau und nicht meine schöne junge Freundin.«

»Weiß Claire, dass wir nicht verheiratet sind?«, fragte Vincent an jenem Abend, an dem Claire am Pool aufgetaucht war. Bis Vincent ins Haus gekommen war und geduscht hatte, war Claire bereits wieder fort gewesen. Jonathan saß allein im südlichen Wohnzimmer mit einem Glas Rotwein und der *Financial Times*.

»Das wissen nur zwei Menschen auf der Welt«, sagte er. »Du und ich. Komm her.« Vincent ging zu ihm und blieb im Licht der Lampe stehen. Langsam fuhr er mit den Fingerspitzen über ihren Arm, dann drehte er sie um und zog den Reißverschluss ihres Kleides auf.

***

Was aber ist das für ein Mann, der seiner Tochter vorlügt, verheiratet zu sein? Es gab Aspekte ihres Märchens, über die Vincent damals lieber nicht nachdachte, und später haftete ihren Erinnerungen an jene Jahre etwas Abstraktes an, fast, als hätte sie zeitweilig neben sich selbst gestanden.

Komplizen

Mit einem Paar, das Millionen in Jonathans Fonds investiert hatte, Marc und Louise aus Colorado, tranken sie Cocktails in einer Bar in Midtown. Damals lebte Vincent erst seit drei Wochen im Reich des Geldes, und ihr war noch lebhaft bewusst, wie seltsam sie ihr neues Leben fand.

»Das hier ist Vincent«, sagte Jonathan, seine Hand in ihrem Kreuz.

»Wie schön, dass wir uns treffen«, sagte Vincent. Marc und Louise waren Ende vierzig, Anfang fünfzig, und nach einigen Monaten bei Alkaitis würde Vincent wissen, dass beide ein typisches Exemplar der westlichen Subspezies reicher Paare waren: wohlhabend wie ihre Pendants in anderen Regionen, aber dank ihrer Leidenschaft fürs Skifahren vorzeitig verwittert.

»Es ist so toll, dich kennenzulernen«, sagten sie, als Louises Blick beim Händeschütteln auf Vincents und Johns Ring fiel. »Ach, du meine Güte, Jonathan«, rief sie, »sind Glückwünsche angebracht?«

»Danke, ja«, sagte er in einem so überzeugenden Ton verhaltenen Glücks, dass Vincent einen irritierenden Moment lang der verrückten Vorstellung anhing, tatsächlich mit ihm verheiratet zu sein.

»Tja dann, auf euer Wohl«, sagte Marc und hob sein Glas. »Meine Glückwünsche für euch beide. Sind ja fantastische Neuigkeiten, wirklich fantastisch.«

»Darf ich fragen …?«, sagte Louise. »Große Hochzeit, kleine …«

»Hätten wir überhaupt gefeiert«, sagte Jonathan, »hätten eure Namen natürlich ganz oben auf der Gästeliste gestanden.«

»Ob ihr es glaubt oder nicht«, sagte Vincent, »aber wir wurden auf dem Standesamt getraut.«

»Grundgütiger«, rief Marc aus, und Louise sagte: »Euer Stil gefällt mir. Donna – also unsere Tochter – will demnächst auch heiraten, und herrje, dieses Organisieren, die Komplikationen, das ganze Drama, solche *Kopfschmerzen*;

also ich bin überaus geneigt, ihr zu raten, dass sie eurem Beispiel folgen und ihren Zukünftigen einfach standesamtlich heiraten soll.«

»Was durchaus nicht einer gewissen Effizienz entbehrt«, sagte Jonathan. »Hochzeiten können so aufreibend sein, und wir wollten dieses ganze Theater nicht.«

»Ich musste ihn sogar überreden, den Tag freizunehmen«, sagte Vincent. »Wäre es nach ihm gegangen, hätte er das in der Mittagspause erledigt.« Sie lachten, und Jonathan legte seinen Arm um ihre Schultern. Sie spürte, dass ihm ihre Improvisation gefiel.

»Und die Flitterwochen?«, fragte Marc.

»Ich nehme sie nächste Woche mit nach Nizza, und anschließend geht es übers Wochenende nach Dubai«, sagte Jonathan.

»Ach, richtig«, sagte Marc, »ich weiß noch, wie du gesagt hast, dass du es da so schön findest. Und, Vincent, schon mal drüben gewesen?«

»In Dubai? Nein, noch nie. Kann es kaum erwarten.« Und so weiter und so weiter. Sie wollte nicht lügen, seine Erwartungen aber waren eindeutig. Als ehemalige Kellnerin war sie es gewohnt, Theater zu spielen, und das Lügen fiel ihr erschreckend leicht. In der Nacht, in der Jonathan die Hotelbar betreten hatte, war von irgendwem ein grässliches Graffiti an die Glaswand geschrieben worden, und sie stand da, trocknete Gläser ab, zählte die Minuten bis zum Ende ihrer Schicht und fragte sich, warum sie es eigentlich für eine gute Idee gehalten hatte, hierher zurückzukehren, um sich dann den Rest ihres Lebens vorzustellen, ein Leben, in dem sie es nie weiter brachte, denn natürlich könnte sie kündigen und in einer anderen

Bar arbeiten, und danach wieder in einer Bar, und in noch einer und noch einer, nur wenn sie Caiette verließe, würde das die zugrunde liegende Gleichung auch nicht ändern. Die Probleme in Vincents Leben blieben von einem Jahr zum nächsten dieselben: Sie wusste, sie war ein halbwegs kluger Mensch, doch gibt es einen Unterschied zwischen Klugheit und dem Wissen, was man mit seinem Leben anfangen will, auch einen Unterschied zu dem Wissen einerseits, dass ein Uniabschluss das Leben verändern könnte, und der Bereitschaft andererseits, sich tatsächlich die schreckliche Last eines Studiendarlehens aufzubürden, insbesondere, da sie oft genug mit studierten Barkeepern hinterm Tresen gearbeitet hatte und daher wusste, dass ein Uniabschluss womöglich rein gar nichts änderte, etc. etc.; so also folgten ihre Überlegungen vertrauten Bahnen, und sie war sie leid und sich selbst, als Jonathan die Bar betrat. Sein offenkundiger Wohlstand, sein ebenso offenkundiges Interesse an ihr und die Art, wie er mit ihr redete, boten ihr die Gelegenheit zu einem viel bequemeren Leben, zumindest zu einem völlig *anderen* Leben, zu einem Leben im Ausland sowie zu einem, in dem sie nicht bloß in einer anderen Bar als in der hier kellnerte, und sie fand die Gelegenheit unwiderstehlich.

Die Lüge, verheiratet zu sein, belastete ihr Gewissen, wenn auch nicht so sehr, dass sie davonlaufen wollte. *Ich zahle einen Preis für dieses Leben*, sagte sie sich, *aber der Preis ist angemessen.*

Variationen

Jonathan redete nie über seine verstorbene Frau, über Suzanne, doch war die Vergangenheit auch nie gänzlich vom Tisch. War er in einer gewissen Stimmung, hörte er gern Geschichten aus Vincents Leben. Sie gab sie nur sparsam zum Besten: »Als ich dreizehn war«, erzählte sie einmal, »habe ich mir die Haare blau gefärbt und wurde von der Schule suspendiert, weil ich ein Graffiti an ein Fenster geschrieben hatte.«

»Echt? Was hast du geschrieben?«

»Du wirst es nicht glauben: die letzten Worte eines Philosophen. Ich hatte sie irgendwo in einem Buch gelesen und fand sie beeindruckend.«

»Ein wenig frühreif und ziemlich morbide«, sagte er. »Ich trau mich fast nicht weiterzufragen.«

»*Fegt mich weg.* Das hat doch was Schönes, findest du nicht?«

»Vielleicht für eine temperamentvolle Dreizehnjährige«, sagte er, also warf sie ein Kissen nach ihm. Sie hatte nicht erzählt, dass ihre Mutter zwei Wochen vorher gestorben war oder dass ihr Bruder sich im Hintergrund aufhielt und ihr beim Schreiben zusah, überhaupt, dass sie einen Bruder hatte. Man kann in jeder beliebigen Geschichte so viel auslassen.

***

Außerdem war das nicht *morbide*, dachte sie am nächsten Nachmittag während der Zugfahrt in die Stadt. Eher fast das Gegenteil. Sie hatte nie eine klare Vorstellung davon gehabt, wie ihr Leben aussehen sollte, war immer orientierungslos gewesen, sie wusste nur, dass sie hinweggefegt und aus der Menge gefischt werden wollte, und als es dann passierte, als Jonathan ihr seine Hand hinhielt und sie danach griff, als sie in nur einer Woche den schimmelpilzbefallenen Personaltrakt des Hotel Caiette gegen ein riesiges Haus in einem anderen Land eintauschte, überraschte es sie, wie verwirrend sie all das fand, und dann überraschte sie ihre Überraschung. Im Grand Central stieg sie aus dem Zug und ließ sich vom Strom der Fußgänger durch die Lexington Avenue schieben. *Wie bin ich nur auf diesem fremden Planeten gestrandet, so weit fort von daheim?* Dabei war es nicht der Ort, er war es nicht mal in erster Linie; es war vielmehr das Geld, das alles so fremd und seltsam machte. Ohne ein bestimmtes Ziel schlenderte sie zur Fifth Avenue und lief, bis ihr Blick auf ein Paar buttergelbe Lederhandschuhe in einem Schaufenster fiel. Alles in dem Geschäft sah hinreißend aus, aber die gelben Handschuhe glühten in einem ganz bestimmten Licht. Sie probierte sie an und kaufte sie, ohne auf den Preis zu achten, denn im Königreich des Geldes war ihre Kreditkarte ein magisches, schwereloses Etwas.

Mit den Handschuhen in der Tasche verließ sie die Boutique und merkte, wie ihre Gedanken ein wenig abschweiften. Das Leben war in diesen Tagen so verwirrend, dass sie sich oft dabei ertappte, wie sie sich Variationen der Realität ausmalte, unterschiedliche Abläufe der Geschehnisse: eine alternative Realität, in der sie zum Beispiel noch vor Jonathans Eintreffen ihre Stelle im Hotel Caiette kündigte, um wieder im Hotel Vancouver zu arbeiten; oder in der Jonathan sich an jenem Morgen entschied, den Zimmerservice kommen zu lassen, statt in die Bar zu gehen und sich ein Frühstück zu bestellen; oder in der er zwar in der Bar saß und sein Frühstück aß, Vincent aber nicht mochte; eine alternative Realität, in der sie immer noch im Angestelltentrakt des Hotel Caiette wohnte, wohlhabenden Touristen die ganze Nacht lang Drinks servierte und die Jahre vergingen. Keines dieser Szenarien schien ihr unwirklicher als das Leben, das sie führte, weshalb sie manchmal das wahrhaft verstörende Gefühl überkam, es würden ohne sie andere Versionen ihres Lebens gelebt, in denen andere Vincents andere Erlebnisse hatten.

Sie hatte ihr Leben lang stets Zeitung gelesen, da sie sich für schrecklich ungebildet hielt, aber als ein informierter, sachkundiger Mensch gelten wollte. Las sie im Königreich des Geldes jedoch einen Artikel, fand sie sich auf unbehagliche Weise oft vom Gegenteiligen abgelenkt. So stellte sie sich zum Beispiel eine alternative Realität vor, in der es keinen Irakkrieg gegeben oder in der man die grausame neue Schweinepest in der Republik Georgien nicht so rasch in den Griff bekommen hatte; eine alternative Welt, in der sich die georgische Grippe zur unaufhaltbaren Pandemie ausweitete und die Zivilisation zusammenbrach. Eine Variante der Realität, in der Nordkorea keine Raketentests durchgeführt hatte, in London keine Terroranschläge verübt worden waren und der israelische Premierminister keinen Schlaganfall erlitt. Manchmal trieb sie es noch weiter: eine Version der Geschichte, in der es nie zu einer Teilung der koreanischen Halbinsel gekommen war, in der die UdSSR nie in Afghanistan einmarschiert war, Al-Qaida nie gegründet wurde und Ariel Scharon als junger Mann im Krieg gestorben war. Sie konnte dieses Spiel nur eine gewisse Zeit treiben, da ihr irgendwann schwindlig wurde und sie damit aufhören musste.

Schild

Zu den ersten Dingen, die sie sich kaufte, gehörte eine teure Videokamera, eine Canon HV10. Sie filmte, seit sie dreizehn war, hatte wenige Tage nach dem Verschwinden ihrer Mutter damit angefangen, damals, als Grandma Caroline aus Victoria gekommen war, um im Haus zu helfen. An jenem ersten Tag ihres Besuchs, als Vincent nach dem Abendessen am Tisch saß, Tee trank – eine Angewohnheit, die sie von ihrer Mutter übernommen hatte – und den Hügel hinab aufs Wasser starrte, da ihre Mutter doch gewiss jeden Moment die Stufen zum Haus hinauflaufen würde –, stellte ihre Oma einen Karton auf den Tisch.

»Ich hab hier was für dich«, sagte sie.

Vincent öffnete den Karton und fand darin eine Videokamera, eine Panasonic. Sie sah gleich, dass es sich um die neuste Version handelte, um jene mit DV-Tapes, trotzdem war sie überraschend schwer. Vincent wusste nicht recht, was sie damit anfangen sollte.

»Als ich jünger war«, erzählte Caroline, »so um die einundzwanzig, zweiundzwanzig, habe ich eine schwere Zeit durchgemacht.«

»Was für eine schwere Zeit?« Es waren seit Stunden Vincents erste Worte, vielleicht sogar die ersten an jenem Tag. Sie wollten ihr im Hals stecken bleiben.

»Die Einzelheiten sind unwichtig. Eine Freundin, eine Fotografin, hat mir eine Kamera geschenkt, die sie nicht mehr brauchte, und gesagt: ›Mach einfach Bilder, mach jeden Tag Bilder, und du wirst sehen, es geht dir bald besser.‹ Ehrlich gesagt, ich hielt das für eine blöde Idee, aber ich habe es versucht, und ich habe mich tatsächlich besser gefühlt.«

»Ich glaube nicht, dass …«, sagte Vincent, konnte den Satz aber nicht zu Ende bringen. *Ich glaube nicht, dass mir eine Kamera meine Mutter zurückbringt.*

»Was ich damit andeuten will, ist«, erklärte Caroline behutsam, »dass die Linse wie ein Schild zwischen dir und der Welt funktionieren kann, wenn die Welt gerade mal ein bisschen zu heftig ist. Hältst du es nicht aus, sie direkt anzusehen, dann kannst du sie ja vielleicht durchs Objektiv betrachten. Ich glaube, wenn ich deinem Bruder so etwas erzähle, lacht der mich nur aus, aber vielleicht kannst du den Gedanken ja einfach eine Weile sacken lassen.«

Vincent blieb still, dachte nach.

»Erst wollte ich dir eine 35-Millimeter-Kamera kaufen«, gestand Caroline mit einem kleinen, verlegenen Lachen, »aber dann dachte ich mir, wir haben 1994, machen junge Leute da wirklich noch Fotos? Bestimmt sind doch jetzt Videos angesagt, oder?«

Vincent fand rasch die Form, die ihr gefiel. Sie nahm Sequenzen von exakt fünf Minuten Länge auf, jede für sich ein kleines Porträt: fünf Minuten Himmel und Strand an der Pier in Caiette, und später einen Fünf-Minuten-Clip über die stille Straße, in der sie bei ihrer Tante in Vancouvers endlosen Vorstädten wohnte, fünf Minuten aus dem Fenster des SkyTrain auf dem Weg zum Stadtzentrum, fünf Minuten über die faszinierende, haarsträubende Gegend, in der sie mit Melissa lebte, als sie siebzehn war – nicht auf Video: Wie sie über die Straße rannte, weil ein Junkie ihre Kamera haben wollte –, und ein Fünf-Minuten-Clip über die Spülküche im Hotel Vancouver aus demselben Jahr, die Kamera mit Timer in einer Plastiktüte auf dem Regal verstaut, während Vincent das Geschirr mit Heißwasser abspritzte und es dann in eine industrielle Waschmaschine räumte. Wieder fünf Minuten über Caiette, und dann – nachdem sie Jonathan kennengelernt hatte – fünf Minuten über den Infinity-Pool im Haus in Greenwich, wie das Wasser auf den Rasen schwappte, gerade weil sie sich fürchtete, diese Kante des Verschwindens anzusehen, und mutiger werden wollte; fünf Minuten aus dem Fenster von Jonathans Privatjet, als sie zum ersten Mal über den Atlantik flog, unten im stahlgrauen Wasser einige wenige Schiffe, weit und breit kein Land. »Was tust du da?«, fragte Jonathan und überraschte sie. Er hatte mit Yvette Bertolli hinten im Flugzeug gesessen, seiner erstaunlich eleganten Mitarbeiterin, die mit ihnen nach Frankreich flog. Sie wohnte in Paris, also hatte Jonathan ihr eine Mitreisegelegenheit bis Nizza geboten, wo er eine Villa besaß. Versunken in einem riesigen Sessel am Fenster hatte Vincent geglaubt, für einen Moment allein zu sein.

»Ist doch irgendwie schön, findest du nicht?«, sagte Vincent.

Jonathan beugte sich über sie, um hinab zu den fernen Wellen zu schauen. »Du nimmst den Ozean auf?«

»Jeder Mensch braucht ein Hobby.«

»Da kenne einer die Frauen«, sagte er und küsste sie auf den Kopf.

Schatten

Jonathan hatte einen Schatten. Wenige Stunden nach ihrer Ankunft in seiner Villa in Nizza, als sie am späten Nachmittag zusammen auf der Terrasse saßen, kam er darauf zu sprechen. Der Frühling hatte gerade erst begonnen, doch war es hier schon warm. Vom Meer wehte eine angenehme Brise herüber. Vincent litt unter Jetlag und fühlte sich wie betäubt, was sie mit Kaffee und einigen, gerade im Bad eingeträufelten Augentropfen zu kaschieren suchte. Yvette, Jonathans Mitarbeiterin, hatte sich diskret ins Gästezimmer zurückgezogen, damit sie allein sein konnten. Vincents Blick schweifte über Palmen und das außerirdische Blau des Meeres, seltsam vertraut nach so vielen Filmen, die am Mittelmeer spielten und in denen fast immer schnelle Autos vorkamen, Casinos und / oder James Bond. Jonathan wirkte nachdenklich. »Du hältst das bestimmt für eine naheliegende Bemerkung«, sagte er, »aber Erfolg provoziert eine gewisse Art Aufmerksamkeit.«

»Positiver oder negativer Art?«

»Nun, beides«, sagte er, »aber ich musste gerade an die negative denken.«

»Und hast du dabei eine bestimmte Person im Sinn?« Hinter ihnen ging eine Tür auf, und mit zwei Kaffeetassen auf einem kleinen silbernen Tablett betrat Anya die Terrasse. Es verblüffte Vincent, sie hier zu sehen, da sie nicht gewusst hatte, dass Anya auch nach Frankreich kommen würde, doch fiel ihr nun ein, dass sie Anya während der letzten Tage im Haus in Greenwich nicht gesehen hatte. »Danke«, sagte Vincent. »Genau das, was ich jetzt brauche.« Anya nickte. Jonathan nahm seinen Kaffee ohne weiteren

Kommentar vom Tablett, denn Kaffee, der aus dem Nichts auftauchte, war für ihn so selbstverständlich, dass er keine weitere Bemerkung für nötig hielt.

»Ja«, sagte er. »Es gibt da diese eine, sich wie besessen aufführende Person.«

Er hatte Ella Kaspersky schon 1999 kennengelernt, und zwar ausgerechnet im Hotel Caiette. In ihrem Gespräch damals war es darum gegangen, ob sie bei ihm investieren sollte, nur war sie letztlich zu dem Schluss gekommen – natürlich völlig grundlos –, dass allein schon Jonathans anhaltend hohe Ausschüttungen auf eine schändliche Betrugsmasche hindeuteten. Komplett unlogisch und unfair, sogar ein bisschen verrückt, aber was sollte er machen? Menschen ziehen nun mal ihre eigenen Schlüsse.

»Ich finde, hohe Ausschüttungen sind eher ein Anzeichen dafür, dass du gut in deinem Job bist«, sagte Vincent.

»Genau, finde ich auch. Ich habe nie behauptet, ein Genie zu sein, aber ich weiß wirklich, was ich tue.«

»Ganz offensichtlich«, sagte Vincent mit einer Handbewegung, die nicht nur die Terrasse, sondern die Villa direkt am Mittelmeer umfasste, den Privatjet, der sie hergebracht hatte, und überhaupt dieses ganze erstaunliche Leben.

»Für mich ist es gut gelaufen«, sagte er. »Allerdings hat sich Kaspersky mit ihrem Verdacht an die SEC gewandt. Entschuldige, es ist unhöflich, mit kruden Kürzeln um sich zu werfen. SEC steht für Securities and Exchange Commission, die Börsenaufsicht des Wertpapierhandels, also für jene Leute, die unsereins auf die Finger schauen.« Vincent wusste, was die SEC war, da sie sich jeden Tag die Mühe machte, in der Zeitung auch den Wirtschaftsteil zu lesen, doch nickte sie nur. »Die haben mich gründlich überprüft, aber natürlich nichts gefunden. Es gab ja auch nichts zu finden.«

»Hast du noch mal von ihr gehört? Nach der Überprüfung?«

»Nicht direkt. Ich habe von anderen Leuten gehört, mit denen sie geredet hat.«

»Kannst du sie, wenn sie Gerüchte über dich in die Welt setzt«, sagte Vincent, »nicht wegen übler Nachrede verklagen?«

»Du musst wissen«, sagte er, »dass in meinem Metier allein die Glaubwürdigkeit zählt, weshalb ich es mir nicht leisten kann, dass Zeitungen über etwas Derartiges berichten.«

»Du willst damit sagen, dass jedes Gerücht über einen Skandal fast genauso schädlich wäre wie ein echter Skandal?«

»Kluges Mädchen. Später, als dieser ganze Irrsinn mit der SEC vorbei war, habe ich noch mal darüber nachgedacht und begriffen, worin vermutlich das Problem lag. Das Geld, das sie investieren wollte? Es war das Vermögen ihres kurz zuvor verstorbenen Vaters, weshalb, nun ja, sagen wir einfach, manchmal ist bei Geld viel Gefühl im Spiel.« Anya hielt sich am Rand der Terrasse auf, verteilte diskret ein paar Kerzen für den Abend. Hatte sie ihr Gespräch mit angehört? War das wichtig? Interessierte sie es überhaupt? »Der Brief, den Ella Kaspersky mir geschickt hat, war jedenfalls ziemlich wirr«, sagte Jonathan, »handelte endlos vom Erbe ihres Vaters und so, aber ehrlich gesagt, wenn ich heute daran zurückdenke, ist mir klar, dass sie ganz offensichtlich getrauert hat, und wer trauert, kann schon mal ein wenig irrational reagieren.« Wie ein Geist schwebte unausgesprochen der Gedanke an Jonathans tote Frau zwischen ihnen, und sie sahen sich an, sprachen ihren Namen aber nicht aus. Jonathan räusperte sich. »Egal, ich erzähle dir das eigentlich auch nur, damit du dich nicht wunderst, falls du online mal auf irgendwas von ihr stößt, oder auch für den Fall, dass wir ihr im echten Leben begegnen sollten. In Caiette hast du sie nie kennengelernt, oder?«

»Im Hotel? Ehrlich gesagt, ich kann mich kaum an die Gäste erinnern. Ich war ja auch nur sechs, sieben Monate da.«

»Bis ich dich von den Füßen gefegt habe«, sagte er und küsste sie. Seine Lippen waren kalt und schmeckten unangenehm nach schalem Kaffee, aber Vincent lächelte ihn trotzdem an.

»Ich finde Neid verständlich«, sagte sie. »Nicht jeder hat Erfolg.«

(Hatte Vincent Erfolg? Sie spürte, dass sie nach rationalen Maßstäben ein außergewöhnliches Leben führte, nur war sie sich nicht sicher, was eigentlich ihr Ziel gewesen war. Später stand sie allein auf der Terrasse, filmte das Mittelmeer und dachte: *Vielleicht ist das ja genug. Vielleicht muss nicht jeder nach irgendetwas streben. Ich könnte ein Mensch sein, der einfach nur an schöne Orte reist und schöne Dinge besitzt. Vielleicht könnte ich ein Fünf-Minuten-Video von jedem Meer und jedem Ozean aufnehmen, und vielleicht käme diesem Projekt eine gewisse Bedeutung zu, käme einer Art von Vollendung gleich.*)

Der Astronaut

Jonathans Angestellte lernte sie in jenem Sommer bei der jährlichen Büroparty am 4. Juli kennen, die bis in die frühen Morgenstunden ging und für die eine Flotte von gecharterten Bussen zum Einsatz kam. Es gab eine Armee von Caterern und auf dem Rasen eine Swingband in Weiß. Die Gäste arbeiteten ausnahmslos für Jonathan, knapp über hundert Leute, fünf davon im Asset-Management, der Rest Börsenmakler.

»Die vom Asset-Management sind ein bisschen reserviert, oder?«, fragte Vincent. Das Team stand in einer geschlossenen Gruppe am Rand der Party. Einer von ihnen, Oskar, versuchte, mit Plastiktassen zu jonglieren, während die anderen ihm zusahen. »Nein, Moment«, rief Oskar, »ich schwöre euch, ich habe genau gewusst, wie das geht ...«

»Sie bleiben immer ein bisschen unter sich«, sagte Jonathan. »Sie arbeiten auch auf einem anderen Stockwerk.«

***

Als alle fort waren, kam ihr die Rasenfläche riesig vor, eine weite Landschaft im Dämmerlicht mit runden Tischen und flackernden Kerzen auf weinfleckigen Tischtüchern. Plastikbecher schimmerten im zertrampelten Gras. »Du wirkst immer so gefasst«, sagte Jonathan. Sie saßen am Pool, die Füße im Wasser, während die Caterer Kerzen ausbliesen, Tische zusammenklappten und schmutzige Gläser in Kisten packten. *Ist mein Job*, verkniff sich Vincent zu antworten. Sie hätte es undankbar gefunden, von einem Job zu reden, da sie Jonathan wirklich gernhatte. Zwar

war es nicht gerade die Romanze des Jahrhunderts, aber das musste es ja auch nicht sein. Wenn man die Gesellschaft von jemandem mag, hatte sie in letzter Zeit öfter gedacht, wenn man gern mit ihm zusammen ist und nichts dagegen hat, mit ihm zu schlafen, war das nicht genug? Musste man wirklich verliebt sein, damit eine Beziehung echt war, was immer das hieß, wenn es doch Respekt gab und so etwas wie Freundschaft? Sie dachte länger darüber nach, als ihr lieb war, was darauf hindeutete, dass die Frage für sie ungelöst blieb, und doch war sie davon überzeugt, dass sie lange so leben konnte, vielleicht noch Jahre. Die Nacht des 4. Juli war fiebrig heiß, Höhepunkt einer Hitzewelle.

»Ach, danke. Ich gebe mir Mühe.« Schweiß lief ihr den Rücken hinab.

»Du gibst dir Mühe, aber das merkt man dir nicht an«, sagte er. »Du ahnst gar nicht, was für eine seltene Fähigkeit das ist.«

Sie betrachtete die glitzernden Lichter auf dem Wasser des Pools. Als sie den Kopf abwandte, schaute einer der Caterer zu ihr herüber, eine junge Frau, die Liegestühle aufstellte. Vincent wich ihrem Blick aus. Sie hatte geduldig die Gewohnheiten der Reichen studiert, kopierte ihre Art, sich zu kleiden und zu reden, und umgab sich mit einer Aura von Sorglosigkeit, doch fühlte sie sich in Gegenwart des Hauspersonals und der Caterer immer noch unbehaglich, da sie fürchtete, wenn jemand von ihrem Heimatplaneten sie allzu gründlich musterte, könnte er ihre Maskerade durchschauen.

Mirella

Während ihres ersten gemeinsamen Winters flogen sie nach Süden zu einer Party in einem Privatclub in Miami Beach. Jonathan schien einer erstaunlichen Anzahl von Clubs anzugehören. »Ist ein teures Hobby«, sagte er Vincent, »aber ich habe schon immer eine Schwäche für Orte gehabt, an denen die Zeit langsamer zu vergehen scheint.« (Wieder ein Hinweis, von dem Vincent meinte, sie hätte ihn begreifen müssen: Warum wollte er, dass die Zeit langsamer verging? Verrieten seine Worte mehr als das allgemeine Wissen um die eigene Sterblichkeit, eine andere Unvermeidlichkeit, die auf ihn zuraste?) »Manche Clubs bieten andere Freuden«, sagte er, »Golfplätze, Tennisplätze, was weiß ich, doch bereitet es mir durchaus schon ein gewisses Vergnügen, nur Kaffee oder Wein in einer privaten Lounge zu trinken. Zeit vergeht an solchen Orten anders.«

Der Winterball in Miami Beach war ein todlangweiliger Abend mit vielen Smokings und glitzernden Abendkleidern. Die Frauen waren meist deutlich älter als Vincent, und die Männer hätten auch dann einer wie der andere ausgesehen, wenn sie nicht allesamt wie Pinguine angezogen gewesen wären – die seltsame Uniformität wohlhabender Leute mit ähnlichen Gewohnheiten –; außerdem war kaum zu übersehen, dass die meisten von ihnen schon immer in dieser Welt lebten, wohlbehütet hoch über einem Sicherheitsnetz, weshalb sie einer anderen Spezies anzugehören schienen. Vincent ließ sich in ihrem silbernen Ballkleid durch den Raum treiben, lachte herzlich über billige Witze und lauschte langweiligen Anekdoten mit demselben Lächeln, mit dem sie sich zu ihrer Zeit als Kellnerin für ein großzügiges Trinkgeld bedankt hatte. Jonathan kannte die Gäste in Miami Beach seit einem Jahrzehnt oder länger. Manche der anwesenden Frauen waren mit Jonathans Frau Suzanne befreundet gewesen und hatten Kinder in Vincents Alter. Einige mussten mit den Folgen bedauernswerter kosmetischer Operationen leben – aufgeblähte Gesichter, eine straff gespannte Stirn, geschwollene Gummilippen –, was bewirkte, dass ihre Augen sich unwillkürlich weiteten, wenn sie einander vorgestellt wurden. Vincent blieb an Jonathans Seite, bis er sich entschuldigte, um sich diskret mit einem potenziellen Investor zurückzuziehen, woraufhin Vincent zum Tresen ging, an dem sich eine groß gewachsene Frau in einem schimmernden fuchsienroten Kleid gerade einen Gin Tonic bestellte. Vincent war sie schon vorher aufgefallen, da sie zu den wenigen Frauen gehörte, die ungefähr in ihrem Alter waren. Sie bekamen ihre Drinks von zwei verschiedenen Kellnern im selben Moment serviert und wären fast zusammengestoßen, als sie sich gleichzeitig vom Tresen abwandten.

»Oh nein«, rief Vincent. »Habe ich Wein auf Ihr Kleid verschüttet?«

»Nicht einen Tropfen«, beruhigte sie die Frau. »Ich bin Mirella.«

»Und ich Vincent. Hi.«

»Ich wollte gerade auf die Terrasse. Mögen Sie mich nicht begleiten?«

***

Sie gingen auf eine italienisch angehauchte Terrasse. Hier draußen gab es nur wenige Frauen in ihrem Alter oder jünger, die sich alle zu kennen schienen und entweder tief in Telefonaten oder Gesprächen versunken waren. Vincent gefiel es, von hier aus den Ozean sehen zu können, der ebenso blau war wie das Mittelmeer.

»Sind Sie je auf einer langweiligeren Party gewesen?« Normalerweise war Vincent vorsichtiger, aber Mirella sah so angeödet aus, dass sie sie gleich sympathisch fand.

»Ja, letztes Jahr, auf derselben Party.«

Ein Mann in dunklem Anzug war ihnen gefolgt. Er stand ein wenig abseits, die Terrasse im Blick,

»Gehört der zu Ihnen?«, fragte Vincent.

»Sicher, der ist immer da«, sagte Mirella, und Vincent begriff, dass es sich um einen Leibwächter handelte. Mirella lebte auf hohem Level.

»Ist das nicht deprimierend? Ständig jemanden auf den Fersen zu haben?«

Sie lehnten an der Balustrade und schauten auf die Terrasse. Die Frauen glichen einem Schwarm tropischer Vögel. Vincent war zum ersten Mal in Florida, und sie hatte bereits bemerkt, dass die Menschen hier lebhaftere Farben als in New York oder Connecticut trugen.

»Seltsam, dass Sie das fragen«, sagte Mirella. »Ich habe eben erst daran gedacht, weil mir etwas leicht Beunruhigendes aufgefallen ist.«

»Was denn?«

»Manchmal nehme ich ihn einfach nicht mehr wahr. Ich würde nur ungern wie jemand wirken, für den andere Menschen unsichtbar sind, aber so ist es nun mal.«

»Ist es …« Vincent wusste nicht, wie sie die Frage formulieren sollte, doch interessierte sie, wie lange es dauerte, bis jemand unsichtbar wurde. Sie war sich der Hausangestellten von Jonathan Alkaitis noch ständig bewusst, und die Vorstellung, sie nicht länger zu sehen, fand sie so erschreckend wie faszinierend. »Ist er schon lange bei Ihnen?«

»Sechs Jahre«, erwiderte Mirella. »Nicht er persönlich. Verschiedene Männer in derselben Position, was aber nur die ersten Monate ein bisschen merkwürdig war.« Sie blickte auf Vincents rechte Hand. »Wer ist Ihr Mann?«

»Ich weiß nicht, ob Sie ihn kennen, er kommt nicht oft in diesen Club. Jonathan Alkaitis?«

Mirella lächelte. »Ich kenne Jonathan«, sagte sie. »Mein Freund investiert bei ihm.«

***

Ein Leibwächter folgte Mirella auf Schritt und Tritt, weil Faisal, ihr Freund, ein Saudi-Prinz war. Zehn Jahre zuvor hatte man die Freundin eines Vetters für ein Lösegeld gekidnappt, und seither war er leicht paranoid.

»Wird er eines Tages König?«, fragte Vincent, als sie sich eine Woche nach der Party in Manhattan wiedertrafen. Mirella und Faisal lebten den größten Teil des Jahres in einem Loft in Soho.

Mirella lächelte. »Nicht die geringste Chance«, sagte sie. »Es gibt an die sechstausend Saudi-Prinzen.«

»Und wie viele Prinzessinnen?«

»Die werden nicht gezählt.«

Sie trafen sich danach manchmal zum Essen, Faisal und Mirella, Jonathan und Vincent. Faisal war ein ungewöhnlich eleganter Mann Anfang vierzig, der maßgeschneiderte Anzüge bevorzugte und weiße Hemden, die obersten beiden Knöpfe stets offen, niemals mit Schlips. Er arbeitete nicht. Er und Mirella hätten sich für New York entschieden, erklärte er, weil er sich hier frei fühle. Nicht, dass ihm Riad nicht gefalle, woher er gebürtig stamme, doch ehrlich gesagt finde er es angenehmer, in einer Stadt zu leben, in der nicht auch noch Horden seiner Verwandten daheim seien. Er genieße es, auf dieser Seite der Welt ein wenig mehr Luft zum Atmen zu haben. Die Winter in New York finde er allerdings schwierig, weshalb er mal einen ganzen Februar lang in Miami Beach gelebt habe, um Golf zu lernen, und dort im Club sei er Jonathan begegnet.

Für seine Familie war Faisal eine Enttäuschung gewesen, war er doch der Sohn, der nur in Jazzclubs gehen wollte, der Abende in Opern verbrachte und obskure Literaturzeitschriften auf Englisch und Französisch las, jemand, der um die halbe Welt von seiner Familie fortzog und kein Interesse am Heiraten hatte, von Enkeln ganz zu schweigen. Dann aber investierte Faisal bei Alkaitis und stellte ihn auch mehreren Familienmitgliedern vor, deren Investments sich so spektakulär rentierten, dass Faisal ein wenig seinen Ruf verlor, das schwarze Schaf der Familie zu sein, was ihm offenbar ziemlich wichtig gewesen war.

***

Mirella und Faisal hatten einige Jahre in London gelebt und danach kurzzeitig in Singapur, ehe sie sich endgültig in New York niederließen. »Im Grunde«, sagte Mirella, als Vincent danach fragte, »war mein Leben an all diesen Orten immer gleich.« Das war ein, zwei Monate, nachdem Mirella und Vincent sich kennengelernt hatten. Vincent hatte sie zu ihrer Lieblingsausstellung im Metropolitan

Museum of Art mitgenommen. Sie hatte Kunst nie studiert, doch gefielen ihr Porträts, vor allem Porträts von ganz gewöhnlich aussehenden Menschen, wie man sie auch in der Subway sehen konnte, nur eben in altmodischen Kleidern.

»So besonders ähnlich sind sich diese Städte aber nicht«, sagte Vincent.

»Stimmt, mein Leben blieb trotzdem gleich, nur der Hintergrund veränderte sich.« Sie sah Vincent an. »Du kommst aus keiner wohlhabenden Familie, oder?«

»Nein.«

»Ich auch nicht. Weißt du, was ich über Geld gelernt habe? Ich habe mich gefragt, warum sich mein Leben in Singapur genauso anfühlte wie mein Leben in London, und da wurde mir klar, dass sich Geld sein eigenes Reich schafft.«

Eines der Dinge, über die Vincent nicht allzu viel nachzudenken versuchte: Ein Unterschied zwischen Mirella und Vincent war der, dass Mirella in diesem Land des Geldes mit einem Mann lebte, den sie wirklich liebte, was man allein schon daran merkte, wie sie Faisal ansah, wie sie strahlte, wenn er das Zimmer betrat.

Der Investor

Wenn Geld sich sein eigenes Reich schafft, dann gab es darin auch Bewohner, die sie nicht sonderlich mochte. Sie waren zum Abendessen mit Lenny Xavier verabredet, einem Musikproduzenten aus Los Angeles. Auf dem Weg zum Restaurant hatte Jonathan still und zugeknöpft gewirkt. »Er ist mein wichtigster Investor«, sagte er beim Eintreten leise, aber dann fiel sein Blick auf Lenny und dessen Frau am anderen Ende des Raumes, und sein Gesicht verzog sich zu einem Lächeln. Lenny trug einen teuer aussehenden Anzug, dazu Sneakers, das Haar gewollt wild frisiert. Tiffany, seine Frau, war sehr schön, hatte aber wenig zu sagen.

»Wir haben uns bei einem Vorspieltermin kennengelernt«, erklärte sie Vincent, als die ein wenig Small Talk mit ihr zu machen versuchte, um danach so gut wie nichts weiter zu sagen. Sie war früher eine Sängerin gewesen, sang aber längst nicht mehr. Gegen Ende des Abends schaffte Jonathan es irgendwie, Tiffany in ein Gespräch zu verwickeln, woraufhin Lenny, der schon zu viel getrunken hatte, sich Vincent zuwandte und einen langen Monolog über eine junge Frau begann, mit der er Jahre zuvor gearbeitet hatte, auch eine, die Sängerin werden wollte.

»Das Problem ist«, sagte er, »dass manche Leute einfach keine Gelegenheit ergreifen können, wenn sie sich ihnen bietet.«

»Wie wahr«, sagte Vincent, doch wurde ihr bei seinen Worten seltsam mulmig zumute. Sie war gern mit Jonathan zusammen, dennoch ließ sich kaum leugnen, dass sie genau das getan hatte: Sie hatte eine Gelegenheit ergriffen, als er die Bar im Hotel Caiette betrat.

»Sie besaß echt Potenzial. War richtig gut. Aber unfähig, eine Gelegenheit zu nutzen? Also, das nenn ich einen kapitalen Fehler.«

»Was ist aus ihr geworden?«, fragte Vincent. Lenny hatte in der Vergangenheitsform über diese Frau geredet, was Vincent ein wenig bedenklich fand.

»Aus Annika? Wen interessiert's? Hab sie seit 2000 nicht

mehr gesehen, vielleicht auch seit 2001.« Lenny schenkte sich vom Roten nach. »Willst du es wirklich wissen? Sie ist zurück nach Kanada, um mit ihren Freunden völlig abgedrehte elektronische Musik zu spielen.«

(»Wenn man Schmuck online kauft, weiß man nie«, hörte sie Tiffany über den Tisch hinweg zu Jonathan sagen, »wie klotzig er ausfällt.«)

»Du arbeitest überhaupt nicht mehr mit ihr?«

»Nein, weil sie total dämlich ist. Also, diese Frau, diese Annika, die war sehr jung, als ich sie kennenlernte. Und unfassbar schön, okay? Wirklich wahnsinnig schön. Nicht gerade ein Talentbolzen, aber gut genug. Fantastische Figur. Ihre Stimme war höchstens okay, aber weißt du, damit können wir umgehen. Sie schreibt Gedichte, ihre Texte waren also in Ordnung. Und sie spielt Geige, ein verdammt nutzloses Instrument für Popmusik, aber was soll's, wenigstens besaß sie einen musikalischen Background. Also haben wir angefangen, mit ihr zu arbeiten, wollten ein Album machen und hatten Pläne, wie wir sie präsentieren und auf den Markt bringen können. Wie gesagt, sie war schön, und weißt du, die Kleine besaß dieses gewisse Extra, so eine ganz besondere Qualität, war richtig sexy, dabei kein bisschen aufdringlich, okay? Man sah es nicht gleich auf den ersten Blick, trotzdem strahlte sie was leicht Mysteriöses aus.«

»Mysteriöses?«

»Ja, sie schien irgendwie distanziert, nicht so wie eine Eiskönigin, eher auf, weiß nicht, auf *intelligente* Weise distanziert, was bei gewissen Frauen ziemlich attraktiv wirken kann.« Sein Blick senkte sich kurz auf Vincents Brüste. »Jedenfalls war das Ganze schon weit gediehen.

Wir hatten eine Band organisiert und suchten nach einem Choreografen, als sie zu uns kam und anfing von wegen: ›Ich will raus.‹ Und wir: ›Was jetzt? Wie bitte?‹ Wir waren total geschockt, ich und meine Partner. Wir hatten ihr das volle Programm besorgt, okay? Haben Gesangsunterricht bezahlt, Gitarrenunterricht, Songwriter, einen Personal Trainer. Für eine solche Gelegenheit, wie wir sie ihr boten, würde sich jeder andere Musiker beide Hände abhacken. Wir haben versucht, ihr das klarzumachen, und sie, ja sicher, klar, sie wisse unsere Mühen zu schätzen, aber wir beeinträchtigten ihre künstlerische Integrität.« Lenny legte eine kurze Pause ein und nippte an seinem Wein. »Ist doch lächerlich, oder?«

Vincent lächelte, wusste aber nicht genau, was sie eigentlich lächerlich finden sollte. (»Oh, das da? Ein Topas, glaub ich«, sagte Tiffany zu Jonathan. »Drum herum sind kleine Diamanten.«)

»Und wir: Deine *was*? Deine *Integrität*? Du bist einundzwanzig. Du hast überhaupt keine Integrität. Ich meine, okay, vielleicht hatte sie die, persönliche Integrität, meine ich, so als Mensch, aber *künstlerische Integrität*? Das konnte doch nur ein Witz sein. Sie war ein kleines Mädchen.«

»Und was ist dann passiert?«

»Wie gesagt, sie flog zurück nach Kanada. Ich habe sie letztens erst gegoogelt, und weißt du, was die heute macht? Tingelt in einem beschissenen Bus durch die Gegend, spielt in winzigen Clubs und auf Festivals in Städten, von denen noch kein Mensch gehört hat. Verstehst du, worauf ich rauswill? Sie konnte Gelegenheiten einfach nicht ergreifen. Ich hingegen, als ich deinen Mann kennengelernt und begriffen habe, wie sein Fonds funktioniert? Ich wusste gleich, das ist *die* Gelegenheit, und ich habe sie ergriffen.«

»Lenny«, sagte Jonathan und unterbrach Tiffany mitten im Satz, »jetzt langweile unsere Frauen doch nicht mit Gerede über Investitionen.«

»Ich sag ja nur, das in deinem Fonds angelegte Geld rentiert sich besser, als ich es je für möglich gehalten hätte.« Lenny hob sein Glas. »Egal, diese Annika. Eigentlich aber ist alles in Ordnung, denn weißt du was? Ich kann die Zukunft vorhersehen.« Er lächelte und tippte sich mit einem Finger an die Stirn. »Die Kleine kommt schon noch zu mir zurück.«

»Daran zweifle ich nicht«, sagte Vincent. Ihr kam es eigenartig vor, dass Jonathan allem Anschein nach aufmerksam ihrem Gespräch mit Lenny lauschte, während er zugleich Tiffany ansah und zu jedem ihrer Worte nickte, fast, als gäbe es da etwas, von dem Jonathan nicht wollte, dass Lenny darauf zu sprechen kam.

»Schon bald, vielleicht schon morgen, höre ich wieder von ihr, jede Wette.«

»Ganz bestimmt.« Wenn der Abend doch nur endlich vorbei wäre. Vincent entglitten vor Müdigkeit allmählich die Gesichtszüge.

»Dann kommt sie zu Kreuze gekrochen, sagt, hey, erinnern Sie sich an mich, wir wollten doch was zusammen machen, und ich dann, ja, klar, *wollten* wir, du und ich, aber das war nicht gestern, sondern vor fünf, sechs Jahren. Und du bist keine einundzwanzig mehr.«

Am Pool

»Erzähl mir von der Gegend, aus der du kommst«, hatte Mirella zum Ende hin gesagt. Das Zeitalter des Geldes währte knapp drei Jahre. Im letzten Sommer, sechs Monate vor dem Aus, flog Faisal nach Hause, nach Riad, um einige Wochen bei seinem Vater zu verbringen, bei dem gerade Krebs diagnostiziert worden war, und in dieser Zeit gewöhnte Mirella es sich an, fast jeden Nachmittag mit dem Wagen raus nach Greenwich zu fahren. Vincent und Mirella verbrachten träge Stunden damit, zu schwimmen und im Schatten am Pool abzuhängen, von der Hitze wie betäubt, während Mirellas Bodyguard Zeitung las oder außer Hörweite im Liegestuhl lag und aufs Handy starrte.

»Ich bin in einer Straße aufgewachsen, die in beide Richtungen in einer Sackgasse endete«, sagte Vincent. »Das fasst es wohl ziemlich gut zusammen.«

»Leg die Kamera weg, bitte. Du machst mich ganz nervös.«

»Aber ich filme nicht dich, sondern die Bäume da drüben.«

»Schon klar, aber die sind langweilig. Die tun doch nichts.«

»Stimmt auch wieder«, sagte Vincent, lächelte und legte die Kamera weg, auch wenn es ihr schwerfiel, nach drei Minuten und siebenundzwanzig Sekunden aufzuhören. Sie wusste, dass es sich bei dem Drang, stets exakt fünf Minuten lang zu filmen, um einen nicht diagnostizierten Fall von Zwangsverhalten handeln dürfte, doch hatte sie das noch nie für ein sonderlich ernstes Problem gehalten.

»Wie kann denn eine Straße zwei Sackgassen haben?«

»Wenn man sie nur mit einem Boot oder einem Wasserflugzeug erreichen kann. Stell dir eine Reihe Häuser an einer Bucht vor, rund herum nur Wald oder Wasser, sonst nichts.«

»Hattest du ein Boot?«

»Einige Leute besaßen ein Boot, wir nicht. Ich bin morgens mit dem Postboot zur Schule, und an der Pier auf der anderen Seite hat ein Bus gewartet, der uns in die nächste Stadt brachte. Bis ich dreizehn war, gab's nicht mal Fernsehen.«

»Wie jetzt? Kein Fernsehen?« Mirella schaute sie an, als hätte sie gerade verkündet, sie komme vom Mars.

»Ich meine, es gab keinen Empfang.«

»Und was ist passiert, wenn man den Fernseher angemacht hat?«

»Na ja, nichts, man hat nur statisches Rauschen gesehen«, sagte Vincent.

»Echt? Auf allen Kanälen?«

***

(Eine Erinnerung: Dreizehn Jahre alt, wegen dieser Sache mit dem Graffiti von der Schule suspendiert, saß sie am Küchentisch, las ein Buch, blickte auf und sah ihren Dad, der mit dem Wassertaxi gekommen war und jetzt mit einem unhandlichen Paket in den Armen den Hügel hinaufstapfte, ein Grinsen im Gesicht. »Guck mal, was meine Mom uns gekauft hat«, sagte er. »Jemand vom Elektroshop in Port Hardy hat angerufen und mir gesagt, ich solle es abholen.« Grandma Caroline war am Morgen abgereist, um für ein paar Tage in ihr eigenes Leben zurückzukeh-

112

ren, allerdings nicht, ohne ein Abschiedsgeschenk zu hinterlassen.

Ein Fernseher! Vor einigen Monaten war in Grace Harbour, nur ein kurzes Stück die Bucht hinauf, ein Sendemast errichtet worden, was bedeutete, dass es in Caiette zum ersten Mal im Laufe der Geschichte Empfang gab. Mom hätte das nie erlaubt, aber sie konnte nichts mehr verbieten, weil sie seit drei Wochen verschwunden war. Dad und Vincent schalteten durch diverse Varianten von statischem Rauschen, bis sie schließlich ein Zimmer auf dem Bildschirm sahen, in dem sich zwei Frauen mit amerikanischem Akzent unterhielten, die eine mit Brille und langem braunem Haar, die andere mit einer Wolke platinblonder Locken und hautengen Klamotten.

»*WKRP in Cincinnati*«, sagte Dad. »Ich habe die Serie früher in den Achtzigern gesehen.«

Eine der Frauen sagte was Lustiges, woraufhin Dad zum ersten Mal seit drei Wochen lachte. Wo lag Cincinnati? Auf dem Fernsehbild hatte die Stadt einen hellen Schimmer, fast wie das Haar der blonden Schauspielerin. Später zog Vincent den Atlas aus dem Regal und fand die Stadt, ein Punkt mitten im südlichen Nachbarland. Sie schlug die Seite für den Südwesten von British Columbia auf, aber natürlich war Caiette für die Karte zu klein.)

***

Mirellas Geschichte begann außerhalb von Cleveland in einer Doppelhaushälfte in einer Wohnsiedlung mit lauter identischen Gebäuden, Kornfelder auf der einen, den Expressway auf der anderen Seite. Ihre Mutter hatte zwei

Jobs, der Vater saß im Knast. Mirella und ihre Schwester blieben stundenlang am Tag daheim und sahen fern. Sie liefen von der Schulbushaltestelle nach Hause, schlossen hinter sich ab und durften dann nicht mehr nach draußen. Zum Abendessen machten sie sich Blätterteigtaschen in der Mikrowelle warm und erledigten manchmal ihre Hausaufgaben, manchmal nicht. »Es war eigentlich gar nicht so übel«, sagte sie. »Ich hatte Glück. Mir ist nichts Schlimmes passiert. Es war nur langweilig. Bist du mit beiden Eltern aufgewachsen?«

»Meine Mutter ist ertrunken, als ich dreizehn war.« Mirella nickte nur, was Vincent zu schätzen wusste. Vielleicht sollte sie sich in Zukunft bloß noch mit Leuten anfreunden, die nur mit einem Elternteil aufgewachsen waren. »Mein Dad war Bäumepflanzer, weshalb er während meiner Schulzeit meist wochenlang in abgelegenen Camps lebte, also bin ich irgendwann zu meiner Tante nach Vancouver gezogen.«

***

Das Gespräch drehte sich nicht länger um ihre Geburtsorte, wogegen Vincent nichts einzuwenden hatte. Alles an Caiette ließ sich entweder kaum beschreiben, oder man konnte nur schwer drüber reden, und alles, was nach Caiette kam, war entweder peinlich oder langweilig. Mirella erzählte jetzt davon, wie sie und Faisal sich kennengelernt hatten. Sie habe es als Model versucht, es aber nicht besonders weit gebracht. Das Problem sei, so erklärte es ihr Agent, dass sie zwar schön aussehe, dass es sich aber um eine eher gewöhnliche Form von Schönheit handle. Mirellas Gesicht sei durchaus hübsch, aber nichts daran sei ungewöhnlich, und es komme in der Karriere eines Models der Moment, da genüge es nicht länger, nur schön zu sein, so ihr Agent. Man müsse auch bemerkenswert sein. Die erfolgreichen Models jener Tage hatten ungewöhnlich weit auseinanderliegende Augen oder Gesichter, die eigentlich eher unscheinbar wirkten, nur hätten sie diese eine unbestimmte, verblüffende Eigenheit, oder Ohren, die wie Henkel vom Kopf abstanden. Als sie Faisal kennenlernte, versuchte sich Mirella gerade als Schauspielerin, da sie als Model nicht weiterkam, aber die Schauspielerei ließ sich auch nicht besonders gut an. Sie besaß durchaus Talent, allerdings nicht genug, um sich von der Schar der vielen schönen jungen Frauen mit bescheidenem Talent abzuheben. An dem Abend, an dem sie Faisal kennenlernte, zog sie sich ein teures Kleid an, das sie sich von ihrer Mitbewohnerin geliehen hatte, und ging auf eine Party, nur Stunden nach dem Anruf der Assistentin ihres Agenten – der Agent selbst nahm ihre Anrufe nicht länger entgegen –, in dem ihr die Assistentin, die auch einmal Schauspielerin werden wollte, in behutsamen Worten beigebracht hatte, dass Mirella wieder einmal keine Rolle bekommen würde. Absagen sind anstrengend. Mirella stand am Fenster, blickte auf Downtown Los Angeles und begriff, dass sie von diesem Leben allmählich genug hatte. Sie fragte sich, ob sie es nicht doch mit der Uni versuchen und irgendwas studieren sollte, was ihr dann einen sicheren Job einbringen würde, aber ihre Schwester hatte den Weg eingeschlagen, und jetzt erdrückte sie die Last der Studienkredite, weshalb Mirella nicht wusste, ob es das wirklich wert war. So stand sie da und versuchte, sich auszumalen, was als Nächstes kommen würde, als Faisal neben ihr auftauchte, gut gekleidet, zwei Glas Wein in der Hand, und sie dachte: *Warum nicht du?*

***

»Wir haben uns auch bei einem Drink kennengelernt«, sagte Vincent, »aber ich stand hinterm Tresen.«

Mirella lächelte. »Das überrascht mich nicht. Du machst fantastische Cocktails.«

»Danke. Es war eine seltsame Zeit. Mein Vater war gerade gestorben.« Mirella machte große Augen. Dass ein Elternteil abtrat, war weiter nichts Besonderes, aber beide zu verlieren, war etwas völlig anderes. »Ich musste zurück nach Hause, mich um den Nachlass kümmern, und es gab da diese freie Stelle im Hotel Caiette, also entschied ich, eine Weile zu bleiben.«

»Was ist mit ihm passiert?«

»Herzinfarkt.«

»Tut mir leid.«

»Danke.« Vincent dachte nicht gern an ihre Eltern.

»Und dieses Hotel gehört Jonathan? Ich meine mich daran zu erinnern, dass er davon erzählt hat.«

»Ja, genau. Ich glaubte, dort ein einfacheres Leben führen zu können, wusste aber nach nur einem Monat, dass das ein Irrtum war. Die beste Freundin meiner Kindheit arbeitete ebenfalls im Hotel, und nach wenigen Monaten tauchte mein Bruder auf und fing auch an, dort zu arbeiten. Ich weiß nicht, ich fand es plötzlich irgendwie klaustrophobisch, am selben alten Ort mit Leuten zu leben, die ich schon seit meiner Geburt kannte.«

»Ich habe gar nicht gewusst, dass du einen Bruder hast.«

»Er war auch nie besonders wichtig in meinem Leben«, sagte Vincent. »Und ich habe ihn seit Jahren nicht mehr gesehen.«

»Also bist du zurück in dieses Kaff mitten im Nirgendwo und bist dann wieder gegangen, weil dein Bruder auch da war?«

»Nein, ich … Es ist was passiert«, sagte sie. »Also gut, da war diese Lobby mit einer Wand aus Glas, der Blick aufs Wasser. Ich hatte Nachtschicht, aber es war nur noch ein Gast in der Lobby, ein Mann, der an Schlaflosigkeit litt, in einem Sessel saß und las oder arbeitete oder was weiß ich; und dann machte er dieses Geräusch und sprang aus seinem Sessel auf. Also blickte ich hoch, und draußen hatte gerade jemand diese schreckliche Botschaft an die Scheibe geschrieben.«

»Was stand denn auf dem Glas?«

»Die genauen Worte? *Schlucken Sie doch Glassplitter.*«

»Irre«, sagte Mirella.

»Ich weiß. Keine zehn Minuten später kommt mein Bruder Paul aus der Pause zurück, und es war so offensichtlich, dass er es getan hatte, so fahrig, wie der wirkte, konnte mir nicht mal in die Augen sehen …«

»Aber warum sollte er …?«

»Keine Ahnung. Ich hätte ihn fast danach gefragt, aber dann wurde mir klar, dass es darauf nicht ankam. Es gibt einfach nichts, was es rechtfertigen würde, so was zu schreiben, oder?«

»Mir fällt jedenfalls nichts ein.« Mirella schwieg einen Moment. »Zugegeben, ein böser Spruch, aber ich bin mir nicht sicher, ob ich wirklich verstehe, warum er dir so zugesetzt hat.«

»Die Sache mit meiner Mutter«, sagte Vincent, »ist die, ich weiß, dass sie ertrunken ist, nur weiß ich nicht, *warum*. Sie war ständig mit dem Kanu unterwegs und eine ausgezeichnete Schwimmerin.«

»Du denkst, es war vielleicht kein Unfall?«

»Ich denke, ich werde es nie genau wissen.« Eine Weile blieben sie stumm, und das Sirren der Zikaden in den Bäumen am Rand des Grundstücks war sehr laut. »Jedenfalls war es nicht nur das. Ich hatte einen dieser Augenblicke, in denen man auf sein Leben zurückblickt und sich fragt: *Ist das wirklich alles? Ich dachte, da käme mehr.*«

»Solche Momente kenne ich nur zu gut«, sagte Mirella. »Also, du wolltest sowieso weg, und dann schneite Jonathan in die Bar …«

»Zwei Stunden später, vielleicht auch weniger. Es war fünf Uhr morgens. Ich hatte gerade einen Espresso getrunken, weil mir sonst die Augen zugefallen wären.«

»Auf den Kaffee.« Mirella hob ihr Glas.

»Wenn ich sage, dass ich nicht wüsste, wo ich heute ohne Kaffee wäre, dann ist das wortwörtlich so gemeint«, sagte Vincent.

Ein einsamer Mann spaziert in eine Bar und sieht eine Gelegenheit. Eine Gelegenheit spaziert in eine Bar und begegnet einer Kellnerin. Eine einsame Kellnerin blickt von der Arbeit auf und liest am Fenster Worte, die sie an Flucht denken lassen, da die Mutter der Kellnerin in einem Kanu verschwand, und ihr Leben lang hatte sie aller Welt erzählt, es sei ein Unfall gewesen, doch war überhaupt nicht klar, ob das wirklich stimmte, und wie konnte irgendwer, der mit einer solchen Ungewissheit leben musste – was definitiv auch für Paul galt –, eine Aufforderung zum

Selbstmord an eine Glasscheibe schreiben, durch die *dieses Wasser* schimmerte, doch was die Kellnerin letzten Endes zur Verzweiflung trieb, war nicht das Graffiti, sondern die Tatsache, dass sie, wenn sie von hier wegging, nur in einer anderen Bar landen würde, dann wieder in einer anderen und wieder und wieder; jedenfalls war genau das der Augenblick, in dem der Mann, die Gelegenheit, ihr die Hand reichte.

»Würden Sie es mir glauben, wenn ich Ihnen sage, dass ich hier aufgewachsen bin?«, fragte sie Jonathan, als er sie im Laufe ihres ersten Gesprächs fragte, woher sie komme. Sie servierte ihm sein Essen, und es hatte sich eine überraschend unangestrengte Unterhaltung entsponnen.

»Mit ›hier‹ meinen Sie Caiette?«

»Na ja, hier und in Vancouver.«

»Großartige Stadt«, sagte er. »Ich nehme mir ständig vor, mehr Zeit dort zu verbringen.«

Als er ging, steckte er ihr einen zusammengefalteten Schein zu, und sie dankte ihm, ohne einen Blick darauf zu werfen. Wie sich herausstellte, handelte es sich um einen Hundertdollarschein mitsamt Visitenkarte, auf deren Rückseite er seine Handynummer notiert hatte. Ein Hundertdollarschein? Im Nachhinein eine Unverschämtheit, aber sie sollte es an ihm schätzen lernen, dass er mit seinen Absichten nie hinterm Berg hielt. Zwischen ihnen würde immer ein Transaktionsabkommen bestehen. Wenn er rief, ging sie zu ihm. Und sie würde dafür stets reichlich entschädigt werden.

Warum nicht du?

Soho

In jenem letzten Sommer im Reich des Geldes trafen sich Vincent und Mirella an einem subtropischen Nachmittag in Soho, wo sie eine Weile in Faisals und Mirellas Loft blieben, ehe sie shoppen gingen, nicht, weil sie etwas brauchten, sondern weil sie sich langweilten. Am späten Nachmittag, nachdem jede von ihnen bereits mehrere Tausend Dollar für Kleider und Unterwäsche ausgegeben hatte, liefen sie ohne ein bestimmtes Ziel die Spring Street entlang, und Vincent bewunderte gerade einen gelben Lamborghini, der auf der anderen Straßenseite parkte, als Mirella sagte: »Es wird gleich regnen« – und sie gingen schneller, aber zu spät, schon hörten sie den ersten Donner, und ein Platzregen setzte ein. Mirella griff nach ihrer Hand, und zusammen rannten sie los. Vincent lachte – sie liebte es, von einem Wolkenbruch überrascht zu werden –, aber Mirella gefiel nicht, was der Regen mit ihrer Frisur machte. Als sie dann jedoch die Straßenecke erreichten und Vincent sie in eine Espressobar zog, musste sie auch lächeln, und so standen sie eine Zeit lang nur da, angenehm fröstelnd im kalten Luftstrom der Klimaanlage, strichen sich das nasse Haar aus den Augen und prüften, ob ihre Einkaufstüten vom Regen Schaden genommen hatten. Einen Moment später stürzte Mirellas Bodyguard herein und trocknete sich mit einem Taschentuch die Stirn. »Und?«, sagte Mirella. »Wie wär's mit einem Kaffee?«

»Warum nicht?« Seit mittlerweile zweieinhalb Jahren lebte Vincent an der Ostküste dieses Kontinents, fand es aber immer noch verblüffend, wie heftig diese sommerlichen Gewitter ausfallen konnten und wie dunkelgrün sich der Himmel färbte. Sie fanden einen winzigen Tisch am Fenster, saßen vor ihren kleinen Mokkatassen, nasse Tüten um die Füße, und versanken in ein angenehmes Schweigen, während sie in den Platzregen hinausschauten. Vincent genoss es, zum ersten Mal seit Längerem ganz entspannt zu sein, denn ehe sie Mirella kennenlernte, hatte sie sich im Königreich des Geldes oft allein gefühlt.

»Findest du nicht, dass Shoppen im Grunde total langweilig ist?« Vincent hatte ein schlechtes Gewissen, so eine Frage laut zu stellen, was sie nur wagte, weil Mirella auch aus keiner begüterten Familie stammte. Die Geister jener Vincents, die sie früher gewesen war, scharten sich um den Tisch und starrten ihre schönen Kleider an.

»Ich weiß, so was zuzugeben, zeugt von schlechtem Geschmack«, sagte Mirella, »aber findest du es nicht auch unglaublich, wie schnell Neues alt wird?« Etwas in der Art, wie sie in diesem Moment aufblickte, wie das Licht auf ihr Gesicht fiel, ließ Vincent an ein Gedicht aus ihrer Kindheit denken, an ihre liebsten Reime aus *Mother Goose*, einem Buch der Grundschulbibliothek, das sie so oft gelesen hatte, dass sie die Verse schon mit fünf oder sechs Jahren auswendig kannte: *She is handsome, she is pretty, she is the girl of the golden city …*

»Anfangs hält man es für eine Art Ausgleich, der einem zusteht«, sagte Vincent. »Man erinnert sich an die Zeiten, in denen man wählen musste: Miete oder Lebensmittel, und heute denkt man: ›Jetzt kann ich mir dieses Kleid leisten, die Welt ist also wieder im Lot‹, nach einer Weile aber …«

»Nach einer Weile merkt man, dass man genug Kleider hat«, sagte Mirella. »Wenn Faisal wüsste, wie viel und wie oft ich einkaufe, würde er wahrscheinlich Widerspruch einlegen.«

Eigentlich ging es dabei ja nicht um die Kleider, dachte Vincent später im Zug zurück nach Greenwich. Es war nicht der Schnickschnack, der sie im Königreich des Geldes hielt, nicht die Kleider, die vielen Dinge, die Handtaschen und Schuhe, auch nicht das schöne Haus, die Reisen, nicht einmal Jonathans Gesellschaft, obwohl sie ihn wirklich gernhatte, ja, nicht einmal die eigene Trägheit. Was sie in diesem Königreich ausharren ließ, war der bis dahin unvorstellbare Zustand, nie an Geld denken zu müssen, denn das ist es, was Geld gewährt: die Freiheit, nicht länger an Geld denken zu müssen. Ist man nie ohne gewesen, kann man nicht verstehen, welch tief greifende Auswirkung das hat, wie sehr es das Leben verändert.

Als sie nach Hause kam, wartete Jonathan im Wohnzimmer. Er hatte noch gearbeitet, schloss aber den Laptop, sobald er sie sah. »Du armes Ding«, sagte er. »Ich habe mich schon gefragt, ob dich die Sintflut überrascht hat.« Sie zitterte leicht, die Kleider klamm im eisigen Gebläse der Klimaanlage. In Griffweite, auf der Sofalehne, lag eine Kaschmirdecke. Er stellte den Laptop auf dem Couchtisch ab und schlug einladend die Decke auf. »Komm«, sagte er, »dann wollen wir mal dafür sorgen, dass dir wieder warm wird.«

5

Olivia

In Soho stand an einem Nachmittag im August eine Malerin unter einer Markise, als Vincent und Mirella an ihr vorbeiliefen. Auf der anderen Straßenseite blitzte ein gelber Lamborghini im Nachmittagsdunst. Der Wagen wirkte so aufdringlich, als sei er lebendig, als stammte er aus der Zukunft und vibrierte vor purer Möglichkeit. Olivia war hierhergekommen, weil sich hinter dem Lamborghini eine Tür befand, durch die sie Ende der Fünfziger getreten war, damals, als Jonathan Alkaitis' Bruder nach einem Modell suchte. Im Sommer 2008 stand Olivia nun auf der anderen Straßenseite unter einer roten Markise, weil es offensichtlich gleich regnen würde, aß einen Schokokeks, obwohl sie wusste, dass Zucker sie müde machte – weshalb sie bald auf einer Bank einschlafen würde, in der Subway, in einem Kino, wo auch immer es sie gerade überkam –, und gab sich ihren Erinnerungen hin. 1958 war sie schnurstracks zur Tür gelaufen in ihrem neuen Trenchcoat, der sie, davon war sie überzeugt, wie der Star ihres französischen Lieblingsfilms aussehen ließ; sich dergleichen einzureden, ist nämlich mit vierundzwanzig noch möglich. Als eine Stimme Unverständliches aus der Gegensprechanlage knatterte, sagte sie: »Ich bin's«, was, wie sie wusste, immer funktionierte, egal auf welche Klingel man drückte, und kurze Zeit später stieg sie die vier Stockwerke zu Lucas' Studio hinauf.

Wie so viele war Lucas Alkaitis auf der Flucht vor den Vorstädten, vor Mittelmäßigkeit, Pomade und grauen Flanellanzügen, und Olivia hatte genügend Möchtegern-Maler kennengelernt, um zu wissen, wann sie es mit einem echten Künstler zu tun hatte. 1958 arbeitete Lucas an einer Serie von Akten, nackte Frauen und Männer, meist Frauen, die alle auf einem Sofa von der Farbe jenes Lamborghinis saßen, der ein halbes Jahrhundert später vor seiner Tür parkte. Das Sofa hatte im wahren Leben viel dreckiger ausgesehen als auf den Bildern.

Die Gemälde waren hinreißend, zu Olivias Erheiterung wie Enttäuschung aber glich Lucas selbst der Verkörperung jedes nur erdenklichen Klischees: das zu lange, sorgsam verwuschelte Haar, das weiße Unterhemd voller Farbkleckse und die Arbeitsschuhe, gleichfalls mit Klecksen übersät, vermutlich um dem anderen Geschlecht zu signalisieren, dass er Maler war. Er betrachtete Olivia und fuhr sich dabei mit der Hand auf eine Weise durchs Haar, die sie vermuten ließ, dass er diese Geste vor dem Spiegel einstudiert hatte.

»Kann ich Ihnen helfen?«, fragte er.

»Ich habe gehört, Sie suchen ein Modell?«

»Ich hatte gehofft, dass Sie das antworten würden.« Ein bedächtiges, träges Lächeln, während er sie abschätzend musterte. Lucas Alkaitis wirkte wie ein durch und durch selbstzufriedener Mann. »Ich kann aber nicht viel zahlen.«

»Ehrlich gesagt, ich hätte da einen Vorschlag.«

»Ach ja?«

Was Olivia sich manchmal fragte – auch noch in der Gegenwart, 2008, während sie weiterhin unter der Markise stand, den zweiten Schokokeks knabberte und schon spüren konnte, wie sich letzte Bande lösten und ihr Blutzucker in einem Maße anstieg, der sie stets an einen absturzgefährdeten Heißluftballon denken ließ, an dessen schwankende, taumelige Bewegungen kurz vor dem steilen Absturz –; jedenfalls fragte sie sich, ob es nicht möglich wäre, ein Memo an die gesamte Bevölkerung zu schicken, an alle unter dreißig, nein, unter vierzig, an Männer wie Frauen, ein Memo, welches darauf hinwies, dass es wirklich unnötig war, jedes Mal, wenn in einem Gespräch das Wort *Vorschlag* fiel, die Augenbrauen hochzuziehen. »Also, ich wäre wirklich sehr dankbar«, murmelte sie 2008 laut, »wenn man das einfach unterlassen könnte.«

1958 wartete sie, bis Lucas' Brauen sich wieder gesenkt hatten, ehe sie fortfuhr: »Nicht das, woran Sie denken, um Himmels willen, nein. Bezahlung in anderer Form.«

Er schaute verwirrt.

»Ich heiße Olivia Collins.« Sie sah ihm an, dass bei ihrem Namen etwas klingelte. Sie hatte einigen Erfolg gehabt, nichts Weltbewegendes, immerhin aber so viel, dass eine gewisse Untergruppe der malenden Spezies südlich der 14th Street ihren Namen kannte. Ihre Werke wurden in Galerien ausgestellt, was mehr zu sein schien, als die meisten dieser wuschelköpfigen Welpen von sich behaupten konnten. »Ich bin Malerin«, setzte sie unnötigerweise hinzu, »und ich suche jemanden, der mir Modell sitzt.«

»Ach so, okay, Sie wollen also …«

»Sie malen mich, ich male Sie«, unterbrach sie ihn. »Ich habe mit einer neuen Porträtserie angefangen.«

Lucas lief zum vollgestellten Fenstersims, zog zwischen zwei leeren, zu Vasen für vertrocknete Gänseblümchen umfunktionierten Farbdosen eine Schachtel Zigaretten hervor, nahm sich eine, steckte sie an, inhalierte, atmete aus und hielt dabei Olivias Blick, nutzte also die gesamte Palette der Hinhaltetaktik, die Raucher anwenden, wenn sie sich nicht sicher sind, was sie sagen sollen, und zu viele Filme gesehen haben. Falls sich noch ein weiteres Memo versenden ließe, diesmal bitte an alle Raucher: Sie können nicht beides sein, ungewaschener Bohemien und Cary Grant. Ihre eleganten Zigarettengesten werden hoffnungslos von Unterhemd und dreckigem Haar konterkariert, und die Kombination ist wirklich nicht besonders faszinierend.

»Interessanter Vorschlag«, sagte er, »aber ich sitze nicht Modell.«

»Nun ja, es gehört schon ein wenig Mut dazu«, sagte Olivia achselzuckend. 1958 zählte zu den von ihr bevorzugten charakterlichen Eigenschaften die Fähigkeit, sich niemals anmerken zu lassen, ob ihr etwas wichtig war oder nicht. »Und es kann auch nicht jeder.« Das saß, genau wie beabsichtigt. »Falls Sie Ihre Meinung jedoch ändern sollten ...« Sie kritzelte ihre Telefonnummer auf ein Blatt Papier, ließ es auf seinem Arbeitstisch liegen, nickte ihm noch einmal zu und wandte sich ab. »Ihre Bilder sind übrigens ganz anständig«, sagte sie in der Tür, eine letzte spitze Bemerkung.

2008 näherten sich zwei junge Frauen. Auf Shoppingtour, mit Tüten behangen, beide Mitte zwanzig und auf teure Weise hübsch, Frauen von der Sorte, die Olivia vor fünfzig Jahren gemalt und verführt hätte. Sie redeten über Belangloses, über Jeans, die sie kaufen wollten, eine der beiden aber wandte den Blick ab, und Olivia sah, dass sie über die Straße zum gelben Lamborghini schaute, der im stumpfen Vorgewitterlicht leuchtete.

»Ja, ich sehe ihn auch«, murmelte Olivia, aber so leise, dass keine der beiden zu ihr herüberblickte, obwohl sie gerade an ihr vorbeigingen. Vielleicht hatte sie auch gar nicht laut geredet. Mit einem Donnerschlag explodierte der Himmel, und sie rannten im Regen davon.

***

Als Lucas kam, war sie nicht allein. Seit Tagen malte sie Renata, ihre Freundin, aus den verschiedensten Blickwinkeln. Das Problem waren die Augen, die verängstigt wirkten wie die eines Rehs, wenn Renata sie direkt anschaute, aber kühl und selbstsicher, sobald sie woanders hinsah. Als wäre sie zwei verschiedene Menschen, nur welchen sollte sie malen?

»Okay, ich habe eine Idee für eine Geistergeschichte«, sagte Renata. Das war ein Spiel, das sie manchmal spielten, wenn Renata Modell saß und sich langweilte, da sie beide seit ihrer Kindheit Gruselgeschichten liebten. »Ein Kerl hat einen Autounfall und stirbt, seither spukt es auf der Kreuzung, der Geist ist aber nicht der des Überfahrenen, sondern das Auto.«

Olivia trat kurz von der Staffel zurück, betrachtete das Augenproblem. »Also eine Geschichte über ein Geisterauto?«

»Der Fahrer hat wegen des Unfalls ein so schlechtes Gewissen, dass sich seine Schuldgefühle als Geisterauto manifestieren.«

»Gefällt mir.«

Es war kalt im Atelier an dem Tag, und Olivia arbeitete vor allem an Gesicht und Schultern ihres Modells, weshalb Renata einen Bademantel trug, sich aber nicht die Mühe gemacht hatte, ihn zu schließen. Vom Flur herüber hörte Olivia die Stimme von Diego, Freund und Nachbar, gleich darauf ein schnelles Klopfen, und jemand trat ein. Sie drehte sich um, sah, wie Lucas auf Renatas Brüste stierte und wie er gleich darauf zurückzuckte, was er mit einem Hustenanfall zu überspielen versuchte.

»Zu viel geraucht, wie?«

»Die steigen einem direkt zu Kopf«, sagte Renata in jenem trägen Ton, der einen glauben machen konnte, sie sei bekifft, was sie oft war, heute aber ausnahmsweise nicht.

»Wie gut, dass Sie gekommen sind«, sagte Olivia zu Lucas, was in jenen Tagen zu ihren Standardsprüchen gehörte. (Eine nur im Nachhinein mögliche Einsicht: Schönheit kann eine zersetzende Wirkung auf den Charakter haben. Es ist möglich, jahrelang mit einigen wenigen Floskeln und einem betörenden Lächeln auszukommen, und eben das sind die prägenden Jahre.) »Wir sind in ein paar Minuten fertig.«

Lucas blieb ein wenig verlegen an der Tür stehen. Sie spürte, dass er sich ihre Arbeiten ansah. Da sie davon ausgegangen war, dass er irgendwann kommen würde, hatte Olivia sieben ihrer jüngsten und besten Porträts im Raum verteilt, Experimente mit surrealistischem Hintergrund. Das Sujet dargestellt im Realismus des achtzehnten Jahrhunderts – zumindest so nahe dran am Realismus des achtzehnten Jahrhunderts wie nur möglich, da sie sich stets der Grenzen ihrer technischen Fähigkeiten bewusst war –, der jeweilige Hintergrund aber löste sich auf in einem Fiebertraum aus Rot, Purpur, Blau, das Interieur zerlief in Formlosigkeit, Landschaften waren in ein völlig falsches Licht getaucht. Das zuletzt fertiggestellte Werk zeigte Diego auf einem roten Stuhl, entspannt, ein Arm auf der Rückenlehne, die Stuhlbeine aber verloren ihre Form und gingen in die Wand über, und unter einem der Stuhlbeine hatte sich eine rote Lache gebildet, fast, als würde die Farbe aus ihm herauslaufen.

»Der Stuhl blutet?«, fragte Lucas und zeigte mit dem Kinn auf Diego.

»Könntest du deinen Bademantel ausziehen?«, bat sie Renata, die mit den Augen rollte, aber keine Einwände erhob. Ihre nackte Haut hatte die gewünschte Wirkung, und Lucas verstummte. Er vergaß den blutenden Stuhl. (Etwas, das ihr noch Jahre später zu schaffen machte, Jahrzehnte sogar, selbst 2008 noch: War der blutende Stuhl wirklich so eine gute Idee gewesen? War irgendeine ihrer künstlerischen Ideen wirklich gut gewesen? Die Selbstzweifel hatten im letzten halben Jahrhundert zu den wenigen Konstanten in ihrem Leben gehört.) »Machen Sie es sich doch bequem«, sagte Olivia zu Lucas, »wir sind in einer halben Stunde fertig.«

»In zwanzig Minuten«, sagte Renata. »Ich muss meine Kleine abholen.« Nachdem sie gegangen war, nahm Lucas ihren Platz ein. Seit dem Kommentar zum blutenden Stuhl hatte er kein Wort mehr gesagt.

»Sie sind für diesen Anlass etwas zu angezogen«, sagte Olivia, klang aber ruhiger, als sie es beabsichtigt hatte, überhaupt nicht bissig. Vielleicht könnte ich ja ein sanfterer Mensch sein, dachte sie. Sie hatte in jenen Tagen einen so harten Panzer. »Würden Sie bitte Ihr Hemd ausziehen?«

Lucas zuckte mit den Achseln, während er Unterhemd und Jeansjacke ablegte. Er war mager und unangenehm blass, ein durch und durch lichtscheues Geschöpf. Sie fing an, und er sah ihr zu. Sie dachte an seine Bilder, an die klaren Linien, seine Zurückhaltung bei den Porträts. In gewisser Weise fand sie ihn lächerlich, doch wusste sie, dass er durchaus ein ernsthafter Künstler war, der angestrengt arbeitete. Sie malte rasch, überhaupt nicht in ihrem gewohnten Stil, schnelle, kurze Pinselstriche. Sie hoffte, wenn sie nur über die Oberfläche hinweghuschte, könnte sie ihn vielleicht besser sehen und etwas würde offensichtlich, das sich als Ansatz für ein tiefergehendes, ernsthafteres Werk eignete. Irgendwie klappte das auch: Als sie von der Leinwand zurücktrat, sah sie Schatten auf seinem Gesicht, die sie zuvor schon bei anderen gesehen hatte, die verlegene Art, seine Arme zu halten.

»Strecken Sie bitte den linken Arm aus«, sagte sie und zeigte es ihm.

Er lächelte, bewegte sich aber nicht, trotzdem erhaschte sie einen Blick darauf, als er nach seinem Hemd griff, und ergänzte später das Bild: Sie übermalte den linken Arm, sodass er in der endgültigen Version mit geöffneter Hand zu sehen war, Schatten streiften die Armbeuge, dunkel angelaufene Adern.

***

Bei der Eröffnung fünf Monate später fing er sie an der Tür ab. »Ich könnte Sie umbringen«, sagte er im Plauderton und lächelte, sodass alle, die zu ihnen herübersahen, glauben konnten, er beglückwünsche sie zu ihren Bildern. Zwei, drei Leute, die in Hörweite standen, rückten neugierig näher. »Ich meine das übrigens nicht in irgendeinem komödiantischen Sinne wie: ›Nach anfänglichen Missverständnissen haben sie sich ineinander verliebt‹; nein, ich meine es so, dass ich Sie bei der nächstbesten Gelegenheit buchstäblich ermorden könnte.«

»Wer zum Schwert greift, stirbt durch das Schwert.« Olivia prostete ihm zu.

»Sie halten sich ja für so clever. All diese stumpfsinnigen Phrasen. Dabei ist Ihr Bild nicht mal *genau*«, sagte er, jetzt mit leicht quengelnder Stimme, »Sie sind eine verdammte *Lügnerin*«, doch sollte er zehn Monate später nach einer Überdosis hinter einem Restaurant in der Delancey Street liegen. Wenige Tage vor seinem Tod betrat Olivia ein Lagerhaus in Chelsea, wo in einer Gruppenausstellung auch einige seiner Bilder gezeigt wurden. Der Abend war alles andere als überwältigend, die Nacht eisig, der Saal zu kalt. Alle klammerten sich bibbernd an ihren Becher mit billigem Wein. Ein paar Leute erkannten Olivia, und sie sah die Eifersucht in ihrem Lächeln, woraufhin sie sich so klein und hohl fühlte, dass sie am liebsten wieder nach Hause gegangen wäre. Das war das Problem mit ihrem Leben in jenen Jahren: An manchen Abenden war es schön, an anderen aber war da dieser Schmerz, der aus keinem erkennbaren Grund dicht unter der Oberfläche des Abends pochte, weshalb sie manchmal nachvollziehen konnte, warum Lucas und Renata sich so verhielten, warum sie den betäubenden Trick mit der Nadel versuchten. Sie fand Lucas in einer der hinteren Ecken neben dreien seiner Bilder. Er hatte an einer neuen Serie ohne Modelle gearbeitet, Bilder, die nur leere Straßen zeigten, ganz gewöhnliche, in keiner Weise besondere Straßen. Olivia nahm nicht an, dass sie zu einer bestimmten Stadt gehörten.

»Die gefallen mir«, sagte sie, eine Art Friedensangebot. Neben Lucas stand ein Junge, der Sneakers trug und Jeans, sein Hemd offen über der Hose. Das gehörte zu ihren ersten Eindrücken von Jonathan Alkaitis, an die sie sich noch Jahre später erinnerte: Irgendwie fand sie sein offen über der Hose getragenes Hemd bezeichnend. Dem Jungen stand *Vorstadt* auf der Stirn geschrieben, trotzdem hatte er das Hemd aus der Hose gezogen, um cooler auszusehen, mehr downtown, schließlich war er erst vierzehn und bemühte sich verzweifelt dazuzugehören, auch wenn das Hemd völlig zerknittert war, weil es noch in der Hose gesteckt hatte, bis er das Haus verließ.

»Besten Dank auch«, antwortete Lucas lahm.

»Und wer ist Ihr kleiner Freund?«

»Mein Bruder. Darf ich vorstellen? Jonathan. Olivia.«

»Freut mich«, sagte Jonathan Alkaitis mit weit aufgerissenen Augen. Er fühlte sich fehl am Platz. »Gefallen Ihnen die Bilder von meinem Bruder?«

»Das habe ich doch gerade gesagt.«

»Sie sind eine schlechte Schauspielerin«, sagte Lucas. »Selbst der Junge merkt, dass Sie die Bilder nicht mögen.«

Olivia mochte Lucas' neue Bilder tatsächlich nicht besonders. Sie waren im Stil von Edward Hopper gehalten, und ihr Thema könnte auch kaum offensichtlicher sein, wenn in Rot quer darüber EINSAMKEIT stünde.

»Du hast recht«, sagte Olivia zu Jonathan. »Ich mag die Bilder deines Bruders nicht besonders.«

Jonathan runzelte die Stirn. »Und warum behaupten Sie dann, sie zu mögen?«

»Ich wollte nur höflich sein«, antwortete sie. »Wenn ihr mich jetzt bitte entschuldigt ...« Sie verstand nicht, worauf Lucas hinauswollte, aber sie ahnte, wohin es führte, das Gesicht überschatteter denn je, diese schreckliche Blässe, und sie wusste nicht, was es bringen sollte, sich ernsthafter mit ihm zu beschäftigen. (So dachte sie in ihren Zwanzigern: *Ich weiß nicht, was das bringt.* Später schämte sie sich dafür.) Der Tod wartete bereits auf ihn. Jeder konnte sehen, dass Lucas schon halb zur Tür hinaus war. Später erinnerte sie sich daran, wie leid ihr der Bruder getan hatte, der schon bald ein Einzelkind sein würde.

Lucas Beerdigung in Greenburgh fand im kleinen, familiären Rahmen statt. Von seinem Tod sollte sie erst einen Monat später erfahren. Im Nachhinein glaubte sie, dass sie sich vielleicht gar nicht mehr an ihn erinnert hätte, nur ein weiterer vom Dach gefallener Spatz in diesem chaotischen, sich rasch dem Ende zuneigenden Jahrzehnt, wäre da nicht vierzig Jahre später – vierzig Jahre ohne Geld, ohne Verkäufe, vierzig Jahre mit peinlichen Anrufen bei ihrer Schwester Monica, die sie um Geld für die Miete anbettelte, vierzig Jahre voller Teilzeitjobs in wechselnden Büros, vierzig Jahre, in denen sie für das Silberimportgeschäft ihres Freundes Diego Schmuck auf Märkten verkaufte, vierzig Jahre in der Pampa – eine Retrospektive mit Werken von Künstlern aus den Fünfzigern gewesen, zu denen auch Olivia zählte, und in deren Folge plötzlich – und für verschwindend kurze Zeit – das Interesse an ihren

Arbeiten wiederaufflackerte, was dazu führte, dass sich *Lucas mit Schatten* auf einer Auktion für zweihunderttausend Dollar verkaufte, und das war mehr Geld für eines ihrer Bilder, als sie je für möglich gehalten hätte.

»Du solltest investieren«, sagte Monica. Sie saßen an einem sommerlichen Nachmittag im Hof von Olivias neuem Haus in Monticello, nicht im berühmten Monticello in Virginia, sondern in Monticello im Staat New York, einer Stadt mit verbarrikadierten Läden in der Hauptstraße, einem riesigen Walmart, einer Rennbahn, Rekrutierungsbüros für Armee und Marine und Geschäften, die Prothesen verkauften. Olivia hatte sich ein Häuschen am Stadtrand gemietet, früher Teil einer Bungalowsiedlung. Es war wirklich winzig und brauchte ein neues Dach, doch gefiel es ihr, die Stadt zu verlassen und hierherzukommen. In der Augusthitze fühlte sich der Hof geradezu tropisch an, das feuchtwarme Wetter ließ den Garten sprießen, und an jenem Nachmittag mit Monica trieb Olivia am Rand des Schlafs dahin. Ihr Blutzuckerproblem sollte erst im nächsten Jahr diagnostiziert werden, doch hatte sie den Zusammenhang zwischen dem Verzehr von Kohlehydraten und ihrer Mühe, ein, zwei Stunden später noch wach zu bleiben, bereits bemerkt. Sie fing an, die Wirkung absichtlich herbeizuführen, um es dann zu genießen, wenn sie am späten Nachmittag auf der Chaiselongue vor sich hin döste. Diesmal aber trank sie einen großen Schluck Eistee und versuchte, mit Koffein und Eis gegen die Müdigkeit anzukämpfen, da Monica ihr bereits vor Jahren vorgehalten hatte, dass sie keine gute Zuhörerin sei und dass sie sich so unbedeutend fühle, wenn sie den Eindruck habe, dass man ihr nicht zuhöre. Olivia fiel das erst eine Weile nach dem Bagel wieder ein, und jetzt hatte sie ein schlechtes Gewissen, weil sie absichtlich dafür gesorgt hatte, dass sie sich schläfrig fühlte.

»Wie macht man denn das ..., wie investiert man?« Geldgeschäfte waren Olivia ein Rätsel, Monica aber hatte vor ihrer Pensionierung als Anwältin gearbeitet und daher viel mehr Ahnung von der Logistik des Alltags.

»Nun ja, da gibt es diverse Möglichkeiten«, sagte Monica, »aber ich habe gerade erst Geld bei jemandem investiert, den Gary in seinem Club kennengelernt hat.«

***

Olivia hätte sich keineswegs als übertrieben abergläubisch bezeichnet, dennoch glaubte sie seit jeher an Botschaften des Universums, weshalb es ihr gefiel, auf Muster und Zeichen zu achten. Und so hatte es sicher was zu bedeuten, dass der Mann, bei dem Monica ihre Ersparnisse investiert hatte, der Bruder von Lucas war.

»Sie erinnern sich bestimmt nicht an mich«, sagte sie zu Jonathan, als sie ihn anrief, und wünschte sich gleich, sie hätte etwas anderes gesagt. Das Problem mit so einer Eröffnung bestand darin, dass derlei früher, als sie noch jung gewesen war, funktioniert hatte, denn in jüngeren Jahren war sie auch schön gewesen, zudem ungestüm, und dies auf eine so berechnende Art, die sie für attraktiv hielt, was der Andeutung, jemand könnte sie vergessen haben, eine gewisse Ironie verlieh – *ach, wissen Sie, nur wieder eines dieser hinreißend schönen, überaus attraktiven jungen Talente, deren Bilder in Galerien ausgestellt werden* –, in letzter Zeit aber musste sie feststellen, dass ihr Eröffnungssatz eine taktvolle Stille auslöste, und sie begriff, dass die Leute sich tatsächlich oft nicht an sie erinnerten. (Idee für eine Geistergeschichte: Eine Frau wird alt, fällt aus der Zeit und begreift, dass sie unsichtbar geworden ist.)

»Sie haben sich in der Galerie mit Lucas unterhalten«, sagte er leise. »Und an dem Abend hat es geschneit.«

An dem Abend hat es geschneit, dachte Olivia, und erstaunt spürte sie, dass ihr die Tränen kamen. Als Lucas gestorben war, hatte sie nicht geweint. Sie war ein wenig traurig gewesen, natürlich, sie war ja kein Monster, nur wurde sie damals ständig von anderem abgelenkt, und sie hatten sich ja auch kaum gekannt. All die Jahrzehnte später aber empfand sie nun Mitleid: In einer Version von New York, die so anders schien, dass sie ihr wie eine fremde Stadt vorkam, verließ sie die kalte Nacht und betrat die hell erleuchtete Galerie, durch die Erinnerung aus einer Höhle kleinlicher Eifersüchteleien und schäbiger Verzweiflung in einen Palast aus Licht und Kunst verwandelt, reine Brillanz in jedem Wortsinn, die Wände vor Farbe vibrierend, die Künstler vor Genie und Jugend; und Lucas – so jung, so talentiert, so sehr dem Untergang geweiht – und der kleine Jonathan – der wie alt gewesen war? Zwölf? – warteten auf ihr Eintreffen.

»Sie haben ein bemerkenswertes Gedächtnis«, sagte sie.

»Nun, Sie waren ja auch bemerkenswert. Sie waren die schöne Frau, der die Bilder meines Bruders nicht gefallen haben.«

»Hätte ich das doch nur nicht gesagt. Ich hätte netter sein sollen.« Und obwohl sie ihn bloß um einige Minuten seiner Zeit für ein Telefongespräch bitten wollte, fragte sie ihn ganz spontan: »Wollen wir uns nicht irgendwann

einmal zum Mittagessen treffen? Ich bin zu etwas Geld gekommen, möchte investieren und könnte ein wenig Rat
gebrauchen.«

»Es wäre mir ein Vergnügen«, sagte er.

***

In den folgenden Jahren hatten sie sich öfter getroffen.
Manchmal sah sie in seinem Büro vorbei, oder sie verabre-
deten sich zum Essen, worauf Olivia sich immer enorm
freute, da Jonathan ein so herzlicher, interessierter Mensch
war, ein guter Gesprächspartner; außerdem zahlte er stets
die Rechnung. Er unterhielt sich gern mit ihr über Lucas
und wollte alles hören, was sie über sein mysteriöses Leben
in New York wusste. »Mein Bruder war ein Jahrzehnt älter
als ich«, sagte er. »Ich habe ihn geliebt, aber wenn man
so klein ist, dann gleicht ein Jahrzehnt dem Abstand zwischen Galaxien, weshalb ich nie den Eindruck hatte, ihn
wirklich gut gekannt zu haben.«

»Wissen Sie«, erwiderte sie, »meine Schwester und ich
sind nur drei Jahre auseinander, und ich fand auch immer,
dass ich sie eigentlich nicht gut kenne.«

»Es ist durchaus möglich, gerade die Menschen nicht
besonders gut zu kennen, die uns nahestehen, doch bin
ich mir ziemlich sicher, dass Sie meinen Bruder besser
kannten als ich.«

»Was für ein trauriger Gedanke«, sagte Olivia. »Ich hoffe,
es gab Menschen in seinem Leben, die ihn wirklich gekannt haben.«

»Ich auch, aber immerhin kannten Sie ihn so gut, dass
Sie ihn gemalt haben.«

»Wir haben füreinander Modell gesessen, das stimmt.«

»Dann hat er Sie auch gemalt? Ich hatte mich das schon gefragt.«

»Das hat er.« Eine matte Erinnerung zeigte sie an einem heißen Nachmittag im Juli nackt auf seinem gelben Sofa. »Wissen Sie, ich habe keine Ahnung, was aus diesem Bild geworden ist.«

Er lächelte. »Wirklich nicht?«

»Nein, wirklich nicht. Er hat sein Bild von mir an einem einzigen Nachmittag fertiggestellt und einige Monate später auf einer Gruppenausstellung verkauft. Es ist ein eher kleines Bild, höchstens dreißig mal dreißig Zentimeter, also dürfte er nicht allzu viel dafür bekommen haben. Und ich habe keinen Schimmer, wer es gekauft hat.«

»Dann kann es überall sein, wo immer Sie wollen«, sagte er. »Bei jedem, der Ihnen in den Sinn kommt, könnte es im Haus hängen.«

»Sogar bei meiner liebsten Hollywoodschauspielerin«, sagte sie, und ihr gefiel der Gedanke.

»Klar, warum nicht?«

»Ich danke Ihnen, Jonathan, ich mag die Idee, dass Angelina Jolie es sich in ihr Wohnzimmer gehängt hat.«

»Ich muss Ihnen etwas gestehen«, sagte er.

»Und das wäre?«

»Ihr Bild von Lucas, das habe ich gekauft«, sagte er.

Sie aß gerade Salat und legte die Gabel vorsichtig beiseite, da sie fürchtete, sie könnte ihr aus der Hand fallen. »Tatsächlich?«

»Erst letzten Monat. Ich habe es bei jemandem aufgespürt, der es auf einer Auktion erstanden hat und bereit war, es an mich weiterzuverkaufen. Anfangs fiel mir der

Anblick nicht leicht«, sagte er, »weil Lucas so ungesund aussah, die vielen blauen Flecken auf seinen Armen. Inzwischen habe ich aber einige Zeit mit dem Bild verbracht und es lieben gelernt. Sie haben etwas von ihm eingefangen, das mit meiner Erinnerung an Lucas übereinstimmt. Ihr Bild hängt jetzt in meinem Apartment in Manhattan.«

»Wie schön, dass Sie es haben«, sagte Olivia. Sie hätte nie geglaubt, dass sie so gerührt sein würde.

***

2003 kam er irgendwann ohne Ehering zum Essen. Er war schon lange mit Suzanne verheiratet, seit Jahrzehnten, Olivia hatte sie allerdings nie kennengelernt. Nur – wann hatten sie sich eigentlich zuletzt getroffen? Und ihr fiel auf, dass seit ihrem letzten Essen über ein Jahr vergangen war.

»Sie tragen keinen Ring«, sagte sie.

»Ach so, ja.« Er schwieg einen Moment. »Ich habe beschlossen, dass es an der Zeit ist, ihn endlich abzunehmen.« Etwas in seiner Stimme, in der Art, wie er seine unberingte Hand ansah, verriet ihr, dass Suzanne gestorben war.

»Tut mir leid«, sagte sie.

»Danke.« Ein kleines, gequältes Lächeln, dann wandte er seine Aufmerksamkeit der Speisekarte zu. »Entschuldigen Sie, aber es fällt mir immer noch schwer, darüber zu reden. Haben Sie hier schon mal den Heilbutt probiert?«

***

Drei Monate ehe Jonathan Alkaitis verhaftet wurde, lud er sie auf seine Yacht zu einem Segeltörn ein. Das war im September 2008. Sie fuhren von New York nach Charleston. Damals lernte sie auch Vincent kennen, Jonathans zweite Frau, die sich als elegante, freundliche Person mit einem Talent fürs Cocktailmixen erwies.

»Sie ist entzückend«, sagte Olivia zu Jonathan, als sie nach dem Abendessen allein an Deck saßen. Vincent war unter Deck gegangen, um ihnen Drinks zu mixen. Das letzte Licht der untergehenden Sonne verblasste.

»Nicht wahr? Ich bin sehr glücklich.«

»Wo sind Sie sich begegnet?«

»In einer Hotelbar in British Columbia«, sagte er. »Sie war da Kellnerin.«

»Ich schätze, das erklärt, warum sie so gute Cocktails macht.«

»Ich glaube, sie ist in allem gut, was sie sich vornimmt.«

Olivia wusste nicht genau, was sie darauf erwidern sollte, also nickte sie nur; und einen Moment lang lauschten sie beide den Wellen und dem Geräusch der Motoren. Sie fuhren entlang der Küste eines abgelegenen Teils von North Carolina, am Ufer bloß vereinzelte Lichter.

»Was für ein Glück«, sagte Olivia schließlich, »wenn man in allem gut ist.« Sie selbst hatte nur eines gut gekonnt, und vielleicht nicht mal das. Nach *Lucas mit Schatten* verkaufte sie bloß noch wenige Bilder. Niemand schien sich für das zu interessieren, was sie nach den Fünfzigern gemalt hatte, und, ehrlich gesagt, sie hatte auch nicht mehr lange weitergemacht. Die Malerei hielt sie eine Weile gefangen, mehrere Jahrzehnte, jetzt aber war sie aus ihrem Griff entlassen, und Olivia interessierte sich nicht mehr dafür, vielleicht interessierte sich auch die Malerei nicht mehr für Olivia. Alles geht einmal zu Ende, sagte sie sich, es gibt immer ein letztes Bild, wenn sie aber keine Malerin war, was war sie dann? Eine beunruhigende Frage.

»Ich kam in die Bar, sah sie«, sagte Alkaitis, »und dachte: *Sie ist so hübsch.*«

»Sie ist hinreißend.«

»Dann habe ich gemerkt, dass ich mich gern mit ihr unterhalte, und ich dachte: *Warum nicht?* Wissen Sie, wenn man nicht allein sein muss, sollte man es vielleicht auch nicht sein.«

Olivia, die fast immer allein war, wusste darauf nichts zu erwidern.

»Interessant finde ich«, sagte er, »dass sie ein ganz besonderes Talent hat.«

»Was denn?«

»Sie begreift, was eine bestimmte Situation verlangt, und sie passt sich entsprechend an.«

»Also ist sie eine Schauspielerin?« Olivia gefiel die Wendung nicht, die ihr Gespräch nahm, da es ihr vorkam, als beschriebe Jonathan eine Frau, die sich in sein Leben einfügte und zu dem wurde, was er sich wünschte. Im Grunde ein Verschwindetrick.

»Nein, Schauspielerin trifft es eigentlich nicht. Eher ein gewisser, durch Willenskraft verstärkter Pragmatismus. Sie hat beschlossen, eine gewisse Person zu werden, und sie hat es geschafft.«

»Interessant«, erwiderte Olivia höflich, dabei fand sie nichts so uninteressant wie ein Chamäleon. Vincent mochte ja bezaubernd sein, doch war sie wohl keine ernsthafte Person. Schon mit Anfang zwanzig hatte Olivia die

Menschen in Kategorien eingeteilt: Entweder man war ein ernsthafter Mensch, oder man war es eben nicht. Eine der Schwierigkeiten in ihrem jetzigen Leben bestand darin, dass sie sich nicht länger sicher war, in welche Kategorie sie selbst fiel. Vincent brachte eine neue Runde Cocktails. Die Lichter an der Küste Carolinas glitten vorüber.

TEIL ZWEI

6

Das Gegenleben

2009

Kein Stern leuchtet ewig. Über Alkaitis' Pritsche in die Wand gekratzte Worte, so zart geritzt, so spinnengleich, dass sie selbst aus kürzester Distanz wie ein Fleck aussehen, wie Risse in der Farbe, genau an der richtigen Stelle, weshalb er sie sieht, wenn er sich zur Wand umdreht. Für Geowissenschaften hat er sich noch nie sonderlich interessiert, aber natürlich weiß er, dass die Sonne ein Stern ist, besagen die Worte also, dass es mit der Welt irgendwann zu Ende geht? Falls ja, warum sollte man das nicht aufschreiben? Für Lyrik bringt Alkaitis nur begrenzt Geduld auf.

»Oh, das war Roberts«, sagt sein Zellennachbar. »Der Typ, der vor dir hier war.« Wegen schweren Diebstahls sitzt Hazelton zehn bis fünfzehn Jahre. Er redet zu viel. Er ist nervös, unruhig, meint es aber wohl gut. Er ist genau halb so alt wie Alkaitis und behauptet gern, das ganze Leben noch vor sich zu haben, weshalb er davon träumt, wie anders alles sein wird, wenn er rauskommt etc. Roberts' Name ist schon mal gefallen. »Kam ins Krankenhaus«, sagt Hazelton. »Hatte was mit dem Herz.«

»Wie war er denn so?«

»Roberts? Alter Knacker, mindestens sechzig. 'tschuldige, wollte niemanden beleidigen.«

»Hast du nicht.« Im Knast vergeht die Zeit anders als in Manhattan oder in den Vorstädten von Connecticut. Sechzig ist hier drinnen alt.

»Vernünftiger Kerl, mit dem gab es nie Probleme. Wir haben ihn den Professor genannt, weil er eine Brille trug und ständig gelesen hat.«

»Was denn?«

»Bücher mit Tussis vom Mars und explodierenden Planeten auf dem Cover.«

»Verstehe.« Alkaitis versucht sich vorzustellen, wie das Leben in dieser Zelle vor ihm gewesen ist: Roberts, der Sci-Fi las, ernst, mit Brille, und in Geschichten über fremde Planeten abtauchte, während Hazelton plapperte, mit den Knöcheln knackte und auf und ab lief. »Warum hat er gesessen?«

»Darüber wollte er nicht reden. Hat eigentlich nie viel gesagt. Ein echt stiller Typ, der Löcher in die Luft starrte.«

Was unvermutet eine Erinnerung an seine Mutter weckt. Drei Jahre vor Lucas' Tod kam Jonathan manchmal von der Schule nach Hause, und seine Mutter saß vollkommen reglos im Wohnzimmer. Sie blickte vor sich hin, als schaute sie sich einen Film an, den nur sie sehen konnte.

»War er deprimiert?«, fragt Alkaitis.

»Wir sind im Knast, Mann. Da sind alle deprimiert.«

***

Ist Alkaitis deprimiert? Sicher, in gewisser Weise schon, aber nach dem anfänglichen Schock ist sein Leben hier nicht so schlecht, wie es sein könnte. Er wurde im Dezember 2008 verhaftet und kam sechs Monate später in sein neues Zuhause außerhalb der Stadt Florence in South Carolina, einem Gefängnis mittlerer Sicherheitsstufe, offiziell als FCI Florence Medium 1 bekannt, nicht zu verwechseln mit FCI Florence Medium 2, das technisch gesehen zwar dieselbe Sicherheitsstufe hat, in dem es aber deutlich härter zugeht. Medium 1 ist für die Mauerblümchen, wie Tait es auf seine unvergessliche Weise formulierte. Tait sitzt fünfzig Jahre wegen Kinderpornografie und wäre in jedem anderen Gefängnis sicher schon in der ersten Woche umgebracht worden. Medium 1 ist für Gefangene, von denen man glaubt, sie würden in einem normalen Knast nicht lange überdauern, also für Kinderschänder, korrupte Bullen, medizinisch beeinträchtigte Häftlinge, Berühmtheiten, lebensuntüchtige, Brille tragende Hacker oder Spione. Im selben Komplex gibt es auch einen Hochsicherheitstrakt und ein Krankenhaus. Vor dem Krankenhaus hat Alkaitis Angst, denn darin verschwinden alte Männer.

***

Manchmal denkt er an Roberts, wenn er den Hof betritt, den er in seiner endzeitlichen Trostlosigkeit ganz erstaunlich findet. Zementplattenwege kreuzen grüne Rasenflächen und erlauben Insassen bei einer Überführung auf möglichst effiziente Weise zwischen den Gebäuden zu wechseln. Es gibt noch einen gesonderten Freiganghof mit einer Joggingbahn und vergleichbar kläglicher Ästhetik. Hier tragen alle Khaki und Grau, nur die Wachen sind in Schwarz oder Blau, die Gebäude in blau abgesetztem Cremeweiß. Vor dem Zaun steht in der Ferne eine Baumreihe, die Bäume in exakt demselben Grünton wie das Gras. Hier gibt es einfach nicht genügend Farben, so Jonathans erster Eindruck. Unfassbar, dass dieser Ort in derselben Welt wie – sagen wir – Manhattan existiert, weshalb er, wenn er durch den Hof läuft, sich manchmal einbildet, auf einem fremden Planeten zu sein.

***

Manchmal schreiben ihm Journalisten: »Was ist es für ein Gefühl, zu 170 Jahren Haft verurteilt worden zu sein?«, fragen sie.

Er antwortet nicht darauf, weil er weiß, die Antwort klänge zu verrückt: Er fühlt sich wie im Delirium. Eines Morgens, damals war er fünfundzwanzig, wachte er mit hohem Fieber auf. Er lebte zu der Zeit in der 70th Street und hatte nichts gegen Fieber in der Wohnung, also taumelte er nach draußen zur nächsten Drogerie. Mit einiger Mühe kaufte er Aspirin, ihm war zu heiß, der Gehweg schwankte, doch er schaffte es zurück zum Haus und die Treppe hinauf, nur wäre es ihm dann fast nicht geglückt, die Tür zur Wohnung zu öffnen. Er hielt den Schlüssel in der Hand, die Tür hatte ein Schloss, und er wusste auf gleichsam abstrakte Weise, dass sie irgendwie zusammengehörten, nur kam er nicht darauf, wie beides miteinander funktionieren sollte, und da wusste er, dass er delirierte. Wie lange stand er dort? Fünf Minuten? Zehn? Eine halbe Stunde? Wer weiß, aber irgendwann hatte er es dann doch in die Wohnung geschafft.

Im Gerichtssaal in Manhattan, siebenunddreißig Jahre später, sagt der Richter die Zahl – »einhundertundsiebzig« –, und es regt sich in ihm dieses schwindelerregende Gefühl von Bewegung, von Zeit, die in unfassbare Fernen davonstürmt, dem Jahre 2179 entgegen. Er begreift, dass er den Rest seines Lebens im Gefängnis verbringen wird, doch packt ihn dieselbe Verwirrung, die ihn während des Deliriums in seinen Zwanzigern überkam: *Der Rest seines Lebens* und *Gefängnis* waren zweierlei, das nicht zusammenpassen wollte, Schloss und Schlüssel, eine unbegreifliche Gleichung.

***

Bevor er hergekommen ist, ist ihm Löwenzahn nie aufgefallen, in der bedrückenden Ödnis des Hofs aber sind diese kleinen Gelbexplosionen im Gras fast ein Schock. Ähnlich war es mit den Vögeln. Es sind Vögel jener Art, die draußen mit der Landschaft verschmelzen, nur Rotkehlchen, Krähen oder Finken, hier aber erstaunt es geradezu, wie sie im Gras landen *und dann davonfliegen*, wie sie hin und her über die Absperrungen flattern. Sie sind Sendboten einer anderen Welt. Die Gefängnisregeln verbieten, sie zu füttern, aber einige Insassen streuen heimlich Krumen ins Gras.

***

Einige Insassen, die den Hochsicherheitstrakt durchlaufen haben, behaupten gern, das FCI Florence Medium 1 sei der reinste Country-Club, und auch wenn es nicht stimmt, ist es hier doch längst nicht so schlimm, wie Alkaitis befürchtet hat. Ein Großteil der Gefangenen sind ältere Männer mit begrenzter Geduld für Theater, außerdem will niemand in den Hochsicherheitstrakt. Niemand spricht von Messern und niemand versucht, ihn im Hof abzustechen. Das einzig Bedrohliche sind weiße Nationalisten, die zusammen trainieren, während alle anderen sie ignorieren. Sie wissen, wenn sie zu sehr auffallen oder zu viel Ärger machen, kommen sie in den Hochsicherheitstrakt, was zuletzt vor einigen Jahren nach einer landesweiten Festnahme von Mitgliedern der Aryan Brotherhood passiert ist, weshalb sie ihre Aktivitäten meist darauf beschränken, im Gleichtakt Liegestütze zu machen und große Töne zu spucken von wegen Ehrenkodex oder Stammestreue. Zwei Brüder, die zusammen einen spektakulären Versicherungsbetrug begangen haben, halten an anderer Stelle in ihrer Lieblingsecke Hof. Diese Brüder haben Untergebene, selbst im Knast, Typen, die das eine oder andere für sie besorgen und ihnen im Tausch gegen Sachen aus dem Gefängnisladen die Kleider waschen. Ständig laufen jüngere Gefangene im Uhrzeigersinn auf der Joggingbahn, während ältere Männer auf derselben Bahn spazieren gehen. Und alt gewordene Mafiosi tratschen in der Sonne.

Alkaitis joggt um den Hof, stemmt Gewichte, macht Liegestütze und ist nach sechs Monaten fit wie nie. Er gehört nicht zu den Männern, die ihre Zeit – damit die Tage schneller vergehen – so unauffällig und gleichförmig wie nur möglich gestalten. Er respektiert diese Überlebensmethode, macht es sich aber zum Grundsatz, jeden Tag etwas anderes zu tun. Er bewirbt sich um einen Job, obwohl er aus Altersgründen davon befreit ist, und darf schließlich die Cafeteria fegen. Er findet heraus, wie das System funktioniert, und zahlt einem Insassen zehn Dollar im Monat dafür, dass der seine Wäsche macht. Draußen fand er nie Zeit zum Lesen, hier aber tritt er einem Lesekreis bei, und sie reden über *Der große Gatsby*, *Die Schönen und Verdammten* oder *Zärtlich ist die Nacht* mit einem engagierten jungen Professor, der offenbar nicht weiß, dass außer F. Scott Fitzgerald auch noch andere Menschen Bücher geschrieben haben. Es ist durchaus möglich, in der Ordnung zur Ruhe zu kommen, in der Routine, diesem Wecken-um-Fünf, Appell-um-Viertel-nach-Fünf, diesem Ein-Tag-wie-der-Andere. In der Welt da draußen lag er nachts oft lange wach und fürchtete sich davor, im Gefängnis zu enden, hier aber schläft er ziemlich gut zwischen Abend- und Morgenappell. Er spürt eine wunderbare Leichtigkeit, wenn er jeden Morgen in dem Wissen aufwacht, dass das Schlimmste bereits passiert ist.

***

»Da ist etwas, worüber ich mich immer wieder wundere«, sagt eine Journalistin. Sie heißt Julie Freeman und schreibt ein Buch über ihn, was er sehr schmeichelhaft findet. »Also, lange vor Ihrer Verhaftung, Jahrzehnte vorher, hatten Sie bereits enorme Ressourcen zu Ihrer Verfügung.«

»Stimmt«, sagt Alkaitis. »Ich hatte ziemlich viel Geld.«

»Gerade eben aber haben Sie mir erzählt, Sie hätten schon lange mit Ihrer Verhaftung gerechnet. Sie wussten, irgendwann ist es so weit: Warum sind Sie nicht einfach außer Landes geflohen, ehe Sie verhaftet wurden?«

»Ehrlich gesagt«, erwidert er, »der Gedanke an Flucht ist mir nie gekommen.«

∗∗∗

Was nicht heißen soll, dass er nichts bedauert. Er wünscht sich, er hätte die Bekanntschaft mit einigen Leuten besser zu schätzen gewusst, die er in seiner Zeit vor dem Gefängnis kennenlernen durfte. Als Erwachsener hatte er eigentlich keine Freunde, nur Investoren, dabei hat ihm der Umgang mit einigen von ihnen wirklich sehr gefallen. Olivia etwa mochte er von Anfang an, da ihre Anwesenheit ihn glauben lassen konnte, sein geliebter, verstorbener Bruder wäre noch irgendwie bei ihm; auch Faisal, der sich in faszinierender Breite über Themen wie die britische Lyrik des zwanzigsten Jahrhunderts oder die Geschichte des Jazz auslassen konnte. (Faisal war inzwischen tot, aber daran musste er jetzt ja nicht denken.) Er erinnert sich mit nostalgischen Gefühlen sogar an einige der Investoren, die er längst nicht so gut gekannt und vielleicht nur ein oder zwei Mal getroffen hatte. An Leon Prevant zum Beispiel, den Schiffsreeder, mit dem er sich im Hotel Caiette einen Drink genehmigte, und an das Vergnügen, sich mit ihm über eine Industrie zu unterhalten, über die er so gut wie nichts gewusst hatte; oder an Terrence Washington, einen pensionierten Richter in einem Club in Miami Beach, der offenbar alles über die Geschichte von New York City wusste, was es zu wissen gab.

Die, mit denen er es jetzt zu tun hat, sind größtenteils keine Leute, die er respektiert, von wenigen Ausnahmen einmal abgesehen – die Mafiosi etwa, die furchterregende Verbrechersyndikate führten, oder der Ex-Spion, der ein Jahrzehnt lang Doppelagent gewesen war –, doch auf jeden Paten und dreisprachigen Ex-Agenten kamen zehn Typen, die im Grunde nur Ganoven waren. Alkaitis ist sich bewusst, dass es seinem Snobismus nicht an einer gewissen Verlogenheit mangelt, aber es gibt einen Unterschied zwischen a) zu wissen, dass man ein Krimineller ist wie alle anderen auch, und b) sich mit erwachsenen Männern abgeben zu wollen, die nicht lesen können.

»Das mit dem Geld, das ist wie zwei verschiedene Spiele«, sagt Nemirowsky am Frühstückstisch. Er sitzt seit sechzehn Jahren wegen eines vermurksten Banküberfalls, ist nach der vierten Klasse von der Schule abgegangen und eigentlich Analphabet. »Da ist zum einen das Spiel, das alle kennen, man hat einen beschissenen Job, kriegt seinen Gehaltsscheck, und es reicht hinten und vorn nicht« – Kopfnicken rund um den Cafeteria-Tisch –, »aber dann ist da noch dieses zweite Level, dieses *völlig neue Level*, wo Geld was ganz anderes ist, fast, als wäre Geld ein Geheimspiel oder so, und nur die wenigsten kennen die Regeln …«

***

Nemirowsky hat gar nicht mal unrecht, denkt Alkaitis später, während er um den Freiganghof joggt. Geld ist ein Spiel, dessen Regeln er, Alkaitis, kennt. Nein, Geld ist ein Land, und er hat die Schlüssel zu diesem Königreich gehabt.

***

Nichts davon erzählt er Julie Freeman, aber jetzt, da es für eine Flucht zu spät ist, muss er ständig an Flucht denken. Alkaitis gibt sich gern Tagträumen hin, die eine Parallelversion der Ereignisse zeigen – ein Gegenleben, wenn man so will –, in dem er in die Vereinigten Arabischen Emirate flieht. Warum auch nicht? Er liebt die VAE, Dubai insbesondere, wo es möglich ist, sein Leben lang nicht nach draußen zu gehen, es sei denn, um in einen schicken Wagen zu steigen und sich von versierten Fahrern von einem schönen Interieur ins nächste bringen zu lassen. Zuletzt war er 2005 mit Vincent dort. Sie wirkte von der Pracht wie überwältigt, auch wenn es ihm im Nachhinein vorkommt, als wäre ihre Begeisterung zum Teil geschauspielert gewesen, schließlich hatte sie ein nicht unbeträchtliches finanzielles Interesse daran gehabt, den Anschein von Glück zu wahren. Egal, im Gegenleben verlaufen die Stunden rund um die Büroparty anders. Als Claire an jenem Tag zu ihm kommt, lässt er sie auflaufen. Er gibt vor, nicht zu wissen, wovon sie eigentlich redet, und behält den Anschein höflicher Verblüffung bei, bis sie schließlich kapituliert und verschwindet. Ein kleines Verwirrspiel findet er durchaus nicht unter seiner Würde, wenn er damit dem Gefängnis entgeht. Im Gegenleben gesteht er nichts. Er bricht nicht zusammen. Den Abend verbringt er mit Vincent auf der Party, und sie brechen gemeinsam auf, um in die Zweitwohnung zurückzukehren. Er gibt ihr einen Gutenachtkuss, als wenn alles ganz normal wäre, und verliert kein Wort über seine Pläne. Er bleibt noch auf, während sie zu Bett geht, trinkt Kaffee, trifft seine Vorbereitungen und starrt hinaus auf den dunklen Ozean des Central Parks und auf die Lichter entlang der gegenüberliegenden Seite, prägt sich diesen Anblick ein, den er nie wieder genießen wird. Er wacht die Nacht durch und wartet auf die Fensterputzer, die im Morgengrauen mit ihrer Hängeplattform die steile Wand des Towers hinaufschweben.

Es ist noch früh am Morgen, über dem Park geht gerade die Sonne auf, und sie erkennen ihn nicht. Wie denn auch? Im Laufe der Nacht hat er sich das Haar extrem kurz geschnitten, außerdem trägt er eine dunkle Brille, eine Baseballmütze und ist – ganz wichtig – völlig weiß angezogen, genau wie sie, eine Sporttasche über der Schulter. Er öffnet das Fenster und redet mit ihnen. »Könnten Sie mich runter auf die Straße bringen?«, fragt er. Anfangs weigern sie sich natürlich, aber er hat in seiner Zweitwohnung fünftausend Dollar in bar, und die gibt er ihnen, dazu zwei Flaschen vom exquisiten Grand Cru Classé aus seinem bevorzugten Weinanbaugebiet in Bordeaux sowie Vincents Diamantarmband und ihre Ohrringe – sie liegt noch schlafend im Bett –, und er überredet sie: Er will mit ihnen nur runter zur Straße. Mehr nicht. In ein paar Minuten ist alles vorbei. Niemand wird je etwas erfahren. Es ist eine Menge Geld und der beste Wein, den sie in ihrem Leben je trinken werden.

Wer sie sind? Das ist egal. A und B. Nehmen wir an, es handelt sich um zwei junge Kerle, die es nicht besser wissen, oder sie wissen es besser, haben aber Kinder zu ernähren. Fensterputzen dürfte kaum eine besonders gut bezahlte Arbeit sein, falls dieses Hinaufschweben entlang gläsernen Vorhangswänden nicht ein dermaßen furchterregender Job ist, dass niemand ihn erledigen will. Egal, wen interessiert's, jedenfalls ist es eine Menge Geld, nehmen wir also an, sie lassen sich darauf ein. Alkaitis klettert hinaus in die Kälte, und während des langsamen Abstiegs zum Bürgersteig bleiben A und B stumm und respektvoll. Er spürt, sie bewundern ihn dafür, dass er so weitsichtig war, sich wie sie anzuziehen – wenn auch nicht *exakt* wie sie, Fensterputzer tragen gewöhnlich keine maßgeschneiderten Hemden, doch ihnen immerhin so ähnlich, dass sie von Weitem nur wie drei weiß gekleidete Männer auf einer Hängeplattform aussehen, ein alltäglicher Anblick in dieser gläsernen Stadt, und nun spiegelt sich die aufgehende Sonne auch im Glasturm, weshalb niemand direkt zu ihnen hinübersehen kann, denn das gehört zu seinem brillanten Plan, dass sie im blendenden Licht nach unten fahren. Er steigt aus, bedankt sich und ruft ein Taxi, das ihn zum Flughafen fährt. Wenige Stunden später sitzt er im Flieger nach Dubai, erste Klasse natürlich, und macht es sich auf einem dieser Sessel bequem, die eher einer privaten Kapsel mit Bett und Fernseher gleichen. Im Gegenleben stellt er über dem Atlantik die Lehne nach hinten und versinkt in seligem Schlaf.

Im FCI Florence Medium 1 gehen die Lichter an, der Weckruf für den Drei-Uhr-Appell ertönt, und er steigt aus dem Bett, schläft nicht, ist aber auch nicht ganz wach, streift sich mit automatischen Bewegungen die Pantoffel über, noch halb woanders, und ihm gegenüber taumelt Hazelton von der Pritsche. Im Gegenleben wird er nie verhaftet, geschweige denn verurteilt, muss also auch keinen Appell mitmachen. (Wachposten schreien die Flure lang – »aufstehen, auf mit euch, hopp, hopp!« –, dann bleibt einer vor der Tür stehen mit seinem kleinen Klicker, und nach wenigen Minuten ist alles vorbei, sie dürfen zurück ins Bett.) Im Gegenleben überweist er sein gesamtes Vermögen auf Schwarzgeldkonten außer Reichweite der amerikanischen Behörden. Und als seine Tochter das FBI anruft, ist er gleichfalls außer Reichweite. Dubai hat kein Auslieferungsabkommen mit den Vereinigten Staaten.

Er besitzt genug Geld, um für immer in Dubai wohnen zu können, in Ruhe, in kühlen Interieurs und brutaler Hitze. Hotel oder Villa? Hotel. Er wird in einem Hotel wohnen und sich für den Rest seiner Tage den Zimmerservice kommen lassen. Was das Personal angeht, sind Villen ein Albtraum. Und von Personal hat er genug.

***

»Ich würde gerne mit Ihnen über Ihre Tochter sprechen«, sagt Julie Freeman bei ihrem zweiten Treffen.

»Tut mir leid«, erwidert er, »aber ich ziehe es vor, nicht über sie zu reden. Ich finde, Claire hat es verdient, dass ich ihre Privatsphäre respektiere.«

»Wie Sie wollen. In dem Fall würde ich gerne über Ihre Frau sprechen.«

»Meinen Sie Suzanne? Oder Vincent?«

»Ich dachte, ich fange mit Vincent an. Besucht sie Sie hier?«

»Nein, ehrlich gesagt …« Er weiß nicht, ob es klug ist, jetzt weiterzureden, aber wen sollte er sonst fragen? Journalisten sind seine einzigen Besucher. »Könnten Sie bitte für einen Moment aufhören, sich Notizen zu machen?«

Sie legt ihren Stift auf den Tisch.

»Das ist mir ziemlich peinlich«, sagt er, »und ich würde es zu schätzen wissen, wenn das hier unter uns bliebe, aber wissen Sie vielleicht, wo Vincent ist?«

»Da ich gern mit ihr reden würde, habe ich selbst schon nach ihr gesucht, aber wo immer sie ist, sie hält sich ziemlich bedeckt.«

***

Vielleicht ist der Abstieg mit den Fensterputzern doch ein wenig zu dramatisch. Ebenso gut hätte er Vincent nach der Party auch nur einen Gutenachtkuss geben und ihr sagen können, dass er noch auf einen Drink mit einem Investor verabredet sei und sie nicht auf ihn zu warten brauche; oder er hätte sie mit dem Wagen nach Hause geschickt, während er selbst außer Landes floh. Nein, er würde vorher noch nach Greenwich müssen, um den Pass zu holen. Ach was, wenn er die Geschichte schon umschrieb, dürfte das mit dem Pass eigentlich auch kein Hinderungsgrund sein. Im Gegenleben gehörte er vielleicht zu jenen Menschen, die ihren Pass ständig bei sich tragen. Er gibt Vincent einen Kuss, ruft ein Taxi und fährt zum Flughafen.

Im Gegenleben besucht ihn Claire in Dubai. Sie freut sich, ihn zu sehen. Was er getan hat, missbilligt sie, doch können sie beide darüber lachen. Ihre Gespräche sind unangestrengt. Im Gegenleben ist Claire nicht diejenige, die beim FBI anruft.

***

Claire hat ihn im Gefängnis nie besucht und nimmt auch seine Anrufe nicht entgegen.

***

Während des ersten Monats im Gefängnis schrieb er Claire einen Brief, sie aber antwortete nur mit einem zweiseitigen Auszug der ersten Anhörung, bei der er immer wieder *schuldig* sagen musste. Er erinnerte sich daran, vor Gericht zu stehen und das Wort zu wiederholen, daran, wie übel ihm war und wie ihm der Schweiß den Rücken hinuntertropfte. Auf dem Blatt Papier sah es merkwürdig aus, so bruchstückhaft, fast wie ein schlechtes Gedicht oder Skript.

RICHTER: Punkt eins der Anklage, bekennen Sie sich schuldig oder nicht schuldig?

DER ANGEKLAGTE: Schuldig.

RICHTER: Mr Alkaitis, bitte sprechen Sie etwas lauter.

DER ANGEKLAGTE: Entschuldigen Sie, Euer Ehren. Ich bekenne mich schuldig.

RICHTER: Punkt zwei der Anklage, bekennen Sie sich schuldig oder nicht schuldig?

DER ANGEKLAGTE: Schuldig.

RICHTER: Punkt drei der Anklage, bekennen Sie sich schuldig oder nicht schuldig?

DER ANGEKLAGTE: Schuldig.

RICHTER: Punkt vier der Anklage, bekennen Sie sich schuldig oder nicht schuldig?

DER ANGEKLAGTE: Schuldig.

RICHTER: Punkt fünf der Anklage, bekennen Sie sich schuldig oder nicht schuldig?

DER ANGEKLAGTE: Schuldig.

RICHTER: Punkt sechs der Anklage, bekennen Sie sich schuldig oder nicht schuldig?

DER ANGEKLAGTE: Schuldig.

RICHTER: Punkt sieben der Anklage, bekennen Sie sich schuldig oder nicht schuldig?

DER ANGEKLAGTE: Schuldig.

RICHTER: Punkt acht der Anklage, bekennen Sie sich schuldig oder nicht schuldig?

DER ANGEKLAGTE: Schuldig.

RICHTER: Punkt neun der Anklage, bekennen Sie sich schuldig oder nicht schuldig?

DER ANGEKLAGTE: Schuldig.

RICHTER: Punkt zehn der Anklage, bekennen Sie sich schuldig oder nicht schuldig?

DER ANGEKLAGTE: Schuldig.

RICHTER: Punkt elf der Anklage, bekennen Sie sich schuldig oder nicht schuldig?

DER ANGEKLAGTE: Schuldig.

RICHTER: Punkt zwölf der Anklage, bekennen Sie sich schuldig oder nicht schuldig?

DER ANGEKLAGTE: Schuldig.

7

Seefahrerin
2008–2013

Die *Neptune Cumberland*

Im August 2013 legte Vincents Schiff ab, der Tag strahlend-
blau, am Himmel Wolken wie Popcorn. In Port Newark
konnte sie einen ersten Blick auf die *Neptune Cumberland*
werfen. Vincent wurde von der Hafen-Security zum Schiff
begleitet, wo sie vor der Gangway warten musste, und die
Zeit kam ihr ewig lang vor. Sie war nervös und aufgeregt.
Es waren noch einige andere Leute in der Nähe, wenn auch
nicht zu sehen, entweder hoch über ihr in einer Krankabi-
ne, oder sie fuhren mit Containern beladene Trucks. Vincent wusste, wo es hinging, sie hatte die anstehende Route
studiert und Bücher gelesen, trotzdem erstaunten sie die
Ausmaße dieser neuen Welt. Der Bug der *Neptune Cumberland* ragte wie eine schiere Wand aus Stahl vor ihr auf, die
Kräne waren hoch wie die Türme in Manhattan. Sie wusste, dass Container über 30 000 Kilo wiegen konnten, die
Kräne aber pflückten sie von den Tiefladern, als wären sie
federleicht, und diese Illusion der Gewichtlosigkeit verlieh

ihren Bewegungen eine unvergleichliche Anmut. Vincent stand auf einem klassischen Industriegelände mit gigantischen Maschinen, ein Hafen, der für Menschen keinen Platz bot, und sie fühlte sich kleiner und immer kleiner, bis ihre Begleitung schließlich wieder auftauchte, und zwei Männer die weißen Stahlstufen vom Deck herabkamen. Sie brauchten eine Weile, bis sie Vincent erreicht hatten, und stellten sich vor, sobald sie Land betraten: Geoffrey Bell und Felix Mendoza, Schiffssteward und Dritter Maat, der eine ihr Kollege, der andere ihr Boss.

»Willkommen an Bord«, sagte Mendoza.

»Ja, willkommen«, sagte Bell. Sie gaben sich die Hand, und der Typ von der Hafen-Security stieg wieder in seinen Wagen und fuhr davon. Mendoza ging voraus, Bell hinterher mit ihrem Koffer, obwohl sie den problemlos auch allein hätte tragen können.

»Freut mich, dass Sie da sind«, sagte Mendoza. Während er die Treppe hinauflief, redete er ununterbrochen vor sich hin. Er habe eigens um einen Assistenzkoch mit Erfahrung in mehr als einem Restaurant gebeten, sagte er, da er, ehrlich gesagt, schon viel zu lange zur See fahre und neue Rezeptideen gut gebrauchen könne. Er hoffe, Vincent mache es nichts aus, schon heute Abend anzufangen. (Machte es nicht.) Und es freue ihn, dass sie aus Kanada komme, seien im Laufe der Jahre doch einige seiner liebsten Kollegen auch aus Kanada gewesen. Sie ließ ihn reden, da sie nur die Umgebung in sich aufnehmen wollte, das Deck hoch überm Hafen, und immer wieder dachte sie: *Ich bin hier, ich bin tatsächlich hier*, während Mendoza zu den Mannschaftskajüten vorausging, über einen schmalen Servicekorridor, der sie an die Einrichtung jener Fähren erinnerte, die zwischen Vancouver und Vancouver Island pendelten.

»Lassen Sie sich zum Auspacken ruhig Zeit«, sagte Mendoza, »ich hole Sie dann in einigen Stunden ab.« Bell, dem kein Wort über die Lippen gekommen war, seit er sich erboten hatte, ihr Gepäck zu tragen, stellte den Koffer überraschend behutsam auf die Schwelle zu ihrem Zimmer und lächelte, als sie die Tür schloss.

Ihr Zimmer war mehr oder weniger so, wie sie es erwartet hatte, klein und auf neutrale Weise zweckmäßig, das Mobiliar in Holzimitat, die Wände weiß. Es gab ein schmales Bett, einen Schrank, einen Tisch, ein Sofa, alles entweder in die Wand eingelassen oder am Boden verschraubt. Sie hatte ihr eigenes kleines Bad. Es gab ein Bullauge, aber sie ließ den Vorhang geschlossen, da der Ozean das Erste war, was sie durchs Fenster sehen wollte. Von draußen hörte sie ein unablässiges Dröhnen, Knirschen und Knarren, da Kräne Container im Laderaum versenkten, wo sie hoch gestapelt und mit den Laschbrücken verspannt wurden. Vincent packte ihre Habe aus – Kleider, ein paar Bücher, ihre Kamera –, und sie ertappte sich dabei, dass sie an Bell dachte. An Liebe auf den ersten Blick hatte sie nie geglaubt, doch glaubte sie an ein *Erkennen* auf den ersten Blick, glaubte, dass sie bei der ersten Begegnung mit jemandem spüren konnte, ob er in ihrem Leben wichtig sein würde, ein Gefühl, als würde man auf einer alten Fotografie ein vertrautes Gesicht entdecken: Aus einem Meer aus Gesichtern, die einem nichts bedeuteten, schält sich das eine heraus. *Deins.*

Sie schloss den Koffer, verstaute ihn im Schrank und wandte sich dann dem Stapel Laken und Decken auf dem

Bett zu sowie einem sichtlich oft benutzten Kissen. Sie bezog das Bett und blieb eine Weile darauf sitzen, machte sich mit dem Zimmer vertraut. Es fiel ihr schwer, in diesem Moment nicht an das Schlafzimmer in Jonathans Haus in Greenwich zu denken, an die verschwenderischen Teppichwiesen, an die weite Leere. Luxus ist eine Schwäche.

**

Es hatte sie so viel gekostet, es bis hierher zu schaffen, die Schulung, die Weiterbildung, die vielen Bescheinigungen, dieser ganze Aufwand, weshalb sie, als Mendoza kam, um sie abzuholen und ihr die Kombüse zu zeigen, wo sie ihre Arbeitszeit verbringen würde, kaum glauben konnte, dass sie wirklich hier war, an Bord, dass es ihr gelungen war, dem Land zu entkommen; und es kostete sie beträchtliche Mühe, nicht ständig wie ein Idiot zu grinsen, während Mendoza ohne Unterlass über den Speiseplan redete – Pommes grundsätzlich zu eigentlich jedem Essen, sagen wir zu vier von fünf Abendessen, weil die Männer sie gern aßen und Kartoffeln billig waren, was half, das Budget im Rahmen zu halten; Biryani-Reis zweimal die Woche aus demselben Grund –, und die erste Schicht war so voll mit Pommes und Informationen, dass ihr erst viel später am Abend auffiel, dass das Schiff Newark längst verlassen hatte, erst nach dem Saubermachen nämlich, als sie verdreckt und erschöpft an Deck stolperte, von der Fritteuse auf den Unterarmen Sternbilder winziger Brandflecken, und sie spürte, wie die Luft sich verändert hatte, die Schwüle vertrieben von einer kühlen Brise, die nicht länger nach Land roch. Sie fuhren Richtung Süden nach Charleston, entlang der Ostküste Amerikas, deren Lichterketten steuerbord am Horizont zu sehen waren. Vincent ging auf die andere Schiffsseite, um hinaus auf den Atlantik zu blicken, die Dunkelheit nur unterbrochen von den Lichtern eines fernen Dampfers oder von Flugzeugen, die sich im Landeanflug den Städten im Osten näherten, und in diesem Augenblick dachte sie, dass sie nie wieder an Land leben wollte.

***

»Warum wolltest du raus aufs Meer?«, fragte Geoffrey Bell, als sie sich zum ersten Mal unterhielten. Sie fuhr da bereits ungefähr eine Woche zur See. Das Schiff hatte soeben die Bahamas verlassen und mit der langen Fahrt über den Atlantik nach Port Elizabeth in Südafrika begonnen. Geoffrey war am Ende ihrer Schicht zur Bordküche gekommen und hatte sie gefragt, ob sie einige Schritte mit ihm gehen wolle. Er führte sie zu seinem Lieblingsplatz auf dem Schiff, einer Ecke auf dem C-Deck, die ihm gefiel, weil sie von keiner Sicherheitskamera erfasst wurde, »jetzt, wo ich es laut ausspreche, wird mir klar, wie übel das klingt«, sagte er, »aber ich finde, wenn man sich an Bord eines Schiffes aufhält, gehört der Mangel an Privatsphäre zu den größeren Problemen, meinst du nicht?«

»Das will ich nicht bestreiten«, sagte Vincent. »Ist das da ein Grill?« Sie zeigte auf ein an die Reling gekettetes, seltsam röhrenförmiges Gerät mit vier Beinen.

»Oh ja, ist es«, sagte er, »wurde aber seit Jahren nicht mehr benutzt.« Grillabende an Bord seien eine eher klägliche Angelegenheit, erklärte er. Man stelle sich zwanzig Männer auf dem Stahldeck vor, die sich bei Wind und

Wetter zu unterhalten versuchten, während sie Hotdogs und gebratenes Hähnchen aßen, in ihrem Rücken eine hohe Wand aus Containern. Nein, er erkläre das nicht richtig. Nicht zwanzig Männer, sondern zwanzig *Mitarbeiter*, zwanzig Arbeitskollegen, mit denen man monatelang auf See festhocke und deren Gesellschaft man längst überdrüssig sei – wegen des strikten Alkoholverbots außerdem weit und breit kein Bier zum Nachspülen. Trotzdem, sagte er, gefalle es ihm hier an Deck.

Vincent gefiel es auch. Bis auf das stetige Brummen der Motoren war es still. Sie beugte sich über die Reling, um hinaus aufs Meer zu schauen.

»Ich find's schön, kein Land mehr zu sehen«, sagte sie. Ununterbrochen erstreckte sich der Horizont in alle Richtungen.

»Mir ist aufgefallen, dass du meine Frage nicht beantwortet hast.«

»Stimmt, du wolltest wissen, warum ich aufs Meer wollte.«

»Nicht gerade mein bester Einstieg in ein Gespräch, gebe ich ja zu«, sagte er. »Vielleicht sogar ein bisschen zu plump, schließlich stehen wir an Bord eines Schiffes, aber man muss ja irgendwie anfangen.«

»Ist aber eine merkwürdige Geschichte«, sagte Vincent.

»Gott sei Dank. Ich habe schon seit Monaten keine anständige Geschichte mehr gehört.«

»Nun gut«, sagte Vincent. »Ich war eine Zeit lang mit diesem Mann zusammen, und es ging ziemlich kompliziert zu Ende.«

»Verstehe«, sagte er. »Falls du nicht drüber reden willst – ich möchte nicht neugierig sein …«

Sie merkte ihm an, dass er die Umrisse einer Geschichte erahnte, die wie bei einem Eisberg größtenteils unter der Oberfläche lauerte, und sie sah für sich zwei Möglichkeiten: Sie konnte ihm sagen, dass sie mit einem Kriminellen zusammen gewesen war und so seine Verachtung riskieren, oder sie gab sich als einen dieser endlos nervtötenden, mysteriösen Menschen aus, mit denen niemand reden mochte, weil sie nie den Mund aufmachten, ohne düstere Geheimnisse anzudeuten, die aufzudecken sie einfach nicht über sich brachten. »Nein, ist schon okay. Ehrlich gesagt, es war nicht ganz … Ich meine, ich habe das Land eigentlich nicht wegen der Sachen verlassen, die er getan hat«, sagte sie. »Ich wollte aufs Schiff, weil ich an Land immer wieder den falschen Leuten über den Weg gelaufen bin.«

»Genau das ist das Problem an Land«, sagte Geoffrey, »es gibt da einfach zu viele Leute.«

***

Letzte Abende an Land

Anfangs sah es aus, als wäre es möglich, den Zusammenbruch des Königreichs des Geldes zu überstehen und in der Stadt zu bleiben, die sie liebte, ein neues Leben anzufangen. Am Morgen nach Jonathans letzter Belegschaftsparty war sie allein und frierend in der Zweitwohnung in Manhattan aufgewacht. Die Bettdecke war zu Boden gerutscht. Sie stand auf, duschte, kochte Kaffee und verbrachte einige Augenblicke damit, auf den Central Park zu schauen. Sie wusste da bereits, dass Jonathan verhaftet werden würde, und sie wusste, sie würde diesen Ausblick heute zum letzten Mal bewundern. Jonathan hatte eine schöne kleine Reisetasche in der Wohnung gelassen, cremeweiß mit braunen Lederakzenten. Auf ihrer Seite im Schrank hingen zwei Ballkleider, deren Verkauf einiges einbringen mochte, außerdem waren fünftausend Dollar Bargeld in der Wohnung, und im Safe lag ein bisschen Schmuck. Sie steckte Geld und Schmuck in die Tasche, einige Scheine in ihre Jacke, rollte die Kleider behutsam zusammen und packte ebenfalls einen Satz Wäsche zum Wechseln ein.

Sie ging mit dem Kaffee ins Bad und griff nach dem Lackkästchen, in dem sie ihre Schminkutensilien aufbewahrte, hielt dann aber inne. Während all der Zeit mit Jonathan war sie nie ohne Make-up gewesen. Sie fand ihr nacktes Gesicht eigenartig, doch jetzt, an diesem besonderen Morgen, da ihr vorgeblicher Gatte jeden Moment verhaftet oder in Polizeigewahrsam genommen werden würde, hatte die Vorstellung, nicht wie sie selbst auszusehen, durchaus etwas Verlockendes. Während Vincent am Kaffee nippte, musterte sie ihr Gesicht im Spiegel. Irgendwann in jüngster Zeit hatte sie eine Grenze überschritten und einen Lebensabschnitt betreten, in dem sie, wenn sie müde war, nicht nur müde, sondern auch ein wenig älter aussah. Sie war fast achtundzwanzig.

In einer Schublade fand sie eine Nagelschere und begann, sich methodisch die Haare zu schneiden. Der Kopf fühlte sich gleich leichter an, auch ein wenig kälter. Als sie eine halbe Stunde später zum letzten Mal das Gebäude verließ, zuckte der Concierge in der Lobby zusammen, ehe das gewohnte Lächeln wieder auf seinem Gesicht einrastete. Im nächsten Friseursalon, an dem sie vorbeikam, ließ sie sich die Frisur nachbessern – »Hat Ihr Kind Ihnen die Haare geschnitten, als Sie geschlafen haben?«, fragte die Friseurin besorgt. Anschließend betrat sie eine Drogerie, um sich eine Lesebrille mit minimaler Sehstärke zu kaufen, obwohl an ihren Augen nichts auszusetzen war. Vincent begutachtete sich im Spiegel und fand, sie sah ohne Make-up, mit kurzem Haar und Brille wie ein anderer Mensch aus.

**

Innerhalb einer Woche fand sie eine Bleibe in einer Trabantenstadt, vom Grand Central nur wenige Haltestellen mit der Hudson Line, eine Au-pair-Wohnung, eigentlich nur ein Zimmer über einer Garage, in einer Ecke ein Bad, in einer anderen eine Kochnische. Sie schlief auf einer Matratze auf dem Boden und kaufte sich bei Goodwill für vierzig Dollar eine Kommode. Der Vermieter gab ihr einen Klapptisch dazu, und im Sperrmüll fand sie auf der Straße einen Stuhl. Das war genug. Drei Wochen nach Jonathans Verhaftung bekam sie in Chelsea eine Stelle als Kellnerin. Die Stunden reichten nicht, also begann sie zusätzlich als Auszubildende in einer Restaurantküche an der Lower East Side. Die Arbeit in der Küche gefiel ihr besser, da Kellnern im Grunde Schauspielerei ist. Das Publikum strömt an deinen Arbeitsplatz und beobachtet jede deiner Bewegungen. Sooft sie aufblickte und in der Bar ein neues Gesicht entdeckte, gab es diesen Moment des Entsetzens, in dem sie fürchtete, es könnte einer der Investoren sein.

**

Sie sah Mirella wieder, nur ein einziges Mal, anderthalb Jahre später. Im Frühling 2010 stand sie in Chelsea hinterm Tresen, als Mirella mit einer Gruppe von Leuten hereinkam, sechs oder sieben. Mirella hatte sich einen prächtigen Afro frisieren lassen, ihre Lippen feuerwehrrot. Sie trug eines jener Outfits, die auf den ersten Blick lässig aussehen, in Wahrheit aber zur Gänze aus kodierten Signalen zusammengesetzt sind – das Sweatshirt kostete siebenhundert Dollar, bei den Jeans war jede Naht sorgsam von Künstlern in Detroit gesetzt, selbst die verschrammten Stiefel brachten im Wiederverkauf noch über tausend Dollar, kurz, sie sah fantastisch aus.

»Stammgäste«, sagte Ned, der Vincents Blick bemerkt hatte. Er war auf der Arbeit ihr bester Freund, ein sanftmütiger Mensch, der einen Masterabschluss in Lyrik anstrebte, worüber er aber nicht reden wollte. Sie hatten in jener Nacht beide Dienst, obwohl die Bar nicht so voll war, dass die Anwesenheit von zwei Angestellten gerechtfertigt gewesen wäre.

»Echt? Die habe ich hier noch nie gesehen.« Die Servicekraft führte Mirellas Gruppe zu einer der hinteren Sitzecken.

»Weil du nie donnerstags arbeitest.«

Ein Mann in schimmernd blauem Blazer hatte Mirella einen Arm um die Schultern gelegt. Vincents Wunsch, von ihr gesehen zu werden, war mindestens so stark wie der Wunsch, sich vor ihr zu verstecken. Dreimal hatte sie versucht, Mirella anzurufen: einmal an dem Tag, an dem Jonathan verhaftet wurde, und zweimal, als sie erfuhr, dass Faisal gestorben war. Jedes Mal hatte sich nur der Anrufbeantworter gemeldet.

»Alles okay?«, fragte Ned.

»Nein, eigentlich nicht«, sagte Vincent. »Was dagegen, wenn ich mir fünf Minuten nehme?«

»Nein, geh ruhig.«

Vincent schlüpfte durch die Küchentür nach draußen und lief einmal um den Block. Fast über Nacht waren an den Bäumen der gegenüberliegenden Straßenseite Kirschblüten erschienen und sahen aus wie eine Explosion, wie ein im Dunkeln erstarrtes Feuerwerk. Die Zigarette konnte nicht ewig vorhalten, und als Vincent zurückkam, hatten Mirella und eine ihrer Freundinnen den Tisch verlassen, um sich an den Tresen zu stellen. Was immer Mirella zu sagen hatte, welche Beschuldigungen und Vorwürfe sich während der letzten zwei Jahre auch angesammelt haben mochten, sie konnte sie nun loswerden, und Vincent würde ihr antworten können, dass sich mit Worten nicht ausdrücken lasse, wie sehr sie das Vorgefallene bedauere, und dass sie, wenn sie was gewusst, ja, wenn sie auch nur irgendwas geahnt hätte, ihr natürlich gleich Bescheid gegeben hätte, dass sie es Mirella auf der Stelle erzählt und selbst das FBI angerufen hätte. *Ich habe nichts gewusst*, wollte Vincent ihr sagen, *ich habe nicht das Geringste gewusst, und es tut mir so leid.* Dann würden sie wieder ihre getrennten Wege gehen, ihre Last minimal leichter, zumindest hoffte sie das.

»Hallo«, sagte Mirella und lächelte Vincent höflich an, »haben Sie vielleicht irgendwelche Snacks?«

»Oh, eine tolle Idee«, rief ihre Freundin. Sie war etwa in Vincents und Mirellas Alter, also in den Dreißigern, das Haar auffallend blondiert und wie bei einem Flappergirl in den 1920er-Jahren zu einem Pagenschnitt frisiert.

»Snacks«, wiederholte Vincent. »Ähm, Nussmix oder Salzbrezel?«

»Nussmix!«, rief das Flappergirl. »Du meine Güte, das ist genau, was ich jetzt brauche. Der Martini ist irre süß.«

»Ach, wissen Sie«, sagte Mirella und ließ dabei Vincents Blick nicht los, »könnten wir vielleicht beides haben?«

»Natürlich. Nussmix und Salzbrezel, kommt sofort.« Träumte sie das hier nur?

»Ich habe seit einer Million Jahren keinen Nussmix mehr gehabt«, sagte das Flappergirl zu Mirella.

»Da hast du wirklich was verpasst«, erwiderte Mirella.

Vincent fühlte sich, als würde sie auf merkwürdige Weise neben sich stehen. Sie sah ihren Händen zu, die Nüsse und Brezel in kleine Stahlschalen schütteten. *Ich habe geträumt, du kamst in meine Bar und hast mich nicht erkannt.* Sie stellte die Schalen sacht auf dem Tresen vor ihrer einst besten Freundin ab, die sich bedankte, ohne Vincent anzusehen oder ihr Gespräch zu unterbrechen. »Die Sache mit New York ist die«, sagte Mirellas Freundin, als Vincent sich abwandte, »alle verlassen die Stadt, und ich habe wirklich gedacht, ich wäre die Ausnahme.«

»Alle glauben, dass sie die Ausnahme sind.«

»Vermutlich hast du recht. Ich meine nur, meine Freunde fingen vor zehn Jahren an, nach Atlanta zu ziehen, nach Minneapolis oder was weiß ich wohin, aber ich habe immer gedacht, ich wäre diejenige, die bleibt und die es hier zu was bringt.«

»Die Stelle in Minneapolis ist doch besser, oder nicht?«

»Ich könnte mir da eine riesige Wohnung leisten«, sagte das Flappergirl. »Vielleicht sogar ein ganzes Haus. Ich weiß nicht, es klingt einfach wie ein Klischee, in seinen

Zwanzigern in New York zu leben und die Stadt dann zu verlassen.«

»Sicher, aber die Leute machen das aus guten Gründen«, sagte Mirella. »Denkst du nicht, dass es sich im Grunde überall einfacher leben lässt als gerade hier?« *Sieh mich an*, dachte Vincent, *nimm mich wahr, sag meinen Namen*, doch Mirella ignorierte sie so vollständig, als sei sie eine Fremde.

»Hey, entschuldigen Sie«, sagte Mirella.

Vincent nahm die Brille ab, ehe sie sich zu ihr umdrehte.

»Mirella?«, sagte sie.

»Könnte ich bitte noch einen Martini bekommen?« Als hätte sie ihren Namen nicht gehört.

»Was genau hattest du, Mirella? Einen Sunday Morning?«

»Nein, einen schlichten Cosmo.«

»Ich dachte, du magst Cosmos nicht«, sagte Vincent.

»Oh, und könnte ich bitte noch einen Midnight in Saigon bekommen«, warf das Flappergirl ein.

»Kommt sofort«, sagte Vincent. Sollte es tatsächlich möglich sein, dass jemand sie nicht wiedererkannte, der einmal ihre beste Freundin gewesen war? Wahrscheinlicher schien ihr da, dass es sich um Mirellas Rache handelte, dass sie tat, als würde sie Vincent nicht kennen. Oder trieb sie vielleicht dasselbe Spiel, das Vincent spielte, und gab sich als jemand aus, der sie nicht war, nur dass Mirellas Maskerade weit mehr umfasste, da für sie dazugehörte, niemanden aus ihrem früheren Leben wiederzuerkennen. Oder – eine weitere Alternative – Vincent verlor langsam den Verstand, und keine ihrer Erinnerungen war echt.

»Ein Cosmopolitan, ein Midnight in Saigon.« Vincent stellte die Drinks auf den Tresen.

»Danke sehr«, sagte Mirella, und als Vincent sich abwandte, hörte sie die Gläser klirren. Sie leerte den Trinkgeldbecher auf dem Tresen aus.

»Noch ein bisschen früh für die Abrechnung, oder?« Ned musterte sie neugierig. In der Bar war niemand mehr außer Mirella mit ihrer Freundin, tief im Gespräch versunken.

»Ned, entschuldige, aber du musst heute Abend allein Schluss machen.« Vincent teilte das Geld in zwei gleich große Haufen und steckte sich einen davon ein.

»Was ist? Bist du krank?«

»Nein, ich kündige. Tut mir leid.«

»Vincent, du kannst doch nicht einfach …«

»Doch, kann ich«, sagte Vincent und beließ es dabei. Seit Alkaitis war sie viel skrupelloser. Sie verschwand durch die Küchentür. Mirella blickte nicht mal auf, als sie ging. Vincent hätte nie geglaubt, dass Mirella so kalt sein könnte, aber schauspielerten sie nicht alle? *Du kommst aus keiner wohlhabenden Familie, oder*, hatte Mirella einmal in einem anderen, unvorstellbaren Leben gefragt. Und wenn sie beide im Zeitalter des Geldes vorstellbar waren, weil sie ihre Herkunft verschleiern konnten, warum sollte es dann überraschen, dass Mirella so tun konnte, als hätten sie sich nie kennengelernt? Zu tun als ob war schließlich etwas, in dem sie beide Expertinnen waren.

In jener Nacht ging sie nach Lower Manhattan in das russische Café, in dem sie während ihrer Zeit mit Alkaitis oft gewesen war, doch falls sie jemand von früher wiedererkannte, ließ man sie das nicht merken. Ihre Lieblingsmanagerin hatte Dienst, eine Frau in den Dreißigern, Iliewa, die mit einem leichten russischen Akzent sprach und ihr einmal verraten hatte, dass sie ihre Green Card für eine Zeugenaussage in einem Strafprozess erhalten habe.

»Wo ist denn Ihr Mantel?«, fragte Iliewa, als sie an Vincents Tisch kam. »Sie frieren sich noch zu Tode.«

»Ich habe gerade gekündigt«, sagte Vincent, »und meinen Mantel im Pausenraum vergessen.«

»Sie sind einfach gegangen?«

»Genau.«

»Glas Roten aufs Haus?«

»Danke«, sagte Vincent, obwohl der Wein hier grauenhaft schmeckte. Entscheidend in diesem Café war nicht der Wein, sondern die Atmosphäre. Hier, in der Wärme, in diesem Dämmerlicht, beim Duft nach Kaffee und Käsekuchen, über Lautsprecher Nina Simone, löste sich langsam das Gefühl der Beengtheit in ihrer Brust. Dieser Ort war die einzige Konstante zwischen dem Königreich des Geldes und ihrem jetzigen Leben.

»Und?«, fragte Iliewa, als sie mit dem Wein zurückkam. »Was jetzt? Wieder ein Job als Kellnerin?«

»Nein, ich habe ja noch meinen zweiten Job«, sagte Vincent, »und werde versuchen, mehr Stunden zu bekommen.«

»Eine Stelle in der Küche, nicht? Willst du Köchin werden und dein eigenes Restaurant aufmachen?«

»Nein«, sagte Vincent. »Ich glaube, ich möchte zur See fahren.«

***

Vincents Mutter fuhr mit Anfang zwanzig zur See. Vincent hatte immer um Geschichten aus jener Zeit gebettelt, in der ihre Mutter noch jung gewesen war, da die Konturen des Lebens ihres Vaters ziemlich klar verliefen – eine undramatische Kindheit in einer Vorstadt von Seattle, ein kurzes Intermezzo als Philosophiestudent, ehe er dann die Uni schmiss und Arbeit als Bäumepflanzer fand –, die Vergangenheit von Vincents Mutter umgab dagegen etwas Geheimnisvolles. Sie hatte eine unschöne Kindheit in einer kleinen Stadt in der Prärie überlebt – es gab Tanten, einen Onkel und sogar Großeltern, doch wurde Vincent zu verstehen gegeben, dass sie die nie kennenlernen würde –, um mit siebzehn dann nach Osten zu ziehen, nach Nova Scotia, wo Vincents Mutter als Kellnerin arbeitete und Gedichte schrieb, mit neunzehn hatte sie dann einen Job als Schiffskellnerin auf einem Boot der kanadischen Küstenwache, das zur Wartung der Navigationshilfen in den Schifffahrtsstraßen eingesetzt wurde. Sie hat diese Arbeit gleichermaßen geliebt und gehasst, hatte das Polarlicht gesehen und Eisberge, aber sie hatte auch ständig gefroren und gefürchtet, an Klaustrophobie zu sterben, also hörte sie nach zwei Touren auf und fuhr mit ihrem neuen Freund durchs Land. Sie war ein ruheloser Mensch. Ein Jahr später meldete sich ihr Freund an der medizinischen Fakultät in Vancouver an, und Vincents Mutter lebte mehr schlecht als recht in Caiette, schrieb Gedichte, die gelegentlich von obskuren literarischen Zeitschriften zur Veröffentlichung angenommen wurden, pendelte mit dem Postboot hin und her und trampte nach Port Hardy, wo sie einen Putzjob hatte, bis sie sich schließlich in einen verheirateten Mann in derselben Straße verliebte – Vincents Vater – und schwanger wurde. Da war sie dreiundzwanzig.

Vincents Mutter wollte nicht über ihre Familie reden. »Das sind keine netten Menschen«, hatte sie gesagt. »Und es lohnt nicht, über die zu reden, Liebling, also frag bitte nicht weiter.« Von den Geschichten aber, die sie sich entlocken ließ, hörte Vincent am liebsten jene über ihre Zeit auf dem Schiff der Küstenwache, und sie drängte ihre Mutter so oft, davon zu erzählen, dass Vincent die Erinnerungen der Mutter schließlich für ihre eigenen hielt: Sie war nie in jenen Gewässern gewesen, hatte aber Bilder vor Augen vom flimmernden Polarlicht am Winterhimmel, den stummen Türmen der Eisberge im graudunklen Meer. Und als ihre Mutter dann verschwand, versuchte Vincent, sie ins Bild einzufügen – ihre Mutter, die auf Eisberge starrte, ihr Gesicht der Aurora borealis zugewandt –, wer aber war ihre Mutter mit zwanzig, einundzwanzig? Es ist so schwierig, sich die eigenen Eltern in einer Zeit vorzustellen, in der man selbst noch nicht existiert hat. Und in der Erinnerung blieb ihre Mutter für alle Zeit sechsunddreißig, so alt, wie sie war, als sie ins Schlafzimmer der dreizehnjährigen Vincent trat, sie auf den Kopf geküsst – Vincent sah kaum von ihrem Buch auf – und gesagt hatte: »Ich fahr ein bisschen mit dem Kanu raus, Liebling, wir sehen uns später« –, ehe sie zum letzten Mal die Treppe nach unten ging.

***

An jenem Tag, an dem sie Mirella noch einmal getroffen hatte, fuhr Vincent mit dem Zug zurück in die Stadt, nahm anschließend die Subway nach Süden, fuhr bis zur Endhaltestelle und blieb eine Weile auf dem weißen Sandstrand am Rand der Stadt stehen, um die Wellen zu filmen. Ein kalter, grauer Tag, doch die Kälte war belebend. Am fernen Horizont fuhr ein Containerschiff vorbei. Sie dachte an ihre Mutter, und dann, während sie noch dem Schiff nachsah, musste sie an eine ihrer letzten Nächte im Hotel Caiette denken, ein, zwei Tage nachdem sie Jonathan begegnet war. Er hatte an jenem Abend in der Bar gegessen, und sie unterhielten sich, als ein weiterer Gast dazukam, ein Mann, der mit seiner Frau im Hotel abgestiegen war. Sie konnte sich an seinen Namen nicht erinnern, dafür aber an Einzelheiten des Gesprächs: »Ich bin im Schifffahrtsgeschäft«, hatte er zu Jonathan gesagt, als sie über seine Arbeit sprachen, und daran erinnerte sie sich so gut, weil er offensichtlich jemand war, der seine Arbeit liebte, das merkte sie ihm gleich an, so, wie sein Gesicht aufleuchtete, als die Rede darauf kam. Jahre später stand sie an einem kalten Frühlingstag am Rand des Meeres und ließ die Kamera sinken, um dem vorbeifahrenden Schiff nachzusehen. Ob es schwierig war, einen Job auf See zu bekommen?

Geoffrey

»Thailand«, wiederholte Geoffrey Bell an Bord der *Neptune Cumberland* im Herbst des Jahres 2013. »Warum willst du in deinem Urlaub nach Thailand?«

»Weil ich noch nie dort war«, sagte Vincent.

»Ein einleuchtender Grund. Ich frage ja auch nur, weil die meisten Leute ihren Landgang dafür nutzen, nach Hause zu fahren.«

»Und wo wäre das? Das soll jetzt nicht irgendwie tragisch klingen«, sagte Vincent, »aber zurzeit habe ich nicht das Gefühl, ich wäre irgendwo an Land zu Hause.«

»Sag bloß nicht, für dich ist die *Neptune Cumberland* dein Zuhause«, sagte Geoffrey. »Wie lange bist du jetzt auf See? Zwei Monate?«

»Drei.«

Drei Monate, in denen sie mitten in der Nacht geduscht hatte, um kurz darauf mit den Frühstücksvorbereitungen zu beginnen, lange Stunden, in denen sie in einem fensterlosen Raum gekocht hatte, während das Schiff durch raue See pflügte, in denen sie bei Regen oder Sonnenschein auf Deck spazieren gegangen war, mit Geoffrey geschlafen und Überstunden gemacht hatte, drei Monate harter Arbeit und traumloser Nächte, während sie der Achtundsechzig-Tage-Route folgten, von Newark runter nach Baltimore und Charleston, von Charleston nach Freeport auf den Bahamas, von Freeport nach Port Elizabeth in Südafrika, dann rauf nach Rotterdam in den Niederlanden, nach Bremerhaven in Deutschland und über den Atlantik wieder zurück nach Newark. Die meisten Männer an Bord – sie war die einzige Frau – arbeiteten neun Monate durch, um dann drei Monate freizunehmen, und sie hatte beschlossen, es ihnen gleichzutun.

Geoffrey lächelte, sah aber nicht auf. Er faltete einen winzigen Origami-Schwan. Sie hatte ihm gesagt, seine Kabine sehe trostlos aus, und er hatte zugestimmt, also falteten sie kleine Schwäne und hängten sie an der Vorhangstange auf. »Zur See zu fahren, davon hatte ich eine dermaßen romantische Vorstellung«, sagte er, »als Junge, meine ich. Du weißt schon, *die Welt sehen* und so. Bis sich rausgestellt hat, dass die Welt wie eine Reihe austauschbarer Containerhäfen aussieht.«

»Und doch bist du noch hier.«

»Ich bin noch hier. Bin einfach hängen geblieben. Hast du das Buch gelesen, das ich dir zum Geburtstag geschenkt habe?« Er hielt einen Schwan hoch, drehte ihn zwischen den Fingern und gab ihn dann an Vincent weiter.

»Ich habe es halb durch. Gefällt mir.« Vincent bohrte eine Nadel in den Schwan – der Bordladen verkaufte Nähzeug – und fädelte anschließend die Angelschnur durch.

»Dachte ich mir. Wenn du es halb durch hast, dann hast du schon die Stelle gelesen, wo sie Vögel fischen, oder?«

»Ja. Ich liebe die Szene.« Das Buch, das er ihr gegeben hatte, war eine Erzählsammlung, geschrieben von Kapitän und Mannschaft der *Columbia Rediviva*, einem amerikanischen Handelsschiff, das im letzten Jahrzehnt des achtzehnten Jahrhunderts die Welt umschiffte, ein Band, in dem beschrieben wurde, was sie nie mehr vergessen sollte: Am letzten Tag des Jahres 1790, zweihundert Meilen abseits der Küste von Argentinien, war die Luft voller Albatrosse. Die Mannschaft versammelte sich an Deck und warf als Köder gesalzenes Schweinefleisch ins Meer, um so die Vögel zu angeln, die sich darauf stürzten.

»Hat mir auch gefallen. Ich habe das Buch mit sechzehn gelesen, und danach stand für mich fest, dass ich aufs Meer will.« Mit dem letzten Origami-Schwan wollte es nicht klappen. Er runzelte die Stirn, glättete das Papier und begann noch einmal von vorn. »Möchtest du etwas ziemlich Deprimierendes hören?«

»Klar.«

»Mein Vater hat mal erzählt, er habe davon geträumt, Pilot zu werden. Und warum, wirst du mich nun fragen, sollte das deprimierend sein …«

»Weil ich von dir weiß, dass er im Bergwerk arbeitet.«

Vincent stand auf einem Stuhl, um die Schwäne an der Vorhangstange zu befestigen, die nicht genutzt wurde, da Geoffreys Fenster von Containern zugestellt war. »Mein Gott, du hast recht, Geoffrey, das ist wirklich schrecklich. Da träumt man vom Fliegen und stattdessen …«

»Ich wollte es jedenfalls nie bedauern müssen, nicht zur See gefahren zu sein.«

»Absolut nachvollziehbar.«

»Gefällt's dir?« Er hielt einen weiteren Schwan hoch, einen orangefarbenen, der den Kopf leicht hängen ließ.

»Gefällt mir was? Dein Schwan?«

»Nein, all das hier. Auf See zu sein. Dein Leben.«

»Ja.« Und während sie das sagte, begriff sie, dass es wahr war. »Mir gefällt's. Ich liebe es. Ich war noch nie so glücklich.«

8

Das Gegenleben
2015

Im Gegenleben läuft Alkaitis durch ein namenloses Hotel. Draußen ändert sich die Aussicht, weil er ständig seine Meinung darüber ändert, in welchem Hotel er sich gerade befindet. An die Namen kann er sich nicht erinnern, trotzdem ist jedes Hotel mit einem eindeutigen Satz von Details und Impressionen verknüpft. Angenommen, es ist das Hotel mit der riesigen weißen Treppe neben der Rezeption und einer Suite mit in den Boden eingelassenem Whirlpool vor dem großen französischen Fenster. In diesem Fall zeigt die Aussicht ein schattenloses blassblaues Meer, das am blendend hellen Horizont auf einen weißen Himmel trifft.

»Diese Schwachköpfe halten sich für Kriegermönche oder irgend so einen Scheiß«, sagt Churchwell und deutet mit einer Kopfbewegung auf fünf jüngere, weiß gekleidete Kerle, die am anderen Ende des Freiganghofs im Gleichtakt Übungen absolvieren. »Was für eine blöde Idee, das mit dem Ehrenkodex.«

»Tja, ich schätze, irgendeinen Kodex braucht der

Mensch«, sagt Alkaitis ein wenig sauer, weil er aus seinem Gegenleben gerissen wurde.

»Dass man Ordnung braucht, versteh ich«, sagt Churchwell. »Ein Gemeinschaftsgefühl, Familienzugehörigkeit, okay. Ich sag ja nur, mir soll keiner mit Ehrenkodex kommen, wenn er fünfzig Jahre wegen Kinderpornografie absitzt.«

**

Tait, verurteilt wegen Kinderpornografie, hatte bei seiner Ankunft im Florence kein einziges Tattoo – er war ein blasshäutiger, sanftmütig wirkender Mensch mit Brille und unbeschrifteter Haut gewesen –, seit Kurzem aber prangt ein kleines Hakenkreuz auf seinem Rücken. »Manche Leute haben von Anfang an Familie«, sagt er. »Andere Leute müssen schon etwas angestrengter danach suchen.« Sie sind in der Cafeteria. Alkaitis, der sich größte Mühe gibt, nicht an seine Familie zu denken, lässt sich treiben. Am Gegenleben gefällt ihm nicht zuletzt, dass es dort keinen Tait gibt. Sagen wir, es ist das andere Hotel, nicht das auf dem Festland mit dem Blick bis zum Horizont, sondern das auf der Insel, dieser künstlichen Insel, an deren Namen er sich nicht erinnern kann, die aber aussieht wie eine Palme. In dem Fall bietet die Aussicht einen Blick auf das brackige, gleichsam zwischen den einzelnen Palmwedeln stehende Wasser, und am gegenüberliegenden Ufer schimmert eine kitschige Reihe von Protzbauten in der Sonne. Ihm gefiel diese Suite. Sie war riesig. Und Vincent hatte ewig viel Zeit im Whirlpool verbracht.

Aber nein, das ist eine Erinnerung, nicht das Gegenleben. Vincent fehlt im Gegenleben. Er findet es wichtig, die beiden getrennt zu halten, Erinnerung und Gegenleben, nur fällt ihm die Trennung immer schwerer. Die Grenze ist durchlässig. In der Erinnerung ist die Klimaanlage so kalt eingestellt, dass Vincent ständig ein wenig fröstelte, weshalb sie sich so oft wie möglich im Whirlpool aufhielt, im Gegenleben aber gibt es sie gar nicht.

Im Gegenleben kehrt er den Protzbauten den Rücken und verlässt das Zimmer, geht über den breiten Flur mit dem kompliziert gemusterten Teppich zum Fahrstuhl mit lauter dunklen Spiegelscheiben, der sich dann unerwartet zur Lobby des Hotel Caiette öffnet, wo Vincent mit Walter, dem Nachtmanager, in einem Ledersessel Platz genommen hat. Dies ist eine Erinnerung: Ein Jahr vor seiner Verhaftung waren sie noch einmal zurückgekehrt. Gegen fünf Uhr früh, erinnerte er sich, war er allein aufgewacht, ging Vincent suchen und fand sie bei Walter in der Lobby.

Die Erinnerung bleibt, weil Vincent aufblickte, ihre Maske leicht verrutschte und er einen Moment lang die Enttäuschung in ihrem Gesicht sah. Sie freute sich nicht, ihn zu sehen. Erinnerung und Gegenleben aber laufen wieder auseinander, denn während sie im wahren Leben eines jener quälend oberflächlichen Gespräche über Jetlag begannen, ist sein Blick im Gegenleben zum Fenster gewandert, hinter dem es, für Columbia, um fünf Uhr früh viel zu hell war, ein ganz ungewöhnliches Sonnenlicht, denn er ist wieder in Dubai, zurück auf der Palmeninsel, und schaut über die schmale Bucht auf die Häuser am anderen Ufer. Die Lobby ist jetzt leer.

***

Ob die anderen Männer auch Gegenleben haben? Alkaitis sucht in ihren Gesichtern nach Anzeichen dafür. Dabei hat er sich noch nie zuvor für andere Leute interessiert. Er weiß nicht, wie er sich danach erkundigen könnte, doch sieht er sie in die Ferne blicken und fragt sich, wo sie sind.

***

»Hast du je über alternative Universen nachgedacht?«, fragt er Churchwell irgendwann Anfang 2015. In seinem freien Leben ist er einmal auf diesen Gedanken gestoßen, hat ihn aber abgetan, da er ihm schlicht lächerlich schien, jetzt aber findet er ihn immer faszinierender. Churchwell ist eigentlich kein Freund, aber sie essen oft am selben Tisch, weil sie beide einer lockeren Clique von Leuten angehören, die nie wieder auf freien Fuß kommen werden, auch einer zweiten, ebenso lockeren Clique von New Yorkern. Diese Cliquen werden Boote genannt, was Alkaitis gefällt. *Wir sitzen alle im selben Boot*, kommt es ihm manchmal mit einem Aufflackern von Kameraderie in den Sinn, etwa wenn er bei Churchwell ist oder bei einem der anderen Lebenslänglichen, was er natürlich nie laut sagen würde. Außerdem findet er es, wenn er zu lange darüber nachdenkt, letztlich sogar deprimierend. *(Wir sitzen alle im selben Boot, das auf Grund gelaufen ist und nie wieder irgendwohin fahren wird.)* Falls jemand etwas über die Theorie des Multiversums weiß oder über ein beliebiges anderes Thema, das irgendwer zur Sprache bringt, dann Churchwell, denn der steckt die Nase ständig in irgendwelche Bücher, falls er nicht gerade Briefe schreibt. Churchwell ist ein grundehrlicher Doppelagent gewesen, CIA / KGB, dem die lebenslange Freiheitsstrafe Gelegenheit bot, einiges an Lektüre nachzuholen.

»Wer nicht? In einem alternativen Universum wäre ich nie erwischt worden und hätte eine tolle Bleibe in Moskau«, sagt Churchwell.

»Ich würde in Dubai leben. Da gefällt es mir.«

»Ich hab mir das genau ausgemalt. Ich wäre mit der Tochter eines Oligarchen verheiratet, vielleicht einem Supermodel. Hätte zwei, drei Kinder, einen Golden Retriever, ein Sommerhaus in einem warmen Land ohne Auslieferungsabkommen.«

»Ich würde in Dubai leben.« Er bemerkt Churchwells Blick und begreift, dass er das schon gesagt hat.

***

»Mr Alkaitis, wie geht es Ihnen heute Nachmittag?« Der Arzt sieht eigentlich zu jung aus, um schon Arzt sein zu können.

»Ich habe Probleme mit der Konzentration und dem Gedächtnis.« *Halluzinationen* erwähnt er lieber nicht, weil er nicht will, dass man ihn auf harte Antipsychotika setzt, denn Männer, die im Krankenhaus landen, kommen oft nicht wieder. *Halluzinationen* ist außerdem das falsche Wort, eher geht es um ein Gefühl zunehmender Irrealität, ein Gefühl kollabierender Grenzen, von Realität, die ins Gegenleben vordringt, wie auch das Gegenleben in die Erinnerung vordringt. Vielleicht kann man ja etwas dagegen tun, irgendeine Medizin, die ihn nicht gerade in einen schlurfenden Zombie verwandelt, die Verschlechterung aber aufhalten oder wenigstens doch verlangsamen könnte – sofern es sich denn um eine Verschlechterung handelt. Er bemüht sich um einen unvoreingenommenen Blick.

»Okay. Ich werde Ihnen jetzt eine Reihe einfacher Fragen stellen, das sollte uns eine bessere Vorstellung von dem geben, womit wir es genau zu tun haben. Können Sie mir sagen, welches Jahr wir haben?«

»Echt jetzt? Ich hoffe ja nicht, dass es schon so schlimm um mich steht.«

»Das will ich auch gar nicht behaupten. Es ist nur die erste in einer Reihe von Standardfragen, mit denen wir potenzielle Gedächtnisprobleme herausfinden wollen. Also, welches Jahr?«

»2015«, antwortet Alkaitis. Sind es wirklich schon sechs Jahre? Das scheint ihm fast unmöglich. Vielleicht sollte er den Ausblick aus dem Palmeninselhotel doch nicht einfach abtun. Ist so eine Sache mit diesen weißen Sandstränden, dem blauen Meer und weitem Horizont unter wolkenlosem Himmel: Eine derartige Aussicht hat nämlich bloß zwei Farben, Blau und Weiß, sehr ruhig, aber man droht auch an Langeweile zu sterben. Aus dem Palmeninselhotel aber schaut man über eine Bucht auf diese enormen Häuser auf der anderen Seite, und in denen herrscht Leben. Eines der großen Häuser ist pink, was er noch so genau weiß, weil er und Vincent darüber lachen mussten. Kein geschmackvoll gedämpftes Pink, eher ein grelles Kaugummipink.

»Welchen Monat haben wir?«

»Dezember«, sagt Alkaitis. »Wir waren über Weihnachten in den Emiraten.«

Während der Arzt sich eine Notiz macht, bleibt sein Gesicht bewusst neutral, und Alkaitis bemerkt den Irrtum.

»Entschuldigen Sie, ich musste an was anderes denken. Wir haben Juni. Juni 2015.«

»Gut. Kennen Sie auch das heutige Datum?«

»Klar, der siebzehnte. Der siebzehnte Juli.«

»Ich nenne Ihnen jetzt einen Namen und eine Adresse«, sagt der Arzt, »und werde Sie in wenigen Minuten bitten, das Gesagte zu wiederholen. Bereit?«

»Ja.«

»Mr Jones in Cecil Court 23, London.«

»Okay. Hab ich.«

»Können Sie mir sagen, wie spät es ungefähr ist?«

Alkaitis blickt sich um, sieht aber keine Uhr.

»Ungefähr«, wiederholt der Arzt. »Raten Sie einfach.«

»Nun, der Termin war um zehn, und Sie haben mich warten lassen, also wird es auf elf zugehen.«

»Zählen Sie von zwanzig rückwärts.«

Er zählt rückwärts von zwanzig bis eins. Die Einzelheiten dieser seltsamen Insel in Gestalt einer Palme sind in seiner Erinnerung ein wenig verschwommen. Ist es eine einzige Insel? Oder eine Ansammlung von Inseln in Gestalt einer Palme? Egal, jedenfalls hatte er mit Suzanne bei ihrem ersten Aufenthalt in den VAE in diesem Hotel gewohnt, und in einem Restaurant mit einem riesigen Aquarium, in dem ein Hai schwamm, hatten sie über den Tisch hinweg Händchen gehalten. Das musste ein Jahr vor der Diagnose gewesen sein, was bedeutet, dass Suzanne in jener schönen Erinnerung insgeheim und unsichtbar bereits krank gewesen ist; bösartige Zellen vermehrten sich in aller Stille in Leber und Bauchspeicheldrüse. Mein Gott, wie umwerfend sie aussah. Natürlich viel älter als Vincent, aber ehrlich gesagt, es spricht manches dafür, eine

Gefährtin zu haben, die nicht so jung ist, dass sie die eigene Tochter sein könnte, auch allerhand für eine Gefährtin, vor der man nichts verbergen muss. Er weiß noch, dass er ihre Hand hielt und sie über die Investoren geredet haben. »Wenn du glaubst, Lenny Xavier weiß nicht, was er tut«, sagte sie, »droht dir ein unangenehmes Erwachen.«

»Zählen Sie bitte die Monate des Jahres in umgekehrter Reihenfolge auf«, dringt die Stimme des Arztes in sein Bewusstsein.

»Dezember, November, Oktober, September, August, Juni, Juli … Mai, April, März. Februar und Januar.« Er denkt daran, wie aufregend er jenen Moment im Hotel damals gefunden hat, dieses Glück, eine Mitverschwörerin zu haben. »Glaubst du, wir können das aufrechterhalten?«, fragte er sie. Gerade wurde der Nachtisch serviert: Schokoladenkuchen mit Eiscreme für Alkaitis, eine Schale mit frischem Obst für Suzanne.

»Sagen Sie mir jetzt bitte den Namen und die Adresse, die ich vorhin genannt habe«, sagt der Arzt.

»Wie bitte?«

»Die Adresse?«

»Palm Jumeirah.« Alkaitis lächelt, freut sich, dass er sich daran erinnert. »Palm Jumeirah, ganz bestimmt. In Dubai. Ich weiß nicht mehr, ob es eine Hausnummer gab.«

***

Mit einem unbehaglichen Gefühl verlässt er die Arztpraxis. Er weiß, die letzte Antwort hat er verbockt, aber ist es denn seine Schuld, wenn er sein Leben hier so langweilig findet, dass er manchmal ein, zwei Minuten braucht, um aus dem Gegenleben in die Realität zurückzukehren? Falls dies denn die Realität ist. »Ich bin in Gedanken, nicht dement«, murmelt er vor sich hin, allerdings so laut, dass ihm die Wache, die ihn zurück in seinen Zellenblock bringt, einen merkwürdigen Blick zuwirft. Was kann er dafür, dass die Tage sich hier so sehr gleichen, dass er in seine Erinnerungen oder ins Gegenleben abtaucht, auch wenn er es bestürzend findet, wie sehr sich die Grenzen zwischen Erinnerung und Gegenleben verwischen.

***

Ein beunruhigender Gedanke, während er vor dem Gefängnisladen ansteht: Falls er im Gefängnis stirbt, stirbt er dann auch im Gegenleben?

***

Wenn er sich nicht im Gegenleben aufhält, hat er Träume, in denen nichts geschieht, nur eine bedrohliche Vorahnung wird immer stärker. Im Traum weiß er, dass jemand kommt, und eines Abends liest er in der Zelle nach dem Abendessen die Zeitung – wach, nicht tagträumend – und hört eine Stimme, die deutlich sagt: »Ich bin hier.«

Er schaut auf. Hazelton läuft seit mindestens einer Stunde auf und ab, aber er war es nicht, der geredet hat. Alkaitis bleibt noch lange still, ehe er es über sich bringt, etwas zu fragen.

»Glaubst du an Geister?«, erkundigt sich Alkaitis so beiläufig wie möglich.

Hazelton grinst, von der Frage offensichtlich angetan.

Er ist ein ruheloser Mensch, der sich nach Gesprächen sehnt. »Weiß nicht, Bruder, ich *wollte* immer schon an Geister glauben, weil ich es nämlich cool fände, wenn sie hier rumschwebten, nur bin ich mir nicht so sicher, ob sie wirklich real sind.«

»Hast du schon mal jemanden kennengelernt, der einen Geist gesehen hat?« Er verschweigt Hazelton, dass Faisal in einer Ecke der Zelle steht. Alkaitis hat versucht, sich einzureden, dass er halluziniert, schließlich kann Faisal unmöglich hier sein, weil dies a) ein Gefängnis ist und b) Faisal tot ist. Trotzdem wirkt Faisal erschreckend echt. Er trägt seine Lieblingspuschen, die aus goldenem Samt, steht unterm Zellenfenster und verrenkt sich den Hals, um den Mond anzusehen.

»Ich habe mal wen gekannt, der geschworen hat, er hätte einen gesehen, aber sein Geist war dieser Typ, den er bei einem Überfall versehentlich erschossen hat.«

»Und? Hast du ihm geglaubt?«

»Nö. Na ja, doch, irgendwie. Ich meine, ich glaube nicht, dass es wirklich ein Geist war, eher sein schlechtes Gewissen.«

Faisal flackert leicht wie ein fehlerhaftes Hologramm, dann verlischt er.

9

Ein Märchen
2008

Das Boot

Im letzten September, den sie gemeinsam verbrachten, gingen sie »segeln«, wie Alkaitis es nannte, eigentlich eine seltsame Art, jene Tage zu beschreiben, an denen sie es sich auf einem riesigen Boot ohne Segel gut gehen ließen. Er lud seine Freundin Olivia ein, die, wie Vincent herausfand, Jonathans Bruder gekannt hatte, und abends saßen sie zu dritt in der leichten Brise an Deck und aßen und tranken. Vincent, die sich stets bemühte, einen klaren Kopf zu bewahren, konnte stundenlang mit einem einzigen Cocktail auskommen, machte aber gern Drinks für die anderen.

»Wir haben gerade von Ihnen gesprochen«, sagte Olivia, als Vincent mit einer frisch gemixten Runde an Deck zurückkam.

»Ich hoffe, ihr habt euch ein paar interessante Gerüchte über mich ausgedacht«, sagte Vincent.

»Das brauchten wir gar nicht«, sagte Jonathan. »Du bist

interessant genug.« Mit leichtem Nicken nahm er seinen Drink entgegen und reichte Olivia das andere Glas.

»Sie erinnern mich so sehr daran, wie ich in Ihrem Alter war«, sagte Olivia, was offensichtlich als Kompliment gemeint war.

»Oh«, sagte Vincent. »Wie schmeichelhaft.« Sie sah zu Jonathan hinüber, der sich ein Lächeln verkneifen musste. Olivia nippte an ihrem Drink und schaute hinaus aufs Meer.

»Einfach köstlich«, sagte Olivia. »Danke.«

»Freut mich, dass er Ihnen schmeckt.« Vincent fand Olivia sehr charmant, was, wie sie wusste, auch für Jonathan zutraf, irgendwas an ihr aber machte Vincent zugleich ein wenig traurig. Olivia war immer so förmlich gekleidet, der Lippenstift zu grell, das Haar stets frisch frisiert, und sie achtete ein wenig zu sehr auf Jonathan, wodurch sie, alles in allem, leicht übereifrig wirkte. *Sie lassen sich in die Karten sehen*, hätte Vincent ihr am liebsten gesagt, *dabei sollten Sie doch niemanden merken lassen, wie viel Mühe Sie sich geben*, ein Rat, den sie einer Frau, die doppelt, wenn nicht gar dreimal so alt wie sie war, natürlich unmöglich geben konnte.

»Gehen Sie manchmal in die Brooklyn Academy of Music?«, fragte Olivia nach einer Weile. »Meine Schwester hat mir letztens von einem Stück erzählt, das sie dort gesehen hat; und mir ist aufgefallen, dass ich seit Jahren nicht mehr da war.«

»Ach, wissen Sie, wenn ich nicht muss, vermeide ich es, über den East River zu fahren«, sagte Jonathan.

»Snob«, erwiderte Olivia.

»Schuldig im Sinne der Anklage. Trotzdem musste ich

erst kürzlich über Brooklyn nachdenken. Ich habe mir ein Immobilienangebot angesehen, ein Loft, das ein Freund unter Umständen kaufen will, jedenfalls bewunderte ich den Luxus, fast vierhundert Quadratmeter in diesem tollen Viertel bei der Manhattan Bridge, und dachte mir: Was immer das jetzt auch ist, mit dem Brooklyn, das ich mal gekannt habe, hat es nicht mehr viel zu tun. Kam mir wie eine ganz andere Stadt vor.«

»Und dann ist da noch die BAM«, sagte Olivia. »Meine Schwester Monica hat mir von diesem Stück erzählt, das sie gesehen hat, und ich dachte: Wann bist du eigentlich zuletzt da gewesen? Zweitausendvier? Zweitausendfünf?«

»Vielleicht sollten wir mal alle zusammen hin«, sagte Vincent ohne allzu große Überzeugung, aber einen Monat später, wieder an Land und von Kopfschmerzen geplagt, fragte sie sich an einem diesigen Oktobernachmittag, ob sie Jonathan nicht für einen Abend am Wochenende etwas Ungewöhnliches vorschlagen und ihn mit Theatertickets oder Ähnlichem überraschen sollte, und sie erinnerte sich wieder an das Gespräch mit Olivia. Sie googelte die Brooklyn Academy of Music und fand ihren Bruder.

Melissa im Wasser

Offenbar hatte Paul entgegen aller Erwartung doch einigen Erfolg als Komponist und Performer gehabt. Anfang Dezember lief eines seiner Stücke an drei Abenden hintereinander in der Brooklyn Academy of Music. Es hieß *Ferner Norden: Soundtracks für einen experimentellen Film.* Seit drei Jahren, seit ihrer letzten gemeinsamen Schicht im Hotel

Caiette hatte sie ihn nicht mehr gesehen. Auf dem Bild der Website der BAM wirkte er wie besessen: Er stand auf der Bühne inmitten von Equipment, das sie nicht kannte, von Keyboards und rätselhaften Apparaten mit Knöpfen und Skalen, die sich bewegenden Hände unscharf, und über ihm, auf einen Schirm projiziert, sah sie ein Bild, auf dem sie ein Stück der Küste von Caiette wiederzuerkennen meinte, ein steiniger Strand mit dunklen Nadelbäumen unter verhangenem Himmel.

Mit Ferner Norden *präsentiert der aufstrebende Komponist Paul James Smith eine Reihe rätselhafter Videos, alle exakt fünf Minuten lang und vom Komponisten während seiner Kindheit im ländlichen Westen Kanadas gefilmt, Videos, die hier als Teil einer faszinierenden Komposition gezeigt werden, dank der die Grenzen zwischen den musikalischen Genres verschwimmen und unsere vorgefassten Ansichten über Videos hinterfragt werden, über die Wildnis, über ...*

Vincent schloss die Augen. Sie war nie besonders achtsam mit ihren Videos umgegangen. Sie hatte sie aufgenommen und wieder überspielt, oder sie hatte sie aufgenommen und in Kisten im Kinderzimmer verstaut. Wie oft war Paul in den Jahren, nachdem sie Caiette verlassen hatte, ohne sie bei ihrem Vater gewesen? Oft genug, nahm sie an. Und nichts und niemand hatte ihn daran gehindert, in ihren Sachen zu wühlen. Überrascht stellte sie fest, dass sie draußen am Pool saß und ins Wasser starrte, obwohl sie sich nicht daran erinnern konnte, das Haus verlassen zu haben.

An einem späten Sommernachmittag in der fernen

Kindheit hatten sie und ihre Mutter Paul einmal zum Flughafen in Port Hardy begleitet, wo er eine Propellermaschine bestieg, die ihn nach Vancouver und zu seinem Anschlussflug nach Toronto bringen sollte. Vincent dürfte um die zehn Jahre alt gewesen sein. Paul war den ganzen Tag lang unausstehlich gewesen, hatte immer gelacht, sobald sie nur den Mund aufmachte, und am Flughafen wandte er sich mit einem flüchtigen Winken und ohne sich noch einmal umzusehen von ihnen ab, um sich in die Warteschlange vor der Security einzureihen. Auf dem Heimweg mit ihrer Mutter war Vincent still und ein wenig traurig.

»Paul«, sagte ihre Mutter, während sie an der Pier von Grace Harbour auf das Wassertaxi wartete, »glaubt immer, du wärst ihm was schuldig.« Vincent erinnerte sich, wie verblüfft sie ihre Mutter bei diesen Worten angesehen hatte. »Stimmt aber nicht«, fuhr sie fort. »Nichts von dem, was ihm zustieß, ist deine Schuld.«

2008, am Pool, hörte Vincent Schritte und sah auf. Anya kam mit einer Decke. »Ich dachte, die könnten Sie brauchen«, sagte Anya. »Es ist kalt hier draußen.«

»Danke«, sagte Vincent.

Anya runzelte die Stirn: »Weinen Sie?«

***

In den folgenden zwei Monaten fiel es ihr nicht leicht, den Vertrag mit Jonathan einzuhalten und eine gewisse Unbeschwertheit zu verbreiten, doch schien er es nicht zu merken. Er hielt sich ständig im Büro oder hinter der geschlossenen Tür seines Arbeitszimmers auf. Sie hörte ihn am Telefon, wenn sie über den Flur ging, konnte aber nie verstehen, was er sagte. Und wenn er bei ihr war, wirkte er müde und zerstreut.

Anfang Dezember nahm sie die Subway, wechselte einige Male die Züge und gelangte schließlich bis vor die Tür der Brooklyn Academy of Music. Sie hatte sich besorgt gefragt, wie sie Jonathan ihre Abwesenheit an einem Donnerstagabend erklären sollte, doch hatte er nur getextet, er würde bis spät arbeiten und die Nacht in der Zweitwohnung verbringen. Sie war zu früh und blieb noch eine Weile draußen, während sich auf dem Bürgersteig eine Auswahl wohlhabender Brooklyner in ihren Uniformen sammelte: Stiefel mit flachen Absätzen und komplizierte Schalarrangements für die Frauen, Bärte und nicht unbedingt schmeichelhaft enge Jeans für die Männer. Es gefiel Vincent, ihnen dabei zuzuschauen, wie sie ankamen und sich zusammenfanden, wie sie zu zweit, zu dritt, zu viert an ihr vorbeiströmten, oder wie Nachzügler um die Ecke bogen, sich aufgeregt entschuldigten oder über die Subway schimpften. Mit den letzten Ankömmlingen ließ sich Vincent dann in die Academy treiben, fand ihren Sitz in der vordersten Reihe und begann mit dem üblichen Vor-Theater-Ritual, putzte sich die Nase, legte sich für alle Fälle ein Hustenbonbon zurecht, stellte das Handy aus und tat das alles letztlich doch nur, um nicht an das zu denken, was sie gleich wohl sehen würde.

»Kennen Sie den Künstler?«, flüsterte die Frau neben ihr. Sie schien um die achtzig zu sein, elegant gekleidet, hatte ihr weißes Haar zu einem Igel frisiert und sah doch kränklich aus, abgezehrt. Ihre Hände zitterten.

»Nein.« Technisch gesehen stimmte das auch. Vincent

hatte ihren Bruder gekannt, früher einmal. Das Licht wurde gedimmt.

»Ich war gestern Abend auch hier«, sagte die Frau. »Ich finde, er ist einfach brillant.«

»Oh«, sagte Vincent, »dann freue ich mich auf den Abend.«

»Kennen Sie den Künstler?«, fragte sie gleich darauf noch mal, und Vincent spürte ein heftiges Bedauern für diese Frau.

»Ja«, sagte Vincent. Applaus brandete auf, und als sie hochblickte, betrat ihr Bruder die Bühne. Paul hatte abgenommen und wirkte deutlich älter. Sie hätte nicht einmal sagen können, ob sein schwarzer Anzug und der schmale dunkle Schlips ironisch gemeint waren. Er sah aus wie ein Leichenbestatter. Er nickte dem Publikum zu und nahm den Beifall lächelnd und, so schien es Vincent, ehrlich erfreut entgegen, ehe er seinen Platz am Keyboard einnahm; daraufhin dunkelte man auch das Bühnenlicht ab, bis Paul kaum noch zu erkennen war. Der Bildschirm über ihm wurde hell, eine weiße Fläche mit schwarzem Titel: *Melissa im Wasser*, dann wich das Weiß einem Küstenstreifen. Vincent erkannte den Strand nahe der Pier von Caiette wieder, die Aufnahme körnig und übersättigt, Wasser und Himmel zu blau, die Insel in der Bucht von unnatürlichem Grün. Pauls Musik klang anfangs wie Hintergrundrauschen, wie ein unscharf eingestelltes Radio. Er spielte auf seinem Keyboard eine Abfolge von Noten, und dieselben Töne waren gleich darauf als Cellomusik zu hören, die er mit ruhigen, mäandernden Klavierklängen unterlegte, wobei er zwischen seinem Keyboard und dem auf einem Ständer befindlichen Laptop wechselte, Knöpfe drückte und Pedale antippte, um Endlosschleifen und Verzerrungen zu erzeugen, eine One-Man-Band. Aus dem statischen Rauschen wurde etwas Pulsierendes, ein gleichmäßiger Rhythmus. Der Bildschirm über der Bühne erwachte plötzlich zum Leben, als eine Kinderschar darüber hinweghuschte. Vincent merkte ihren Gesichtern an, dass sie schrien und lachten, aber der Film war ohne Ton. Sie erinnerte sich an dieses Video, aufgenommen im ersten Sommer ohne ihre Mutter. Zehn, elf Monate hatte sie in Vancouver verbracht – endlose Stunden allein im Kellergeschoss ihrer Tante ohne Fernseher, lange Busfahrten zur Schule –, für den Sommer aber war sie zurück nach Hause zu ihrem Dad gekommen. Sie stand am Strand, das musste 1995 gewesen sein, und filmte die Schwimmer, genauer gesagt die gesamte minderjährige Bevölkerung von Caiette: ein kleines Mädchen, dessen Namen sie vergessen hatte – Amy? Anna? –, blieb am Uferrand stehen, kicherte, traute sich aber nicht ins Wasser; die Zwillinge, Carl und Gary, ein bisschen älter, planschten am Bildrand, dann noch Vincents Freundin Melissa, die um die vierzehn gewesen sein musste, aber zu klein für ihr Alter war und eher wie zwölf aussah. Melissas fahles Haar und der gelbe Badeanzug sowie der körnige, übersättigte Film verliehen ihr einen auffälligen Glanz. Sie schlug Purzelbäume im Wasser und lachte, wenn sie wieder auftauchte. Drei Jahre später würde sie nach Vancouver ziehen, um an der University of British Columbia zu studieren und mit Vincent in dieser grässlichen Kellerwohnung in Downtown Eastside zu wohnen; am letzten Abend des zwanzigsten Jahrhunderts würde sie mit Vincent und Paul tanzen, mit neunzehn süchtig werden, von der Schule abgehen und zurück nach

Caiette ziehen, um bei ihren Eltern zu wohnen, während sie versuchte, ihr Leben wieder in den Griff zu bekommen; ein weiteres Jahr später würde sie dann als Chauffeurin und Gartenassistentin im Hotel Caiette eingestellt werden; in diesem Video aber lag all das noch in einer unvorstellbaren Zukunft, und Melissa war nur ein Kind, das wie ein Fisch im Wasser tollte. Die Musik hatte etwas Kapriziöses, Unstetes, was Vincent unangenehm fand, fast wie der Soundtrack zu einem jener Albträume, in denen man weglaufen will, die Füße aber nicht bewegen kann: Und jetzt hörte man aus dem Rauschen auch noch sich überlappende Stimmen.

Auf der Bühne unterhalb des Bildschirms war Paul in ständiger Bewegung, drehte an Knöpfen, verfolgte die Projektion auf seinem Laptop und setzte sich hin und wieder ans Keyboard. Vincent spürte eine Bewegung zu ihrer Rechten, und als sie den Kopf wandte, sah sie, dass die Frau mit dem Kopf auf der Brust eingeschlafen war. Vincent stand auf und schlüpfte hinaus in die Lobby, wo sie das helle Licht, der Marmor und die Bänke in ihrer soliden Realität vor lauter Erleichterung fast zum Weinen brachten. Sie floh nach draußen in die winterliche Luft, lief über die Manhattan Bridge bis zum Grand Central Terminal und versuchte, sich wieder zu beruhigen. Ihr kam der Gedanke, dass sie Paul verklagen könnte, doch hatte sie Beweise? Er war jeden Sommer in Caiette gewesen und hatte jedes zweite Weihnachten ihrer Kindheit dort verbracht. Es ließe sich also unmöglich beweisen, dass er die Videos nicht selbst aufgenommen hatte. Und jedes gesetzliche Vorgehen wäre nur schwer, wenn nicht unmöglich vor Jonathan zu verheimlichen, für den sie der ruhige Hafen sein sollte, kein Drama, keine Spannungen. Im Zug zurück nach Greenwich sah sie ihr Spiegelbild im Fenster und schloss die Augen. Seit sie siebzehn war, kam sie selbst für ihre Miete auf. Wie hatte sie sich nur derart von einem anderen Menschen abhängig machen können? Die Antwort war deprimierend einfach: Sie hatte die Abhängigkeit vorgezogen, weil Abhängigkeit einfacher war.

Ein Albtraum

In der folgenden Woche arbeitete Jonathan jeden Tag so lang, dass sie ihn kaum zu Gesicht bekam, weshalb sie ihm immer nur für kurze Zeit eine gewisse Unbeschwertheit vorspielen musste. Um sich abzulenken, las sie die Zeitung, aber die Nachrichten brachten kaum mehr als eine Litanei von Klagen über ökonomische Zusammenbrüche. Sie fragte sich, ob sie zurück nach Brooklyn fahren und vor dem Bühneneingang warten sollte, fand den Gedanken, Paul wiederzusehen, aber unerträglich.

Am nächsten Mittwoch wurde Vincent zum dritten Mal in Folge von einem Albtraum geweckt. Sie schlief schon länger schlecht, seit Wochen, Albträume aber waren ein neues, verstörendes Problem. Sie wusste genau, dass sich derselbe Traum wiederholte, haften blieb aber nur der unbestimmte Eindruck, tief zu fallen, eine Ahnung von einer nahenden Katastrophe, die auch bei Tag anhielt. Eine Weile starrte sie an die Decke, Jonathan schlief noch, ehe sie schließlich aufstand und sich ihre Sportsachen überstreifte – sie lagen zusammengefaltet auf einem Stuhl am Bett –, sich im Dunkeln die Laufschuhe zuband und die Schlüssel vom Haken neben der Küchentür nahm. Sie machte ein Spiel daraus, das Haus zu verlassen, ohne Licht anzuknipsen. Unsichtbar zu sein, war ein ganz eigenes Vergnügen.

Im Königreich des Geldes war es wichtig, schlank zu bleiben, doch sie hätte ohnehin gejoggt. Sie liebte die Vorstadt um diese Uhrzeit, in der es noch manch Mysteriöses zu geben schien. Es war Anfang Dezember, die Temperaturen aber waren die ganze Woche über null geblieben. Rasch folgte sie der langen Auffahrt, die sie vorbei an Gils und Anyas Cottage führte – kein Licht hinter den Fenstern –, bis zu der Sackgasse, wo sie zwischen den Bäumen die beiden ebenso edlen Häuser ihrer Nachbarn aufschimmern sah, bevor sie in einen leichten Trott fiel, kaum dass sie die erste echte Straße erreicht hatte, die erste Straße, die irgendwohin führte. Sie mochte die Stille vor der Dämmerung, das Geheimnisvolle der Straßen, in denen noch alle schliefen, kein Licht hinter den Fenstern. Jonathan würde es nicht gefallen, sie hier draußen allein im Dunkeln zu wissen, aber ihr waren diese Straßen noch nie gefährlich vorgekommen; außerdem trug sie ihr Pfefferspray an einer Kette um den Hals. Als sie nach Hause zurückkehrte, war es vier Uhr früh und noch dunkel. Sie hinterließ eine Notiz für Jonathan, der noch bis halb sechs schlafen würde, duschte sich, zog sich an und bestellte ein Taxi, das sie zum Fünf-Uhr-Zug brachte.

***

Die übrigen Fahrgäste um diese Uhrzeit waren meist Fanatiker der Finanzindustrie, die mit im Schein ihrer kleinen Bildschirme leuchtenden Augen Nachrichten aus anderen

Kontinenten empfingen oder dorthin versandten. Vincent hatte eine Sitzreihe für sich. Bald wich die Nacht ersten Schatten und einer verhangenen Dämmerung, Städte wandelten sich von Lichtermeeren in Ansammlungen von Dachsilhouetten. Wie konnte Paul nur, dachte sie, wie konnte er sie so bestehlen, doch sie war zu müde, diesem Gedankengang länger zu folgen, und versank in jenen Dämmerzustand, in dem man weder schlief noch wach war; zwischen Bäumen zeigten sich Städte, ehe sie wieder verschwanden. Als der Zug in die Grand Central Station einfuhr, wachte sie mit einem Ruck auf.

***

Das war ihr letzter Morgen im Königreich des Geldes. In einem Hotelrestaurant unweit vom Grand Central bestellte sie sich ihr Frühstück. Danach eine Stunde in einem Buchladen sowie Zeit, die sie in diversen Geschäften verbrachte, gefolgt von einem Intermezzo mit Zeitungen und Kaffee in einer Espresso-Bar in Chelsea. Ein seltsamer Moment: Sie verließ die Espresso-Bar und geriet in eine Touristenschar, geführt von jemandem, der einen roten Regenschirm hochhielt. Einen Moment lang sah sie ihre Mutter in der Menge. Nur ein flüchtiger Blick, aber kein Zweifel – der lange braune Zopf auf dem Rücken, die rote Strickjacke, die sie getragen hatte, als sie ertrank –, bis die Menge weiterzog und ihre Mutter verschwand. Eine Weile blieb Vincent noch auf dem Gehweg stehen und sah der Gruppe nach. Halluzinierte sie? Während sie durch die graue Stadt spazierte, achtete sie aufmerksam auf weitere Anzeichen für ihren Irrsinn, bemerkte aber nichts mehr, was offenkundig irreal war. Central Park fand sie mono-chrom, dunkle Bäume troffen unter farblosem Himmel.

Sie stand auf den Stufen zur Met, als Jonathan anrief.

»Die Weihnachtsparty heute Abend«, sagte er. »Könntest du um halb acht ins Büro kommen, und wir gehen zu-sammen rüber?«

»Halb acht passt perfekt«, sagte Vincent. »Ich freue mich drauf.« Dabei hatte sie die Büroparty komplett vergessen. Das Kleid, das sie eigentlich tragen wollte, hing in Green-wich im Schrank ihres Schlafzimmers, und in der Zweit-wohnung gab es nichts Passendes anzuziehen, was aber nicht weiter schlimm war, da das Königreich des Geldes noch einige Stunden lang fortbestehen würde und sie folglich sogar Zeit hatte, eine Weile mit ihrem Lieblings-bild zu verbringen. Sie hatte sich in Thomas Eakins' *Der Denker* verliebt, das große Porträt eines dunkel gekleideten Mannes um die dreißig, Hände in den Taschen, verloren in grüblerischen Gedanken. Während der letzten Wochen war sie mehrere Male hergekommen, um eine Weile vor diesem sie unerklärlich anrührenden Bild zu stehen. Ihrer Mutter hätte das gefallen, dachte sie.

Als sie sich umdrehte, um zu gehen, sah sie einen Mann, den sie wiedererkannte. Er hatte sich dasselbe Gemälde an-geschaut, war aber in einigem Abstand stehen geblieben.

»Oskar«, sagte sie. »Sie arbeiten für meinen Mann, rich-tig?«

»Im Asset-Management.« Sie gaben sich die Hand. »Schön, Sie wiederzusehen.«

»Ich hoffe, das klingt jetzt nicht wie eine billige Anma-che«, sagte Vincent, »aber kommen Sie öfter her?«

»Nicht so oft, wie ich möchte. Ich habe auf dem College

einige Seminare in Kunstgeschichte belegt«, setzte er hinzu, als ob er seine Anwesenheit rechtfertigen müsste. Ihre Wege trennten sich nach kurzem Small Talk – »Ich hoffe, Sie kommen heute Abend zur Party?« –, und die Begegnung wäre wohl nicht weiter erwähnenswert gewesen, hätte sie danach nicht zum ersten Mal über jene Einschränkungen nachgedacht, die ihr durch das Arrangement mit Jonathan auferlegt wurden. Sie war gern mit ihm zusammen, meistens machte es ihr jedenfalls nichts aus, nur ertappte sie sich in letzter Zeit immer öfter bei dem Gedanken, dass es vielleicht ganz schön wäre, sich mal wieder zu verlieben oder wenigstens mit jemandem zu schlafen, den sie wirklich anziehend fand und dem sie nichts weiter schuldete. Sie rief ein Taxi und fuhr zu Saks, wo sie einige Zeit im gleißenden Licht verweilte, um das Luxuskaufhaus eine Stunde später mit einem blauen Samtkleid und schwarzen Lacklederschuhen zu verlassen. Noch waren so viele Stunden vom Tag übrig. Denk nicht an Paul, der sicher irgendwo in einem Studio hockt und neue Begleitmusik für die geraubten Videos komponiert. Sie rief sich wieder ein Taxi und fuhr nach Downtown in den Finanzdistrikt, um eine Weile im russischen Café zu sitzen, das sie schon immer ganz besonders gemocht hatte. Zwei Stunden blieb sie, trank Cappuccinos und las die *International Herald Tribune.*

Gegen fünf Uhr wurde sie ruhelos, also griff sie sich ihre Tüten und trat hinaus in den Regen. Sie beschloss, in Midtown ein weiteres Café zu suchen, irgendwo in der Nähe von Jonathans Büro, um dann pünktlich bei ihm aufzukreuzen. Auf halber Treppe die Station Bowling Green hinunter aber überkam sie die Gewissheit, dass sie sterben musste, wenn sie die Subway nahm. Das wusste sie so sicher, wie sie ihren eigenen Namen wusste. Vincent drehte sich um. Halb stolperte, halb rannte sie die Stufen wieder hinauf, drängte sich durch eine Flut von Pendlern, die in der Gegenrichtung unterwegs waren, und wollte unbedingt eine Bank finden, bevor sie ohnmächtig wurde. Sie war noch nie ohnmächtig geworden, aber bestimmt fühlte es sich genau so an, dieses schreckliche Schwindelgefühl und das Wissen darum, am Rand eines Abgrunds zu stehen. *Ich sollte meine Mutter fragen*, dachte sie, und gleich darauf folgte der nicht minder irrationale Gedanke: *Meine Mutter wartet in der Subway auf mich.*

Vincent schaffte es mit letzter Kraft und saß keuchend einige Augenblicke auf der Bank, ehe sie die Geistesgegenwart aufbrachte, den Regenschirm zu öffnen. Ihr schien es wie eine Ewigkeit, die sie unter dem Regenschirm saß, den sie tief genug hielt, um ihr Gesicht zu verbergen, während sie versuchte, wieder zu Atem zu kommen und mit dem Weinen aufzuhören. Wenn sie schon Panikattacken hatte – sie hatte nie zuvor eine gehabt, aber diesen Moment eben auf den Stufen zur Subway musste man doch so bezeichnen –, dann stand es schlimmer um sie, als sie vermutet hatte, dann war sie längst nicht mehr so gut beieinander wie früher, und ihr System brach zusammen. Still saß sie da und sah auf die Füße vorbeihastender Passanten, bis ihr Atem langsamer ging.

Ihr Handy in der Tasche vibrierte, und sie sah auf dem Display die Nummer von Jonathans Vorzimmerdame. »Ach, mir geht's ausgezeichnet, danke der Nachfrage«, antwortete sie, »und Ihnen?«

»Hören Sie«, sagte die Rezeptionistin, ohne auf ihre Frage einzugehen. »Mr Alkaitis wüsste gern, ob Sie nicht ein wenig früher in sein Büro kommen könnten. Er lässt ausrichten, es sei dringend.«

»Natürlich.« Wenn Jonathan ›dringend‹ sagte, dann brauchte er vermutlich Vincents Rat, welchen Schlips er zur Büroparty tragen sollte. »Sagen Sie ihm bitte, ich sei unterwegs.«

✳✳✳

Zur Rushhour in Manhattan ist ein Auto das denkbar schlechteste Fortbewegungsmittel, aber sich erneut die Treppe zur Subway-Station hinabzuwagen, schien ihr ein Risiko, vor dem sie zurückscheute, also nahm sie doch ein Taxi, das dann durch dichten Verkehr dahinkroch, dunkle Straßen, die in Zeitlupe vorüberzogen, bis sie anderthalb Kilometer vor dem Büro schließlich ausstieg und zu Fuß weiterlief. *Das kommt nur, weil du so müde bist*, sagte sie sich. *Mit dir ist alles in Ordnung. Jeder Mensch ist anfällig für Panikattacken, wenn er drei Nächte hintereinander nicht gut geschlafen hat. Und jeder wäre ein wenig mitgenommen von dem, was Paul dir angetan hat.* Im bespiegelten Fahrstuhl des Gradia Buildings strich sie sich rasch das feuchte Haar zurück und vermied es, sich die dunklen Ringe unter ihren Augen allzu genau anzuschauen. Die Tür ging auf, und es empfing sie die Firmenpracht des achtzehnten Stocks.

»Guten Tag, Mrs Alkaitis. Sie können reingehen«, sagte Jonathans Rezeptionistin. Sie hieß Simone. In einigen Monaten würde sie die Hauptbelastungszeugin der Anklage sein.

✳✳✳

Als Vincent das Büro betrat, sah sie Jonathan am Schreibtisch, die Hände verschränkt, und ihr fiel gleich auf, wie starr er wirkte, fast wie eine Statue seiner selbst, in Wachs gegossen. Sie waren nicht allein. Seine Tochter Claire hockte zusammengesackt auf dem Sofa, den Kopf in den Händen, und am anderen Ende des Sofas saß ein Mann Ende fünfzig, Anfang sechzig, mit leichtem Bauchansatz, teurem Anzug und silbrigem Haar.

»Hallo«, sagte Vincent. Der Name des Mannes war ihr entfallen.

»Mrs Alkaitis«, sagte er mit tonloser Stimme. »Ich bin Harvey Alexander. Ich arbeite mit Ihrem Mann zusammen.«

»Oh ja, natürlich, wir sind uns schon mal begegnet.« Vincent reichte ihm die Hand. Was war nur mit ihnen? Harvey zog eine Miene wie bei einer Beerdigung. Jonathans Hände blieben verschränkt, und jetzt sah Vincent auch, dass die Knöchel weiß angelaufen waren. Vincent und Claire mochten sich nicht sonderlich, waren aber immer darum bemüht gewesen, einen Anschein von Höflichkeit zu wahren, und nie zuvor hatte Claire weder aufgeblickt noch Hallo gesagt, wenn Vincent einen Raum betrat.

»Kann mir mal jemand sagen, was eigentlich los ist?«, fragte Vincent. Sie hielt den Ton so leicht wie möglich, denn sie dachte, Leichtigkeit zu verbreiten, gehöre zu ihrem Job.

»Bitte schließ die Tür«, sagte Jonathan. Vincent tat wie gebeten, weiter aber sagte Jonathan nichts, und niemand im Büro schien fähig zu sein, ihr ins Gesicht zu blicken, weshalb sie vorläufige Zuflucht in der Erledigung einiger kleiner Tätigkeiten suchte. Sie stellte die Saks-Tüten neben den Kleiderständer, streifte den Mantel ab, hängte ihn auf, zog sich dann die Handschuhe aus, drapierte sie über die Saks-Tüten und setzte sich, da ihr nicht einfiel, was sie sonst noch tun könnte, in einen der Besuchersessel, schlug die Beine über Kreuz und wartete. Alle saßen nun schweigend da. Es war, als spielten sie in einem Stück, in dem keiner wusste, was er als Nächstes tun sollte.

»Jemand muss es ihr sagen«, meinte Claire, und schockiert bemerkte Vincent, dass Claire weinte.

»Mir was sagen?«

»Vincent«, sagte Jonathan, aber dann schienen ihm die Worte zu fehlen, und er fuhr sich kurz mit dem Handrücken über die Augen. Weinte er auch? Vincent verstärkte den Griff um die Sessellehnen.

»Jetzt rede schon«, sagte sie.

»Vincent, hör zu, mein Geschäft, nicht das ganze, nicht die Brokerfirma, in der Claire arbeitet, aber das Asset-Management, das ist alles …« Er schien nicht weiterreden zu können.

»Bist du bankrott?« Vincent hatte die Nachrichten aufmerksam verfolgt. Dies waren die letzten Wochen des Jahres 2008, die Zeit einbrechender Aktienkurse und kollabierender Banken.

»Ach, es ist viel schlimmer!« Claire klang fast hysterisch. »So verdammt viel schlimmer.«

»Ich finde, wir sollten alle nicht vergessen«, sagte Harvey, »dass jede Bemerkung, die heute in diesem Zimmer fällt, irgendwann vor Gericht wiederholt werden könnte.« Er redete sehr ruhig, den Blick auf ein Gemälde von Jonathans Yacht an der gegenüberliegenden Wand gerichtet, und wirkte seltsam unbeteiligt.

»Sag's ihr einfach«, sagte Claire.

»Sei jetzt bloß vorsichtig«, sagte Harvey im selben desinteressierten Ton.

Nach einer schmerzlich langen Pause begann Jonathan schließlich mit einer Frage. »Vincent«, sagte er, »weißt du, was ein Schneeballsystem ist?«

TEIL DREI

10

Der Bürochor
Dezember 2008

1

Wir hatten eine Grenze überschritten, so viel war klar, nur ließ sich später kaum mehr sagen, wo genau diese Grenze verlaufen war. Vielleicht hatten wir auch alle verschiedene Grenzen, oder wir überquerten diese Grenze zu verschiedenen Zeiten. Simone, die neue Rezeptionistin, hatte von dieser Grenze nicht einmal etwas gewusst, jedenfalls nicht bis zu jenem Tag, an dem Alkaitis verhaftet wurde, also bis zum Tag der Büroparty 2008, an dem Enrico am späten Vormittag an unsere Tische kam und sagte, Alkaitis wünsche, dass wir uns alle um ein Uhr im Konferenzsaal im siebzehnten Stock versammelten. So etwas hatte es noch nie gegeben. Das *Arrangement* war etwas, was wir befolgten, nicht etwas, worüber wir redeten.

Alkaitis kam um Viertel nach eins, setzte sich an den Kopf des Tisches, ohne mit jemandem Augenkontakt aufzunehmen, und sagte: »Wir haben ein Liquiditätsproblem.«

Im Saal fehlte es an Luft.

»Ich habe ein Darlehen der Brokerfirma organisiert«, sagte er. »Wir lassen das über London laufen und verbuchen die Überweisung als Einnahme aus dem europäischen Handel.«

»Wird das Darlehen genügen?«, fragte Enrico leise.

»Für den Augenblick.«

Im selben Moment klopfte es an die Tür, und Simone brachte den Kaffee. Alle wichen ihrem Blick aus. Simone arbeitete erst seit drei Wochen als Jonathans Rezeptionistin und war in das Arrangement nicht eingeweiht, trotzdem spürte sie gleich, dass irgendetwas nicht stimmte. Die Atmosphäre im Raum war seltsam aufgeladen, fast wie vor einem Gewitter. Sie nahm an, dass irgendwer etwas Schreckliches gesagt hatte, kurz bevor sie hereingekommen war. Nur Ron erwiderte ihr Lächeln. Joelle blickte sie ausdruckslos an. Oskar starrte gebannt auf den Notizblock, der vor ihm auf dem Tisch lag, und Simone meinte, Tränen in seinen Augen zu sehen. Alkaitis nickte, als sie hereinkam, und sah ihr zu, bis sie den Saal wieder verließ. Simone schenkte Kaffee ein, zog sich zurück und die Tür hinter sich zu, doch statt zu gehen, wartete sie auf dem Flur. Ihr kam es so vor, als hätte ungewöhnlich lange niemand ein Wort gesagt.

»Nun«, sagte Alkaitis schließlich, »wir wissen ja alle, was wir hier tun.«

Später sollten einige von uns vorgeben, sie hätten diese Worte nie gehört, aber Simones Zeugenaussage stimmte mit den Berichten mehrerer von uns überein, die sie gehört *hatten*. Und einige von uns, die vorgaben, sie *nicht* gehört zu haben, gaben auch vor, nicht gewusst zu haben,

dass es die bewusste Grenze überhaupt gegeben habe
– »Ich bin ebenso ein Opfer wie die Investoren von Mr
Alkaitis«, sagte Joelle einem Richter, der das anders sah
und sie zu zwölf Jahren verurteilte –, am anderen Ende des
Spektrums aber war jemand wie Harvey Alexander, der Simones Aussage voller Inbrunst bestätigte und in einer Art
Ekstase des schlechten Gewissens auch gestand, wessen er
gar nicht angeklagt war, und weinend zugab, seine Ausga-
ben frisiert und Bürovorräte gestohlen zu haben, während
verblüffte Ermittler sich Notizen machten und sich dann
sanft bemühten, das Gespräch wieder auf die eigentliche
Straftat zu lenken.

Für jene von uns aber, die hörten, was Alkaitis bei diesem Meeting sagte – vielmehr für jene, die zugaben, es gehört zu haben –, bedeutete Jonathans Bemerkung den endgültigen Tabubruch, der Augenblick, von dem an es nicht
länger möglich war, die Topografie zu ignorieren und so
zu tun, als hätte man die Grenze nicht längst überschritten. Natürlich wussten wir alle, was wir taten. Wir waren
ja nicht blöd, Ron vielleicht ausgenommen. Wir ordneten
unsere Papiere, starrten wie gebannt auf unsere Notizen
oder schauten ins Leere und malten uns aus, außer Landes
zu fliehen (Oskar), sahen aus dem Fenster und machten
konkrete Pläne, das Land zu verlassen (Enrico), oder wir
sahen aus dem Fenster und entschieden schicksalsergeben,
dass es für jede Flucht zu spät war (Harvey), oder wir gaben
uns der fantastischen Vorstellung hin, dass sich irgendwie
schon alles wieder einrenken würde (Joelle).

Ron blickte sich verwirrt um. Er wirkte oft verwirrt, das
war uns bereits an ihm aufgefallen. Außerdem schien er
tatsächlich nicht zu wissen, was hier gespielt wurde, und

das ist im Nachhinein doch ziemlich erstaunlich: Was hat er denn geglaubt, was hier läuft, wenn nicht ein Schneeballsystem? Was hat er denn geglaubt, worüber wir uns unterhielten, wenn wir über das Arrangement redeten, wie wir es untereinander nannten? Und doch war es so. Im allgemeinen Schweigen blickte er sich um, räusperte sich und sagte: »Nun, wir haben ja sowieso schon eine ziemlich hohe Handelsaktivität mit dem Londoner Büro.«

Die Stille, die auf diese Bemerkung folgte, war, falls überhaupt möglich, noch schlimmer als die Stille, die ihr vorausging. Über das Londoner Büro wurde nie irgendein Handel abgewickelt, da das Londoner Büro nur aus einem einzigen Angestellten mit fünf E-Mail-Adressen bestand, dessen Aufgabe vorwiegend darin lag, Beträge nach New York zu überweisen, um den Anschein einer Handelsaktivität mit Europa aufrechtzuerhalten.

»Ein ausgezeichneter Punkt, Ron«, sagte Harvey in einem sanften Ton, aus dem sich eine gewisse Traurigkeit heraushören ließ.

Das Treffen endete wenige Minuten später. Alkaitis besaß Büros im siebzehnten und achtzehnten Stock des Gradia Buildings und verließ nach diesem Treffen unsere triste kleine Büroflucht im Siebzehnten, um hinauf in den Achtzehnten zu fahren, in eine völlig andere Welt. Alkaitis gehörte der gesamte Stock, eine wahre Pracht. Und die Mitarbeiter im Achtzehnten taten, was ihre Kunden von ihnen erwarteten, sie sprachen Empfehlungen aus und handelten mit Aktien und sonstigen Wertpapieren. An die hundert Leute arbeiteten im Achtzehnten, eine Brokerfirma, an deren Aktivitäten, so schlussendlich das FBI, nicht das Geringste auszusetzen war. Im Siebzehnten aber leiteten wir ein kriminelles Unternehmen, statt das Geld unserer Kunden zu investieren, und diese fundamentale Unwucht fand Ausdruck in der Einrichtung unserer Büros. Während im Achtzehnten ein Meer aus gläsernen Tischen auf dicken, silbrig glänzenden Teppichen zu symmetrischer Perfektion angeordnet war, lag im Siebzehnten ein dreißig Jahre alter Teppich unbestimmter Farbe aus, an den Wänden blätterte die Farbe ab, die Möbel waren secondhand, und es türmten sich die Aktenberge.

Als Jonathan Alkaitis im Achtzehnten aus dem Fahrstuhl stieg, unterhielt sich Simone mit jemandem. Den meisten Investoren war es nicht gestattet, unangemeldet vorbeizukommen, insbesondere nicht solchen wie Olivia Collins, deren Einzahlung weniger als eine Million betrug, aber für sie hatte Alkaitis schon immer eine Schwäche gehabt. Sie hatte Lucas gekannt, seinen lang verstorbenen Bruder. Als Alkaitis sie jetzt sah, vierundsiebzig Jahre alt und bis auf einen enormen türkisfarbenen Schal ganz in Schwarz, meinte Simone zu sehen, dass er kurz zusammenzuckte, ehe ein Lächeln auf seinem Gesicht erschien.

»Hallo, meine Liebe.« Alkaitis küsste sie nach französischer Art auf die Wange.

»Ich war gerade in der Nähe«, sagte Olivia.

»Und es freut mich, dass Sie vorbeigekommen sind. Kaffee?«

»Da würde ich nicht Nein sagen.«

Simone machte Kaffee und brachte ihn in Alkaitis' Büro, als Olivia gerade, wie Simone den Ermittlern später berichtete, eine Kunstausstellung beschrieb, zumindest habe es sich so angehört. Simone vertrieb sich die tödliche Langeweile oft mit ausgedachten Spielen: Wenn sie etwa

Kaffee kochte, tat sie manchmal, als nähme sie an einer geheimnisvollen Zubereitungszeremonie teil, bei der es um rätselhaft hohe Einsätze ging, ein Ritual, für das die Präzision jeder ihrer Bewegungen von immenser Bedeutung war. Sie trieb auch mit Alkaitis' und Olivias Kaffee dieses Spiel, platzierte das Tablett exakt in die Mitte des Tisches, stellte die Porzellantassen präzise in die Mitte der Unterteller etc., als – und das war noch nie zuvor passiert – Alkaitis einen Finger hob, um Olivias Monolog zu unterbrechen und Simone direkt anzusprechen: »Simone – tut mir schrecklich leid, Sie zu unterbrechen, Olivia, was Sie erzählen, ist wirklich faszinierend und ich möchte unbedingt noch mehr davon hören –, Simone, könnten Sie heute Abend etwas länger bleiben, um mir bei einem Projekt auszuhelfen?«

»Natürlich«, sagte Simone, fühlte sich auf dem Weg zurück zu ihrem Tisch aber seltsam überrumpelt, war sie sich doch relativ sicher, als fest angestellte Beschäftigte keinerlei Anspruch auf Überstundengeld zu haben, und somit wäre jede Minute, die sie länger als fünf Uhr anwesend war, unbezahlte Arbeit. Als Olivia einige Minuten später ging, sah sie beleidigt aus – sie war es gewohnt, Jonathans Zeit stundenlang zu beanspruchen –, und hinter ihr schloss Jonathan die Tür.

***

Seit dem Meeting war erst eine halbe Stunde vergangen, doch unten im Siebzehnten waren wir alle fleißig gewesen. Harvey besorgte sich im Lagerraum einen neuen Notizblock, ging damit an seinen Tisch und begann, ein vollständiges Geständnis niederzuschreiben. Joelle lief nach draußen und machte einen strammen Spaziergang rund um den Block, der ihre Panik kein bisschen linderte. Enrico setzte sich an seinen Computer, buchte ein One-Way-Ticket nach Mexiko-City, druckte den Boardingpass aus und verließ zum letzten Mal das Büro, ohne sich von irgendwem zu verabschieden. Ron ging zurück an seinen Tisch und sah sich eine Zeit lang Katzenvideos an, likte ein paar Leute auf Facebook, war verwirrt und bemühte sich, ein Gefühl drohenden Unheils abzuschütteln. Oskar verbrachte ganze neunzig Minuten damit, sich Immobilienangebote in Warschau anzusehen, dann suchte er sieben Minuten lang nach Ländern, die kein Auslieferungsabkommen mit den Vereinigten Staaten hatten, um anschließend dreiundzwanzig Minuten lang Immobilienangebote in Kasachstan zu studieren, wo einige seiner Cousins lebten, ehe er sich schließlich ausloggte und das Büro mit dem Gedanken verließ, vor der Party woanders – irgendwo anders – noch ein paar Stunden abzuhängen. Es war noch früh am Nachmittag, aber er sagte sich, er hätte nichts dagegen, falls man ihn feuerte.

Während er zur Subway lief, überlegte er, wie er es drehen würde: »Als mir klar wurde, dass es um Betrug ging«, sagte er in Gedanken zu einem ihn bewundernden zukünftigen Arbeitgeber, »war das auch der Tag, an dem ich gekündigt habe. Ich habe mich nie für jemanden gehalten, der jemals ohne jede Vorwarnung seinen Job kündigt, aber wenn eine Grenze überschritten wird, muss man manchmal einfach einen Schlussstrich ziehen.« Wobei Oskar die Grenze schon elf Jahre zuvor überschritten hatte, als er zum ersten Mal gebeten wurde, eine Überweisung rückzudatieren. »Es ist möglich, etwas zu wissen und zugleich nicht zu wissen«, gestand er später im Kreuzverhör, woraufhin ihn die Anklage erst so richtig in die Mangel nahm, dabei hatte er damit mehreren von uns aus der Seele gesprochen, die viel über diese Unbestimmtheit nachgedacht hatten, dass man nämlich etwas wissen und zugleich nicht wissen konnte, dass man ehrlich und zugleich unehrlich war, dass man wusste, man war kein guter Mensch, sich aber dennoch bemühte, in den Randzonen des Schlechten ein guter Mensch zu sein. In unseren geheimen Leben wären wir alle für die Wahrheit gestorben, und wenn nicht gerade gestorben, so wären wir doch zumindest bereit gewesen, ein paar vertrauliche Anrufe zu machen und den Überraschten zu mimen, wenn die Vertreter der Behörden aufkreuzten, nur bekamen wir in unserem wahren Leben eine exorbitante Summe Geld dafür, den Mund zu halten, und man muss kein völlig schlechter Mensch sein, sagten wir uns später, um angesichts gewisser Dinge ein Auge zuzudrücken – nur seltsam, wenn man an einigen dieser Dinge aktiv beteiligt war –, aber man ist ja dafür nie allein verantwortlich, denn wer in unserer Welt lebt schon völlig allein? Irgendwo im näheren Umkreis gibt es immer andere Menschen. Unsere Gehälter und Boni sorgten für ein Dach überm Kopf, kamen für Goldfisch-Cracker auf, für Nachhilfe, für die Kosten des Altenheims und die Hypothek, die auf der Wohnung von Oskars Mutter in Warschau lag, etc.

Und dann ist da jener Teil der Gleichung, der vor Gericht irgendwie nie zur Sprache kommt, der aber enorm wichtig schien, jener Teil nämlich, der besagt, dass man, hatte man eine Weile mit bestimmten Leuten zusammengearbeitet, sie nicht anzeigen konnte, ohne das Leben der eigenen Freunde zu zerstören. Unsere Anwälte rieten uns, im Zeugenstand kein Wort darüber zu verlieren, dabei ist sie durchaus real, diese Abneigung, die eigenen Kollegen ins Gefängnis zu schicken. Wir arbeiteten doch schon so lange zusammen.

Der Tag des Meetings war aber auch der Tag, an dem es längst zu spät war, einer Verhaftung noch zu entgehen, von Enrico einmal abgesehen, und das auch nur, weil er bereit war, das Offensichtliche zu tun und zu verschwinden, bevor die Polizei eintraf, und von Simone, die schuldlos blieb und eigentlich nichts wissen sollte, bei Einbruch der Nacht aber im Konferenzzimmer des achtzehnten Stocks Dokumente schredderte. Fünf Minuten nachdem Olivia gegangen war, kam Alkaitis aus seinem Büro und bat sie, ein paar Aktenvernichter zu kaufen.

»Wie viele?«

»Drei.«

»Bestell ich gleich«, sagte sie.

»Nein, wir brauchen sie sofort. Könnten Sie bitte in ein Geschäft für Bürobedarf gehen?«

»Gern, aber ich glaube nicht, dass ich allein drei Aktenvernichter tragen kann. Kann ich jemanden bitten, mich zu begleiten?«

Er zögerte. »Ich komme selbst mit«, sagte er. »Kann etwas frische Luft gut gebrauchen.«

Es war Simone ein wenig peinlich, neben ihrem Chef im Fahrstuhl zu stehen und dann mit ihm auf die Straße zu gehen. Sie war kaum halb so alt wie er. Sie beide hatten nicht dieselben Sorgen und lebten auch in zwei fundamental verschiedenen New York Citys. Sie hatten sich nichts zu sagen. Simone fragte sich, ob sie ein Gespräch versuchen sollte, und wollte gerade eine unverfängliche Bemerkung über das Wetter machen, als er sein Handy zückte, stirnrunzelnd auf den Bildschirm starrte und durch seine Kontakte scrollte, ohne auch nur einen Moment langsamer zu werden. »Joelle«, sagte er schließlich ins Telefon, »bringen Sie bitte alle Kisten mit Xavier-Unterlagen ins kleine Konferenzzimmer im Achtzehnten, okay? Ja, Konferenzsaal B. Lassen Sie sich dabei ruhig von Oskar und Ron helfen. Genau, Depotauszüge, Briefwechsel, Memos, einfach alles. Bringen Sie jede Akte, auf der sein Name steht. Danke.« Er steckte das Handy zurück in die Tasche, und wenige Minuten später standen sie im Bürobedarfsgeschäft und kniffen gegen das grelle Neonlicht die Augen zusammen.

Simone fand, dass Alkaitis nicht gut aussah, aber ehrlich gesagt, in diesem Licht sah niemand gut aus. Die Luft roch verbraucht. Müde Büroangestellte liefen langsam an hohen Stahlregalen entlang. Alkaitis wirkte seltsam hilflos und blickte sich um, als hätte er sich nie zuvor gefragt, wo eigentlich die Stifte auf seinem Schreibtisch herkamen, ja, als könnte er nicht glauben, dass es überhaupt solch riesige Lagerhallen mit Klebezetteln und Aktenordnern auf der Welt gab. Simone führte ihn zu den Schreddern, und er starrte die Geräte an.

»Der da scheint mir ganz gut zu sein«, sagte Simone schließlich und zeigte auf ein Modell der mittleren Preiskategorie.

»Gut«, sagte er. »Ja.«

»Drei davon?«

»Nehmen wir vier«, sagte er und riss sich sichtlich zusammen. Sie trugen die vier Aktenvernichter zur Kasse,

Alkaitis zahlte bar, dann traten sie hinaus in den Regen. Er ging wortlos voraus, Simone hatte Mühe, mit ihm Schritt zu halten. Wegen der Büroparty am Abend waren ihre Absätze zwei Zentimeter höher als gewöhnlich, und sie fing an, das zu bedauern. Im Fahrstuhl standen sie stumm nebeneinander.

»Danke, dass Sie heute länger bleiben«, sagte er, als sie den achtzehnten Stock erreichten. »Sie können dafür am Freitag früher gehen.«

»Okay, danke.«

Simone folgte ihm in den Konferenzsaal, wo jemand – vermutlich Joelle – Aktenkisten gestapelt hatte, alle mit XAVIER beschriftet. Alkaitis hängte seinen klammen Mantel an die Rückseite der Tür, überließ ihr einen der Schredder und kam wenige Minuten später mit einer Schachtel Recyclingsäcke zurück. Sie hatte die Maschine inzwischen angeschlossen und öffnete die Kisten. »Hier sind ein paar Säcke für das geschredderte Papier«, sagte er. »Wenn Sie fertig sind, lassen Sie die Säcke einfach hier stehen, die Putzfrau kümmert sich schon darum. Und danke noch mal dafür, dass Sie länger bleiben.« Damit ging er.

Kurz darauf stand Claire Alkaitis in der Tür. Simone hatte noch kein Wort mit Claire geredet und auch erst tags zuvor herausgefunden, wer sie war, als sie sich endlich traute, jemanden nach der Frau zu fragen, die ständig ohne Termin in Alkaitis' Büro hereinschneite und Simone keines Blickes würdigte.

»Hallo, Simone«, sagte Claire. Simone war erstaunt, dass sie ihren Namen kannte. »Man hat mir gesagt, dass ich meinen Vater hier finde …?«

»Gerade war er noch da«, sagte Simone. »Und sein Mantel hängt an der Tür, also nehme ich an, dass er bald zurückkommt.« Stirnrunzelnd sah Claire auf den Schredder und die XAVIER-Kisten.

»Darf ich Sie fragen, was Sie da machen?«

»Ein Projekt von Mr Alkaitis. Er will in den Aktenschränken etwas Platz schaffen.«

»Herrgott noch mal«, murmelte Claire leise, und einen Moment lang glaubte Simone, es wäre als Beleidigung gemeint, doch was immer Claire auch beschäftigte, es hatte mit Simone nichts zu tun, denn sie machte auf dem Absatz kehrt und ging ohne ein weiteres Wort. Im Achtzehnten dämpften dicke Teppiche jeden Schritt, trotzdem kam es Simone vor, als entferne sich Claire mit eiligen Schritten. Sie warf einen Blick auf das Papier in ihrer Hand. Ein Memo von Alkaitis an Joelle: »*Betr.: L. Xavier Depot: Ich brauche einen langfristigen Kapitalgewinn von 561 000 Dollar bei einem Investment von 241 000 Dollar für einen Erlös von 802 000 Dollar.*« Simone starrte einen Moment darauf, dann faltete sie es zusammen und steckte es sich in die Tasche.

***

Claire fand ihren Vater in seinem Büro, wo er reglos am Schreibtisch saß, den Kopf in den Händen. Harvey hockte auf dem Sofa, die Hände verschränkt, und starrte mit seltsam sanftem Lächeln auf den Boden. Zu diesem Zeitpunkt, sagte er später, habe er sich geradezu schwindlig gefühlt. Was für ein ereignisreicher Tag! Er wusste, dass die Investoren ihre Einlagen zurückforderten, und er wusste, dass ihre Forderungen höher waren als der aktuelle Kontostand. Das Ende war offenkundig nah. Es zerriss ihn, aber es gab auch immer wieder Augenblicke einer fast manischen Freude. Das schon halb geschriebene Geständnis lag in einer Aktenmappe in der oberen linken Schublade seines Schreibtischs, und zum ersten Mal seit Jahren fühlte er sich frei. Ihm war – und er entschuldigte sich vor Gericht für dieses Klischee, aber vielleicht können wir uns darauf einigen, meine Damen und Herren, dass manche Klischees durchaus ihre Berechtigung haben –, als wäre eine Last von seinen Schultern gefallen.

Als Claire eintrat, blickten beide auf.

»Jonathan«, sagte sie, »warum schreddert deine Rezeptionistin Akten im Konferenzsaal?«

»Ich will nur etwas Platz im Schrank schaffen«, sagte Alkaitis.

Harvey gab einen seltsamen Laut von sich, fast, als ob er ein Lachen unterdrückte.

»Okay«, sagte Claire und klammerte sich an die Illusion von Normalität wie an einen Rettungsanker. »Egal, ich wollte dich nach den Überweisungen fragen, die du gestern genehmigt hast. Die Darlehen von der Brokerfirma ans Asset-Management.«

Er blieb stumm.

»Vier Darlehen«, fuhr sie fort, als müsste sie seinem Gedächtnis auf die Sprünge helfen, aber das Schweigen dauerte an. »Nur um das ganz klarzustellen«, sagte sie, »ich will hier keinerlei Andeutungen machen, doch handelt es sich um das achte, neunte, zehnte und elfte Darlehen in diesem Quartal, und das ohne Einzahlungen … Bitte verstehe mich nicht falsch, ich will bloß darauf hinweisen, dass hier der Anschein von unseriösem Geschäftsgebaren aufkommen könnte.«

»Diese Überweisungen sind völlig in Ordnung, Claire. Wir expandieren nur das Londoner Geschäft.«

»Warum solltest du?«

»Ich bin mir nicht sicher, ob ich deine Frage richtig verstehe.«

»Alles wird zurückgefahren«, sagte sie. »Ich habe dich letzte Woche mit Enrico reden hören, und du hast gesagt, du würdest Investoren verlieren und kaum noch neue gewinnen.«

»Du siehst müde aus, Claire.«

»Weil ich letzte Nacht an all das hier denken musste und kaum schlafen konnte.«

»Claire, mein Liebes, ich weiß, was ich tue.«

»Ja, schon klar, ich sag ja auch nur, der äußere Anschein und das Timing …«

»Richtig«, sagte er. »Der äußere Anschein.« Er blinzelte.

»Dad?« Sie hatte ihn seit über einem Jahrzehnt nicht mehr so genannt.

»Ich kann es nicht länger aufrechterhalten«, sagte er leise. »Ich dachte, ich könnte die Verluste decken.«

»*Die Verluste decken?* Was soll das denn heißen?«

2

Warum schredderte Simone Dokumente? Warum ließ Alkaitis seine Rezeptionistin allein im Konferenzzimmer mit mehreren Kisten voll belastendem Beweismaterial? In seiner Aussage behauptete Alkaitis, die Frage nicht zu verstehen. Harvey behauptete im Laufe seiner Aussage, dass Alkaitis, der in vielerlei Hinsicht eine beeindruckende Fähigkeit zur Selbsttäuschung beweise, letztlich begriffen habe, dass es zu spät sei, einer Verhaftung zu entgehen, doch hoffe er auf diese Weise wohl, Lenny Xavier zu schützen, seinen wichtigsten Investor, der von Anfang an gewusst hatte, dass es sich um ein Schneeballsystem handelte, und der gelegentlich mit einer Bargeldinfusion ausgeholfen hatte. Vielleicht schredderte Simone Dokumente, gerade *weil* sie nur eine Rezeptionistin war und Alkaitis davon ausging, dass sie nichts von dem begriff, was sie sah. Er war ein intelligenter Mensch, litt aber unter dem typischen Hang langjähriger leitender Geschäftsführer, Rezeptionistinnen für einen Bestandteil der Büroeinrichtung zu halten, nicht ganz auf demselben Niveau wie ein Aktenschrank, aber nahe dran. Weil Simone jedoch nicht nur neu im Büro, sondern eigentlich noch neu auf der Welt war – eine typische Vertreterin der Wir-sind-jung-in-Midtown-Generation, aber eben erst dreiundzwanzig Jahre alt –, baute Alkaitis vermutlich auf ihre Naivität und dachte sich, dass sie gewiss nicht zu denen gehörte, die wussten, dass, wenn sie gebeten wurden, länger zu bleiben, um dem Chef zu helfen, »Platz im Aktenschrank« zu schaffen, dies ein mögliches Anzeichen dafür war, dass hier eine Vertuschungsaktion lief. Vielleicht aber war das Schreddern auch bloß ein Vorwand, und wir hatten bereits jenen Punkt erreicht, wo es nicht mehr darauf ankam, wer was sah.

Nach unbestimmt langer Zeit kehrte Alkaitis in den Konferenzsaal B zurück. Er kam ihr verändert vor. Sah Simone Tränen in seinen Augen? Auf sie wirkte er wie ein Mann, der am Abgrund stand.

»Simone«, sagte er, »könnten Sie bitte meine Frau anrufen? Sagen Sie ihr, es sei dringend und sie möchte bitte so rasch wie möglich kommen.«

»Geht klar«, sagte sie, »sofort.« Als sie sich an ihren Tisch setzte, war er bereits wieder in seinem Büro, die Tür fest verschlossen. Sie rief Vincent an, gab die Bitte weiter und kehrte in den Konferenzsaal B zum Schredder zurück.

Simone war überrascht, als Harvey mit Pizzaschachteln kam. Das musste gegen halb acht gewesen sein. Sie roch die Pizza, ehe er ins Zimmer trat.

»Ist das zu fassen?«, rief er gut gelaunt. »Sie sind ja immer noch zugange.«

»Und ich dachte, Sie wären schon zu Hause.«

»Ich habe in einem Meeting festgesessen«, sagte er. »Dann war ich kurz spazieren und habe die Pizzen mitgebracht.«

»Um mich zu beaufsichtigen?«

»Um Sie abzulösen. Sie sind seit Stunden hier und bekommen Überstunden nicht bezahlt, aber wichtiger noch: In einer halben Stunde fängt die Büroparty an.« Er stellte die Pizzen auf dem Konferenztisch ab. »Hungrig? Auf der Party gibt es bestimmt auch was zu essen, aber man sollte sich nie darauf verlassen, dass Fingerfood ein Abendessen ersetzen kann.«

Sie war hungrig. Simone arbeitete seit elf Stunden und war erschöpft, die Augen brannten leicht von der trockenen Hochhausluft. In der Ecke des Konferenzsaals stand ein L-förmig angeordnetes Sofa, daneben ein kleiner Tisch mit einer Lampe. Irgendwann hatte sie das Neonlicht aus- und die Lampe angemacht, wodurch der Raum in ein sanfteres Licht getaucht wurde und sie sich ein wenig besser fühlte. Falls es je eine Zeit geben sollte, in der sie etwas Kontrolle über ihr Arbeitsleben hatte, würde sie sich dagegen entscheiden, bei Neonlicht zu arbeiten. Könnte sie denn im Freien arbeiten? Sie wüsste nicht, wie das möglich sein sollte – ihre Fähigkeiten waren eher auf Innenräume begrenzt –, der Gedanke allein aber war durchaus verlockend.

»Bedienen Sie sich ruhig«, sagte Harvey, »und dann können Sie auch gern auf die Party gehen. Ich bleibe und bring das hier zu Ende.«

»Wollen Sie denn nicht auch auf die Party?«

»Ich ziehe den späteren Auftritt vor.«

»Warum schreddern wir eigentlich diese Akten?« Sie hatte das erste Pizzastück zur Hälfte gegessen. Schinken und Ananas, die Ananas unangenehm süß.

»Eine absolut vernünftige Frage«, erwiderte Harvey. Sie wartete, aber er schien nichts weiter sagen zu wollen. Harvey wischte sich die Finger an einer Serviette ab und hielt einen Moment inne, dann nahm er sich das nächste Pizzastück.

»Wollen Sie nicht antworten?«

»Nein«, sagte er. »Ist nichts Persönliches.«

»Okay.«

»Ich bringe den anderen auch noch was zu essen.« Er verließ den Raum mit zwei Pizzaschachteln, und Simone aß ihr Stück auf, um dann gleichfalls zu gehen, holte an der Rezeption Mantel und Tasche und verließ das Gebäude. Sie fand es eigenartig, dass sie, obwohl der Tag so lang und langweilig gewesen war und sie sich auf diesen Moment gefreut hatte, am liebsten wieder hineingegangen wäre, kaum dass sie draußen war. Sie ahnte, bald würde was geschehen, und sie hätte zu gern gewusst, welche Zeitbombe im Büro tickte. Sie wollte da sein, wenn sie hochging.

Während alle anderen aus dem achtzehnten Stock zur Party gingen, blieb die Tür zu Alkaitis' Büro weiterhin geschlossen. Im Siebzehnten zögerten wir noch und warteten ab, nur Enrico nicht, der am JFK anstand, um an Bord eines Aeromexico-Fluges zu gehen – und Oskar, der gerade in einer nahen Bar saß und sich auf dem Handy Immobilienangebote in der kasachischen Hauptstadt Astana anschaute. Harvey war in Konferenzsaal B und sah die Xavier-Akten durch. Ron versuchte im Bad, einen Suppenfleck aus seinem Schlips zu waschen, und Joelle trieb sich auf Facebook herum. Schließlich aber hatten sich alle in einem nur wenige Blocks entfernten Restaurant versammelt und drängten zum Schokoladenfondue. Wäre es nur um uns gegangen, nur um die Truppe vom Asset-Management, hätte es wohl keine Büropartys gegeben, zumindest redeten wir uns das später ein – wir waren nicht *völlig* verdorben –, aber es ging nicht bloß um uns, denn wir waren nur die korrupte Einheit einer Operation, an der ansonsten nichts auszusetzen war, und die Büroparty war eine ziemlich große Sache, sowohl für das Asset-Management als auch für die Brokerfirma, diese gut hundert Leute, die im Achtzehnten arbeiteten und keinen Schimmer hatten, wer wir eigentlich waren.

Wir sollten uns unterschiedlich an die Party erinnern, entweder wegen der Freigetränke oder weil alle Erinnerungen im Nachhinein individuellen Narrativen angepasst werden. Wir unterhielten uns, tranken, als Alkaitis mit seiner Frau eintraf, und wussten, Ron ausgenommen, über den drohenden Untergang Bescheid, von dem wir uns mit banalen Sprüchen über das auf kleinen Tabletts dargereichte Essen oder mit wiederholten Blicken auf die jeweiligen Partner unserer Kollegen abzulenken versuchten, die wir allein schon deshalb verblüffend exotisch fanden, weil sie nicht zu den Leuten gehörten, die wir Tag für Tag zu Gesicht bekamen. Rons Frau Sheila hatte so große, aufgeschreckt blickende Augen wie ein Reh. Joelles Mann Gareth war ein sich bedächtig bewegender, lethargischer Mann in einem zu großen Anzug mit einem derart unauffälligen Gesicht, dass man ihn beinahe übersah. (»Er ist wie ein schwarzes Loch«, sagte Oskar fast bewundernd zu Harvey. »Er würde einen ziemlich guten Geheimagenten abgeben.«) Harveys Gattin Elaine war eine hübsche Frau, die wortlos Unmut verbreitete und nach vierzig Minuten wieder ging, angeblich wegen Kopfschmerzen. Und dann kam Alkaitis mit Vincent, die wie immer jede andere Frau in den Schatten stellte. Wir sahen sie zusammen mit zwei Stunden Verspätung den Raum betreten, Alkaitis in den Sechzigern, seine Frau Ende zwanzig, höchstens Anfang dreißig, eine absolute Vorzeigefrau, die in ihrem blauen Kleid geradezu absurd hinreißend aussah. Sie boten sicherlich Anlass zu geschmacklosen Witzen, die aber niemand machte, nur bei Oskar fehlte nicht viel, als er sagte: »Was glaubst du, wohin gehören die beiden auf der Mai-bis-Dezember-Skala?« Er war schon zwei Drinks weiter als wir.

»Auf der was?«, fragte Gareth.

»Oskars persönliche Formel«, erklärte Joelle. »Er findet, jede Beziehung ließe sich verlässlich als ätzend einordnen, wenn der Jahresunterschied das Alter des jüngeren Partners übersteigt.« Sie hatte dunkle Ringe unter den Augen.

»Nehmen wir also an, er wäre dreiundsechzig«, sagte Oskar, »und sie siebenundzwanzig …«

»Oh, bitte nicht«, sagte Harvey abwehrend und überaus gut gelaunt. Sein geschriebenes Geständnis umfasste acht Seiten.

»Egal, sie scheint nett zu sein«, sagte Oskar mit leicht schlechtem Gewissen. »Ich habe letzten Sommer am Grill ein bisschen mit ihr geredet.«

»Auf mich wirkt sie immer ein bisschen taff«, sagte Joelle, was, wie Oskar wusste, Joelles Formulierung für »stundenweise bezahlt« war, eine ziemlich verrückte Ansicht, wie er fand – oder hatte sie doch recht?

»Enrico fehlt«, sagte Oskar, der offensichtlich darauf hoffte, mit dieser Bemerkung das Thema wechseln zu können. Enricos Abwesenheit gehörte zu dem wenigen, worauf sich später alle einigen konnten. In diesem Moment saß er in einem Flugzeug Richtung Süden.

Ron sollte den Ermittlern im Nachhinein sagen, dass Jonathan Alkaitis ganz normal gewirkt habe: herzlich, jemand, der aufmerksam zuhörte, sich locker mit seinen Angestellten unterhielt und von einem zum anderen ging. Oskar dagegen erinnerte sich, dass er Alkaitis mehrere Minuten lang allein »mit verzweifeltem Gesicht« an der Bar sitzen sah, aber diese Beschreibung traf es nicht, eher war es, als hätte der Tod in Alkaitis Einzug gehalten, dachte Oskar damals, als wäre der Tod in ihn eingedrungen und schaute nun aus seinen Augen heraus. Manche von uns erinnerten sich, dass Alkaitis die Party früh wieder verließ. »Ich glaube, sie blieben nur eine Stunde«, sagte Joelle in ihrem ersten FBI-Verhör. »Es war kein fröhlicher Abend.« Sie selbst ging auch kurz darauf, genau wie Harvey, der einen unerwarteten Notfall im Büro vorschob. Sie wollten Oskar mitnehmen – schließlich hatten sie vier Schredder –, aber Oskar war nirgendwo zu finden.

Oskar stand an der Tür, als Jonathan und Vincent Alkaitis gingen. Er sah, wie Jonathan ihr eine Hand ins Kreuz legte und Vincent zusammenzuckte, eine Reaktion, die ihm so intim schien, dass er es falsch fand, sie später zu erwähnen, auch nicht, als er zum zweiten und zum dritten Mal wegen dieser traurigen Party gegrillt wurde. Und natürlich erzählte er niemandem, dass er gleich hinter ihnen nach draußen schlüpfte, teils aus Neugier, teils, weil er unbedingt fortwollte. Als er aus dem Fahrstuhl in die Lobby trat, gingen Alkaitis und seine Frau gerade über den Gehweg. Ein schwarzer Wagen wartete am Bürgersteig. Alkaitis öffnete seiner Frau die Tür. Vincent schüttelte den Kopf. Oskar beobachtete sie unbemerkt, stand fast außer Hörweite. Vincent wollte nicht einsteigen. Er hörte, wie Alkaitis daraufhin unendlich müde sagte: »Dann ruf mich wenigstens an, wenn du da bist, *bitte*«, woraufhin Vincent nur lachte. Sie wandte sich von ihm ab und lief in den kalten Wind Richtung Norden. Alkaitis starrte ihr einen Moment nach, ehe er in den Wagen stieg und verschwand.

Oskar zögerte nur einen Moment, bevor er sich gleichfalls nach Norden wandte und Vincent folgte.

4

Im Büro trug Harvey derweil den Schredder sowie einige Kisten mit Xavier-Akten aus dem Konferenzsaal in Alkaitis' Büro. Der würde sein Büro nicht mehr brauchen, und Harvey fand, da könnte er den Raum in diesen letzten Stunden vor dem Ende ruhig noch ein wenig genießen. Er liebte dieses Büro. Es war aus dunklem Holz, überall edles Inventar, dicke Teppiche und kleine hübsche Lampen. An diesem Abend leuchtete der Raum wie eine Oase, ein warmer Lichterglanz in all dem Chaos, und gegen halb zehn hatte auch Joelle einen Schredder und mehrere Kisten nach oben geschleppt, um ihm Gesellschaft zu leisten. Harvey machte es sich am Schreibtisch bequem, Joelle auf dem Sofa, und so schredderten sie gemeinsam belastende Beweise. Eigentlich war es ganz schön.

»Was hast du deinem Mann gesagt?«, fragte Harvey, als sie bereits eine Weile zusammen schredderten. Er selbst hatte eine Reihe zunehmend angespannter Textnachrichten mit seiner Frau ausgetauscht.

»Weil ich so spät noch hier bin? Etwas Unvorhergesehenes bei der Arbeit.« Joelle hatte früher am Abend geweint, wirkte jetzt aber seltsam unbeteiligt, fast ein wenig verträumt. Harvey fragte sich, ob sie was genommen hatte, um ihre Nerven zu beruhigen.

»Klingt ziemlich unverfänglich«, sagte Harvey. Er schredderte die Dokumente in stetem Rhythmus, stellte sich dabei aber so, dass Joelle nicht sehen konnte, wie er jedes dritte oder vierte Blatt verschonte. Er hatte beschlossen, die kompromittierendsten Seiten zu behalten, da ihm zuvor ein so entsetzlicher wie irrationaler Gedanke gekommen war: Was, wenn er ein Geständnis ablegte, aber niemand ihm glaubte? Was, wenn sie ihn für verrückt hielten?

»Was soll das denn heißen?«, fragte Joelle.

»Ich finde, das ist eine etwas vage Ausrede.«

»Die meisten Menschen verraten sich mit ihren Ausreden«, sagte Joelle. »Sie werden nervös, kommen mit übertrieben vielen Details, und genau deshalb weiß man, dass sie lügen.« Joelle hielt manchmal inne, um sich eines der Dokumente genauer anzusehen, schien dann jedoch alles zu zerkleinern, aber vielleicht hatte sie ja auch schon einige der wichtigsten Akten unten im Siebzehnten gelassen.

»Mein Mann interessiert sich sowieso nie für Einzelheiten«, sagte Joelle. Harvey schloss daraus, dass er eine Affäre hatte, entschied aber, ihr diese Einsicht zu ersparen. Er ordnete die Papiere auf eine komplizierte Weise, sortierte mit überfliegendem Blick die am stärksten belastenden Dokumente aus und ließ sie in die offene Mülltüte hinter Alkaitis' Schreibtisch verschwinden, statt sie in den Schredder zu stecken.

»Meine Frau will immer Einzelheiten«, sagte Harvey nach einer Weile. »Komm ich nach Hause, fragt sie: ›Was ist denn da genau passiert, dass du nach eurer Party noch einmal zurück ins Büro musstest?‹« Er schwieg kurz, kümmerte sich um einen Papierstau. »Wie wär's mit einem Drink?«

»Hat Alkaitis denn Alkohol in seinem Büro?«

»Hat er«, sagte Harvey und erhob sich mit sichtlicher Mühe. Die Knie machten ihm zu schaffen. Alkaitis' Schreibtisch besaß jede Menge versteckter Schubladen, weshalb Harvey eine Weile brauchte, um den Scotch zu finden. Für Joelle schenkte er in einen Tumbler ein, er selbst nahm mit Alkaitis' Kaffeetasse vorlieb. Das Gute an der Kaffeetasse war, dass sie undurchsichtig war, so konnte

Joelle nicht sehen, wie wenig er sich selbst eingoss, damit er nüchtern genug blieb, um weiterhin Beweisstücke ihrer Vergehen retten zu können.

5

Im selben Augenblick stand Oskar am Fenster von Alkaitis' Zweitwohnung in einem Hochhaus am Columbus Circle und trank mit Vincent ein Glas Wein. Er hatte gewartet, bis Alkaitis verschwunden war, bevor er Vincent einholte. Sie war langsam weitergegangen, die Hände tief in den Taschen ihres Mantels, und hatte vor sich hin auf den Gehweg gestarrt.

»Entschuldige«, hatte Oskar gesagt.

Sie blickte zu ihm auf.

»Oskar.« Sie rang sich ein Lächeln ab. »Was ist mit deinem Mantel?«

Er hatte ihn auf der Party vergessen. »Muss ich wohl verlegt haben. Darf ich dich ein Stück begleiten?«

»Ja.« Schweigend liefen sie nebeneinanderher. Der Regen war zu einem Nieseln geworden, der den Gehweg glitzern ließ und ein Schimmern auf Vincents Mantel zauberte, auf ihr Haar, auf Oskars verschränkte Arme, als er an sich herabsah. Er ging neben ihr und zwang sich, an nichts weiter zu denken. *Es gibt nur den Augenblick*, sagte er sich, *vergiss alles andere, Gefängnis zum Beispiel, geh einfach an der Seite dieser schönen Frau spazieren. Es macht nichts, dass sie nicht deine ist.*

»Wohin gehst du?«, fragte er irgendwann.

»Columbus Circle«, antwortete sie. »Wir haben da – Jonathan hat am Park eine Zweitwohnung. Möchtest du auf einen Drink mit hinaufkommen?«

»Gern.« Bis zum Columbus Circle war es noch eine halbe Meile, was in Manhattan gut zehn Blocks entspricht, zehn Blocks Nacht, kalter Nieselregen und blitzende Scheinwerfer, Ampellichter, Schaufenster und die nichtssagenden Rollläden kleiner, für die Nacht geschlossener Geschäfte. Aus einem Plastikrohr stieg Dampf auf, den das Licht der Straßenlaternen hell einfärbte. Am Columbus Circle ragten zwei dunkle Glastürme über einer halbmondförmigen, zum dunklen Park ausgerichteten Shoppingmall auf. Vincent blieb vor dem Eingang zur Mall stehen und schaute zum Zentrum des Kreisverkehrs hinüber, zum Ring erleuchteter Bänke rund um die Kolumbusstatue.

»Alles okay?« Er wollte mit ihr nach oben, ehe sie es sich anders überlegte.

»Siehst du da eine Frau sitzen?« Sie streckte die Hand aus, und eine Sekunde lang meinte er, jemanden zu erkennen, der flüchtige Eindruck einer Bewegung, aber es war wohl nur eine optische Täuschung, ein vorbeihuschender Schatten im Scheinwerferlicht der Autos, die in den Kreisverkehr einbogen oder ihn verließen. Die Bänke waren leer.

»Ich dachte kurz, da sei jemand«, sagte er, »aber das habe ich mir sicher bloß eingebildet.«

»Ich denke immer, ich sehe meine Mutter«, sagte Vincent.

»Oh«, entfuhr es ihm, da er nicht wusste, was er dazu sagen sollte. Lebte ihre Mutter in New York? Besaß sie die Angewohnheit, Vincent durch die Stadt zu folgen? Der

Augenblick verstrich. Ausdruckslos schaute Vincent ins weiße Licht des Einkaufszentrums, doch wirkte sie auf ihn wie eine Frau, die unter einer schweren Bürde litt, allerdings wollte er sie nicht danach fragen, obwohl sie natürlich Bescheid wusste, das konnte gar nicht anders sein, warum wäre sie vor der Party sonst so lange in Alkaitis' Büro gewesen und warum hätte sie sich sonst geweigert, in den Wagen einzusteigen, aber denk nicht drüber nach, denk nicht weiter drüber nach. *Wir wissen alle, was wir hier tun.* Sie fuhren mit dem Fahrstuhl hinauf ins Mezzanin, einem exklusiven Zwischengeschoss mit noch edleren Läden, Vincents Blick blieb jedoch auf einen unbestimmten Punkt in mittlerer Ferne gerichtet.

»Hier lang«, sagte Vincent, und Oskar meinte, die Attraktivität dieses Ortes ein wenig nachvollziehen zu können, denn wer sehr wohlhabend war und sich nach Privatsphäre sehnte, kam zu normalen Geschäftszeiten her und mischte sich unter die Menge, bis er schließlich durch jene diskrete Tür schlüpfte, die in die obere Lobby führte, einem geschmackvoll erhellten Raum mit schalldämpfenden Teppichen, zwei Türstehern sowie einem Concierge, der Oskar zunickte und Vincent einen guten Abend wünschte.

»Guten Abend«, erwiderte sie. Hatte sie einen leichten Akzent? Der war ihm nie zuvor aufgefallen. Sie hörte sich nicht an, als käme sie aus New York. Im Fahrstuhl musterte Oskar sie – die Stille zwischen ihnen schien sich zu einer dritten Person zu verdichten, fast, als hätte sich jemand zwischen sie gedrängt und nähme ständig mehr Raum ein –, er sah, dass ihr Blick wie gebannt auf die Kamera über den Fahrstuhlknöpfen gerichtet war.

»Ist es hier immer so still?«, fragte Oskar, als sie den siebenunddreißigsten Stock betraten. Sie liefen über einen stillen, kaum beleuchteten Flur mit schweren grauen Türen.

»Immer.« Sie blieb vor einer der Türen stehen und durchsuchte ihre Handtasche, zog eine Schlüsselkarte heraus, und die Tür öffnete sich mit einem sanften Piepen. »Das Gebäude steht überwiegend leer. Man kauft sich diese Wohnungen meist als Geldanlage und kommt nur ein-, zweimal im Jahr her, wenn überhaupt.«

»Und warum habt du und dein Mann euch diese Wohnung gekauft?«

Sie führte ihn in ein strikt modernes Apartment, nichts als gerade Linien und rechte Winkel, dazu eine blitzende Küche, in der, vermutete Oskar, wohl noch niemand je etwas gekocht hatte. Der Blick aus dem französischen Fenster ging hinaus auf den Central Park.

»Er ist nicht mein Mann.« Sie zog sich die Schuhe aus und lief auf Strümpfen in die Küche. »Aber um auf deine Frage zu antworten: Ich habe, ehrlich gesagt, keine Ahnung, warum er diese Wohnung oder sonst irgendwas gekauft hat.«

»Weil er konnte?«, schlug Oskar vor. Mit Blick auf den Ehering an ihrem Finger versuchte er noch zu begreifen, was sie als Erstes gesagt hatte. Vincent fiel auf, wohin er sah, zog den Ring ab und ließ ihn gelassen in den Mülleimer fallen.

»Vermutlich. Ja, das ist vermutlich der Grund.« Ihre Stimme klang irgendwie tonlos. »Zu trinken gibt's nur Wein. Roten oder weißen?«

»Roten. Danke.« Er stand am Fenster mit dem Rücken zu Vincent, dann aber trat sie an seine Seite, zwei Gläser in der Hand; beim Näherkommen hatte er ihr Spiegelbild im Fenster betrachtet.

»Cheers«, sagte sie. »Darauf, dass wir es bis zum Ende dieses Tages schaffen.«

»War deiner so schlimm wie meiner?«

»Wahrscheinlich schlimmer.«

»Das bezweifle ich.«

Sie lächelte. »Heute hat Jonathan mir gesagt, dass er ein Krimineller ist. Und wie war dein Tag?«

»Er war …, er war …, ähm.« Ja, wie eigentlich? *Wir wissen alle, was wir hier tun.* Heute habe ich begriffen, dass ich ins Gefängnis komme, wollte er sagen, aber natürlich gab es keinen Grund anzunehmen, sie arbeite nicht fürs FBI. Vielleicht könnte er dann auch fürs FBI arbeiten, und sei es nur, damit er sich nicht ständig fragen musste, wer in seiner Umgebung fürs FBI arbeitete, diese kräfteraubende Paranoia, was letztlich natürlich bedeutete, dass er gestehen und sein Strafmaß annehmen würde. Was aber, wenn es doch noch eine Chance gäbe, was, wenn er in dem allgemeinen Tumult verschwinden könnte? Vielleicht würden sich die Ermittler auf Alkaitis und seine Spitzenleute konzentrieren, auf Enrico und Harvey, und den Rest von uns in Ruhe lassen … »Weißt du was«, sagte er, »wie wär's, wenn wir kein Wort mehr über den heutigen Tag verlieren.«

Sie lächelte. »Nicht der schlechteste Vorschlag, den ich an diesem Abend gehört habe. Der Wein ist nicht so toll, oder?«

»Ich dachte, es läge an mir«, sagte er. »Ich kenne mich mit Wein nicht so gut aus.«

»Ich kenne mich sehr gut mit Wein aus, kann aber nicht

behaupten, dass ich das Thema besonders interessant finde.« Sie stellte ihr Glas auf den Couchtisch. »So, da wären wir also.«

»Ja, da wären wir.« Ihn überkam ein Anflug von Schwindelgefühl. Sie stand sehr nahe neben ihm, ihr Parfüm stieg ihm zu Kopf.

6

»Rein theoretisch«, sagte Harvey, nachdem sie lange Zeit Beweise vernichtet hatten, ohne ein Wort zu reden, »könnte man doch außer Landes fliehen und seine Kinder mitnehmen, oder nicht?«

»Sie von jedem trennen, den sie kennen, sich mit dem Ehepartner irgendwie einig werden, damit man nicht wegen Entführung verklagt wird, und die Kleinen dann wo genau hin verschleppen?« Für einen Moment hörte Joelle mit dem Schreddern auf, um an ihrem Scotch zu nippen.

»Irgendwohin, wo es schön ist«, sagte Harvey. »Wenn man außer Landes flieht, dann doch meist in ein tropisches Paradies, oder?«

»Weiß nicht«, sagte Joelle. »Was wäre denn das für eine Kindheit?«

»Eine interessante. ›Und wo sind Sie aufgewachsen?‹ ›Ach, ich war mit meinen Eltern auf der Flucht. In einem Tropenparadies.‹ Also da gibt es schlimmere. Kindheiten, meine ich.«

»Vielleicht sollten wir aufhören, von Kindern zu reden«, sagte Joelle.

»Weißt du«, sagte Harvey, der wollte, dass sie nicht länger an Besuchsräume in Gefängnissen dachte, »ich glaube, es gibt gute Chancen, dass wir mit einer Bewährungsstrafe davonkommen. Im schlimmsten Fall drohen uns vielleicht elektronische Fußfesseln und ein paar Monate Hausarrest.«

***

»Ist ein bisschen wie eine außerkörperliche Erfahrung«, sagte Joelle später, »nicht?«

»Ich habe noch nie eine außerkörperliche Erfahrung gehabt«, sagte Harvey, obwohl er wusste, was sie meinte. Dieser Augenblick wirkte irgendwie nicht ganz real.

»Ich schon«, sagte sie. »Ich habe stundenlang Papier ge-schreddert und wurde immer betrunkener. Dann weiß ich nur noch, dass ich buchstäblich an Langeweile gestorben bin, über mir schwebte und von oben auf mein Haar her-absah …«

***

Irgendwann gegen halb zwölf steckte Joelle ein letztes Blatt in den Schredder, klopfte sich mit dramatischer Geste den Staub von den Händen und erhob sich vorsichtig. »Ich verschwinde für eine Minute nach unten in mein Büro«, sagte sie, drehte sich um und ging langsam in Richtung Fahrstuhl. Harvey fand sie in ihrem Büro in der Siebzehn-ten, zusammengerollt unterm Tisch. Sie schnarchte leise. Er deckte sie mit ihrem Mantel zu und kehrte in Alkaitis' Büro zurück. Harvey war kein bisschen betrunken, aber nach diesen vielen Stunden schienen sich einige Regionen seines Hirns abgeschaltet zu haben, und es fiel ihm von

Mal zu Mal schwerer zu entscheiden, welche Dokumente er behalten und welche er durch den Schredder schicken sollte. Die Worte auf dem Papier hatten immer weniger Bedeutung, Buchstaben und Zahlen krakelten vor ihm davon.

**

In dieser winterlichen Stadt saß Harvey um Mitternacht allein in seinem Büro mit zehn Kisten belastendem Beweismaterial. Er hatte sie nummeriert. Später würde er sie noch mal durchgehen, entschied er, um festzustellen, was genau er da hatte, und um sein Geständnis vielleicht um einige Fußnoten zu erweitern: *Siehe Memo in Kiste #1, siehe entsprechende Korrespondenz in Kiste #2* etc. Nur, wie viel Zeit würden ihn diese Querverweise kosten? Vermutlich zu viel. Vermutlich mehr Zeit, als er hatte. Er war müde, fühlte sich aber federleicht. Sollte er Simone um Hilfe bitten? Harvey dachte noch daran, als er das Gebäude verließ, aber es war ein schlechter Gedanke, entschied er, denn Simone war so neu und ihre Loyalität zur Firma sicher noch nicht belastbar. Er konnte sich nicht einmal darauf verlassen, dass sie nicht die Polizei anrief, ehe er mit den Querverweisen fertig war. Er nahm sich ein Taxi und sah die Straßen vorübergleiten, die Lichter, Leute, die spät noch mit ihrem Hund Gassi gingen, sah die steilen Wände der Hochhäuser, die Lieferboten, an deren Lenkrad Beutel mit heißem Essen baumelten, sah junge Menschen in Gruppen oder auch paarweise, Händchen haltend. Er spürte in dieser Nacht eine solche Liebe für die Stadt, für ihre Größe, ihre Gleichgültigkeit. Erschrocken fuhr er auf, als der Fahrer durch den Spalt linste. »Aufwachen, Kumpel, aufwachen. Sie sind zu Hause.«

**

Um zwei Uhr morgens:

Harvey tigerte durch die Zimmer seines Hauses und versuchte, sich jedes Detail einzuprägen. Er liebte sein Zuhause, und wenn er ins Gefängnis musste, wollte er in Gedanken hierher zurückkehren und durch jedes Zimmer gehen können.

In Brooklyn trank Simone mit ihren Mitbewohnern Wein. Sie teilten sich zu dritt ein Zweiraumapartment, weshalb es kein Wohnzimmer gab und sie sich am Küchentisch trafen, wenn sie zusammensitzen wollten. Sie waren noch so spät auf, weil Linette, die Jüngste, von ihrem Chef im Restaurant begrabscht worden und weinend nach Hause gekommen war. Im Gespräch kamen sie dann auch auf andere Jobs zu sprechen, und Simone konnte mit dem Schatten, der über Alkaitis' Büro hing, einiges zum Thema beisteuern. »Klingt höllisch verdächtig«, sagte Linette. »Und du weißt genau, was du gehört hast?« »»Wir wissen alle, was wir hier tun««, zitierte Simone erneut und schenkte den anderen Wein nach. »Aber ich sage euch, es waren nicht bloß diese Worte, es war vor allem die *Atmosphäre*, fast, als würden sie sich wegen irgendwas schrecklich aufregen, das passiert war, kurz bevor ich hereinkam …«

Im Gradia Building schlief Joelle unter ihrem Tisch.

Oskar schlief auch, aber nackt und neben Vincent.

Enrico saß in einem Flieger nach Süden. Er starrte auf einen Spielfilm, sah und hörte aber nichts. Er wollte sich das Leben vorstellen, dem er entgegenflog, musste aber immer wieder an Lucia denken, seine Freundin, die er in New York sitzen gelassen hatte. Er wünschte sich, er hätte, bevor er floh, gewusst, wie sehr er sie liebte.

Jonathan Alkaitis saß daheim am Schreibtisch und schrieb einen Brief an seine Tochter. *Liebe Claire*, begann er, war sich dann aber nicht sicher, was er als Nächstes schreiben sollte, weshalb er schon seit einer Weile Löcher in die Luft starrte.

7

Um drei Uhr morgens wachte Oskar in Alkaitis' Zweitwohnung auf. Er hatte schrecklichen Durst. Vincent schlief an seiner Seite und atmete leise, ihr Haar im Dämmerlicht des Zimmers ein Klecks zerlaufener Tinte.

Er wusste nicht, was er tun sollte. Bei der Vorstellung, sich im Dunkeln fortzustehlen, fand er sich schäbig, aber wie würde der Morgen verlaufen, wenn er bliebe? Irgendwo hatte er gelesen, dass das FBI am liebsten in den frühen Morgenstunden verhaftete, gegen vier oder fünf, weil, so die Theorie, Verdächtige dann am ungefährlichsten waren, noch verschlafen und verwirrt. Oskar hatte allen Grund zu der Annahme, dass es das Arrangement nicht länger gab, was vermutlich bedeutete, dass er innerhalb weniger Stunden gefangen genommen werden würde, und sicher wäre es für alle Beteiligten weniger peinlich, wenn man ihn nicht in Alkaitis' Schlafzimmer verhaftete. Er stand auf und zog sich so leise wie möglich an.

Als er ins Wohnzimmer ging, wurde er einen Moment

lang geblendet. Oskar und Vincent hatten es so eilig gehabt, ins Schlafzimmer zu kommen, dass noch alle Lichter brannten, und das Apartment war viel zu hell, ein Albtraum aus Deckenstrahlern und spiegelnden Oberflächen. Einen Moment lang blieb er mit der Hand über den Augen stehen, gewöhnte sich ans Licht, und als er schließlich den Raum wahrnahm, bemerkte er als Erstes das Gemälde. Es war ihm vorher kaum aufgefallen, dabei war es groß, fast anderthalb mal zwei Meter, das Porträt eines jungen Mannes, das von einer eigenen Lampe beleuchtet an der Küchenwand hing. Der Mann saß auf einem roten Sessel und trug nur Jeans und Kampfstiefel. Er sah zu blass aus, zu mager. Etwas Beunruhigendes ging von diesem Porträt aus, aber Oskar brauchte einen Moment, bis er die blauen Flecken auf dem linken Arm entdeckte, die Schatten entlang der Venen. Er ging näher ran, wollte sehen, ob er die Signatur in der unteren rechten Ecke des Gemäldes entziffern konnte, und er konnte: *Olivia Collins.*

Den Namen kannte er. Harvey hatte ihn gebeten, ihr eine höhere Dividende als üblich auszuzahlen, da Alkaitis diese Frau mochte, und das war etwas, woran zu denken er bis zu diesem Augenblick sorgsam gemieden hatte. Bei einigen Investoren handelte es sich um Institutionen, bei anderen um Staatsfonds. Wohlfahrtsorganisationen gehörten dazu und Pensionsfonds, Gewerkschaften und Universitäten. Es gab Investoren, die so reich waren, dass Oskar es sich kaum vorzustellen vermochte, selbst nach all den Jahren in dieser Stadt nicht, selbst jetzt nicht, da er in dieser himmelhohen Wohnung in einer der teuersten Gegenden der Welt stand. Aber es gab auch solche wie Olivia Collins, Menschen, die ein wenig Geld geerbt oder sich ihr Leben lang etwas zusammengespart hatten. Natürlich hing da ein Bild von Olivia Collins in Jonathan Alkaitis' Zweitwohnung. Nach allem, was Oskar wusste, war sie eine alte Freundin. Und nicht die Tatsache, dass sie alles verlieren würde, machte ihm so zu schaffen, sondern die Tatsache, dass sie es längst verloren hatte, es aber noch nicht wusste. Mit Tränen in den Augen floh Oskar aus der Wohnung.

8

Um vier Uhr früh wachte Joelle unter ihrem Tisch auf. Der Raum war dunkel. *Man hat mich verlassen*, dachte sie, und als dieser Gedanke sie mit einer Woge reinster Trauer überschwemmte, wusste sie, dass sie noch betrunken war. Dann aber fiel ihr auf, dass jemand sie mit ihrem Mantel zugedeckt hatte, und sie war so gerührt, dass sie Tränen fortblinzeln musste. Unterm Tisch, unterm Mantel war es warm, also schloss sie die Augen und schlief wieder ein.

9

Um halb fünf wurde Alkaitis aus dem Schlaf gerissen, als es an der Haustür klingelte.

10

Oskar war inzwischen zu Hause, lag wach in seinem Bett und starrte auf ein kompliziertes Muster aus Licht und

Schatten, das durch ein Fenster aus Glasbausteinen auf die Wand seines Schlafzimmers geworfen wurde. Er dachte an den Anfang, an ein Gespräch mit Harvey, das er in seiner Erinnerung wie einen Film abspielen konnte. Nicht an den *allerersten* Anfang, nicht an das Bewerbungsgespräch, in dem er Alkaitis zu erklären versuchte, warum er ihn einstellen sollte, jemanden, der frisch vom College kam, keine besonders guten Noten und auch kaum frühere Beschäftigungen vorzuweisen hatte. Nein, jener andere Anfang, der Moment, in dem er begriff, worum es in seinem Job ging. Über ein Jahrzehnt war seit dem Tag vergangen, da Harvey in sein Büro gekommen war und ihn gebeten hatte, eine Überweisung rückzudatieren.

»Rückdatieren?«, sagte Oskar. »Wie in: Beleg fälschen?«

»Er ist unser größter Investor«, sagte Harvey, als ob das seine Forderung rechtfertigen würde.

»Weiß ich doch«, erwiderte Oskar in einem Ton, der deutlich machte, dass diese Erklärung nicht genügte. Lenny Xavier, der Investor, hatte auf seinen Konten bei Alkaitis drei Milliarden Dollar.

»Und er hat verlangt, dass auf seine Konten keine Verluste mehr verbucht werden.« Harvey klang so ruhig, dabei hatte er sicher Blut und Wasser geschwitzt. »Sie sind doch ein kluger Mann, Oskar. Und inzwischen haben Sie bestimmt schon so einiges gesehen.«

»Ich …« Ja, er hatte schon so einiges gesehen. Es gab Dinge, die keinen Sinn ergaben, und andere Dinge, die er nicht wissen wollte, da er absurd gut bezahlt wurde und ein eigenes Büro besaß.

»Fast hätte ich es vergessen«, sagte Harvey, »hier ist Ihr Weihnachtsbonus.«

Hätte offensichtlicher sein können, wofür er bezahlt wurde? Oskar fand es für sie beide peinlich. Der Umschlag, den Harvey über den Tisch reichte, enthielt allerdings einen Scheck über eine Summe, die Oskar unwillkürlich aufkeuchen ließ.

»Sie haben sich ein höheres Maß an Vertrauen verdient«, sagte Harvey, »wodurch sich der Bonus natürlich entsprechend erhöht. Gehen Sie Xaviers Depotauszüge des letzten Monats durch, lesen Sie die entsprechende Korrespondenz, datieren Sie die Überweisung zurück und kaufen Sie sich ein Boot oder was auch immer.«

»Ein Boot«, sagte Oskar gedankenverloren, während er noch auf den Scheck starrte.

»Oder machen Sie Urlaub. Sie sehen aus, als könnten Sie etwas Sonne gebrauchen.« Mit einiger Mühe erhob sich Harvey. Selbst damals, so lang vor dem Ende, wirkte er schon, als bedrückte ihn eine große Last. Oskar sah ihm nach, als er den Raum verließ, und griff nach der Lenny-Xavier-Akte.

Depotauszug: 2,92 Milliarden Dollar.

Die Korrespondenz: ein Brief von Xavier an Alkaitis, in dem er um eine Überweisung von 200 Millionen Dollar bat. Ein Brief von Alkaitis, der die Überweisung von 126 Millionen Dollar belegte. Ein zweiter Brief von Xavier, der den Empfang dieser Summe bestätigte.

Und der gewissermaßen auch bestätigte, worüber Oskar sich schon eine Weile gewundert hatte. Es gab nur zwei Erklärungen: Entweder hatte es noch ein nicht dokumentiertes Gespräch zwischen Xavier und Alkaitis gegeben, in dessen Verlauf Xavier seine Meinung änderte und dann nur noch 126 Millionen wollte, die entsprechend überwiesen wurden. Oder Alkaitis hatte weniger überwiesen, *weil das, was auf den Konten gewesen war, nicht genügt hatte, Xavier die vollen 200 Millionen auszuzahlen*, und im Ausgleich für Xaviers Bereitschaft, darüber Stillschweigen zu wahren, sollten seine Konten von jetzt an keine Verluste mehr aufweisen, folglich die Rückdatierung der Überweisung, o Gott, o Gott, o Gott.

In einer gespenstischen Version seines Lebens, einer Version, an die er in letzter Zeit immer öfter gedacht hatte, schloss Oskar die Tür zu seinem Büro ab und rief das FBI an.

Im wahren Leben aber hatte er niemanden angerufen und wie betäubt das Büro verlassen, doch noch ehe er die nächste Ecke erreichte, war ihm klar, dass er nicht länger so tun konnte, als sei er schockiert. Er wusste auch, er würde den Scheck einzahlen, denn er war schon mitschuldig, war bereits eingeweiht, und das seit einer ganzen Weile. »Eigentlich hat es dich nicht überrascht«, hörte er sich laut vor sich hin sagen. »Du hast es längst gewusst, hast gewusst, was du für einer bist.«

11

Winter

1

Am Tag nach der Büroparty verging die Zeit im Gradia
Building ungleichmäßig.

Für Oskar stürzten die Stunden des Tages so rasch ineinander, dass er glaubte, in steter Bewegung zu sein; selbst am
Schreibtisch wurde ihm schwindlig. Bleiben oder fliehen?
Vielleicht war noch Zeit genug, das Land zu verlassen,
doch jede vergehende Stunde festigte seine Haltung. Der
Kaffee machte ihn nicht so wach, wie Oskar es sich erhofft
hatte, und später erinnerte er sich nur in zusammenhang-
losen Fragmenten an diesen Tag. Am frühen Nachmittag
ging er an Harveys Büro vorbei, und er sah ihn etwas auf
einen Notizblock schreiben. Oskar bemerkte, wie voll-
geschrieben das Blatt war, kein Platz zwischen den Zeilen.

»Was schreibst du da?«

»Ach«, sagte Harvey und schaute auf das Geschriebene,
als würde er es gerade zum ersten Mal sehen. *Diese alten
Kamellen?* »Nichts eigentlich.« Er machte sich wieder ans

Werk, und Oskar ging zum Fotokopierer, sah aber Joelle neben dem Apparat stehen und völlig reglos ins Leere starren. Wortlos wandte er sich ab und eilte weiter zum Fotokopierer im achtzehnten Stock. Wie immer ging es dort lebhaft zu. Hier oben war eine hellere Welt. Denen würde gewiss nichts passieren, den Leuten hier oben, oder? Wenn die Brokerfirma so legal war, wie er es stets angenommen hatte, wüsste er keinen Grund, warum sie nicht unbehelligt bleiben sollten. Wäre er ein besserer Mensch, dachte er, würde er sich jetzt für sie freuen, statt verbittert zu reagieren. Wenn Oskar an das Ausmaß des Arrangements dachte, verschlug es ihm den Atem. Insgeheim hatte er die Heimlichtuerei im Siebzehnten immer geliebt, das Gefühl, dem Kreis der Eingeweihten anzugehören und außerhalb der Gesellschaft zu operieren, vielleicht sogar außerhalb der Realität – gab es im großen Weltenplan der Dinge denn wirklich einen Unterschied zwischen einer tatsächlich erfolgten Überweisung und einer, die nur auf Oskars makellos formatierten Depotauszügen stattgefunden hatte? Hier aber, auf diesem höheren Stockwerk, arbeiteten Menschen, die völlig unschuldig und unwissend waren, Menschen, deren Vorstellung von Gesetzesübertretung im schlimmsten Fall darin bestand, das Essen mit Freunden über die Firmenkreditkarte abzurechnen. Wie gern er doch einer von ihnen wäre.

Als er an Alkaitis' Büro vorbeikam, stand die Tür offen, Alkaitis aber war nicht da. Zwei Männer in dunklen Anzügen sahen sich etwas auf seinem Schreibtisch an, ihre Mäntel hatten sie achtlos über einen der Besuchersessel geworfen. Einer der Männer sprach in sein Handy, aber so leise, dass Oskar nichts verstehen konnte. Simone saß an ihrem Tisch vor der Tür zum Büro und behielt die Männer im Auge.

»Wer sind diese Typen?«, fragte Oskar.

Sie bedeutete ihm, näher zu kommen. »Alkaitis wurde heute Morgen verhaftet«, flüsterte sie. Ihr Atem roch nach Pfefferminzkaugummi.

Er hielt sich am Tischrand fest. »Weshalb?«, brachte er hervor.

»Wertpapierbetrug, heißt es. Haben Sie gewusst«, sagte sie, »dass ich Papiere vernichten musste?«

»Was denn für …?« Oskar fiel das Atmen schwer, aber sie schien nichts davon zu merken.

»Depotauszüge«, sagte sie. »Memos. Briefe. Jetzt, da die Polizei da ist, ergibt das ja durchaus einen Sinn. Moment«, sagte sie. Ihr Telefon klingelte. »Jonathan Alkaitis' Büro.« Sie hörte zu, runzelte die Stirn. »Nein, natürlich nicht. Ich hatte keine Ahnung.« Sie schnappte nach Luft und hielt den Hörer vom Ohr weg. Auf einer anderen Leitung ging der nächste Anruf ein, gleich darauf noch einer, dann sprangen alle Lämpchen an. »Er hat mich eine Fotze genannt und wieder aufgelegt«, sagte sie zu Oskar und nahm den nächsten Anruf entgegen, wodurch die erste Leitung erneut frei wurde und es gleich wieder klingelte. »Jonathan Alkaitis' Büro«, sagte sie und dann: »Da bin ich so schlau wie Sie. Wir – also ich habe eben gerade erst davon erfahren. Ich weiß. Ich …« Sie zuckte zusammen und legte den Hörer sanft wieder auf die Gabel. Alle sechs Leitungen leuchteten jetzt, eine Kakofonie sich überlappender Klingeltöne.

»Heben Sie nicht mehr ab«, sagte Oskar. »Das müssen Sie sich nicht antun.«

»Ich denke mal, es ist jetzt überall in den Nachrichten.«
Simone langte hinters Telefon und zog das Kabel aus der
Wand; in der darauf folgenden Stille sahen sie sich an.

»Ich muss jetzt gehen«, sagte Oskar. Er kehrte in den
Siebzehnten zurück, wenn auch nur, um seine Jacke zu holen. Er war so aufgewühlt, dass er nicht auf den Fahrstuhl
warten mochte und lieber die Treppe nahm. Er lief schnell,
rannte nicht, bewegte sich aber rascher als gewöhnlich und
wäre fast über Joelle gestolpert, die im zwölften Stock auf
dem Treppenabsatz saß, die Beine lang ausgestreckt. Joelles
Augen waren geschlossen.

»Bist du tot?«, fragte Oskar.

»Vielleicht«, antwortete Joelle mit bleierner Stimme.

»Alles in Ordnung?«

»Eine ernst gemeinte Frage?«

»Was ich fragen will, ist«, sagte Oskar, »ob du dich nur
einen Moment ausruhen willst oder ob du einen Herzinfarkt oder so was hast.«

»Ich glaube nicht, dass es ein Herzinfarkt ist.«

»Wenn ich dich hier sitzen lasse und weitergehe, springst
du dann von der nächstbesten Brücke?«

»Er wurde *verhaftet*«, sagte Joelle.

»Stimmt.«

»Mein Mann wird es mitbekommen, falls er es nicht
schon weiß, und dann wird er zu mir sagen: ›Mein Gott, ist
das zu glauben?‹, woraufhin ich ihm entweder ins Gesicht
lüge, was nicht besonders plausibel wäre, da er kein Idiot
ist, oder ich muss ihm sagen: ›Ja, Liebling, ehrlich gesagt,
das verstehe ich durchaus.‹

Oskar blieb stumm.

»Hast du dich je gefragt, warum er uns ausgesucht hat?«,

fragte Joelle. »Für den siebzehnten Stock?« Sie hielt die Augen weiterhin geschlossen. Oskar fragte sich, ob das FBI schon bei ihr gewesen war und sie dieses Gespräch vielleicht aufnahm. Was würde eine Mutter mit einer jungen Familie nicht alles tun, um dem Gefängnis zu entgehen?

»Ich meine, die Frage ist doch«, sagte Joelle, »und mich würde wirklich interessieren, was du dazu denkst: Wie hat er gewusst, dass wir mitmachen? Würden *alle* bei so etwas mitmachen, wenn sie nur genug dafür bezahlt bekämen? Oder waren wir irgendwie besonders? Hat er mich eines Tages angesehen und sich gesagt: *Diese Frau scheint keine festen moralischen Ansichten zu haben, die macht bestimmt mit bei …*«

»Ich sollte jetzt gehen«, sagte Oskar. »Ich fühle mich nicht besonders.« Er stieg über Joelles Beine und floh, hastete Stockwerk um Stockwerk hinab. Die Treppenschächte von Hochhäusern haben etwas Albtraumhaftes, diese Spirale von Türen und Treppenabsätzen. Als Oskar schließlich aus einer Seitentür die Lobby betrat, redeten mindestens zwei Dutzend Leute auf die Wachen ein und versuchten, an ihnen vorbei ins Gebäude zu gelangen. Irgendwas verdrehte ihm den Magen. Das waren Alkaitis' Investoren. Einige weinten hemmungslos, andere stritten sich mit der Security, die ihrerseits selbst wie eine verwirrte kleine Schar wirkte.

»Hören Sie«, sagte eine der Wachen, »es tut mir wirklich leid, aber wir können niemanden einfach …«

»Sie da.« Eine Frau hatte Oskar entdeckt. »Für welche Firma arbeiten Sie?«

»Cantor Fitzgerald.« Oskar nannte das erste Unternehmen, das ihm in den Sinn kam.

»Wusste gar nicht, dass Cantor Fitzgerald Büros in diesem Gebäude hat«, sagte irgendwer, aber da war Oskar schon auf dem Gehweg, wo sich eine weitere Gruppe sammelte: Übertragungswagen parkten auf dem Bürgersteig oder blockierten den Verkehr, Männer trugen TV-Kameras mit schockierend grellem Licht, Journalisten stürzten sich auf jeden, der das Gebäude verließ.

»Haben Sie für Jonathan Alkaitis gearbeitet?«, wollte jemand wissen.

»Für wen?«, fragte Oskar zurück. »Nein, um Gottes willen, natürlich nicht.«

2

Beim Hinausgehen lief Oskar an Olivia Collins vorbei, doch da sie nie im siebzehnten Stock gewesen war – Alkaitis hielt seine Meetings stets im achtzehnten ab –, erkannte sie ihn nicht. Sie stand bei den Investoren in der Lobby und versuchte, diese neue Welt zu begreifen. Sie war schon eine Weile vor Ort, und der Anblick, der sich ihr bot – die weinenden Investoren, die Kameraleute, die vorfahrenden Übertragungswagen –, gab ihr das Gefühl, einen schlechten Traum zu durchleben.

Einige Stunden zuvor hatte ihr Telefon geklingelt und sie aus einem Nickerchen geweckt. »Entschuldige, Monica«, sagte sie nach einem Augenblick der Verwirrung. »Ich muss wohl ein bisschen geschlafen haben und bin mir nicht ganz sicher, ob ich …« Sie verstummte, runzelte die Stirn und versuchte zu begreifen, was ihre Schwester da sagte. »Monica«, fragte sie, »weinst du?« Sie saß auf dem

Bettrand und sah sich in ihrem geliebten kleinen Haus um, diesen Zimmern, deren Miete sie überwiegend mit dem Erlös aus dem Investment bei Alkaitis zahlte, aber Monica schien ihr sagen zu wollen, dass es so ein Investment nie gegeben hatte und dass auf irgendeine fundamentale Weise etwas ganz und gar nicht in Ordnung war. Olivia richtete sich langsam auf – wenn sie sich zu schnell erhob, wurde ihr manchmal schwindlig –, kramte im Durcheinander ihres Schranks nach den wasserfesten Schuhen und suchte ihre Handtasche, die sie eigentlich an den Haken hängen sollte, was sie aber immer vergaß, dann griff sie nach ihrem Wintermantel. »Monica«, sagte sie und unterbrach ihre Schwester mitten im Satz, »ich fahr jetzt zu seinem Büro und versuche, mehr herauszufinden. Ich rufe dich später wieder an.«

Im Taxi trug sie einen hellen Lippenstift auf und wappnete sich zusätzlich noch mit ihrem seidenen Kopftuch, das sie sich umband. Sie hoffte, in Jonathans Büro zu gelangen und mit jemandem reden zu können – mit irgendwem –, nur war sie bei Weitem nicht die Erste, die auf diese Idee gekommen war. Eine Menschenmenge versammelte sich in der Lobby des Gradia Buildings. »Das sind die Ersparnisse meines Lebens«, schrie ein Mann einen der Sicherheitsleute an, »Sie müssen mich wenigstens mit jemandem reden lassen; das ist mein ganzes Leben …«, aber die Wachen, vier an der Zahl, waren an den Drehkreuzen postiert und schienen nicht die Absicht zu haben, jemanden durchzulassen. Olivia stand an der Tür, verstört von der Wut der Menge.

»Haben Sie nicht gehört?« Ein Mann redete auf einen der Wachposten ein, der Olivia sehr jung zu sein schien, allerdings musste sie sich ehrlicherweise eingestehen, dass ihr dieser Tage die meisten Leute sehr jung vorkamen. »Mir wurde mein gesamtes Geld gestohlen.«

»Das verstehe ich, Sir, aber …«

»Sie müssen sich beruhigen«, sagte ein anderer Wachposten zu einer Frau, die ihm fast ihre Nase ins Gesicht drückte.

»Ich werde mich ganz bestimmt nicht beruhigen«, erwiderte die Frau. »Und ich lasse mir auch nicht sagen, dass ich mich beruhigen soll.«

»Ma'am, es tut mir leid, aber …«

»Aber *was*? Aber *was*?«

»Was soll ich denn tun, Ma'am? Soll ich eine wütende Menge in den achtzehnten Stock stürmen lassen?« Der Wachposten schwitzte. »Ich mache nur meine Arbeit, sonst nichts. Bitte, halten Sie Abstand. Bitte!«

Olivia rückte vor, sobald die Frau zurücktrat. »Ich bin mit Mr Alkaitis befreundet«, sagte sie.

»Dann rufen Sie jemanden an und bitten Sie ihn, nach unten zu kommen, um Sie abzuholen«, sagte der Wachposten.

Sie tippte Alkaitis' Nummer ein, wählte sie wieder und wieder, aber niemand hob ab. Diese Feiglinge. Sie malte sich aus, wie sie sich hinter verschlossenen Türen versteckten, die Telefone klingeln hörten und sich nicht rührten. Sie kannte keine weitere Durchwahl und blieb noch lange in der Lobby, mischte sich unter die Menge, ließ sich auf Gespräche ein und fand es anfangs tröstlich, mit Leuten zusammen zu sein, die ebenfalls betrogen worden waren und wie sie selbst unter Schock standen, bis ihr nach einer Weile die Ausdünstungen des Kummers und der Wut unerträglich wurden, weshalb sie sich ein Taxi nahm – das letzte für lange Zeit, wie ihr bewusst wurde – und sich zurück zu ihrem kleinen Haus bringen ließ.

Nach dem Pandämonium in der Lobby des Gradia Buildings war es bei ihr daheim still und ruhig. Olivia zog die Tür hinter sich zu und blieb einen Moment lang reglos stehen, dann legte sie die Hausschlüssel auf den Küchentisch, saß eine Weile nur da, trank ein Glas Wasser und versuchte, sich mit den neuen Umständen abzufinden. Nach ausgiebiger Suche fand sie ihre jüngsten Depotauszüge und studierte sie aufmerksam. Bis zu diesem Tag hatte sie zwei Einnahmequellen gehabt: Alkaitis' Investmentfonds und ihre Pension. Wenn sie sehr sparsam lebte, entschied sie mit Blick auf die Zahlen, konnte sie sich ihr Zuhause noch zwei weitere Monate leisten.

3

Dunkelheit hatte sich bereits über New York gesenkt, aber es war erst drei Uhr nachmittags in Las Vegas, wo der Schiffsreeder Leon Prevant, der das kolossale Pech gehabt hatte, Alkaitis in der Bar des Hotel Caiette kennenzulernen, in einem Meeting festsaß, das seine natürliche Lebensspanne längst überdauert hatte, sich aber zu sterben weigerte. Das Handy in seiner Tasche vibrierte. »Entschuldigen Sie«, sagte Leon zu den übrigen Teilnehmern, »ist dringend«, obwohl es das sicher nicht war. Er sah den Fehler ein, sobald er den Raum verließ. Seit fünfzehn Jahren kam Leon zu dieser Konferenz, und auf seinem Schlüsselanhänger stand immer noch der Name der Firma, dabei war er nur mehr ein Berater, dessen Vertrag nächsten Monat auslief. Seinem Chef hatte man geraten, die Beraterverträge einzufrieren, »bis sich die Lage wieder bessert«, nur wann würde das sein? Im Zuge der letzten Fusionierung vor zwei Jahren war Leon Prevant entlassen worden, und jetzt, Ende 2008, fuhren kaum zur Hälfte beladene Schiffe über die Ozeane und konnten für ein Drittel der letztjährigen Kosten gechartert werden. Die Aussichten also waren bewölkt und düster. Mit anderen Worten, dies waren keine optimalen Zeiten, um ein Meeting zu verlassen, auch wenn es ein Zombie-Meeting war, das schon vor zwanzig Minuten hätte zu Ende gehen sollen. Seine Buchhalterin war am Apparat, aber was immer sie wollte, konnte warten, also ließ er sie auf den Anrufbeantworter sprechen, zählte langsam bis fünf, ging zurück in den Konferenzraum und entschuldigte sich für seine kurze Abwesenheit.

»Alles in Ordnung?« Sein Chef, D'Ambrosio, starrte immer noch stirnrunzelnd auf den Bericht, den Leon ihm gegeben hatte.

»Alles bestens, danke. Da Sie nun Gelegenheit hatten, sich die Zahlen anzusehen ...« Er hatte gehofft, sie würden nur einen flüchtigen Blick auf die Zahlen werfen und einverstanden sein, später darüber zu reden, aber dieses Meeting war offenbar unsterblich.

»Das hatten wir, leider«, sagte D'Ambrosio. »Ein verdammtes Blutbad, oder?«

»Tja, wie Sie sehen können, haben wir es mit einem Überkapazitätenproblem zu tun.«

»Die Untertreibung des Jahrhunderts«, sagte jemand.

»Damit stehen wir offensichtlich nicht allein da. Ich hatte heute Morgen ein sehr interessantes Gespräch mit einer guten Bekannten beim Schifffahrtsunternehmen CMA. Die lassen ihre Schiffe vor der Küste von Malaysia liegen.«

»Die gehen da einfach vor Anker?« Miranda war Leons Juniorkollegin in Toronto und später mit im New Yorker Büro gewesen, ehe man ihn in den Beraterstand versetzt hatte. Jetzt gehörten ihr Leons ehemaliger Titel, sein altes Büro und seine Telefondurchwahlen, nicht aber sein früheres Gehalt.

»Vorläufig ja. Sie wollen abwarten.«

»Ein interessanter Gedanke«, sagte D'Ambrosio. »Und mit interessant meine ich: ›Womöglich die beste Wahl unter mehreren schlechten Alternativen‹.«

»Wir würden uns damit so etwas wie eine Geisterflotte zulegen.« Das war Daniel Park, der in Toronto mit Leon zusammengearbeitet hatte und inzwischen Direktor des Asiengeschäfts geworden war. »Sind wir sicher, dass wir einige der älteren Schiffe nicht einfach verschrotten sollten?«

»Das schiene mir doch eine sehr endgültige Lösung für ein vielleicht nur temporäres Problem zu sein«, sagte Miranda.

»Aber dieser Abwärtstrend«, sagte Park, »dieses Chaos oder wie immer Sie es nennen wollen …«

»Diese Phase anhaltender Unsicherheit«, warf einer der Europäer mit ironischem Unterton ein und zitierte damit einen der Hauptredner vom Vormittag. Er war ein Deutscher und noch ziemlich neu in ihrem Kreis. Leon kam nicht auf den Namen.

»Genau, ja, aber welchen Euphemismus wir auch immer gebrauchen wollen, das Ganze könnte Jahre dauern, und sind wir wirklich bereit, eine vor der Küste von Malaysia stillliegende Flotte eventuell mehrere Jahre lang zu bemannen?«

»Die Mannschaften wären das geringste Problem«, sagte Leon. »Eine Notbesatzung dürfte reichen, nur gerade so viele Leute, dass die Schiffe nicht untergehen.«

»Falls wir uns darauf einigen, sollten wir uns ein Zeitlimit setzen«, sagte der Deutsche. Wilhelm, erinnerte sich Leon jetzt, er hieß Wilhelm, und der Nachname? Ihn irritierte, dass er ihn nicht wusste. Früher hatte er jeden im Senior-Management gekannt. »Vielleicht legen wir die Schiffe jetzt vor Anker und nehmen uns dieses Problem in ein, zwei Jahren erneut vor. Sollten wir sie dann immer noch nicht brauchen, können wir verschrotten, was wir nicht länger benötigen.«

»Scheint mir ein vernünftiger Vorschlag zu sein«, sagte D'Ambrosio. »Irgendwelche Einwände?«

»Bleibt die Frage der neuen Panamax-Schiffe«, sagte Miranda. Ein allgemeines Aufstöhnen. Damals, in den paradiesischen Zeiten des Jahres 2005, als die Nachfrage endlos schien und man Mühe hatte, sie zu befriedigen, waren von der Firma zwei neue Schiffe bestellt worden, und diese Schiffe – vertraglich vereinbart, bezahlt, Bauzeit zweieinhalb Jahre, jetzt aber nur noch eine Extravaganz und unnötig – sollten in sechs Monaten von der Werft in Südkorea geliefert werden.

»Ich sage, wir schicken sie gleich weiter zur Geisterflotte.« D'Ambrosio sah auf seine Uhr. »Meine Herren, Miranda, ich fürchte, unsere Zeit ist um. Machen wir morgen weiter. Wilhelm, seien Sie doch bitte so gut und schreiben Sie den Bericht …«

Das Meeting ging also doch noch zu Ende, und man fand sich zu kleinen Gruppen zusammen oder stürzte aus dem Saal zu einer weiteren Konferenz, die bereits angefangen hatte. Leon verließ den Raum mit Daniel. »Gehen Sie zur Paneldebatte über die Konjunkturaussichten?«, fragte Daniel.

»Ich glaube, die schenke ich mir. Ich habe in den letzten vier Monaten mehr als genug über Konjunkturaussichten gehört.«

»Haben wir das nicht alle?« Im Flur war es mehrere Grad kälter als im Konferenzsaal, die winterliche Kühle der Klimaanlagen in Las Vegas. Zwei junge Hotelangestellte räumten die benutzten Kaffeetassen und Keksteller ab. »Ich rufe jetzt meine Frau an«, sagte Daniel. »Sehen wir uns beim Abendessen?«

»Freu mich drauf.«

Es tat gut, einen Moment allein zu sein, ohne jemanden, der offenkundige Vorhersagen über den ökonomischen Kollaps traf oder einen in hysterische Gespräche über die Zukunft der Charterschifffahrt verwickelte. Leon schenkte sich einen Haselnusskaffee ein und betrat das Atrium.

Miranda hatte das Meeting vor ihm verlassen, saß ein wenig abseits auf einem Bürosofa und notierte sich etwas auf ihrem Notizblock. Nein, sie schrieb nicht, sie skizzierte: Der Block lag von ihm abgewandt, trotzdem verfolgte er im Näherkommen interessiert die Bewegungen ihres Handgelenks. Sie hatte in der Firma als seine Aushilfe angefangen, was sich nach all den Jahren wie ein kaum glaubhaftes Gerücht anhörte. Als er sich räusperte, schlug sie den Notizblock zu und legte ihn auf den Marmorcouchtisch, sodass er nicht sehen konnte, woran sie arbeitete. Obwohl er dieselbe Bewegung schon Hunderte Male zuvor gesehen hatte, verkniff er sich auch diesmal jede Nachfrage. Leon hielt viel von Privatsphäre.

»Sie schwänzen also auch die Debatte über die Konjunkturaussichten«, sagte sie.

»Bei dieser ganzen Konferenz geht es um nichts anderes als um die Konjunkturaussichten, und deshalb habe ich entschieden, dass ein Kaffee jetzt erst mal wichtiger ist.«

»Mir gefallen Ihre Prioritäten. Übrigens ein interessanter Vorschlag, die Schiffe vor der Küste von Malaysia zu parken.«

»Würde es Ihnen sehr viel ausmachen, wenn wir über alles andere reden, nur nicht über den Abwärtstrend der Wirtschaft?«

»Nein, gar nicht. Ich denke daran, die Konferenz morgen unter irgendeinem Vorwand frühzeitig zu verlassen.«

»Was denn, gefällt Ihnen etwa diese Atmosphäre kaum unterdrückter Panik nicht?«

»Desaster können durchaus ein bisschen langweilig sein«, sagte Miranda, »finden Sie nicht? Ich meine, zu Anfang ist alles hochdramatisch: ›Mein Gott, die Wirtschaft bricht zusammen; gestern gab es einen Ansturm auf meine Bank; jetzt gibt es sie seit dem Wochenende nicht mehr, weil sie von JPMorgan Chase geschluckt wurde‹, dann aber passiert dasselbe überall und immer wieder, eine Firma nach der anderen geht pleite, Woche um Woche, und ab einem gewissen Punkt …«

»Ich verstehe, was Sie meinen«, sagte Leon. »Es ist die *Überraschung*, die ich persönlich am schlimmsten finde, die Art und Weise, wie der Abschwung in der Industrie jedermann in Schockstarre versetzt.«

»Stimmt. Einer unserer Kollegen, der Name tut nichts zur Sache, hat mich heute – ungelogen – auf die Seite gezogen und gesagt: ›Ich fasse es einfach nicht, was gerade mit unserer Industrie passiert. Sie vielleicht?‹ Ich bemühe mich ja, mit solchen Leuten Geduld zu haben, ehrlich, aber ich musste ihn einfach fragen, was er denn nicht glauben könne? Gehen wir es doch mal im Einzelnen an. Was genau können Sie nicht glauben? Dass die Leute keine Waren kaufen wollen, wenn die Ökonomie zusammenbricht? Oder dass niemand Waren verschiffen will, die kein Mensch mehr kaufen mag?«

»Vorhersehbare Ergebnisse und so.« In diesem Moment fiel Leon wieder ein, dass seine Buchhalterin versucht hatte, ihn zu erreichen, weshalb er gedankenverloren auf sein Handy starrte. Sie hatte sich erneut gemeldet, erst vor zehn Minuten. »Entschuldigen Sie«, sagte er, »aber ich glaube, ich muss da jemanden zurückrufen.«

»Falls Sie mich heute Abend nicht beim Essen sehen, ist mir die Flucht geglückt.«

»Ich werde Sie jedenfalls lautlos aus dem Hintergrund anfeuern«, sagte er, während er aufstand und sich in Richtung der gläsernen Atriumwand von ihr entfernte, um jenen Anruf zu tätigen, der sein Leben sauber in ein Vorher und ein Nachher trennen sollte.

»Ich nehme an, Sie haben noch keine Nachrichten gehört«, sagte seine Buchhalterin, »sonst hätten Sie sich bestimmt längst gemeldet.«

»Was für Nachrichten? Was ist los?«

»Sie haben noch nicht davon gehört?«

»Offensichtlich nicht.« Er hatte sie eigentlich noch nie gemocht. *Ein bisschen wie ein Roboter*, so Miranda, wenn er sich recht erinnerte, als er sie gefragt hatte, ob sie ihm einen guten Buchhalter empfehlen könne, *aber die beste, mit der ich je zusammengearbeitet habe. Hat immer alle Aspekte im Blick.* Nur, wie sinnvoll war es, die beste Buchhalterin zu engagieren, mit der man je zusammengearbeitet hatte, wenn er dann ihren Rat in den Wind schlug und seine gesamten Ruhestandsrücklagen in einen einzigen Investmentfonds steckte?

»Leon« – und sie klang überhaupt nicht wie ein Roboter, eher sehr menschlich und zutiefst bestürzt; kurz bevor sie weitersprach, wurde ihm klar, dass sie Informationen übermittelte, die sie nur äußerst ungern weitergab –, »man hat Alkaitis heute Morgen verhaftet.«

»Was?« Schwerfällig ließ er sich ins nächstbeste Sofa sinken und starrte zu einer Böschung jenseits der Glasscheibe hinüber, auf roten, mit Kakteen durchsetzten Kies unter grellblauem Himmel. »Entschuldigen Sie, *was* haben Sie gesagt?«

»Sie bringen es überall in den Nachrichten«, sagte sie. »Er war ein Betrüger. Das Ganze ein Schwindel.«

»Das Ganze … was?«

»Ein Betrug«, sagte die Buchhalterin.

»Was meinen Sie damit? All das Geld, das ich investiert habe, und Sie sagen …«

»Leon, es tut mir ehrlich leid, aber Ihr Geld wurde nie investiert.«

»Das ist doch unmöglich. Die Erlöse waren hervorragend. Wir leben davon, wir …«

»Leon?«

»Ich verstehe das nicht«, sagte er. »Ich verstehe einfach nicht, was Sie mir sagen wollen.«

»Ich will Ihnen sagen, dass Alkaitis ein Schneeballsystem geleitet hat«, sagte sie. »Das Geld, das Sie ihm gegeben haben, wurde nie investiert. Er hat es gestohlen. Ihre Depotauszüge waren bloße Fiktion.«

»Und was bedeutet das?«, fragte er, obwohl er wusste, was das bedeutete.

»Ihr Geld ist weg«, sagte sie leise.

»Alles?«

»Leon, es war nie real. Nichts davon. Diese Ausschüttungen …« Sie setzte nicht hinzu, *ich habe Ihnen ja gesagt, die sind zu gut, um wahr zu sein*, denn das brauchte sie nicht. Sie erinnerten sich beide an das Gespräch. Wie hatte er nur so dumm sein können? Er starrte in den Himmel, merkwürdigerweise ganz außer Atem. Er wusste nicht, wann er aufgelegt hatte, hatte es aber offenbar getan, denn jetzt redete er nicht mehr mit seiner Buchhalterin, sondern las auf dem Handy Nachrichten über die Verhaftung von Jonathan Alkaitis in seinem Haus in Greenwich an diesem Morgen, über ein Schneeballsystem, das kollabierte, nachdem zu viele Investoren ihr Geld abgezogen hatten, darüber, dass man mit weiteren Verhaftungen rechnete, dass die Börsenaufsicht und das FBI ermittelten, und irgendwo in diesem Morast steckten Leons Altersrücklagen, vielmehr ihr bloßer Geist, denn die Rücklagen selbst waren längst verschwunden.

»Das ist keine Katastrophe«, flüsterte er sich zu. Wieder hatte die Zeit einen Sprung gemacht; er starrte nicht länger auf sein Handy, sondern stand vor der gläsernen Wand. Die Paneldiskussion über die Konjunkturaussichten war offenbar gerade zu Ende, seine Kollegen strömten auf den Korridor und umlagerten die Kaffeestationen, eine anschwellende Flut sich überlappender Stimmen. Er musste hier raus. Er lief über graue Teppichflächen, schwebte im Fahrstuhl nach unten, ging durchs untere Atrium, am Casino vorbei und trat hinaus in die dünne Winterwüstenluft. Auf dem Gehweg drängten sich Leute, Touristen liefen in Zeitlupe vorbei. Warum wurde eine Schifffahrtskonferenz in einer Wüstenstadt abgehalten? Weil die Hotelzimmer in Las Vegas billig waren. Weil die Wüste wie ein Meer ist. *Es ist keine Katastrophe*, sagte er sich, *wir werden nicht gänzlich mittellos sein.* Er könnte sagen, er sei ausgeraubt worden, und das wäre nicht einmal falsch, andererseits aber waren da die Fakten: Er hatte Alkaitis in einer Hotelbar kennengelernt, Alkaitis hatte ihm seine Investmentstrategie erklärt, aber *Leon hatte sie nicht verstanden*, trotzdem hatte er Alkaitis seine Ersparnisse anvertraut, ohne auf eine detaillierte Erklärung zu bestehen. Ein typisches Manko unserer Spezies: Wir riskieren nahezu alles, nur um nicht dumm dazustehen. Die Strategie schien einer gewissen Logik zu folgen, auch wenn ihm die präzise Mechanik der Vorgänge – Puts, Calls, Optionen, Holds und Conversions – nebulös blieb. »Hören Sie«, hatte Alkaitis in seinem wärmsten, entgegenkommendsten Ton gesagt, »ich könnte Ihnen das alles im Einzelnen auseinanderdröseln, aber ich denke, Sie verstehen schon ungefähr, worauf es hinausläuft, und am Ende des Tages sprechen die Ausschüttungen ja für sich.« Es stimmte, Leon sah sie mit eigenen Augen, diese Stetigkeit in den Zahlenkolonnen, die seinem tiefen Verlangen nach Ordnung im Universum entgegenkam.

Ein paar Showgirls liefen vorbei, achtzehn, neunzehn Jahre alt, entsprechend angezogen, in den Händen der schwere Federputz, die Gesichter hart vor Erschöpfung und vom Make-up. Keine echten Showgirls, einfach junge Frauen, die fürs Posieren mit Touristen ein Trinkgeld erhielten. Immer wieder kam er an Männern und Frauen mittleren Alters mit rotem T-Shirt vorbei, auf dem *Frauen auf Ihrem Zimmer in zwanzig Minuten* stand. Sie verteilten Flyer, die vermutlich dasselbe besagten. Der Blick derjenigen, die diese Flyer verteilten, war in weite Fernen gerichtet, und sie wirkten auf eine Weise erschöpft, die ein schwieriges Leben verriet – oder bildete sich Leon das nur ein? Nein, sicher nicht. Er trat in die Lobby eines Hotels, welches genau, bekam er kaum mit, da er nur vom Gehweg fortwollte. Er dachte an die jungen Frauen: Wenn sie in zwanzig Minuten auf dem Zimmer sein konnten, waren sie vermutlich irgendwo in der Nähe vom Strip, warteten. Er stellte sich die Hotelsuite mit den Frauen vor, die Luft schwer von Zigarettenqualm und Parfüm, Frauen, die auf ihre Handys starrten, sich im Bad eine Line reinzogen und über das redeten, worüber Zwanzig-Minuten-Frauen eben redeten, warteten, die Minuten zählten, ihr Geld, und die beteten, der nächste Kunde möge kein Psychopath sein. Diese Vorstellung betrübte ihn zutiefst. Er würde ohne Rücklagen leben können. Niemand in diesem Land musste verhungern. Die eine Zukunft war einfach verschwunden und durch eine andere ersetzt worden. Er war gesund. Sie konnten ihr Haus verkaufen. Unweit vom Eingang zum Hotelcasino fand er eine gepolsterte Bank und rief seine Frau an.

»Ich habe es in den Nachrichten gesehen«, sagte sie, noch ehe Leon Hallo sagen konnte. Die Furcht in ihrer Stimme war unerträglich. »Wie schlimm ist es, L?«

»Eine Katastrophe, Marie.« Er merkte, dass er weinte, zum ersten Mal seit über zehn Jahren. »Es tut mir so leid, Liebling, es tut mir so unendlich leid, aber es ist eine absolute Katastrophe.«

4

Ella Kaspersky war an diesem Abend auf CNN. Olivia und Leon sahen beide zu, Olivia im Apartment ihrer Schwester in New York, Leon in einem Hotelzimmer in Las Vegas. »Nun, natürlich kam mir der Gedanke, dass diese Dividenden legitim sein könnten, Mark«, sagte sie dem Interviewer, »nur wäre dies dann der erste legitime Investmentfonds in der Geschichte, dessen Ausschüttungen sich in einem Diagramm durch einen perfekten 45-Grad-Anstieg darstellen ließen. Sie verstehen daher vielleicht, dass ich skeptisch war.«

Oskar und Joelle saßen in einer Bar in Midtown und sahen ebenfalls zu. Sie hatten sich über die Jahre immer wieder eingeredet, dass Kaspersky nur eine Randfigur sei, andererseits aber hatten sie natürlich gewusst, dass Kaspersky, was Alkaitis' Asset-Management betraf, völlig richtiglag, und Oskar hatte ihre wütenden und verstörend korrekten Blogbeiträge stets aufmerksam verfolgt.

Makellos und elegant saß sie jetzt in einem CNN-Studio und sagte: »Recht zu haben, ist kein Vergnügen.« Sie erzählte ihre Geschichte – wie Alkaitis in einer Hotellobby an sie herangetreten war, sie ihre Nachforschungen angestellt hatte und zu dem Schluss gekommen war, dass es bei den Dividenden unmöglich mit rechten Dingen zugehen konnte; wie sie sich mit der Börsenaufsicht in Verbindung gesetzt hatte, die ihre Ermittlungen so unerhört vermasselte, dass jetzt sogar die Rede von einem Untersuchungsausschuss war; wie sie jahrelang versucht hatte, ihre Ansicht publik zu machen, und als Spinnerin abgetan worden war – und obwohl Oskar wusste, dass all das stimmte und Kaspersky recht hatte, hätte er doch am liebsten einen Schuh in den Fernseher geworfen. Warum ärgerte es einen so, wenn die Rechtschaffenen recht behielten?

»Sie könnte gar nicht glücklicher sein«, sagte Joelle. »Sie findet es ganz großartig, recht gehabt zu haben.«

5

Am nächsten Morgen standen die Investoren wieder vor dem Gradia Building. Harvey, der sein Handy ausgeschaltet und mit niemandem gesprochen hatte, fand es erstaunlich, dass sich morgens um halb acht bereits Leute eingefunden hatten, gut ein Dutzend, eine gebeutelte Truppe am Ende des Bürgersteigs, wohin sie offenbar von der Security verbannt worden war. Er versuchte vorüberzuhuschen, ohne Blickkontakt aufzunehmen, aber eine Frau fasste ihn am Arm.

»Harvey.«

»Olivia.« Er hatte Olivia im Laufe der Jahre einige Male in Alkaitis' Büro getroffen. Sie trug einen weißen Mantel und einen gelben Schal, weshalb sie in Manhattans gnadenlosem Dezembergrau wie eine Narzisse aussah.

»Arbeiten Sie nicht für ihn?« Ein anderer Investor störte

dieses Bild, ein rotgesichtiger Mann mit Panik im Blick. »Für Alkaitis?«

Harvey starrte Olivia an, die ihrerseits ihn anstarrte. Er wünschte sich, er könnte allein mit ihr sein, könnte ihr alles gestehen, ohne dass ihn irgendwelche belanglosen Leute umringten.

»Harvey«, sagte sie, »stimmt das? Haben Sie Bescheid gewusst?«

Ein weiterer Investor kam dazu, nein, zwei, die Stimmung wurde aufgebrachter, je mehr Leute dazustießen, Olivia in ihrem leuchtend weißen Mantel, die anderen in typischer New Yorker Farblosigkeit, schwarz und grau, sie alle rückten ihm mit ihrer Angst zu nahe, ihrem Kaffeeatem. Harvey fürchtete um sein Leben. Sie wären völlig im Recht, dachte er, wenn sie ihn packten und vors nächste Auto warfen. Und sie sahen aus, als wäre genau das ihre Absicht. Er war zwar ziemlich groß, aber es könnte ihnen gelingen, wenn sich sechs von ihnen zusammentaten. Die Straße war gleich da vorn.

»Ich muss nach oben und nachsehen, was los ist«, sagte er.

»Oh nein, Sie gehen nirgendwohin«, sagte einer von ihnen, »nicht, bevor Sie uns gesagt haben ...«

Das Letzte aber, womit sie rechneten, war, dass er wie ein scheues Pferd davonpreschte, weshalb ihn niemand halten konnte, als er losflitzte. Wann war er zuletzt gerannt? Musste Jahre her sein. Er hatte gar nicht gewusst, wie schnell er sein konnte. Er war schon in der Lobby, zog die Karte durch und hatte das Drehkreuz bereits hinter sich, während sie noch wie betäubt auf dem Gehweg standen und ihm nachstarrten. Er war allerdings in schrecklicher Verfassung, bekam kaum noch Luft. Irgendwas war mit seinem Knöchel – nein, mit beiden. Im Gefängnis, beschloss Harvey, würde er zu denen gehören, die täglich Sport trieben, Liegestütze in der Zelle, Gewicht heben, im Hof joggen. Als er in den Siebzehnten kam, sah er, dass die Tür zur Bürosuite offen stand, davor ein Beamter. Die Leute im Büro nahm er zuerst nur als unbestimmte Schatten wahr: dunkle Uniformen, schwarze Jacken, auf deren Rücken FBI stand oder Polizei.

Es gibt Momente im Leben, die verlangen Mut. Harvey machte nicht auf der Stelle kehrt, um zurück zum Fahrstuhl zu gehen, ein Taxi zum JFK zu nehmen und das Land zu verlassen, obwohl er zu diesem Zeitpunkt noch seinen Reisepass besaß. Stattdessen ging er mitten hinein in die Menge und stellte sich vor.

In Harveys Büro drängten sich an diesem Morgen Agenten des FBI und der Börsenaufsicht, von denen mehrere größtes Interesse daran hatten, sich mit ihm zu unterhalten: Warum nehmen Sie sich nicht einen Augenblick Zeit, sammeln sich und wir alle nehmen im Konferenzsaal Platz.

»Ich brauche noch etwas aus meinem Schreibtisch«, sagte Harvey.

Sie boten sich an, es für ihn zu holen, da sie wohl fürchteten, er könnte auf eine bislang noch unentdeckte Handfeuerwaffe zugreifen.

»Wenn Sie in der oberen linken Schublade nachsehen«, sagte Harvey, »finden Sie unter den Akten einen Notizblock mit mehreren handbeschriebenen Seiten. Ich denke, die dürften Sie interessieren.« Er schwebte ihnen voran in den Konferenzsaal.

Unterwegs kam er an Oskar vorbei. »Was hat das alles zu bedeuten?«, fragte Oskar, weiß um die Lippen.

»Das weißt du doch«, sagte Harvey. Oskar sah aus, als würde ihm gleich übel, seltsam war nur, dass Harvey sich kein bisschen schlecht fühlte. Nichts von dem, was hier geschah, schien ihm real zu sein. Oskar hatte Joelle getextet, weshalb sie gar nicht erst ins Büro gekommen war. Sie fuhr zur Schule, holte ihre Kinder aus dem Unterricht, ging mit ihnen ins Spielzeuggeschäft F.A.O. Schwarz und sagte, wobei sie ununterbrochen lächelte, dass sie haben dürften, was immer sie wollten, woraufhin das Jüngste in Tränen ausbrach, denn wenn man alles haben konnte, lief irgendwas gewaltig schief. In der Erinnerung der Kinder sollte dies ein langer, unangenehmer Tag sein, an dem sie durch das eisige Manhattan trotteten, vom Spielzeugladen zum Café auf eine heiße Schokolade und weiter zum Kindermuseum, während ihre Mutter ständig sagte: »Ist das nicht toll?«, obwohl sie immer wieder ganz verzweifelt war und die Kleinen abwechselnd mit ihrer Aufmerksamkeit überschüttete oder sich endlos über ihr Handy beugte.

»An den heutigen Tag werden wir uns noch lange erinnern, meint ihr nicht?«, fragte sie im Auto auf dem Heimweg nach Scarsdale. Sie schlängelten sich langsam durch den spätnachmittäglichen Verkehr. »Ja«, antworteten die Kinder, sollten später aber durch Joelles Briefe aus dem Gefängnis an ihrer Erinnerung zweifeln, schrieb sie doch, wie viel Spaß sie an diesem letzten Tag zusammen gehabt hätten, im Spielzeugladen, mit der riesigen Plüschgiraffe, den Tassen heißer Schokolade. Ich bin ja so froh über diesen Tag, wisst ihr noch, diese wundervolle Ausstellung im Museum? – und sie begannen sich zu fragen, ob ihr Gedächtnis sie trog, erinnerten sie sich doch vor allem an die Kälte, an ihre nassen Füße, an das Gefühl, dass irgendwas nicht stimmte, an das graue Manhattan im Winterregen oder daran, wie die Giraffe auf dem Rückweg zum Auto durch die Pfützen schleifte.

Als Joelles Kinder die Giraffe bekamen, war Ron bereits gegangen. Er schlüpfte gegen Mittag aus dem Gebäude, um sich mit einem Anwalt zu treffen, der ihm riet, nicht wieder zurückzugehen. Harvey wurde noch immer im Konferenzsaal verhört. Während die Ermittler seine Akten durchgingen, spielte Oskar Solitaire auf seinem Computer, den er vom Internet wie auch vom firmeninternen Netz abgekoppelt hatte. Enrico saß im Haus seiner Tante in Mexiko-Stadt. Er hatte Stunden damit verbracht, in irgendwelchen Schubladen nach dem alten Pass seines verstorbenen Vetters zu suchen, und jetzt, da er ihn hatte, saß er mit seiner Tante auf der Terrasse, und sie beide rauchten stumm eine Zigarette nach der anderen, wobei Enrico immer wieder auf sein Handy sah, die Nachrichten von Alkaitis' Verhaftung verfolgte und darüber nachdachte, wie seltsam es doch war, dass er sich in seinem ganzen Leben noch nie so unfrei gefühlt hatte.

Oskar war an diesem Abend der Letzte, der ging. Er hatte den ganzen Tag über getan, als sei er verwirrt, führte Ermittler zu diversen Akten und fragte dabei immer wieder, was denn los sei, um den Eindruck völliger Hilflosigkeit zu wecken, ohne dabei irgendetwas preiszugeben. Es war anstrengendes Theater gewesen. Die Fahrstuhltür öffnete sich, und er sah Simone, die aus dem Achtzehnten kam, eine Aktenkiste unterm Arm.

»Verrückter Tag«, sagte Oskar, als er neben sie trat.

Sie nickte.

»Was ist in der Kiste?«

»Einige persönliche Dinge aus Claire Alkaitis' Schreibtisch. Sie hat mich gebeten, sie zu holen.«

Er sah eine Kristallfigur, ein gerahmtes Foto von Claire und ihrer Familie, ein paar Bücher. Die Kinder auf dem Foto sahen jünger aus, kaum älter als sechs oder sieben. Oskar wandte den Blick ab. In der Geisterversion seines Lebens, in jenem Paralleluniversum, in dem er vor elf, zwölf Jahren zum FBI gegangen war, blieb den Kindern all dies erspart. In jenem Leben wäre Claire Alkaitis noch ein Teenager gewesen, als ihr Vater verhaftet wurde, natürlich eine schrecklich traumatische Erfahrung, aber keineswegs vergleichbar, da sie nicht unmittelbar beteiligt und keine Vizepräsidentin eines der Unternehmen ihres Vaters gewesen wäre, weshalb die Presse ihren Namen vermutlich kaum genannt hätte; in diesem Geisterleben, begriff er, würde es Claire Alkaitis und ihren Kindern heute vermutlich gut gehen.

»Wollen wir uns irgendwo noch auf die Schnelle einen Drink genehmigen?«, fragte er Simone.

»Nein.«

»Sicher?«

»Sie sind so ungefähr der letzte Mensch auf Erden, mit dem ich etwas trinken möchte.«

»Schon gut. Sie hätten auch einfach Nein sagen können.«

»Habe ich.« Die Fahrstuhltür öffnete sich, und Simone ging durch die Lobby davon. Die Zahl der Investoren auf dem Bürgersteig war auf sechs oder sieben gesunken, und sie weinten auch nicht länger, standen aber immer noch unter Schock und starrten das Gradia Building an, starrten alle an, die es verließen. Simone ging an ihnen vorbei, ohne sie eines Blickes zu würdigen, und verschwand in einem schwarzen SUV, der am Bordstein auf sie wartete.

***

Claire Alkaitis saß auf der Rückbank, genau dort, wo Simone sie verlassen hatte. »Danke«, sagte sie. »Ich weiß das zu schätzen«, ihre Stimme kaum mehr als ein Flüstern. Sie nahm Simone die Kiste ab, betrachtete das Foto – Artefakt einer Zivilisation, die gerade untergegangen war – und schaute sich die Bücher an, als hätte sie sie noch nie zuvor gesehen. Sie öffnete das Fenster einen Spaltbreit, gerade so weit, dass sie die Kristallfigur hindurchschieben konnte. Mit einem gefälligen Klirren zerbrach sie auf dem Asphalt. »Ein Geschenk meines Vaters«, sagte Claire. Der Fahrer mied sorgsam jeden Blickkontakt mit ihr im Rückspiegel. »Wo wohnen Sie, Simone?«

»East Williamsburg.«

»Okay. Aaron, können Sie uns bitte nach East Williamsburg fahren?«

»Natürlich. Haben Sie eine Adresse für mich?«

Simone nannte sie ihm. »Wollen Sie denn nicht nach Hause?«, fragte sie Claire, die wieder ihre Augen geschlossen hatte.

»Zu Hause ist so ziemlich der letzte Ort, an dem ich in diesem Moment sein möchte.«

Dann ein Intermezzo der Stille, während der Wagen über die Williamsburg Bridge nach Süden rollte. Draußen begann es zu schneien. Simone lebte jetzt seit sechs Monaten in New York und meinte, allmählich zu verstehen, warum jemand in dieser Stadt müde werden konnte. Sie hatte sie in der Subway gesehen, die müden Menschen, die zu lang und zu hart arbeiteten, gefangen im Hamsterrad, die Augen in den Abendzügen geschlossen. Simone hatte sie immer für die Bewohner einer anderen Welt gehalten, aber die Kluft zwischen deren Stadt und ihrer wurde immer kleiner.

»Wer hat Bescheid gewusst?«, fragte Simone schließlich. Sie fuhren gerade durchs East Village.

»Im Asset-Management meines Wissens alle, also jeder, der im siebzehnten Stock arbeitete.« Claire hielt die Augen immer noch geschlossen. Simone begann sich zu fragen, ob sie ein Beruhigungsmittel genommen hatte.

»Ohne Ausnahme? Oskar, Enrico, Harvey …?«

»Auf diesem Stockwerk waren offenbar alle nur damit beschäftigt, das Schneeballsystem am Laufen zu halten.«

»Hat sonst noch jemand Bescheid gewusst? Oben im Achtzehnten?«

»Keine Ahnung, aber ich glaube nicht. Die Firmen blieben vollständig getrennt. Alles ist noch so unklar.« Der Wagen rumpelte über die Williamsburg Bridge, und Simone starrte wie gebannt nach draußen, da es jetzt wie verrückt schneite. »Sie haben so ein Glück«, sagte Claire.

»Finde ich nicht.«

»Wissen Sie, was Sie sind?«

»Arbeitslos?«

»Das geht vorüber. Aber wissen Sie, was bleibt? Sie sind jetzt jemand mit einer ausgezeichneten Cocktailstory. In zehn oder zwanzig Jahren stehen Sie auf einer Cocktailparty, umringt von Leuten, halten einen Martini in der Hand und können dann sagen: ›Habe ich eigentlich schon von damals erzählt, als ich für Jonathan Alkaitis gearbeitet habe?‹« Claires Stimme bebte, als sie den Namen ihres Vaters aussprach. »Sie gehen unbeschadet aus dem Ganzen hervor.«

Simone wusste nicht, was sie sagen sollte.

»Graham Avenue 170«, sagte der Fahrer.

»Okay«, sagte Simone. »Hier wohne ich. Kommen Sie zurecht?«

»Nein«, sagte Claire verträumt.

Simone warf einen Blick zum Fahrer, der mit den Schultern zuckte.

»Okay, dann vielen Dank fürs Mitnehmen.« Claire blieb im SUV sitzen, während Simone das Eisentor öffnete, die Haustür aufschloss und das dämmrige, nie geputzte Foyer betrat. Das Licht im Treppenhaus brummte unangenehm. Yasmin, ihre Mitbewohnerin, saß in der Küche, aß Ramen und las irgendetwas auf ihrem Laptop.

»Wie ist es gelaufen?«, fragte Yasmin.

»Ich habe gerade die unangenehmste Autofahrt meines Lebens hinter mir. Mit Claire Alkaitis.«

»Seine Frau?«

»Tochter.«

»Wie war sie?«

»Als hätte sie drei Valium genommen«, sagte Simone. »Trotzdem irgendwie aggressiv. Sie meinte: ›Ihnen bleibt immerhin eine Geschichte für Cocktailpartys. In zwanzig Jahren werden Sie mit einem Martini in der Hand davon erzählen.‹«

»Tja, aber sie hat recht«, sagte Yasmin. »Ich meine, ganz

objektiv gesehen. In zwanzig Jahren kannst du tatsächlich auf einer Cocktailparty davon erzählen.«

***

Oskar verließ das Gradia Building und trat hinaus ins beginnende Schneegestöber, die ersten Flocken schwebten herab. Die Beamten bemerkte er erst, als sie einen Block weiter direkt auf ihn zutraten. Sie waren zu zweit, ein Mann und eine Frau. Sie stiegen aus einem zivilen Wagen, der vor einem Feuerhydranten gehalten hatte, und zückten ihre Marken.

»Oskar Novak?«

In einer Parallelversion der Ereignisse wäre er vielleicht geflüchtet, und in seinem Geisterleben, seinem ehrenwerten Leben, seinem Nichtbetrugsleben, wäre er erst gar nicht hier gewesen. In dieser Welt aber blieb Oskar abrupt stehen, verharrte wie erstarrt auf dem Gehweg im ersten Schnee des Winters, nur Sekunden entfernt von den ersten Handschellen seines Lebens, und registrierte überrascht, wie erleichtert er war.

»FBI«, sagte die Frau. »Ich bin Detective Davis, und das ist Detective Ihara.« Wie von fern begriff er, wie rücksichtsvoll sie vorgingen. Sie hatten ihn sicher bereits verfolgt, seit er das Gradia Building verlassen hatte, hatten mit der Festnahme aber gewartet, bis er außer Sichtweite der vor dem Gebäude versammelten Investoren und Reporter war.

»Sie sind verhaftet«, erklärte Detective Ihara mit ruhiger Stimme. Die wenigen Leute, die auf dem Gehweg vorbeiliefen, sahen verstohlen herüber oder starrten ihn unverfroren an, alle aber machten einen weiten Bogen. Die Detectives sagten ihren Spruch auf – *Sie haben das Recht zu schweigen. Alles, was Sie sagen, kann und wird vor Gericht gegen Sie verwendet werden. Sie haben das Recht, zu jeder Vernehmung einen Verteidiger hinzuzuziehen –*, und Oskar stand reglos da, fand sich kommentarlos mit den Handschellen ab, und Schnee fiel ihm ins Gesicht, während hier und dort, in der Stadt oder in den Vorstädten, auch der Rest von uns verhaftet wurde.

6

Bei der Verhandlung sechs Monate später appellierte Alkaitis' Anwalt an das Mitgefühl des Gerichts. »Wenn wir ehrlich sind«, sagte er, »machen wir doch alle mal Fehler.« Olivia merkte gleich, das war der falsche Ansatz. Der Richter warf dem Anwalt einen ungläubigen Blick zu, sicher, alle machen mal Fehler, aber bei solchen Fehlern ging es gewöhnlich doch eher darum, dass man vergaß, die Telefonrechnung zu bezahlen, dass man den Herd noch einige Stunden nach dem Abendessen angelassen oder eine falsche Zahl in eine Tabelle eingetragen hatte. Über Jahrzehnte einen Multimilliardenschwindel zu betreiben, war dagegen etwas völlig anderes.

Hatte der Anwalt seinen Irrtum bemerkt? Das ließ sich unmöglich sagen. Veer Sethi war ein aalglatter Vertreter seiner Zunft mit teurem Anzug, silbrigem Haar und einem genauen Gespür für seinen Auftritt. Der Mann, der neben Olivia saß – auch ein Investor, Zahnarzt im Ruhestand, der vor Wut bebte, sooft er auf den Betrug zu sprechen kam –, hatte gesagt, dass Alkaitis' Anwalt einer der teuersten Strafverteidiger der Stadt sei, trotzdem fand Olivia ihn nicht sonderlich beeindruckend. Der Mann beging einen Irrtum, machte aber einfach weiter, folgte seiner Geschichte, wie ein kleiner Junge bei Einbruch der Nacht einem immer schmaler werdenden Pfad in den Wald folgt: Es war einmal eine Familie, Jonathan, Suzanne und Claire, ihre Tochter. (Übrigens, wo war Claire eigentlich? Es war der dritte Verhandlungstag, aber Olivia hatte Claire noch nicht einmal gesehen.) Sie lebten in einem kleinen Haus in einer nicht sonderlich angesagten Vorstadt, dann in einem etwas größeren Haus; Jonathan machte viele Überstunden, und auch Suzanne arbeitete ein wenig; es gab kurze, billige Sommerurlaube an Orten, die man mit dem Auto erreichen konnte, Weihnachten feierte man bei ihrer Familie in Virginia oder bei seiner in Westchester County; die unvermeidlichen Mühen einer Unternehmensgründung, der stetig wachsende Erfolg, Claire ging an die Columbia und nahm eine Stelle in der Brokerfirma ihres Vaters an – der legalen Firma, wie Sethi an dieser Stelle betonen möchte, die absolut nichts mit den kriminellen Vergehen zu tun habe –, und dann wurde bei Suzanne ein aggressiver Krebs diagnostiziert.

»Ich will damit gar nicht andeuten, dass irgendwas von alledem das Vorgehen meines Mandanten rechtfertigen könnte«, sagte der Anwalt, »aber ich bin selbst seit fünfunddreißig Jahren mit meiner Frau verheiratet, und als Ehemann vermag ich nur zu erahnen, wie diese Zeit für die Familie Alkaitis gewesen sein muss.« Vincent war anwesend, was, wie Olivia fand, durchaus einen gewissen Mut erforderte. Sie saß einige Reihen weiter oben und auf der anderen Seite des Gerichtssaals, saß sehr still da in ihrem grauen Kostüm.

»Und auch wenn keine noch so große Trauer sein Vorgehen rechtfertigen kann, fing doch in dieser Zeit«, fuhr der Anwalt fort, »der Betrug an.« Offenbar versuchte er den Eindruck zu erwecken, als sei das Schneeballsystem einfach *passiert*, ein geradezu natürliches Phänomen wie das Wetter, um es so von einem vorsätzlichen und kaltherzig begangenen Verbrechen abzusetzen, das dank engagierter Mitarbeiter in Szene gesetzt und vertuscht wurde. (Wenn diese Mitarbeiter doch nur hier wären! Olivia hätte sie nur zu gern eigenhändig ermordet! Anfangen wollte sie mit Harvey Alexander. Er würde um Gnade winseln, aber sie bliebe unerbittlich.) Der Richter notierte sich etwas. Sethi redete weiter über Krankenhäuser, Operationen und Chemotherapie, über Alkaitis, der oft wochenlang aus dem Büro verschwand, zerstreut und nicht so bei der Sache, wie er es hätte sein sollen. Alkaitis hatte große Beträge in mehrere Dotcom-Unternehmen investiert, und als die Blase platzte, hat ihn das kalt erwischt. Es gab Hinweise darauf, dass es mit dem Boom zu Ende ging, aber Krankheit und Tod seiner Frau hatten ihn derart abgelenkt, dass er die Zeichen der Zeit nicht erkannte.

»Und das war der Moment«, fuhr der Anwalt fort, »in dem mein Mandant seinen fatalen Fehler beging.« Wie oft konnte er in seinem Plädoyer das Wort *Fehler* unterbringen? Fand der Richter seine Strategie ebenso durchsichtig wie Olivia? Ihm war nichts anzumerken, fast wirkte er unbeteiligt. »Mein Mandant erlitt Verluste, und er hat sich gedacht: *Was soll's, die kann ich decken!* Eine schreckliche, schreckliche Fehleinschätzung, ein schrecklicher Fehler!

Er beschloss, den Verlust mit den Einnahmen von neuen Investoren zu decken. Er schämte sich. Er dachte, er könnte seine Schulden in ein, zwei Monaten begleichen, und niemand würde was merken. Warum aber sollte er so was tun? Warum sollte er einen solchen Fehler begehen?« Hier legte er eine dramatische Pause ein. Veer Sethi hatte eine unmögliche Aufgabe übernommen, aber er gab sein Bestes.

»Ich glaube, Euer Ehren, dass alles letztlich auf eine Frage der Angst hinausläuft. Jedes Leben enthält ein gewisses Maß schrecklicher Momente. Mein Mandant hatte seine Frau verloren. Er war verzweifelt. Ihm war nur noch die Arbeit geblieben, sein Job. Und der Betrug, sein schrecklicher Fehler, begann, weil er den Gedanken nicht ertragen konnte, auch noch seine Arbeit zu verlieren, das Letzte, was ihm geblieben war.« Nicht gerade schmeichelhaft für Claire, dachte Olivia. Vielleicht hätte sie es wie ihre Schwester Monica machen und Jura studieren sollen, denn Olivia fand, Claire würde ihre Sache gewiss besser machen als dieser Kerl da vorn. Im Gerichtssaal war es zu warm. Nur einen Moment ließ Olivia sich treiben, dachte zurück an einen ganz bestimmten Nachmittag in ihrem Atelier in Soho, als sie während eines heftigen Augustgewitters mit Renata auf dem Sofa gesessen, eine Malpause eingelegt, dem Regen gelauscht und Renata zugehört hatte, die sagte: »Selbst wenn ich wollte, würde ich mich nie für die Welt der Arbeit eignen«, was in gewisser Weise so klang, als versuchte sie, sich mit diesen Worten selbst zu überzeugen, und was, so vermutete Olivia, auch der Grund sein musste, warum ihr dieser Augenblick im Gedächtnis geblieben war. Renata hatte bis 1972 durchgehalten, bevor sie ihrer Sucht erlag. Oder 1973? Nein, definitiv 72, denn Olivia erinnerte sich, Berichte über Watergate gesehen und sich gefragt zu haben, was Renata davon halten würde, wäre sie noch am Leben, Renata, die ihren Vater, einen Politiker, und ihre insgeheim alkoholkranke Mutter in den Vorstädten Marylands zurückgelassen hatte, um hierherzukommen, Renata, die behauptete, sich nichts aus der Welt zu machen, die aber doch ihr Leben lang aufmerksam die Politik verfolgt hatte.

Derweil machte Veer Sethi im Gerichtssaal mit seinem Plädoyer weiter. »Wenn Sie sich meinen Mandanten ansehen«, sagte er, »sehen Sie keinen bösen Menschen. Sie sehen einen Menschen, der einen Irrtum begangen hat, einen Mann, der in dem Moment, als es darauf ankam, in dem Moment, da er begriff, dass er Verluste gemacht hatte, die sich unmöglich ausgleichen ließen, nicht den nötigen Mut fand. Sie sehen einen anständigen Menschen, der einen Fehler gemacht hat.«

Als Sethi dem Richter für seine Aufmerksamkeit dankte und zu seinem Platz in der Verteidigerbank zurückkehrte, konnte man unmöglich übersehen, wie die Vertreter der Staatsanwaltschaft grinsten und die Köpfe schüttelten. Alkaitis machte sich einige Notizen. Sethi und seine beiden Juniorpartner berieten sich und ordneten ihre Papiere, vermieden es aber, irgendwen anzusehen, schon gar nicht den Staatsanwalt. Der Staatsanwalt erhob sich von der Anklagebank, der Staatsanwalt knöpfte sein Jackett zu, und der Staatsanwalt begann mit kaum verhohlener Verachtung, auf Unstimmigkeiten in dem zeitlichen Ablauf hinzuweisen, der von der Verteidigung dargelegt worden war. Es sei seltsam, befand der Staatsanwalt, dass das Schneeballsystem erst um die Zeit der Dotcom-Blase ins Leben gerufen worden sein sollte, wenn doch einer von Alkaitis' Angestellten – ein gewisser Harvey Alexander – gestanden hatte, bereits seit Ende der Siebzigerjahre in diesem Betrugssystem gearbeitet zu haben. Olivia schweifte ab. Sie hatte nicht gut geschlafen. Sie hatte ihr Haus aufgegeben und war bei Monica eingezogen, das Bett in Monicas Gästezimmer war aber nicht besonders bequem. Gab es eigentlich einen guten Grund, warum sie noch länger zuhören sollte?

Trotzdem blieb Olivia bis zum Ende. Als dann das Urteil verkündet wurde, kam sie sich wie im Märchen vor: Es war einmal ein Mann, der blieb eingesperrt in seinem Schloss für einhundertundsiebzig Jahre.

Man konnte hören, wie das Publikum im Gerichtssaal nach Luft schnappte. *Einhundertundsiebzig Jahre*, wiederholte jemand in Olivias Nähe. Leise Pfiffe. Ein unterdrücktes Jubeln. Olivia saß reglos da und empfand gar nichts.

***

Als sie sich noch vor dem Morgengrauen auf den Weg gemacht hatte, meinte sie, zu einer Mission aufzubrechen, nach der Urteilsverkündigung aber wünschte sie sich fast, sie wäre zu Hause geblieben. Sie hätte sich kein größeres Strafmaß wünschen können, und doch war da dieses seltsame Gefühl von Enttäuschung. Langsam und bedächtig verließ sie das Gericht und blieb unbemerkt, als sie schließlich nach draußen gelangte. Was ihr in diesem Fall mehr als recht war. Sie fühlte sich nicht besonders. Es hatte eine Zeit gegeben, in der ihr eine New Yorker Hitzewelle nichts ausmachte, aber diese Zeit war vorbei. Die Reporter hatten sich um einige der Investoren versammelt. »Wissen Sie, es ist nur gerecht, aber es ändert nichts«, hörte sie den Zahnarzt sagen. Was natürlich stimmte, sagte sich Olivia. Jonathan würde für alle Zeit hinter Gittern verschwinden, aber sie würde weiterhin im Gästezimmer ihrer Schwester wohnen. Olivia machte sich auf den Weg durch den Glutofen der Subway, und ihr fiel auf, wie um sie herum das Leben der Stadt einfach weiterging, gleichgültig und ohne Unterbrechung. Als sie am Morgen den Zug nach Downtown genommen hatte, erwartete sie, Zeugin eines geschichtlichen Ereignisses zu werden, doch würde sich die Geschichte überhaupt an Jonathan Alkaitis erinnern? Bloß ein weiterer Anzugträger in einer Zeit der allgemeinen Auflösung und des Zusammenbruchs, Gründer eines peinlich schlichten Betrugssystems, das eine Weile funktioniert hatte und dann in sich zusammengefallen war. Es war zu heiß, und in der Subway war es zu voll. Als sie schließlich die Upper East Side erreichte, nur wenige Blocks entfernt von der Wohnung ihrer Schwester, musste sie sehr langsam gehen, um nicht in Ohnmacht zu fallen. Ein Mann, der in der entgegengesetzten Richtung unterwegs war, hätte sie fast umgelaufen, und als wäre dies allein ihre Schuld, runzelte er die Stirn, während er erst im letzten Moment auswich.

»Das ist zwar rein akademisch«, hatte der Richter gesagt, »aber aus technischen Gründen sehe ich mich genötigt, für die Zeit nach Ihrer Gefängnisstrafe Bewährungsauflagen zu verhängen.« Idee für eine Geistergeschichte: Es war einmal ein Mann, der sich nach dem Ende seiner hundertsiebzigjährigen Haftstrafe noch drei Jahre lang an die Bewährungsauflagen halten musste. Idee für eine Geistergeschichte: Es war einmal eine Frau, die ungesehen durch New York driftete, bis sie in der Menge und in der Hitze verschwand.

12

Das Gegenleben

An einem Morgen im FCI Florence Medium 1, als Alkaitis hinaus auf den Hof tritt, sieht er in der Menge eine Farbe aufblitzen, die Farbe Rot, und das ist unmöglich. Rot ist hier nicht gestattet. Nicht allein Rot, nein, ein roter Hosenanzug der Art, wie er ihn seit den frühen Achtzigern, spätestens Mitte der Neunziger, keine Frau mehr tragen sah, feuerwehrrot mit extrem wattierten Schultern. Die Frau, die den Anzug trägt, bewegt sich viel zu schnell, überquert den Hof irgendwie mit nur wenigen Schritten, bleibt neben ihm stehen und starrt ihn an.

»Madame Bertolli«, sagt er leise und bemüht sich, gelassen zu klingen.

»Hast du was gesagt?«, fragt jemand in seiner Nähe.

»Nein, nichts.« Yvette Bertolli ist natürlich nicht da, das wäre ja unmöglich, außerdem scheint sie niemand sonst zu sehen. Und trotzdem ist sie hier. Langsam umrundet sie den Hof, flackert manchmal leicht. Sie wirkt viel jünger als bei ihrer letzten Begegnung, und die war wann? 1986? 1987? Ein Lunch in Paris. Sie hatte gerade ihre eigene Invest-

mentberatungsfirma gegründet und ihm einige hochver-
mögende Kunden aus Frankreich und Italien vermittelt.
Am Morgen seiner Verhaftung betrug der Gesamtwert des
von ihren Kunden in sein System eingezahlten Vermögens
320 Millionen Dollar. Yvette Bertolli starb noch am selben
Nachmittag an einem Herzinfarkt.

Sie umrundet weiter den Hof, blickt immer mal wieder
zu Alkaitis hinüber. Er schließt die Augen, zwickt sich,
probiert es mit jedem Trick, der ihm einfällt, aber als er
eine Stunde später wieder hineingeht, ist sie immer noch
da, redet mit Faisal unter einem Baum.

***

»Ich würde mit Ihnen gern über Ihre Angestellten reden«,
sagt die Journalistin Julie Freeman bei einem ihrer Be-
suche.

»Das waren gute Menschen«, sagt er. »Sehr loyal.«

»Interessant, dass Sie sie gute Menschen nennen, obwohl sie doch an einer Straftat mitgewirkt haben.«

»Nein, das war ich ganz allein.« Er hat beschlossen, bis
zum Ende seines Lebens bei dieser Geschichte zu bleiben,
obwohl drei seiner fünf Asset-Manager verurteilt worden
sind. Sie macht sich eine Notiz, aber er spürt, dass sie sich
ein wenig ärgert.

»Ich vermute, Sie haben gehört, dass Lenny Xavier mit
seiner Berufung gescheitert ist«, sagt sie. »Schuldig in neun
Punkten, die allesamt mit dem Schneeballsystem zu tun
haben.«

»Mir wäre es lieber, wenn wir nicht über ihn reden würden«, sagt Alkaitis.

»Gut, wechseln wir das Thema. Ich möchte Sie gern nach etwas fragen, was einer Ihrer Beschäftigten im Zeugenstand ausgesagt hat«, fährt sie fort. »Als Oskar Novak ins Kreuzverhör genommen und nach dem Suchverlauf auf seinem Computer befragt wurde, hat er gesagt, und ich zitiere: ›Es ist möglich, etwas zu wissen und es zugleich nicht zu wissen.‹«

»Ach? War am Suchverlauf denn etwas auffällig?« Ehrlich gesagt, Alkaitis hat nicht gerade oft an Oskar oder an irgendeinen seiner übrigen Mitarbeiter gedacht. Er ist jahrelang für sie verantwortlich gewesen, aber sie hätten auch jederzeit kündigen können.

»Er hat insgesamt neuneinhalb Stunden damit zugebracht, die Aufenthaltsbedingungen von Ländern zu recherchieren, die kein Auslieferungsabkommen mit den Vereinigten Staaten haben«, sagt Freeman.

»Ach, der arme Junge.« Für ihn ist Oskar immer noch der neunzehnjährige Collegestudent in jenem zu großen Anzug, den er beim Vorstellungsgespräch getragen hat. »Das dürfte sich nicht gerade günstig für ihn ausgewirkt haben.«

»Hat es nicht.« Sie wartet ein, zwei Sekunden lang, aber er fragt nicht nach. In Wahrheit kümmert es ihn eigentlich nicht, was aus Oskar geworden ist, in welches Gefängnis man ihn gesteckt hat und zu wie vielen Jahren Freiheitsstrafe er verurteilt worden ist. »Egal«, sagt sie, »mich interessiert nur, ob Sie mit diesem Gedanken etwas anfangen können, mit dieser Vorstellung, dass jemand etwas wissen und zugleich nicht wissen kann.«

»Eine durchaus interessante Idee, Julie. Ich werde darüber nachdenken.«

***

Der Gedanke hat etwas für sich, entscheidet er später, als er fürs Abendessen ansteht. Man kann durchaus wissen, dass man ein Krimineller ist, ein Lügner, ein Mensch mit schwachem moralischem Charakter, und es zugleich *nicht* wissen, zumindest in dem Sinne, dass man die Strafe irgendwie unverdient findet, dass man entgegen der nackten Tatsachen Zuneigung verdiene und eine gewisse Sonderbehandlung. Man kann wissen, dass man eines ungeheuren Verbrechens schuldig wurde, dass man von vielen Menschen riesige Geldsummen gestohlen hat, was einige in die Armut trieb, andere zum Selbstmord, all dies kann man wissen und doch finden, wenn das Urteil verkündet wird, dass einem irgendwie Unrecht geschieht.

***

In der Zeit zwischen Freemans Besuchen denkt Alkaitis immer wieder an Oskars Computeraktivitäten. Er findet es seltsam herzergreifend, sich vorzustellen, wie der Junge im Internet nach Ländern ohne Auslieferungsabkommen suchte und für ein Vorhaben recherchierte, zu dessen Durchführung ihm dann der nötige Mut fehlte. Im Gegensatz zu Enrico, der sich immer noch auf freiem Fuß befindet.

***

Er steht vorm Gefängnisladen an, als er Olivia sieht. Sie geht umher, berührt diverse Waren auf den Regalen, schaut ihn nicht an. Sie trägt ein blaues Kleid, und er erinnert sich, dass sie dieses Kleid auf seiner Yacht in jenem letzten Sommer trug, bevor er ins Gefängnis kam. Er weicht vor Olivia zurück, verdrückt sich, ohne etwas zu kaufen, zutiefst aufgewühlt. Er geht wieder in seine Zelle und legt sich hin, einen Arm über den Augen. Hazelton ist woanders, zum Glück. Er will jetzt unbedingt allein sein, das Problem ist nur, dass er sich nicht mehr sicher sein kann, wirklich allein zu sein, wo auch immer er sich befindet. Gewisse Grenzen lösen sich auf.

***

»Darf ich Sie bitten, etwas für mich zu überprüfen?«, fragt er Julie Freeman bei ihrem nächsten Besuch. Zwei Tage sind vergangen, seit er Olivia im Gefängnisladen gesehen hat. »Zu meinen Investoren gehörte eine langjährige Freundin, eine Malerin, die meinen Bruder kannte. Sie heißt Olivia Collins. Ich frage mich, ob Sie nachforschen und herausfinden könnten, was aus ihr geworden ist.«

***

Als er Freeman zwei Wochen später wiedersieht, weiß er, was sie ihm sagen wird. »Schlechte Neuigkeiten«, sagt sie, während sie sich hinsetzt. »Die Frau, nach der ich mich erkundigen sollte, Olivia Collins, ist letzten Monat gestorben.«

»Ach«, sagt er, merkt aber, dass sie ihm eigentlich nichts Neues erzählt. Er hat Olivia inzwischen zweimal gesehen, einmal im Gefängnisladen und einmal im Hof, wo sie sich mit Yvette Bertolli unterhielt.

»Tut mir leid«, sagt Freeman, bevor sie das Interview fortsetzt.

»Darf ich Sie etwas fragen?«, wendet er sich wenig später an die Journalistin und unterbricht damit eine Reihe langweiliger Fragen über irgendwelche Depotauszüge.

»Schießen Sie los.«

»Warum wollen Sie über all das schreiben?«

»Ich habe mich schon immer für den Massenwahn interessiert«, sagt sie. »In meiner Abschlussarbeit ging es um einen Kult in Texas.«

»Ich bin mir nicht sicher, ob ich verstehe, worauf Sie hinauswollen.«

»Nun, sehen Sie es doch mal so. Ich glaube, wir sind uns in Folgendem einig: Jedem halbwegs erfahrenen Investor hätte klar sein müssen, dass Ihr System auf Betrug basiert.«

»Das habe ich auch immer behauptet«, erwidert Alkaitis.

»Damit Ihr System so lange derart erfolgreich sein konnte, mussten also viele Leute an etwas glauben, das eigentlich keinen Sinn ergab, aber da jeder damit gut verdiente, kümmerte es niemanden, Ella Kaspersky ausgenommen.«

»Die Menschen glauben an alles Mögliche«, sagt er. »Und nur weil es um Wahnvorstellungen geht, heißt das noch lange nicht, dass man damit nicht reales Geld verdienen kann. Falls Sie aber wirklich über Massenwahn reden wollen: Ich kenne eine Menge Leute, die sich mit zweitklassigen Hypotheken eine goldene Nase verdient haben.«

»Fänden Sie es angemessen, dass man Sie die Verkörperung einer Ära nennt?«

»Das fände ich leicht übertrieben, Julie. Immerhin habe ich keine globale Wirtschaftskrise ausgelöst und bin letztens Endes selbst nur ein Opfer der ökonomischen Katastrophe. Als Lehman Brothers pleiteging, wusste ich, ich kann nicht mehr lange so weitermachen.«

»Ich würde Ihnen gern einige Fragen über Ella Kaspersky stellen«, sagt Freeman.

»Kein Mensch, den ich besonders angenehm finde.«

»Erinnern Sie sich an Ihre erste Begegnung?«

Er hatte Kaspersky 1999 im Hotel Caiette kennengelernt. Sein Aufenthalt dort stand damals jedoch von Anfang an unter einem schlechten Stern. Suzanne war bereits krank, weshalb sie in New York geblieben war, und schon bei der Ankunft im Hotel bereute er seine Reise und dachte daran, vorzeitig heimzukehren. Nur brauchte er Investoren, weshalb er sich jeden Monat eine Woche außerhalb von New York aufhielt und in Clubsalons und Hotelbars nach neuen Kunden angelte. Das Hotel Caiette gefiel ihm besonders, da allein die Tatsache, dass ihm das Haus gehörte, keinen Zweifel an seiner Glaubwürdigkeit aufkommen ließ: *Hören Sie, wir unterhalten uns unter dem Dach eines Gebäudes, das mir gehört.* Nicht, dass er im Management des Hauses je eine Rolle gespielt hätte, aber darauf kam es auch nicht an.

Während dieses Besuchs im Hotel Caiette kam er am zweiten Abend nach unten und sah Ella Kaspersky, eine elegante Frau mittleren Alters, die in einem Sessel saß, Whisky trank, ins Dämmerlicht über der Bucht schaute und das Spiegelbild der Lobby betrachtete, das nach und nach auf der Glaswand Kontur gewann. Alkaitis positionierte sich in ihrer Nähe und nickte, als sie zu ihm hinübersah. Worüber hatten sie geredet? Italien, falls er sich korrekt erinnerte. Sie war eine Kunstsammlerin. Sie arbeitete nicht. Sie reiste, lernte Sprachen, ging auf Auktionen und Kunstmessen. Sie hatte gerade drei Monate lang Italienisch in Rom gelernt, folglich unterhielten sie sich ausgiebig über die Vorzüge Italiens, ehe sich das Gespräch dem zuwandte, womit er seinen Lebensunterhalt verdiente. Sie war interessiert. Wie von selbst ergab sich, dass sie Geld investieren wollte. Ihr Vater, der wenige Monate zuvor gestorben war, hatte einen Großteil seines Vermögens der allgemeinnützigen Stiftung ihrer Familie hinterlassen, und Ella hatte ein Wort bei den Investitionen dieser Stiftung mitzureden.

»Erzählen Sie mir von Ihrer Investmentstrategie«, sagte sie.

Er erging sich in allerlei Einzelheiten und berichtete ihr, dass er die Split-Strike-Conversion-Strategie verfolge, zu der es gehöre, ein Aktienpaket zusammen mit Optionsverträgen zu kaufen, um diese Aktien dann später zu einem fixen Preis wieder abzustoßen, wodurch sich die Risiken minimierten. Er koordiniere diese Käufe mit den Marktfluktuationen, erzählte er weiter, und ziehe das Geld seiner Klienten manchmal auch ganz vom Markt ab, um es in Staatsanleihen oder in Wechsel des US-Finanzministeriums zu investieren und erst wieder auf den Markt zu bringen, wenn ihm der Zeitpunkt angemessen scheine. Ella Kaspersky gab sich den Anschein, ihm aufmerksam zuzuhören, doch war sie bereits bei ihrem dritten Drink, weshalb er niemals geglaubt hätte, dass sie sich an jedes seiner Worte erinnerte, bis dann wenige Wochen später ein Brief von ihr in seinem New Yorker Büro eintraf. Sie habe Recherchen über seine Methoden und Handelsstrategien angestellt. Sie habe sich genauer mit einem der Fonds befasst, die von ihm verwaltet würden. Sie habe sich mit zwei Experten über die Investmentstrategie unterhalten, die er angeblich verfolge, doch könne ihr keiner der beiden erklären, wieso Alkaitis' Ausschüttungen so hoch und so gleichmäßig seien; sie kenne zwei vergleichbare, mit einer ähnlichen Strategie geführten Fonds, doch schwankten deren Ausschüttungen in weit größerem Maße. Sie finde seine Fähigkeit geradezu verwirrend, in solchem Umfang mit Aktien zu handeln, ohne die Aktienpreise zu beeinflussen. Seine Ausschüttungen schienen ein geradezu übernatürliches Wissen darum vorauszusetzen, wann die Kurse sinken würden. »Ich will damit keineswegs andeuten«, schrieb sie, »dass ich gänzlich abgeneigt bin, dem Mysterium im Universum einen gewissen Spielraum zuzubilligen, oder auch nur, dass ich nicht willens wäre, das Vorhandensein von ungewöhnlichen Talenten zu akzeptieren, gar eines Genies, wenn es darum geht, Marktbewegungen vorherzusehen, doch kann ich nicht umhin, zu bemerken, dass Ihre Handelsstrategie in dem von Ihnen offenbar praktizierten Umfang mehr OEX-Put-Options voraussetzt, als tatsächlich am Chicago Board Options Exchange vorhanden sind.« Persönlich möchte sie noch anmerken, dass er vielleicht ihr Entsetzen nachvollziehen könne, als sie bei ihren Nachforschungen herausfand, dass von der Privatstiftung ihrer Familie – die, wie sie im Caiette bestimmt angemerkt habe, gegründet worden sei, um Forschungen zu finanzieren, die sich mit Dickdarmkrebs befassten, woran ihre Mutter vor zehn Jahren gestorben sei – bereits viel Geld in Alkaitis' Fonds investiert worden sei. »Natürlich«, schrieb sie, »habe ich mich in dieser Angelegenheit an den Stiftungsdirektor gewandt, der mein

Entsetzen teilte und umgehend einen Antrag auf Rücküberweisung der gezahlten Beträge gestellt hat. Die Katastrophe wurde abgewendet, dennoch finde ich den Gedanken unerträglich, dass meine Familienstiftung beinahe ausgelöscht worden wäre. Wie schrecklich ist doch die Vorstellung, dass das Erbe meiner Eltern derart in Gefahr geraten konnte.« Sie nehme sich die Freiheit, eine Kopie dieses Briefes an die Börsenaufsicht zu schicken.

Alkaitis rief Enrico in sein Büro. Es war interessant, ihn dabei zu beobachten, wie er Kasperskys Brief las. Enrico verzog keine Miene, nur seine Hände zitterten leicht. Mit einem Seufzer gab er das Schreiben zurück.

»Sie kann nichts beweisen«, sagte Enrico. »Alles nur Unterstellungen und Vermutungen.«

»Aber sie hat das hier an die Börsenaufsicht geschickt. Die könnte also jeden Moment hier hereinspazieren.«

»Kommt Zeit, kommt Rat und Tat, Boss.« Erst viel später, nämlich einige Jahre nach Beginn seines neuen Lebens im FCI Florence Medium 1, fragte sich Alkaitis: Warum war Enrico nicht damals schon geflüchtet? Im Winter 1999, als Ella Kaspersky ihnen auf die Schliche gekommen war?

In der Version der Geschichte, die er Julie Freeman im Gefängnis erzählt, verschweigt er allerdings, dass er Kasperskys Brief noch jemand anderem gezeigt hat.

»Und was ist dann geschehen?«, fragt Freeman.

»Wir bekamen Bescheid von der Börsenaufsicht, dass man eine Untersuchung anstrengen würde.«

»Und warum wurden Sie nicht gefasst?«

»Ehrlich gesagt, ich weiß es nicht. Entweder waren die Leute von der Börsenaufsicht inkompetent, oder es war ihnen egal. Oder beides. Ich hatte angenommen, dass man uns schnappen würde. Dazu hätte es nur eines Anrufs gebraucht. Nur eines einzigen Anrufs, und man hätte herausgefunden, dass es überhaupt keine Aktienverkäufe gab.«

»Und mit ›uns‹ meinen Sie sich selbst und Ihre Mitarbeiter?«

»Wie bitte?«

»Ich hatte angenommen, dass man uns schnappen würde.‹«

»Ein Versprecher. Ich meinte ›mich‹.«

»Verstehe. Muss ein angenehmer Schock gewesen sein, als die Untersuchung ergebnislos eingestellt wurde.«

»Sehr angenehm.«

»Haben Sie sie noch einmal getroffen?«

»Kaspersky? Nein.«

Doch, aber das war ein Abend, an den er nur ungern zurückdenkt. Er aß mit Suzanne im Le Veau d'Or, einem Restaurant, das sie beide liebten. Nun, zumindest er hatte etwas gegessen. Suzanne nahm nur wenige Löffel einer Hühnerbrühe zu sich. Sie waren gerade beim Onkologen gewesen, und es kam ihnen vor, als hätten sie einen Tunnel betreten, der im Dunkeln endete. Beide eilten sie in hohem Tempo der Nacht entgegen. Alkaitis bemühte sich, ihr Gespräch nicht versickern zu lassen, aber Suzanne war in einem anderen Tunnel unterwegs, einem noch dunkleren. Sie antwortete nur einsilbig, und er ahnte bereits, wie sie von nun an getrennt sein würden, wie Suzanne sich immer weiter von ihm entfernen würde. Er glaubte, der Abend könne unmöglich noch schlechter werden, aber jeder Abend kann jederzeit noch schlechter werden. Wenige Tische weiter hörte er ein Glas zersplittern, und als er sich umwandte, entdeckte er Ella Kaspersky. Sie aß allein. Ein Kellner hatte ihr Weinglas fallen lassen, und es war auf dem Brotteller zerschellt.

»Kennst du sie?«, fragte Suzanne, der irgendetwas an seinem Gesichtsausdruck aufgefallen war.

»Du wirst es nicht glauben, aber das ist Ella Kaspersky.« (Ein Unterschied zwischen dem Leben mit Suzanne und dem Leben mit Vincent, einer von vielen: Suzanne erzählte er alles.)

»Ich hatte nicht gedacht, dass sie so elegant sein würde.« Kaspersky sah nicht in ihre Richtung. Sie hatte damit zu tun, Weißweintropfen von ihrem Revers abzutupfen. »Ich habe sie mir immer als etwas schludrige Eigenbrötlerin vorgestellt.«

»Bist du mit der Suppe schon fertig?« Er wollte, dass seine Frau mehr aß, dass sie bei Kräften blieb, außerdem wollte er, dass sie aufhörte, Kaspersky anzustarren.

»Ja, bestell bitte die Rechnung.«

Er ließ die Rechnung kommen und kümmerte sich darum, während seine Frau weiterhin Kaspersky beobachtete, die alle Entschuldigungen des Kellners schulterzuckend abtat und sich wieder einem mehrere Zentimeter dicken, von einer Vielzweckklemme zusammengehaltenen Dokument zugewandt hatte. Ihm gefiel nicht, wie Suzanne sie ansah.

»Lass uns gehen«, sagte er leise, sobald er bezahlt hatte, aber Kaspersky saß im schmalsten Teil des Restaurants, weshalb sie auf dem Weg zur Tür an ihrem Tisch vorbeimussten. Als sie sich ihm näherten, machte sich auf Suzannes Gesicht ein Furcht einflößendes Lächeln breit. Erst als sie den Tisch fast erreicht hatten, blickte Ella Kaspersky auf. Sie bewies die Reaktionen einer versierten Pokerspielerin, nur ihre Augen verengten sich leicht, als sie Jonathan erkannte.

»Guten Abend, Ella«, sagte Alkaitis. Die Börsenaufsicht hatte ihre Untersuchung zu Beginn der Woche eingestellt, und es bestand keinerlei Veranlassung, sich als Sieger nicht edelmütig zu geben.

Ella Kaspersky lehnte sich zurück, musterte ihn und nippte an ihrem Wein. Sie sprach so lange kein Wort, dass er schon glaubte, sie würde keinen Ton von sich geben, weshalb er sich abwenden und gehen wollte, als sie sagte: »Sie sind selbst meine Verachtung nicht wert.«

Alkaitis war wie gelähmt. Er wusste nicht, was er darauf erwidern sollte.

»Ach, Ella«, sagte Suzanne. Auf dem Brotteller war ein kleiner Splitter vom zerbrochenen Weinglas übersehen worden. Suzanne fischte ihn mit zwei Fingern hervor und ließ ihn behutsam in Kasperskys Wasserglas fallen. Sie sahen zu, wie er nach unten glitt.

Suzanne beugte sich vor und sagte leise: »Schlucken Sie doch Glassplitter.«

Darauf folgte ein Moment, in dem niemand ein Wort sagte.

»Sie hören das sicher ständig«, sagte Ella Kaspersky schließlich, »aber Sie beide sind wie füreinander geschaffen.«

Alkaitis nahm seine Frau am Arm und führte sie rasch aus dem Restaurant hinaus auf die kalte Straße, wo ihr Wagen wartete. Er schob sie auf die Rückbank und nahm dann neben ihr Platz. »Nach Hause bitte«, sagte er dem Fahrer. Dann sah er Suzanne an und merkte, dass sie lautlos weinte, die Hände vorm Gesicht. Er zog sie an sich und hielt sie, ihre Tränen fielen auf seinen Mantel, und so verharrten sie, ohne ein Wort zu sagen, die ganze Strecke bis nach Connecticut.

***

In einem anderen Leben, in der Bibliothek des FCI Medium 1, gönnt sich der Gastprofessor ganz unerwartet eine Pause von F. Scott Fitzgerald.

»Ich möchte mit Ihnen heute über Allegorien reden«, sagt er. »Kennt jemand die Geschichte vom Schwan, der auf dem Teich einfriert?«

»Ja, ich glaube, die kenne ich«, sagt Jeffries. Er ist Polizeibeamter gewesen, bis er versucht hat, seine Frau umzubringen. »Die mit dem Schwan, der nicht rechtzeitig wegfliegt, stimmt's?«

Später, als Alkaitis für Kartoffeln und ein unbestimmbares Stück Fleisch ansteht, muss er wieder an diese Geschichte mit dem Schwan denken. Sie hat zu den Lieblingsgeschichten seiner Mutter gehört und ist ihm in seiner Kindheit und Jugend oft erzählt worden. Eine Gruppe Schwäne auf einem See im späten Herbst, und als die Nächte kälter werden, fliegen alle weg. Nur einer bleibt aus Gründen, an die sich Alkaitis nicht erinnern kann: Ein einsamer Schwan, der die nahende Gefahr verkennt oder den See zu sehr liebt und ihn nicht verlassen mag, obwohl es offenkundig Zeit für den Abflug ist; vielleicht war er auch einfach zu überheblich – die Gründe des Schwans bleiben unklar und, so Alkaitis' Vermutung, sie wechseln, je nachdem, was seine Mutter ihm deutlich machen wollte –, jedenfalls beginnt der Winter, und der Schwan friert fest, weil er nicht rechtzeitig aus dem Wasser gekommen ist.

***

»Ich dachte, ich käme noch rechtzeitig raus«, sagt er Freeman, als sie ihn wieder besuchen kommt. »Es war mir so peinlich. Ich wollte niemanden enttäuschen. Sie waren alle so habgierig, diese Leute, erwarteten so hohe Renditen ...«

»Sie hatten also den Eindruck, von den Investoren zum Betrug gedrängt zu werden«, stellt sie tonlos fest.

»Nun, das habe ich nicht gesagt. Ich übernehme die volle Verantwortung für meine Vergehen.«

»Aber Sie finden, die Investoren tragen eine Mitverantwortung, oder?«

»Sie haben Gelder in einer gewissen Höhe erwartet, und ich sah mich genötigt, sie ihnen auszuzahlen. Ehrlich, es war der reinste Albtraum.«

»Für Sie?«

»Ja, natürlich. Stellen Sie sich den Stress vor«, sagt er, »diesen konstanten Druck, ständig zu wissen, dass irgendwann alles zusammenbricht, und trotzdem immer weiterzumachen. Ehrlich gesagt, ich habe mir oft gewünscht, ich wäre schon früher erwischt worden, vielleicht 1999 bei der ersten Untersuchung der Börsenaufsicht.«

»Und Sie bleiben dabei, dass sonst niemand davon gewusst hat.« Freemans Ton bleibt bewusst neutral. »Von den Depotauszügen, dem Betrug, den Überweisungen – dafür waren Sie allein verantwortlich.«

»Ich ganz allein«, sagt er. »Ich habe nie jemandem auch nur ein Sterbenswort gesagt.«

***

An einem anderen Tag dreht Yvette Bertolli ihre Runden im Freiganghof, geht rechts und leicht versetzt hinter einem ältlichen Mafioso her, dessen Name in der Lower East Side einst Schrecken verbreitete, der sich jetzt aber ein wenig tapsig und im Schneckentempo als Jogger versucht. Irgendwo unterhalten sich Olivia und Faisal mit einem Mann, den Alkaitis nicht kennt, einem Mann, der auch kein Gefangener ist und vermutlich nicht mehr lebt, einem Mann mittleren Alters in einem schönen Anzug aus grauer Wolle.

Soweit Alkaitis weiß, hat es im Zusammenhang mit dem Schneeballsystem vier Selbstmorde gegeben, vier Menschen, die mehr verloren hatten, als sie ertragen konnten. Faisal war einer von ihnen. Gehörte dieser Mann auch dazu? Es hatte da noch einen australischen Geschäftsmann gegeben, falls Alkaitis sich korrekt erinnert, und einen Belgier. Sind denn immer noch mehr Geister unterwegs zum FCI Florence Medium 1? Er starrt Olivia an, und er spürt, wie er wütend wird. Welches Recht hat sie, hier herumzuspuken? Mit welchem Recht spukt *irgendwer* hier herum? Es ist doch nicht seine Schuld, dass Faisal sich entschied, das zu tun, was er getan hat. Wenn er ehrlich ist, muss er sich wohl eingestehen, dass Yvette Bertollis Herzinfarkt vermutlich mit dem Schneeballsystem zusammenhing, dabei hätte sie lange vorher schon wissen können, was es damit auf sich hatte, und jederzeit aussteigen können, genau wie alle anderen auch; und was immer mit Olivia geschah, kann ihm ja wohl kaum zur Last gelegt werden, schließlich steckt er schon seit Jahren im Gefängnis, sie aber ist erst seit einem Monat tot. Wenn Alkaitis daran denkt, wie viel Geld er beschafft hat, wenn er an die vielen Schecks denkt, die er im Laufe der Jahre verschickt hat, fühlt er eine dumpfe Wut in sich aufsteigen.

»Ich behaupte ja nicht, dass mein Handeln rechtens war, aber jede rationale Analyse dürfte ergeben, dass ich in der Welt Gutes getan habe«, schreibt er an Julie Freeman. »Damit meine ich, dass ich über mehrere Jahrzehnte für eine Menge Leute jede Menge Geld gemacht habe, für viele Wohltätigkeitsorganisationen, auch manch einen Staatsfonds und manch eine Pensionskasse etc., und ich weiß, das mag jetzt nach Selbstrechtfertigung klingen, aber die reinen Zahlen sprechen für sich, und wenn man die Investitionen mit den Ausschüttungen vergleicht, haben die meisten Leute und Organisationen weit mehr rausgeholt als eingezahlt und weit mehr Geld gemacht, als sie ohne mich je auf dem Aktienmarkt verdient hätten, weshalb ich nahelege, dass es unzutreffend ist, sie ›Opfer‹ zu nennen.«

***

»Tja«, sagte er zu Suzanne im Hospiz, »wenigstens steckt man dich nicht mehr ins Gefängnis, wenn das Schneeballsystem mal zusammenbricht.«

»Überleg doch nur, wie viel du allein an Anwaltskosten sparst«, sagte sie. So waren sie in den letzten Monaten, gespielte Unbekümmertheit und flapsiges Maulheldentum, bis Suzanne aufhörte zu reden, woraufhin er dann auch aufhörte und nur noch stumm an ihrem Bett saß, Stunde um Stunde, und ihre Hand hielt.

***

Als es dann schließlich so weit war und er gestellt wurde, stand die falsche Frau an seiner Seite, dabei hatte ihn
Vincent gegen Ende durchaus beeindruckt, auch wenn sie
nicht Suzanne war. Die Szene: sein Büro in Midtown, das
letzte Mal, dass er sich in diesem Raum aufhalten würde.
Er saß hinterm Schreibtisch, Claire weinend auf dem Sofa,
und Harvey starrte Löcher in die Luft, während Vincent
mit Mantel und Einkaufstüten beschäftigt war, ehe sie
Platz nahm und ihn ansah, sodass er ihr schließlich sagen
musste: »Vincent, weißt du, was ein Schneeballsystem ist?«

»Ja«, erwiderte Vincent.

Claire, vom Sofa, immer noch weinend: »Woher weißt
du, was ein Schneeballsystem ist, Vincent? Hat er dir was
gesagt? Hast du Bescheid gewusst? Ich schwöre bei Gott,
wenn du Bescheid gewusst hast, wenn er dir …«

»Natürlich hat er mir nichts gesagt«, erwiderte Vincent.
»Aber ich weiß, was ein Schneeballsystem ist, weil ich
nicht total dämlich bin.«

Er dachte nur, *ja, das ist mein Mädchen.*

∗∗∗

Im Gegenleben läuft er durch einen Hotelkorridor – breit,
still, modernistische Wandleuchten, ein Korridor im Ho-
tel Palm Jumeirah –, und ausnahmsweise nimmt er die
Treppe, geht langsam durch die kühle Luft. Auf jedem
Treppenabsatz steht eine Topfpalme. Bis auf Vincent ist die
Lobby leer. Sie steht am Springbrunnen, schaut ins Wasser.
Sie blickt auf, als er näher kommt. Sie hat auf ihn gewartet.
Diesmal ist es anders, er weiß genau, dass dies unmöglich
eine Erinnerung sein kann, da er einen Moment braucht,

306

bis er Vincent erkennt. Sie sieht viel älter aus, und sie trägt seltsame Sachen, ein graues T-Shirt, graue Uniformhose und eine Küchenschürze. Sie hat sich ein Tuch um den Kopf gebunden, trotzdem erkennt er, dass ihr Haar sehr kurz ist, gar nicht wie in der Zeit, in der sie zusammen gewesen sind; außerdem trägt sie kein Make-up. Sie sieht wie ein völlig anderer Mensch aus.

»Hallo, Jonathan.« Ihre Stimme scheint von weit her zu kommen und klingt, als würde sie aus einem U-Boot telefonieren.

»Vincent? Ich habe dich fast nicht erkannt.«

Sie schaut ihn an und sagt nichts.

»Was machst du hier?«, fragt er.

»Nur ein kurzer Besuch.«

»Ein Besuch von wo?«

Doch sie blickt an ihm vorbei, ist abgelenkt, und als er sich umdreht, sieht er Yvette und Faisal vor einem der Lobbyfenster. Yvette lacht über irgendetwas, das Faisal gerade gesagt hat.

»Die dürften gar nicht hier sein«, sagt er, aufrichtig erschrocken, »ich habe sie hier noch nie gesehen«, doch als er sich wieder zu ihr umwendet, ist Vincent verschwunden.

***

Als er später wach in seinem unbequemen Bett im Nicht-Gegenleben liegt, im Nichtleben, plagt ihn, wie unfair das alles ist. Wenn er schon Geister sehen muss, warum dann nicht seine richtige Frau, die erste Gefährtin, nicht die zweite – seine Mitverschwörerin, seine geliebte Suzanne –, und warum sieht er nie Lucas? Ihm geht es nicht gut. Er ist jetzt häufiger im Gegenleben als hier im Gefängnis, und er weiß, dass ihm die Realität langsam entgleitet. Er fürchtet, den eigenen Namen zu vergessen, und wenn er sich selbst vergisst, dann vergisst er natürlich auch seinen Bruder. Dieser Gedanke verstört ihn, also malt er sich mit Churchwells Stift ein winziges L in die linke Hand und nimmt sich vor, jedes Mal, wenn er das L sieht, ganz bewusst an Lucas zu denken, denn so wird die Erinnerung an seinen Bruder zum Ritual. Irgendwo hat er gehört, dass man die Rituale als Letztes verliert.

»Ein Ritual wie das tägliche Zähneputzen«, sagt Churchwell.

»Ganz genau.«

»Nur gibt es da einen Unterschied. Wenn man sich die Zähne putzt, verschlechtern sich die Zähne nicht von Mal zu Mal.«

»Was soll das heißen?«

»Ich bin kein Experte, aber ich erinnere mich, irgendwo gelesen zu haben, dass jedes Mal, wenn man eine Erinnerung hervorholt, der Akt des Erinnerns die Erinnerung selbst ein wenig korrumpiert, sie leicht verändert.«

»Tja«, sagt Alkaitis, »das Risiko werde ich wohl eingehen müssen.« Ihn beunruhigt diese neue Information – ist sie überhaupt neu? Irgendwie klingt sie vertraut – in letzter Zeit greift er jedenfalls immer wieder auf diese eine Erinnerung an Lucas zurück, hängt wieder und wieder derselben Erinnerung nach; und was für ein schrecklicher Gedanke, er würde sie jedes Mal ein wenig stärker abnutzen, ja, sie vielleicht sogar in diesem Moment auf kaum wahrnehmbare Weise verändern. Wenn er nicht im Gegenleben verweilt, hält er sich gern auf einer grünen Wiese in seiner Geburtsstadt auf, im Dämmerlicht nach einem Familienpicknick. Es war Lucas' letzter Sommer. Jonathan war vierzehn. Lucas kam am Nachmittag, vier Züge später als geplant. Jonathan erinnert sich daran, am Bahnhof den ersten Zug abgewartet zu haben, dann noch einen, dann den dritten, den vierten, bis Lucas schließlich ins Sonnenlicht trat, viel magerer, als Jonathan ihn in Erinnerung hatte, ein Schlaks mit dunkler Brille. »Entschuldige«, sagte er, »ich fürchte, ich habe heute Morgen jedes Zeitgefühl verloren.«

»Wir haben schon fast angefangen, uns Sorgen zu machen!«, sagte seine Mutter mit jenem nervösen kleinen Kichern, das Jonathan erst in jüngster Zeit an ihr aufgefallen war. Sie hatte die letzte Stunde im Auto geweint, während sein Vater auf und ab lief und Zigaretten rauchte. »Wir haben befürchtet, du kommst nicht mehr.« Das Familienpicknick war natürlich ihre Idee gewesen.

»Nichts in der Welt hätte mich davon abhalten können«, sagte Lucas, sein Vater presste die Lippen zusammen. Wie immer konnte Jonathan unmöglich sagen, ob Lucas es ernst meinte oder nicht. Es war einfach nicht fair, dass Jonathan so viel jünger war. Er würde nie mit Lucas Schritt halten können.

»Wie läuft's mit der Malerei?«, fragte er, sobald sie beide auf der Rückbank saßen; und noch Jahrzehnte später im FCI Florence Medium 1 kann er die Freude spüren, die es ihm in jenem Moment bereitet hatte, an eine so erwachsene Frage gedacht zu haben.

»Läuft prima, Kumpel, danke der Nachfrage. Echt prima.«

»Gefällt es dir noch immer in der Stadt?« Mom redete

immer nur von der ›Stadt‹ wie ein Prediger von *Gomorra* reden mochte.

»Ich liebe es da.« Trotzdem klang Lucas irgendwie leicht daneben, selbst der vierzehnjährige Jonathan merkte das. Die Eltern sahen sich besorgt an.

»Falls du mal für eine Weile nach Hause kommen möchtest«, sagte der Vater. »Eine kleine Pause vom Alltag, und sei es nur eine Woche oder zwei, ein bisschen frische Luft schnappen …«

»Frische Luft wird überschätzt.«

Später, als er diese Erinnerung von fern betrachtet, aus dem FCI Florence Medium I, weiß Alkaitis kaum noch etwas über das Picknick selbst. Er erinnert sich vor allem an das Danach, an das Gefühl der Ruhe am Ende eines langen merkwürdigen Tages, an den zeitweiligen Frieden, wie sie da im Schatten zusammensitzen, die ganze Familie, und dann, während die Sonne langsam untergeht und ihre Eltern anfangen, davon zu reden, Lucas zurück zum Bahnhof zu fahren (»falls du nicht über Nacht bleiben möchtest, mein Lieber, du weißt, für dich haben wir immer Platz …«), eine letzte herrliche Stunde, in der er mit seinem Bruder in der zunehmenden Dämmerung Frisbee spielt, in der sie über den Rasen rennen und springen, die fahle Scheibe durch das Dunkel kreiselt.

13

Schattenland

Dezember 2018

1

Im Dezember 2018 hatte Leon Prevant eine Stelle in einem Marriott nahe der Südgrenze von Colorado, unweit von New Mexico. Es war keine große Stadt, aus irgendeinem Grund aber gab es zwei Marriotts, die einander gegenüberstanden, dazwischen nur eine breite Straße und der Parkplatz. Die Marriotts lagen am Rand der Innenstadt, allerdings glich die Innenstadt eher einer Fata Morgana. An seinem ersten Tag ging Leon während der Mittagspause ins Zentrum, vorbei an einem riesigen Wandgemälde, dann eine Straße hoch, in der er das beste Café fand, das er seit einer ganzen Weile gesehen hatte, ein großer schattiger Ort gleich neben einer Kaffeerösterei. Er ließ sich einen Kaffee zum Mitnehmen geben und lief weiter die Straße entlang. Es gab ein riesiges Geschäft für Armeebedarf, das sich offenbar auf drei weitere Gebäude ausgeweitet hatte, die übrigen Schaufenster aber waren meist leer. Keine Autos fuhren vorbei. Er stand an einer Ecke mit Blick auf zwei lange Straßen, sah jedoch nur einen einzigen Menschen, einen Mann mit neonorangefarbenem T-Shirt, der einen Block entfernt auf einer Bank saß und ins Leere starrte. Die Tische vor dem Café waren unbesetzt. Leon kehrte rasch ins Marriott zurück, stempelte sich ein und nahm die Arbeit wieder auf, räumte eine neue Lieferung Toilettenartikel ins Lager und fischte dann am Pool Blätter und ertrunkene Käfer aus dem Wasser.

»Weißt du, daran merke ich, dass du von der Küste bist«, sagte Navarro später, einer der Mitarbeiter, als Leon ihm erzählte, wie leer die Innenstadt sei. »Leute wie du, ihr denkt, jeder Ort muss eine Innenstadt haben, sonst ist er irgendwie nicht richtig.«

»Findest du denn nicht, dass es in einer Innenstadt Menschen geben sollte?«

»Ich finde, manche Städte brauchen überhaupt keine Innenstadt«, sagte Navarro.

***

Er arbeitete dort seit sechs Monaten, als Miranda anrief. Er hockte nach seiner Schicht im Wohnmobil über ein Kreuzworträtsel gebeugt, Eisbeutel auf dem rechten Knie und linken Knöchel, allein, da Marie nachts in einem Walmart auf der anderen Seite der Schnellstraße Regale auffüllte. Der Anruf kam so unerwartet, dass er, als Miranda sich meldete, ihren Namen fast nicht verstand. Es verstrich ein seltsam stummer Moment, in dem er sich wieder fing.

»Leon?«

»Hi, tut mir leid. Was für eine unerwartete Überraschung«, sagte er und kam sich gleich wie ein Idiot vor, denn *unerwartet* und *Überraschung* waren in diesem Zusammenhang natürlich redundant, aber wer wollte ihm das zum Vorwurf machen?

»Tut gut, Ihre Stimme zu hören«, sagte sie, »nach all den Jahren. Haben Sie einen Moment Zeit?«

»Natürlich.« Sein Herz hämmerte. Wie viele Jahre hatte er auf diesen Anruf gewartet? Zehn? Eine Dekade in der Wildnis, kam ihm in den Sinn. Zehn Jahre, in denen er weit jenseits der Grenzen der Firmenwelt umhergezogen war und sich ganz zweckloserweise nach einer Rückkehr in diese Welt gesehnt hatte. Die Eisbeutel rutschten zu Boden, als er nach Stift und Papier langte.

»Ich fürchte, es sind nicht gerade die glücklichsten Umstände, die mich zu diesem Anruf bewegen«, sagte Miranda, »lassen Sie mich daher, bevor ich näher darauf eingehe, rundheraus fragen, ob Sie überhaupt Interesse daran hätten, zu uns zurückzukehren. Auf Beraterbasis. Es wäre auch nur für kurze Zeit, bloß ein paar Tage.«

»Doch, liebend gern.« Fast hätte er geweint. »Ja, das wäre wirklich … ja!«

»Schön, also gut.« Offenbar fand sie seine Begeisterung ein wenig überraschend. »Es hat da …« Sie räusperte sich. »Ich wollte gerade sagen, *es hat da einen Unfall gegeben*, aber ehrlich gesagt wissen wir nicht, ob es tatsächlich ein Unfall war. Jedenfalls gab es diesen Vorfall. Eine Frau ist von einem Schiff der Schifffahrtsgesellschaft Neptune-Avramidis verschwunden. Die Köchin.«

»Wie schrecklich. Welches Schiff?«

»Ja, wirklich schrecklich. Die *Neptune Cumberland*.« Der Name war Leon nicht vertraut. »Hören Sie«, fuhr Miranda fort, »ich stelle ein Komitee zusammen, das allgemein die

Sicherheit des Personals auf den Schiffen der Neptune-Avramidis und insbesondere den Tod von Vincent Smith untersuchen soll. Falls Sie interessiert sind, könnte ich Ihre Hilfe gebrauchen.«

»Moment mal«, sagte er, »sie hieß Vincent?«

»Ja, warum?«

»Woher kam sie?«

»Kanada. Kein fester Wohnsitz. Ihre nächste Verwandte ist eine Tante in Vancouver. Warum?«

»Nur so. Ich kannte mal eine Frau, die Vincent hieß. Ist lange her. Nun, *kennen* ist wohl zu viel gesagt. Ist nur kein besonders gebräuchlicher Vorname für eine Frau.«

»Stimmt. Wichtig an dieser Sache ist, und die Gründe dafür muss ich Ihnen sicher nicht im Einzelnen erklären, dass dies die einzige Untersuchung ihres Todesfalles bleibt, die es geben wird. Um ganz offen zu sein: Würde ich über das nötige Budget verfügen, würde ich eine auswärtige Anwaltskanzlei mit der Untersuchung beauftragen.«

»Klingt teuer.«

»Klingt nicht nur so. Mehr ist aber nicht drin, nur eine interne Untersuchung durch die Firma, für die sie gearbeitet hat. Firmen haben so ihre Art, sich selbst von jeder möglichen Schuld freizusprechen, finden Sie nicht?«

»Und deshalb wollen Sie einen neutralen Beobachter«, sagte er.

»Sie sind jemand, dem ich vertraue. Wie bald könnten Sie in New York sein?«

»Sehr bald«, sagte er. »Ich müsste hier nur noch einige Dinge abwickeln.« Er rechnete hoch, wie lange er für die Fahrt aus dem Süden Colorados brauchen würde, dann unterhielten sie sich noch eine Weile über nötige Reisevorbereitungen. Nachdem er das Gespräch beendet hatte, blieb er lange am Tisch sitzen und blinzelte mit den Augen. Er rief die Anrufliste auf, um sich zu vergewissern, dass er sich das Gespräch nicht bloß eingebildet hatte. *Neptune-Avra, Ortsvorwahl 212, Dauer: 21 Minuten.* Der Text auf dem Handybildschirm schien ihm angemessen. Ihm war, als hätte er einen Anruf von einem anderen Planeten erhalten.

2

Nach Alkaitis führten sie eine andere Art Leben. Als das Schneeballsystem zusammenbrach, hielten sich Leon und Marie noch ein halbes Jahr in ihrem Haus, sechs Monate versäumter Hypothekenraten, sechs Monate mit ständigem Stress. Leon hatte seine gesamte Abfindung und alles Ersparte in Alkaitis' Fonds investiert. Die Ausschüttungen machten sie nicht gerade reich, aber man brauchte nicht viel, um in Südflorida gut leben zu können. Den Wohnwagen hatten sie sich kurz vor Alkaitis' Verhaftung gekauft. In den folgenden Monaten bemühte sich Leon um weitere Beratertätigkeiten bei Neptune-Avramidis, doch musste die Schifffahrtsgesellschaft Leute entlassen und stellte keine neuen Berater mehr ein, und Marie galt wegen ihrer Angstzustände und Depressionen als arbeitsunfähig. Anfangs wirkte der Wohnwagen in der Auffahrt daher wie ein bösartiges Omen, wie ein grausamer Scherz, fast, als hätten ihre finanziellen Fehlentscheidungen körperliche Form angenommen und parkten nun gleich vor ihrem Haus.

Anfang Sommer aßen sie zum Abendbrot Omelett bei

Kerzenschein, nicht, weil sie Kerzen so romantisch fanden, sondern weil sie Stromkosten sparen mussten, und Marie erzählte: »Ich hatte in letzter Zeit Kontakt mit Clarissa. Über E-Mail.«

»Clarissa?« Der Name klang vertraut, aber es dauerte einen Moment. »Ach, deine Freundin vom College, stimmt's? Das Medium?«

»Ja, diese Clarissa. Wir haben vor Jahren in Toronto mit ihr zu Abend gegessen.«

»Ich erinnere mich. Wie geht es ihr?«

»Sie hat ihr Haus verloren und lebt jetzt in einem Wohnmobil.«

Mit einem Mal war Leons Kehle ganz trocken. Er legte die Gabel hin und griff nach dem Glas Wasser. Sie waren mit der Hypothek zwei Monate im Verzug. »Was für ein Pech«, sagte er.

»Sie schreibt, sie fände es gar nicht so schlecht.«

»Immerhin hat sie es kommen sehen«, sagte er, »wo sie doch eine Hellseherin ist.«

»Ich habe sie das gefragt«, sagte Marie, »aber sie meint, ihr seien nur Bilder von Highways gekommen, weshalb sie angenommen habe, sie würden eine längere Fahrt unternehmen.«

»Ein Wohnmobil«, sagte Leon. »So ein Leben ist bestimmt nicht ganz einfach.«

»Hast du gewusst, dass man so einige Jobs machen kann, wenn man mit einem Wohnmobil unterwegs ist?«

»Was denn für Jobs?«

»Auf einem Jahrmarkt Eintrittskarten verkaufen. Lagerarbeiten während der hektischen Urlaubszeit. Dieses oder jenes auf dem Land. Clarissa schreibt, sie hätte eine Weile auf einem Campingplatz gearbeitet, sauber gemacht, sich um die Camper gekümmert.«

»Interessant.« Irgendetwas musste er ja sagen.

»Leon«, fuhr sie fort, »was wäre, wenn wir einfach mit dem Wohnwagen losfahren?«

Im ersten Moment fand er die Idee schlicht absurd, trotzdem wartete er ein, zwei Augenblicke, ehe er sanft nachfragte: »Und wohin sollten wir fahren, meine Liebe?«

»Wohin wir wollen. Wir könnten überallhin.«

»Denken wir noch ein bisschen drüber nach«, erwiderte er.

Die Idee fand er nur ein paar Stunden verrückt, vielleicht nicht mal so lange. In der Nacht lag er wach, schwitzte in die Laken – es fiel ihm schwer, ohne Klimaanlage zu schlafen, aber sie waren nun mal knapp bei Kasse und Marie hatte ausgerechnet, dass sie, wenn sie die Klimaanlage laufen ließen, selbst das Minimum ihrer Kreditkartenrechnungen nicht mehr bezahlen konnten –, und er sah ein, wie brillant dieser Plan war: Sie würden einfach losfahren. Das Haus, das ihn nachts wach hielt, wäre dann das Problem von jemand anderem.

»Ich habe über deine Idee nachgedacht«, sagte er beim Frühstück zu Marie. »Lass es uns machen.«

»Entschuldige, was machen?« Sie war morgens meist noch müde und träge.

»Wir nehmen das Wohnmobil und fahren los«, sagte er, und ihr Lächeln war eine Wohltat. Kaum hatten sie die Entscheidung getroffen, packte ihn eine seltsame Dringlichkeit, dabei trieb sie, im Nachhinein gesehen, eigentlich nichts zur Eile an. Vier Tage später waren sie unterwegs.

Als er ein letztes Mal durch die Räume ging, konnte

Leon spüren, dass das Haus bereits mit ihnen fertig war, ein Gefühl der Leere hing in der Luft. Die meisten Möbel waren noch da, ein Großteil ihrer Habe, in der Küche ein Kalender an der Wand, Kaffeetassen im Schrank, Bücher auf den Regalen, und dennoch machten die Zimmer einen verlassenen Eindruck. Leon hätte nie geglaubt, dass er und seine Frau zu jenen Leuten gehörten, die ihr Haus einfach verließen. Er war stets davon ausgegangen, dass jeder, der so etwas tat, sich gewaltig schämte, doch jetzt, auf der Schnellstraße und im Licht des frühen Morgens, fühlte er bei dem Gedanken, das Haus hinter sich zurückzulassen, einen unerwarteten Triumph. Leon fuhr über die Auffahrt, bog einige Male ab, und dann waren sie auf der Schnellstraße, fort für immer.

»Leon«, sagte Marie in einem Ton, der ihm verriet, dass sie ihm ein köstliches Geheimnis anvertraute, »ist dir aufgefallen, dass ich die Haustür nicht abgeschlossen habe?«

Bei diesen Worten überkam ihn reine Freude. Warum auch nicht? Ein Szenario, in dem sie ihr Haus verkauften, war undenkbar. Überall im Staat gab es Häuser, die neuer und schöner waren, ganze Neubaugebiete in den Vorstädten standen leer. Die Hypothekenschulden überstiegen den Wert des Hauses. Und was für ein Spaß, sich vorzustellen, wie ihr unverschlossenes Haus der Anarchie anheimfiel. Er wusste, sie würden nie wieder herkommen, und ihm gefiel der Gedanke. Nie mehr Rasen mähen oder Hecke stutzen. Der Schimmel im oberen Bad war nicht länger sein Problem. Und sie würden keine Nachbarn mehr haben. (Was erste Zweifel an ihrem Plan weckte, der objektiv gesehen kein so großartiger Plan war, nur die beste unter vielen schrecklichen Optionen. Er warf einen Blick hinüber zu

Marie auf dem Beifahrersitz und dachte: *Jetzt gibt es nur noch uns beide. Das Haus war unser Feind, aber es hat uns an diese Welt gebunden. Jetzt treiben wir haltlos dahin.*

***

In den ersten Tagen nachdem sie Florida verlassen hatten und weiter in Richtung Süden fuhren, wirkte Marie leicht abwesend, aber er wusste, das war ihre Art, mit Stress fertigzuwerden – sie vermied, sie wich aus, sie blieb auf Abstand –, gegen Ende der Woche aber kehrte sie zu ihm zurück. Meist kochten sie in der winzigen Bordküche, gewöhnten sich daran, zum einwöchigen Jubiläum aber steuerten sie einen Diner an. Sich ein Essen zu gönnen, das weder er noch Marie gekocht hatten, kam ihnen wie ein ungeheurer Luxus vor. Sie prosteten sich mit Gingerale zu, da Leon noch fahren musste und Marie Tabletten nahm, die sich mit Alkohol nicht vertrugen.

»Woran denkst du?«, fragte er übers Brathähnchen gebeugt.

»Ans Büro«, sagte sie. »An damals, als ich noch für die Versicherung gearbeitet habe.«

»Ich muss auch noch oft an mein Arbeitsleben denken«, erwiderte er. »Kommt mir wie ein anderes Leben vor.«

Solange er im Schifffahrtsgeschäft gewesen war, hatte er sich gefühlt, als sei er an einen elektrischen Stromkreis angeschlossen, der die Welt erhellte. Das Gegenteil davon waren diese Tage im Wohnmobil, an denen sie ohne ein bestimmtes Ziel dahinfuhren.

***

Einen Großteil jenes ersten Sommers verbrachten sie auf einem Campingplatz an der kalifornischen Zentralküste unweit der Stadt Oceano. Südlich der Zufahrtsstraße zum Strand fuhren Leute mit Quads über die Dünen, und von Weitem hörte sich der Motorenlärm wie schrilles Mückensirren an. Krankenwagen fuhren drei-, viermal am Tag ans Meer, um Quadfahrer einzusammeln. Nördlich der Straße aber war es ruhig. Leon spazierte gern nach Norden. Es gab nicht viel zwischen Oceano und Pismo Beach, dem nächsten Ort an der Küste. Eine einsame Gegend, ein vergessener Küstenstreifen, ein mit dunklen Flecken übersäter Strand, das Land hier wie mit schwarzem Teer durchsetzt. Abends sah er Schwärme von Strandläufern, die so rasch über den Sand flitzten, dass man meinen konnte, sie schwebten wenige Zentimeter über dem Boden, und ihre Füße trippelten so schnell wie in einem Roadrunner-Zeichentrickfilm, was sehr lustig aussah, aber auch faszinierend, wenn sie alle auf einmal die Richtung wechselten.

Leon und Marie aßen fast jeden Abend draußen. Marie schien am glücklichsten zu sein, wenn sie einfach aufs Meer hinausschaute, und Leon gefiel es auch. Er versuchte, sie dazu zu bewegen, möglichst lang am Strand zu bleiben, wo das Meer unendlich schien und die Vögel wie in einem Cartoon rannten. Er wollte nicht, dass sie glaubte, ihr Leben wäre eingeschränkt. Frachter fuhren am fernen Horizont, und er malte sich gern ihre Routen aus. Ihm gefiel die endlose Weite des Pazifiks, nichts als Schiffe und Wasser zwischen Leon und Japan. Ob sie einmal zusammen hinfahren würden? Natürlich nicht, aber der Gedanke gefiel ihm. In seinem früheren Leben war er einige Male geschäftlich dort gewesen.

»Woran denkst du?«, hatte Marie ihn an einem klaren Abend am Strand gefragt. Sie lebten damals schon seit zwei Monaten in Oceano.

»Japan.«

»Ich hätte mit dir hinfliegen sollen«, sagte sie. »Wenigstens einmal.«

»Das waren langweilige Trips, ehrlich. Nur Meetings. Vom Land habe ich nie viel gesehen.« Was nicht stimmte. Er hatte es geliebt, hatte einmal sogar zwei Tage angehängt, um zur Kirschblüte nach Kyoto zu fahren.

»Trotzdem, einfach mal hinfliegen und sich das Land ansehen.« Unausgesprochen war ihnen klar: Keiner von beiden würde je wieder diesen Kontinent verlassen.

In der Ferne fuhr ein Containerschiff vorüber, ein dunkles Rechteck in der Dämmerung.

»So hatte ich mir unseren Ruhestand eigentlich nicht vorgestellt«, sagte Leon, »aber es hätte schlimmer kommen können, findest du nicht?«

»Viel schlimmer. Und es *war* viel schlimmer, bevor wir das Haus verlassen haben.«

Er hoffte, jemand hatte ihm den Gefallen getan, das Haus bis auf die Grundmauern niederzubrennen. Objektiv gesehen war das Ausmaß der Katastrophe gewaltig – *Wir hatten ein Haus, dann haben wir es verloren* –, doch was für eine Erleichterung, nicht mehr an das Haus denken zu müssen, an die schwindelerregende Hypothek, an die ewige Instandhaltung. In diesem mobilen Leben gab es Augenblicke wahrer Freude. Er liebte es, mit Marie am Strand zu sitzen. Trotz allem, was sie verloren hatten, schätzte er sich doch glücklich, hier mit ihr sein zu dürfen, in diesem Leben.

Und doch waren sie Bewohner eines Schattenlandes, das er in seinem früheren Leben nur halb bewusst wahrgenommen hatte, eines Landes am Rande des Abgrunds. Er hatte von diesem Schattenland natürlich schon immer gewusst, hatte seine eher augenfälligen Außenposten gesehen: aus Pappe errichtete Hütten unter Straßenüberführungen, im Gebüsch entlang der Schnellstraße versteckte Zelte, Häuser mit verbarrikadierten Türen, in denen oben Licht brannte. Er war sich auch der Bewohner dieses Landes bewusst gewesen, Leute, die unter die Oberfläche der Gesellschaft abgetaucht waren, die auf einem Terrain ohne Komfort, ohne Platz für Irrtümer lebten, die mit ihrer weltlichen Habe im Rucksack am Straßenrand standen und trampten; sie sammelten Pfandflaschen in den Straßen der Stadt, liefen über den Strip in Las Vegas und trugen T-Shirts mit der Aufschrift: *Frauen auf Ihrem Zimmer in zwanzig Minuten*; sie waren diese Frauen im Zimmer. Er hatte das Schattenland gesehen, seine Außenbezirke und Schilder, er hatte nur nie geglaubt, dass er selbst jemals etwas damit zu tun haben würde.

Im Schattenland legte man sich notwendigerweise jede Nacht mit einer so gewaltigen Angst zu Bett, dass sie Leon wie etwas Körperliches vorkam, wie ein böswilliges Untier, das alles Licht absorbierte. Er lag neben Marie und dachte, es gibt in diesem Leben keinen Platz für Irrtum oder Unglück. Was würde mit Marie geschehen, wenn ihm etwas passierte? Sie fühlte sich seit einiger Zeit nicht besonders. Im Dunkeln war die Furcht ein Gewicht auf seiner Brust.

»Wie geht es Ihnen im Ruhestand?«, fragte Miranda. Sie saßen in ihrem Büro, das früher Leons Büro gewesen war. Es schien ihm größer, als er es in Erinnerung hatte. Mehrere Tage waren seit Mirandas Anruf in Colorado vergangen, Tage, in denen er seinen Job im Marriott aufgegeben hatte – eine dringende Familienangelegenheit, hatte er seinem Boss in der Hoffnung gesagt, dass der ihn später vielleicht wieder einstellen würde – und mit dem Wohnmobil nach Connecticut gefahren war, um es dort in der Auffahrt von einer von Maries Collegefreundinnen abzustellen.

»Kann mich nicht beklagen«, sagte Leon. Miranda schien nicht zu wissen, dass er zu denen gehörte, die bei Alkaitis investiert hatten, obwohl diese Information öffentlich zugänglich war. Irgendwo existierten online Aussagen aller Opfer über die Straftatfolgen, was er im Grunde nicht bedauerte, nur hätte er vermutlich keinen entsprechenden Bericht verfasst, wäre ihm bewusst gewesen, dass ihn jeder einsehen konnte, der seinen Namen bei Google eintippte.

»Keinerlei Beschwerden?«

Er lächelte. »Habe ich am Telefon denn so übereifrig gewirkt?«

»Sagen wir mal, Ihnen war keinerlei Bedauern darüber anzuhören, dass Sie Ihr Mußeleben aufgeben und eine Zeit lang wieder als Berater arbeiten sollen.«

»Tja«, erwiderte Leon. »Man kann, ehrlich gesagt, irgendwann durchaus auch mal genug vom Ruhestand haben.«

»Einer der Gründe, warum ich nicht vorhabe, jemals in den Ruhestand zu gehen.« Miranda blätterte in einem Ordner. Leon verkniff sich die Bemerkung, dass er auch nicht vorgehabt hatte, in den Ruhestand zu gehen, und dass er, sollte jemand nachfragen, sagen würde, er hätte das letzte Jahrzehnt in einem Wohnwagen gelebt, weil er und Marie genug von den Scherereien eines Lebens als Hauseigentümer gehabt hätten und schon immer ihr Land erkunden wollten. Miranda reichte ihm den Ordner, auf dem VINCENT SMITH stand. War Miranda wirklich einmal seine Assistentin gewesen? Oder trog ihn die Erinnerung? Er entsann sich vage einer Zeit, in der er ständig unterwegs gewesen war und Miranda die Reisen für ihn gebucht hatte, doch fiel es ihm schwer, jene stille junge Frau mit der leitenden Angestellten in Einklang zu bringen, die ihm jetzt gegenübersaß, makellos im stahlgrauen Kostüm, und einen Tee trank, den jemand anderes für sie zubereitet hatte.

»Sie können sich mit den Unterlagen Zeit lassen«, sagte sie. »Selbstverständlich sind sie streng vertraulich, aber Sie dürfen den Ordner mit nach Hause nehmen und ihn heute Abend durchsehen. Ich weiß, Sie sind lange fort gewesen, also lassen Sie es mich wissen, falls Sie Fragen haben. Einige Abläufe dürften sich seit Ihrem Ausscheiden verändert haben.«

Lange fort? *Ja*, dachte er, *so kann man es auch sehen*. Es war jedenfalls verwirrend, nach all der Zeit wieder hier zu sein. In der letzten Stunde war er über verstörend vertraute Flure gelaufen und hatte Leuten die Hände geschüttelt, die nicht einmal ahnten, wie glücklich sie sich schätzen konnten.

Er räusperte sich. »Sie haben am Telefon erwähnt, dass jemand aus dem Büro der Security die Befragungen leiten wird«, sagte er. »Was ist dann meine Rolle in dem Ganzen?«

»Stimmt, Michael Saparelli führt die Vernehmungen durch«, sagte Miranda. »Er war es auch, der letzte Woche mit dem Kapitän telefoniert und einen ersten Bericht geschrieben hat. Um mich absolut klar auszudrücken: Ich habe größten Respekt vor diesem Mann. Er war früher einmal bei der New Yorker Polizei. Ich rechne damit, dass er hervorragende Arbeit leisten wird, doch finde ich, dass es bei derart sensiblen Gesprächen mehr als nur einen Zeugen geben sollte.«

»Sie fürchten, es könnte etwas vertuscht werden?«

»Sagen wir, ich möchte jeder *Versuchung zu einer Vertuschung* von vornherein entgegenwirken.« Miranda nippte an ihrem Tee. »Dabei will ich Saparelli keinesfalls unterstellen, dass er ein unehrlicher Mensch ist, nein, nichts dergleichen. Aber Firmen sind wie Nationalstaaten, sie besitzen alle gewisse Eigenheiten.« Leon unterdrückte aufflackernden Unmut – *will meine ehemalige Assistentin mich etwa über Unternehmenskultur belehren?* –, nur lag sie mit ihrer Bemerkung gar nicht so falsch. »Ich habe mein gesamtes berufliches Leben dieser Firma gewidmet«, sagte Miranda, »wollte man mich aber zwingen, auf einen Mangel hinzuweisen, würde ich sagen, ich hätte ein gewisses Zögern bemerkt, Schuldzuweisungen zu akzeptieren. Ehrlich gesagt, gilt dies aber vermutlich für die gesamte Firmenwelt, was durchaus ein wenig frustrierend ist.«

»Wenn es sich also bei dem, was auch immer Ms Smith zugestoßen ist, um etwas handelt, das seitens der Firma möglicherweise hätte verhindert werden können …«

»Dann würde ich darüber gern Bescheid wissen«, sagte Miranda. »Hören Sie, das hier ist die Art Firma, in der ich einen Bericht über unser Überkapazitätsproblem verlange und garantieren kann, dass man mir zwanzig Seiten über unsere ökonomische Situation liefert, aber buchstäblich mit keinem Wort andeutet, dass wir unsere Flotte auch ein wenig anders managen könnten.«

»Ich werde Ihre Augen und Ohren sein«, sagte er.

»Danke, Leon. Und ist es für Sie immer noch okay, schon morgen früh zu fliegen?«

»Aber absolut. Es wird mir ein Vergnügen sein, dieses Land wieder einmal verlassen zu dürfen.« Später sollte es ihn beschämen, sich so ausgedrückt zu haben. Am Abend machte er sich dann mit den Einzelheiten des Falls vertraut. Vincent Smith: siebenunddreißig Jahre alt, Kanadierin. Stellvertretende Köchin auf der *Neptune Cumberland*, einem 370 Meter langen Containerschiff der Neopanamax-Klasse auf der Route Newark–Kapstadt–Rotterdam. Für gewöhnlich fuhr sie neun Monate am Stück zur See, um sich dann drei Monate freizunehmen, und sie hatte keine feste Adresse, was unter Seeleuten mit diesem Arbeitsplan nicht weiter ungewöhnlich war. Fünf Jahre lang wechselte sie auf diese Weise zwischen Land und Meer, bis sie dann eines Nachts vor der Küste von Mauretanien verschwand.

Sofern es denn im Zusammenhang mit ihrem Verschwinden einen Verdächtigen gab, war dies Geoffrey Bell. Anmerkungen zu Geoffrey Bell: aus Newcastle, ein Städtename, der Leon Prevant unwillkürlich an den falschen Kontinent und eine völlig andere Schiffsklasse denken ließ, an die fünfzig mal dreihundert Newcastlemax, die größten für den Hafen von Newcastle, Australien, zugelassenen Schiffe – doch Bells Newcastle war das ursprüngliche, also Newcastle upon Tyne. Sohn eines pensionierten Bergarbeiters und einer Verkäuferin, machte seinen Abschluss als Vollmatrose und blieb einige Jahre bei Maersk, um dann noch zweimal die Schifffahrtsgesellschaft zu wechseln, ehe er zu Neptune-Avramidis ging. An Bord der *Neptune Cumberland* hatte er den Rang des Dritten Maats inne. Sein Verhalten war nicht weiter auffällig, und er wäre auch wohl unbemerkt geblieben, hätte er mit Vincent nicht bis zu ihrem Tod ein Verhältnis gehabt.

***

Zwei Besatzungsmitglieder hatten dem Kapitän erzählt, sie hätten an Vincents letztem Abend an Bord aus ihrer Kabine einen Streit gehört. Kurz nach dem Streit hatten die Überwachungskameras Vincent aufgenommen, wie sie ihre Kabine verließ, durch mehrere Gänge lief, eine Treppe hinauf, um dann draußen auf dem C-Deck aufzutauchen, obwohl die Mannschaft angewiesen worden war, unter Deck zu bleiben, bis sich das Unwetter gelegt hatte. Es gab auf dem Schiff eine blinde Stelle, eine Ecke auf dem C-Deck ohne Kameraeinsicht. Die Aufnahmen der Überwachungskameras zeigen, wie Vincent zu dieser Ecke geht und aus dem Bild verschwindet. Dieselben Kameras haben Bells Weg aufgezeichnet, der sich über dieselben Gänge zur selben blinden Stelle auf dem C-Deck begab. Er blieb fünf Minuten unsichtbar, bevor die Kameras seine Rückkehr verzeichneten, Vincent aber tauchte nicht wieder auf, weder auf dem Schiff noch sonst irgendwo auf Erden. Bell sagte dem Kapitän, er habe nach ihr gesucht, habe sie aber nicht finden können. Der Kapitän sagte aus, dass ihn das nicht überzeugen konnte, doch gab es keine Zeugen, keine

Leiche und keine Beweise. Der erste Hafen, den sie nach Vincents Verschwinden anliefen, war Rotterdam, und dort ging Bell von Bord.

»Es versteht sich von selbst«, hatte Miranda bei ihrem ersten Anruf gesagt, »dass keine Polizei diesen Fall untersuchen wird.«

Das dem Ort des Vorfalls nächstgelegene Land war Mauretanien, doch befand sich das Schiff zum Zeitpunkt von Vincents Verschwinden in internationalen Gewässern, also war der Vorfall eigentlich nicht Mauretaniens Problem. Vincent war Kanadierin, der Kapitän des Schiffes Australier, Geoffrey Bell Brite, zum Rest der Mannschaft gehörten Deutsche, Letten und Filipinos. Das Schiff lief unter der Flagge von Panama, weshalb es legal gesehen ein schwimmendes Stück panamaischen Territoriums war, aber natürlich sah Panama weder einen Anlass, noch verfügte es über das nötige Personal, einen Vorfall vor der Küste von Westafrika zu untersuchen. Es ist möglich, in den Zwischenräumen zwischen Ländern zu verschwinden.

***

Leon lernte Michael Saparelli erst an Bord der Maschine nach Deutschland kennen. Zwei Minuten bevor die Flugzeugtüren verriegelt wurden, kam mit den letzten Nachzüglern ein hochroter Mann mittleren Alters außer Atem herein und ließ sich auf den Platz neben Leon fallen. »Die Security war der reinste Wahnsinn«, sagte er zu Leon. »Womit ich keineswegs sagen will, dass sie wahnsinnig gründlich waren. Ich meine, die waren wirklich komplett verrückt, haben jedes Sandwich einzeln untersucht.« Er streckte ihm die Hand hin. »Entschuldigen Sie. Hi. Ich bin Michael Saparelli.«

»Leon Prevant. Freut mich, Sie kennenzulernen.«

»Sie sind zu Ihrer Zeit ständig auf Achse gewesen, stimmt's?«

»Ja, das war ich.« *Ich habe es damals kaum noch wahrgenommen, wenn ich mal wieder einen Ozean überquerte.*

»Also auf Dauer wäre das nichts für mich. Meine Vorstellung von einem perfekten Wochenende? Keinen Schritt vors Haus zu setzen. Egal. Wie verstehen Sie Ihre Rolle in dem Ganzen?«

Die Stewardess kam, um ihre Getränkewünsche entgegenzunehmen, weshalb es eine Pause gab, in der Saparelli einen Kaffee und Leon ein Gingerale mit Eis bestellte.

»Um auf Ihre Frage zurückzukommen: Ich bin nur ein Beobachter. Sie führen die Gespräche, ich sitze daneben und höre zu.«

»Richtige Antwort«, sagte Saparelli. »Die einzige Art Partner, die ich ertrage, sind die der stummen Sorte.«

»Verstehe«, sagte Leon in bemüht freundlichem Ton.

Saparelli wühlte in seiner Tasche. Er trug die Sorte Messenger-Bag, die Leon eher an Converse tragende Zwanzigjährige in nach Brooklyn fahrenden Subwayzügen denken ließ, bis ihm einfiel, schon so lange nicht mehr in New York gewesen zu sein, dass die einstmals zwanzigjährigen Hipster seiner Erinnerung inzwischen zu Männern mittleren Alters herangewachsen sein mussten. Sie waren wie Saparelli geworden.

»Ich habe ein paar Erkundigungen über Geoffrey Bell eingeholt«, sagte Saparelli. Er hatte sein mit winziger

Blockschrift gefülltes Notizbuch gefunden. »Scheint, als hätte ihn vor seiner Einstellung niemand überprüft.«

»Gehört so eine Überprüfung nicht zum Standardverfahren?«

»Eigentlich schon. Irgendwer hat geschlampt. Egal, durch einen Kontakt vor Ort habe ich ihn auf Vorstrafen checken lassen, und offenbar ist er schon mal in Newcastle gewalttätig geworden. Nichts Katastrophales, aber doch zwei Verhaftungen wegen Kneipenschlägerei in dem Jahr, bevor er zur See ging.«

»Scheint mir etwas zu sein, das uns nicht hätte entgehen sollen«, sagte Leon.

»Idealerweise nicht, das stimmt. Wollen wir nur hoffen, dass wir nichts Schlimmeres finden.«

Danach redeten sie nicht mehr viel. Leon verbrachte die restliche Flugzeit damit, noch einmal die Akte zu lesen, die er längst in- und auswendig kannte.

Er studierte das Foto auf Vincent Smiths Ausweis. Er war sich nicht sicher. Es schien ihm durchaus möglich, dass Vincent Alkaitis und Vincent Smith dieselbe Person waren, allerdings besaß die glamouröse junge Frau an Jonathan Alkaitis' Arm, die auf den alten Internetfotos zu sehen war, nur eine flüchtige Ähnlichkeit mit der ernst dreinblickenden, kurzhaarigen Frau mittleren Alters auf dem Ausweisbild. Eigentlich fand Leon es unvorstellbar, dass aus Alkaitis' Frau eine Köchin auf einem Containerschiff geworden sein sollte, falls es sich aber tatsächlich um dieselbe Person handelte, war eine solche unvorstellbare Verwandlung vermutlich genau der Punkt. Leon ertappte sich bei dem Gedanken, dass er an ihrer Stelle wohl auch zur See gefahren wäre. Er hätte diesen Planeten verlassen wollen. Kaum war die Akte durchgeblättert, nahm er sich die Zeitschriften vor, die er am Flughafen gekauft hatte, einerseits, weil er sie tatsächlich interessant fand, andererseits aber auch, weil Saparelli sehen sollte, dass er einer jener ernsthaften Menschen war, die *The Economist* und *Foreign Policy* lasen. Man könnte es Theater nennen, oder man nannte es einen Versuch, sich im besten Licht zu zeigen, was sich letztlich kaum davon unterschied, einen Anzug anzuziehen und sich das Haar zu kämmen. Saparelli verbrachte den Flug damit, auf seinem Handy zu tippen oder Nietzsche zu lesen.

***

Ein schwarzer Wagen holte Leon und Saparelli am Bremer Flughafen ab und fuhr sie unter tief hängendem grauem Himmel durch Bremerhavens hübsche, rotgeziegelte Bezirke nach Norden zu jenem Ort, den im Schifffahrtsgeschäft alle meinten, wenn sie den Namen dieser Stadt aussprachen, nämlich zum gigantischen Offshore-Terminal zwischen Stadt und Meer, nicht mehr ganz Deutschland, aber auch noch nicht irgendwo anders, einer jener Grenzorte eben, die sich auf unserer Erde so stark vermehrt haben. In jungen Jahren hatte Leon einen Großteil seines Lebens an solchen Orten zugebracht, weshalb ihn jetzt, als er mit Saparelli und jemandem vom Wachschutz zur *Neptune Cumberland* ging, das seltsame Gefühl beschlich, von einer früheren Version seines Lebens heimgesucht zu werden. Er kam sich wie ein Hochstapler vor.

Es erschütterte ihn fast, das Schiff vor sich aufragen zu sehen, nachdem er eine Woche lang davon gehört und immer wieder darüber gelesen hatte. Hoch über den Köpfen verrichteten die Kräne ihre Arbeit, hoben Container groß wie ein Wohnzimmer aus den Frachträumen und von den Laschbrücken. Das Schiff war im selben matten Rot wie alle Neptune-Avramidis-Schiffe gestrichen und lag jetzt, da die Hälfte der Fracht bereits entladen war, hoch im Wasser. Zwei bedrückt dreinsehende Deckmänner holten Leon und Saparelli an Land ab und eskortierten sie auf die Brücke.

Die Stimmung sei mies, bestätigte der Kapitän. Er war Australier, um die sechzig, und der Vorfall hatte ihn sehr mitgenommen. Er teilte den verbreiteten Verdacht, dass Geoffrey Bell was mit Vincents Verschwinden zu tun hatte.

»Gab es vorher schon mal Ärger mit ihm?«, fragte Saparelli. Zu dritt saßen sie am Tisch in der Kapitänskajüte, verfolgten durch die Bullaugen die Bewegungen der Kräne und Container und etablierten damit das Szenario für alle weiteren Gespräche: Saparelli verhörte, während Leon sich gelegentlich Notizen machte und sich dabei völlig überflüssig vorkam.

»Nein, Ärger eigentlich nicht, aber man könnte durchaus sagen, dass er schon ein seltsamer Vogel war. Ein bisschen unsozial. Kam nicht gut mit Leuten zurecht. Seine Arbeit hat er ganz ordentlich erledigt, blieb aber meist für sich. Ich hatte auch nicht den Eindruck, dass er bei seinen Kameraden besonders beliebt war.«

»Verstehe. Mir wurde gesagt, dass in der Nacht von Ms Smiths Verschwinden ein Unwetter herrschte …«

»Ein übler Sturm«, sagte der Kapitän. »Niemand sollte an Deck sein.«

Aus anderen Anhörungen:

»Ich habe sie mal an Deck gesehen, wie sie Händchen hielten«, sagte der Erste Offizier. »Sind aber nie zusammen an Land gegangen. Die drei Monate, in denen Smith freihatte, verschwand sie immer allein. Ich glaube, sie waren manchmal ein Paar und manchmal nicht.«

»Verhielten sich sehr diskret«, sagte der leitende Ingenieur. »Ich meine, jeder wusste, dass sie was miteinander hatten, auf einem Schiff wissen alle immer alles über alle, aber sie sind wirklich sehr unauffällig geblieben.«

»Haben Sie gewusst, dass sie eine Künstlerin war?«, fragte der andere Dritte Maat, der nicht Geoffrey Bell war. »Keine Ahnung, wie die richtige Bezeichnung lautet. Sie hat jedenfalls diese Videokunstsache gemacht, und ich fand die richtig cool.«

»Sie war kompetent«, sagte der Schiffssteward, Vincents ehemaliger Boss. Er hieß Mendoza. »Mehr als kompetent sogar. Sie hat ihren Job geliebt. Ich habe gern mit ihr zusammengearbeitet. Hat sich nie beklagt, war gut in der Arbeit, kam mit jedem aus. War vielleicht ein bisschen exzentrisch. Sie hat gern Videos von nichts aufgenommen.«

»Von nichts?«, fragte Saparelli mit gezücktem Stift.

Mendoza nickte.

»Von was denn zum Beispiel?«

»Zum Beispiel stand sie an Deck und hat das verdammte Meer gefilmt«, erwiderte der Steward. »Entschuldigen Sie den Ausdruck. Habe in meinem ganzen Leben nie was Vergleichbares gesehen. Einmal habe ich sie dabei ertappt und gefragt, was sie da treibt, aber …«

»Aber?«

»Sie hat einfach nur mit den Achseln gezuckt und weitergefilmt.« Er schwieg einen Moment, den Blick auf den Boden gerichtet. »Ich habe das akzeptiert. Sie hat was Seltsames gemacht, fand aber, dass sie mir dafür keine Erklärung schuldet.«

»Wirkte sie jemals deprimiert?«, fragte Saparelli. Leon hatte die Frage heute schon in jedem Gespräch gehört und wusste bereits, wie die Antwort ausfallen würde. »Man kann nie vorhersehen, wie jemand auf Stress reagiert, aber falls Ihnen jemand sagen würde, sie wäre aus freiem Willen vom Schiff gesprungen, fänden Sie das nachvollziehbar angesichts dessen, wie Sie sie erlebt haben?«

»Nein, sie war ein zufriedener Mensch«, sagte Mendoza. »Hat immer neun Monate gearbeitet und dann drei Monate freigenommen. Und wenn sie zurückkam, hat sie immer so tolle Geschichten erzählt. Der Rest von uns, wir sind meist nach Hause gefahren und haben gehofft, dass unsere Kinder uns wiedererkennen, aber sie hatte keine Familie, also ist sie gereist. Bei ihrer Rückkehr habe ich sie immer gefragt, wo sie diesmal gewesen ist, und sie erzählte, dass sie auf Island Wandern war, in Thailand Kanu fahren oder in Indien Töpfern gelernt hatte. Wir haben oft unsere Witze darüber gerissen, und ich habe sie gefragt, wann sie denn mal heiratet und eine Familie gründet. Dann hat sie meist gelacht und gesagt: Vielleicht in meinem nächsten Leben.« Stille breitete sich am Tisch aus, und Mendoza wischte sich über die Augen. »Habe ich schon gesagt, dass ich gern mit ihr gearbeitet habe? Ich habe die Arbeit mit ihr geliebt, für mich war sie eine Freundin. Wissen Sie, wie selten es ist, mit jemandem zusammenzuarbeiten, der sein Leben liebt?«

»Ja«, sagte Saparelli leise, »das weiß ich.«

Vincents Kabine war unverändert, das Bett ungemacht,

ihre persönliche Habe minimal: ein Kulturbeutel, einige Kleidungsstücke, ein Laptop, ein paar Bücher. Die Bücher handelten meist von einem Schiff namens *Columbia* (*Ahoi Columbia, Die Reisen der Columbia entlang der Nordwestküste* usw.). Saparelli packte rasch alle Sachen in ihren Koffer und in eine Reisetasche, während Leon die Bücher durchblätterte und sie über dem Bett ausschüttelte. Nichts fiel heraus. Leon wusste nicht, wonach er suchte. Belastende Briefe von Bell? Irgendwelche Drohungen?

»Wenn Sie die Reisetasche nehmen«, sagte Saparelli, »trag ich den Koffer.«

Leon nahm die Tasche, und sie traten hinaus aufs Oberdeck. Die Kräne senkten neue Container auf die Laschbrücken. Jetzt, wo er einen Moment hatte, darüber nachzudenken, meinte Leon sich zu erinnern, etwas über die *Columbia* gelesen zu haben. Ein Schiff, Heimathafen Boston, achtzehntes oder neunzehntes Jahrhundert, er würde es später nachschlagen. Der Nachmittag war bereits weit fortgeschritten, und die Kräne warfen komplizierte Schatten aufs Deck. Seiner Erinnerung prägten sich diese letzten Minuten an Bord mit einer unangemessenen Prägnanz und Schwere ein, weil sie zugleich die letzten Augenblicke waren, bevor Mendoza wieder auftauchte. Bei all den Umgebungsgeräuschen, dem Scheppern und Rasseln der Kräne und Kisten, dem ständigen Lärmen der Motoren, fiel Leon der Steward erst auf, als er sie schon fast erreicht hatte. »Ich begleite Sie nach unten«, sagte er. Sie standen am oberen Ende der Gangway.

»Nicht nötig«, sagte Saparelli, doch so, wie der Steward sie anstarrte, nickte Leon schließlich und ließ Mendoza vorangehen. Saparelli warf Leon einen irritierten Blick zu.

Während sie die Gangway hinabgingen, sagte Mendoza über die Schulter gewandt: »Ich habe einmal gesehen, wie er eine Frau geschlagen hat.«

Saparelli zuckte sichtlich zusammen. »Wer? Bell?«

»Das war vor ein paar Jahren, als wir im Rotationsdienst zusammen auf einem anderen Schiff arbeiteten. An Bord gab es diese Frau, eine Ingenieurin, und zwischen ihr und Bell lief was. Eines Abends haben wir jedenfalls an Deck gegrillt, und ich habe gehört, wie sie und Bell sich stritten, also habe ich ihnen den Rücken zugewandt, ihnen ein bisschen Privatsphäre verschafft, Sie wissen schon …«

»Moment«, sagte Leon, »sie waren alle zusammen an Deck?«

»Ja, das war zu der Zeit, als Alkohol an Bord noch nicht verboten war. Damals konnte man am Abend nach der Arbeit mit den Kollegen etwas trinken, wie ganz normale Erwachsene eben. Jedenfalls habe ich den beiden den Rücken zugedreht, habe so getan, als betrachtete ich den Horizont, und dann hörte ich es klatschen.«

»Aber Sie haben nichts gesehen«, sagte Saparelli.

»Ich weiß, wie sich eine Ohrfeige anhört. Ich drehe mich schnell um, und es ist eindeutig, dass er sie geschlagen hat. Sie stand da, eine Hand am Gesicht, weinte ein bisschen, und sie haben sich beide angestarrt, fast wie unter Schock oder so. Ich sag, was zur Hölle war das denn, was ist passiert, und sie sieht mich an und sagt: ›Nichts, es geht mir gut.‹ Also ich zu ihm: ›Hast du sie gerade geschlagen?‹, und sie: ›Nein, hat er nicht.‹ Dabei färbt sich ihre Wange schon rot, und der Abdruck seiner Hand ist deutlich zu sehen.«

»Okay.« Saparelli atmete aus. »Und was hat Bell gesagt?«

»Meinte, ich soll mich um meine eigenen Angelegenheiten kümmern. Ich stehe da, frage mich, was ich tun soll, aber sie besteht darauf, dass nichts passiert ist. Wie kann ich also was anderes behaupten? Ich hab's schließlich nicht gesehen.« Mendoza ging sehr langsam die Gangway runter, weshalb Leon und Saparelli auch langsam gehen mussten. Sie hatten Mühe, ihn zu hören. »Sie sieht mich an«, sagte Mendoza über die Schulter gewandt, »sie sieht mich an und sagt: ›Niemand hat mich geschlagen. Glaubst du denn, ich würde mich von irgendwem schlagen lassen?‹ Und mir reicht's, ich meine, es war so verdammt *offensichtlich*, aber was konnte ich machen? Also lasse ich sie in Ruhe, gehe ein Stück weg und höre sie zu ihm sagen: ›Machst du das noch einmal, werfe ich dich über Bord.‹«

»Und dann was? Was hat er gesagt?«, fragte Saparelli mit tonloser Stimme.

»Er hat gesagt: ›Nicht, wenn ich dich zuerst über Bord werfe.‹«

Sie hatten das Ende der Gangway erreicht. Leons Herz schlug zu schnell, und Saparelli sah aus, als müsste er sich gleich übergeben. Leon sah ihren Bericht schon vor sich: Unsere Untersuchung ergab, dass Geoffrey Bell früher bereits damit gedroht hatte, eine Frau über Bord zu werfen.

»Wann war das?«, fragte Saparelli.

»Vor acht, neun Jahren?«

»Seither nichts Vergleichbares?«

»Nein«, sagte Mendoza, »aber ist das eine Mal nicht schon schlimm genug?«

»Haben Sie Ihrem Kapitän von dem Vorfall berichtet?«

»Gleich am nächsten Tag. Er sagte, ich soll Bell im Auge behalten, doch wenn die Frau darauf besteht, dass nichts vorgefallen ist, was kann man da tun? Es stünde mein Wort gegen ihrs, und ich habe nicht mal was gesehen.«

»Verstehe«, sagte Saparelli. »Wo ist die Frau heute? Die Ingenieurin, mit der Bell was hatte?«

»Soweit ich weiß, lebt sie auf den Philippinen und zieht ihre Kinder groß.« Mendoza wandte den Blick ab. »Können Sie meinen Namen aus der Sache raushalten? Wenn Sie das in Ihrem Bericht aufnehmen?«

»Kann ich machen«, erwiderte Saparelli, »aber warum haben Sie mir nicht in unserem Gespräch davon erzählt?«

»Weil ich Geoffrey mag. Was ich Ihnen gerade erzählt habe, heißt ja nicht unbedingt, dass Geoffrey was mit dem zu tun hatte, was Vincent passiert ist. Nur, nach unserem Gespräch musste ich immerzu daran denken und fand, Sie sollten Bescheid wissen.«

»Danke. Ich weiß es zu schätzen, dass Sie sich mir anvertraut haben.«

Im Auto sahen sich Leon und Saparelli nicht an, schrieben aber beide in ihr Notizbuch. So wortgenau, wie er sich erinnern konnte, hielt Leon die Unterhaltung mit Mendoza fest, und er vermutete, dass Saparelli dasselbe tat. Kaum hatten sie im Hotel am Flughafen eingecheckt und die Zimmerschlüssel erhalten, nahm Saparelli die Reisetasche an sich und wünschte ihm eine gute Nacht. Es waren seine ersten Worte seit ihrer Rückkehr aus dem Hafen.

»Gute Nacht.« Statt aber nach oben auf sein Zimmer ging Leon noch für eine Weile in die Bar. Er war immerhin Anfang siebzig, hatte kein Geld für Reisen, und dies war vermutlich die letzte Gelegenheit in seinem Leben, sich einen Drink in einer Bar in Deutschland zu genehmigen; der nahe Flughafen aber sorgte dafür, dass sich alle auf

Englisch unterhielten. Er wünschte sich, Marie wäre hier, trank aus, ging nach oben, bügelte sein Hemd und sah noch eine Weile fern. Er versuchte, sich vorzustellen, wie sich das letzte Gespräch in ihrem Bericht machen würde: *Ein Mannschaftsmitglied berichtete, dass Geoffrey Bell einmal einer Kollegin damit gedroht habe, sie über Bord zu werfen. Er und diese Kollegin unterhielten zu dieser Zeit ein Liebesverhältnis. Das Mannschaftsmitglied hat dem Kapitän diesen Vorfall gemeldet, der in Bells Personalakte allerdings mit keinem Wort erwähnt wird, was den Schluss nahelegt, dass seitens der Schifffahrtsgesellschaft nichts unternommen wurde.* Er lag die ganze Nacht wach, stand um halb fünf auf und trank vier Tassen Kaffee, ehe er nach unten ging, um sich mit Saparelli zu treffen und ins Taxi zum Flughafen zu steigen.

***

»Ist das der Anzug, den Sie gestern getragen haben?«, fragte Saparelli. Sie flogen seit einer Stunde und saßen nebeneinander in der Businessclass. Saparelli sah so schrecklich aus, wie Leon sich fühlte. Leon hätte ihn gern gefragt, ob er auch die ganze Nacht wach gewesen war, wollte aber nicht zu aufdringlich wirken.

»Kurze Reise«, sagte Leon. »Hab nicht angenommen, dass ich zwei brauche.«

»Wissen Sie, woran ich denke?« Saparelli starrte unverwandt vor sich hin. »Daran, dass eine schlechte Nachricht stets auch einen Schatten auf ihren Überbringer wirft.«

»Ist das von Nietzsche?«

»Nein, von mir. Dürfte ich bitte Ihr Notizbuch sehen?«

»Mein Notizbuch?«

»Das, in das Sie gestern im Taxi geschrieben haben.«

Leon zog es vorn aus seiner Reisetasche und sah, wie Saparelli bis zu den letzten beiden Seiten vorblätterte, sie rasch überflog, herausriss, faltete und in sein Jackett steckte.

»Was tun Sie da?«

»Wir haben im Grunde dieselben Interessen«, sagte Saparelli. »Ich musste an gestern Abend denken.«

»Und wieso dient es Ihren Interessen, wenn Sie Seiten aus meinem Notizbuch reißen?« Leon fand, dass er eigentlich wütend sein sollte, aber er war zu müde und empfand nur ein dumpfes Gefühl der Bedrohung.

»Ich weiß, dass Sie nicht im Ruhestand sind«, sagte Saparelli.

»Wie bitte?«

»Ich weiß, dass Sie auf Campingplätzen leben und über Weihnachten in Lagerhäusern arbeiten. Und ich weiß, Sie haben letzten Sommer in einem Vergnügungspark namens *Adventureland* gejobbt. Wo war das noch mal? In Indiana?« Immer noch starrte er vor sich hin.

Leon schwieg einen Moment. »In Iowa«, sagte er dann leise.

»Und ich weiß, dass Sie im Sommer davor mit Ihrer Frau in Nordkalifornien als Campingplatzverwalter gearbeitet haben. Ich weiß, Sie waren bis vor Kurzem noch Handlanger in einem Marriott in Colorado. Und ich weiß, dass dies Ihr einziger Anzug ist.« Er wandte sich zu Leon um. »Ich will damit nicht sagen, dass es Ihr Fehler war. Als ich online auf Ihre Opferaussage stieß, habe ich über das Schneeballsystem nachgelesen. Allem Anschein nach sind eine Menge kluger Leute darauf reingefallen.«

»Und worauf genau wollen Sie hinaus? Ich weiß nicht, was meine beruflichen Tätigkeiten mit …«

»Ich will darauf hinaus, dass Sie auch weiterhin Berateraufträge erhalten wollen, und ich möchte weiterhin in der Lage sein, erhobenen Hauptes über die Flure zu laufen, ohne dass alle denken: *Oje, da kommt der Typ, der diesen schrecklichen Bericht geschrieben hat, der an die Presse durchgesteckt wurde und der dafür gesorgt hat, dass Leute gefeuert wurden.* Sie wollen das übrigens auch. Sie wollen auch weiterhin erhobenen Hauptes über die Flure laufen, ohne dass man Sie anstarrt, als wären Sie so etwas wie der Avatar des Untergangs oder so.«

»Sie denken daran, dieses letzte Gespräch nicht in den Bericht aufzunehmen?«

»Was in den offiziellen Gesprächen nicht zur Sprache kam, ist letztlich doch nur eine Frage der Erinnerung, oder? Unsere offiziellen Gespräche habe ich aufgenommen, darüber hinaus aber kein Wort.«

Leon rieb sich die Stirn.

»Vielleicht haben wir eine beunruhigende Anekdote gehört, vielleicht auch nicht«, sagte Saparelli leise. »Eine beunruhigende Anekdote, die nichts beweist. Die Fakten des Falls bleiben unverändert. Und es bleibt zudem die Tatsache, dass wir nie wissen werden, was genau passiert ist, da niemand sonst vor Ort war.«

»Geoffrey Bell war da.«

»Geoffrey Bell ist in Rotterdam untergetaucht. Geoffrey Bell ist vom Radar verschwunden.«

»Finden Sie es nicht verdächtig, dass er bei erster Gelegenheit von Bord gegangen ist?«

»Ich kann unmöglich wissen, Leon, warum er von Bord

gegangen ist, aber wir beide wissen, dass ihn deswegen kein Polizist der Welt je verhören wird. Sehen Sie es doch mal so«, fuhr Saparelli fort. »Egal, was ich in meinen Bericht schreibe, Vincent Smith wird davon nicht wieder lebendig. Das letzte Gespräch in den Bericht aufzunehmen, kann nichts Gutes bringen, es wird immer nur irgendwem schaden.«

»Aber Sie wollen doch einen genauen Bericht.« Irgendwas stimmte nicht. Das Sonnenlicht, das durch die Kabinenfenster fiel, war zu hell, die Luft zu warm, Saparelli zu nah. Leons Augen brannten vor Schlafmangel.

»Nehmen wir mal an, nur theoretisch, der Bericht würde jede Unterhaltung wiedergeben, die wir an Bord geführt haben. Würde das Jonathan Alkaitis' Freundin wieder zum Leben erwecken?«

Leon sah ihn an. Bei näherer Betrachtung war er davon überzeugt, dass Saparelli auch nicht geschlafen hatte. Seine Augen waren blutunterlaufen.

»Ich war mir nicht sicher«, sagte Leon. »Ich war mir nicht sicher, ob es wirklich dieselbe Frau war.«

»Wie viele Frauen mit dem Vornamen Vincent kennen Sie? Hören Sie, ich war früher Detective«, sagte Saparelli. »Ich sehe mir immer alles und jeden ganz genau an, ist einfach eine Art Berufskrankheit. Und mir scheint da auch ein kleiner Interessenkonflikt vorzuliegen, finden Sie nicht? Sie haben diesen Beraterauftrag angenommen, obwohl es um die ehemalige Gefährtin jenes Mannes geht, der Sie um all Ihr Geld gebracht hat. Weiß Miranda das?«

»Ich habe ihr nichts verheimlicht«, sagte Leon. »Und alle entsprechenden Informationen sind für die Öffentlichkeit zugänglich ...«

»Öffentlich zugänglich ist nicht dasselbe, wie etwas wegen Befangenheit abzulehnen. Sie haben ihr nichts gesagt, oder?«

»Sie hätte nachsehen können, hätte nur meinen Namen bei Google eingeben müssen …«

»Warum sollte sie? Sie sind ein ehemaliger Kollege, dem sie vertraut. Wann haben Sie zuletzt jemanden gegoogelt, dem Sie vertrauen?«

»Meine Herren«, sagte die Stewardess, »möchten Sie noch etwas zu trinken?«

»Kaffee«, sagte Leon. »Mit Milch und Zucker bitte.«

»Dasselbe für mich bitte.« Saparelli lehnte sich in seinem Sitz zurück. »Wenn Sie drüber nachdenken«, sagte er, »werden Sie bald einsehen, dass ich recht habe.«

Leon hatte den Fensterplatz. Er schaute hinaus auf den stark aufgewühlten Atlantik im Morgenlicht. Schiffe waren keine zu sehen, nur weit fort ein Flugzeug. Der Kaffee kam. Saparelli schwieg lange, ehe er dann sagte: »Ich werde Miranda wissen lassen, dass Sie äußerst hilfreich waren und ich es sehr zu schätzen wusste, Sie an meiner Seite zu haben. Ich werde ihr zudem empfehlen, Sie zu künftigen Beraterfällen hinzuzuziehen.«

»Danke«, sagte Leon. Es war so einfach.

4

Nach Deutschland begann Leon zum ersten Mal seit längerer Zeit, das Schattenland wieder wahrzunehmen. In den letzten Jahren hatte er es nicht bemerkt. Nach dem anfänglichen Schock der ersten Monate ihres Wanderlebens war es in den Hintergrund seiner Gedanken gerückt. Einige Tage nach seiner Heimkehr aus Deutschland aber blickte Leon auf einer Raststätte in Georgia zufällig aus dem Fenster und sah ein Mädchen aus einem nahen Sattelzug steigen. Sie war leger angezogen, Jeans, T-Shirt, und im selben Moment, in dem er begriff, was sie war, fiel ihm auf, wie jung sie noch war. Sie verschwand zwischen den Trucks.

An einer Tankstelle am Abend desselben Tages sah er wieder jemanden aus einem Laster steigen, eine Tramperin diesmal, mit Rucksack. Wie alt war sie? Siebzehn? Sechzehn? Zwanzig, aber jünger aussehend? Er hätte es nicht sagen können. Dunkle Ringe unter den Augen im harten blauen Licht. Sie bemerkte, dass er sie ansah, woraufhin sie ihn ihrerseits mit einem offenen, abschätzigen Blick musterte. Starrt man die Straße an, starrt die Straße zurück. Leon wusste, er und Marie hatten es besser als die meisten Bewohner des Schattenlandes, sie hatten einander, und sie hatten den Wohnwagen und genügend Geld (gerade mal so), das entscheidende Kennzeichen der Bürgerschaft des Schattenlandes aber war für jedermann gleich: Sie waren von allem losgelöst und unter die Oberfläche der Vereinigten Staaten gerutscht. Sie trieben dahin.

***

Man verbringt sein ganzes Leben damit, von einem Land ins andere zu reisen, zumindest kam es Leon so vor. Seit dem Zusammenbruch des Schneeballsystems musste er oft an einen Artikel denken, den er einmal gelesen hatte, einen Artikel über einen Mann mit einer unheilbaren

Krankheit, der voller Dankbarkeit jene Rettungssanitäter beschrieb, die ihn abholten, als er eines Morgens aufwachte und merkte, dass er zu krank war, um aufstehen zu können, freundliche Menschen, die ihn auf sanfte Weise ins Land der Kranken beförderten. Den Gedanken daran war Leon nie wieder losgeworden, und nach Deutschland, in den langen stillen Stunden hinterm Lenkrad des Wohnmobils, begann er, eine Philosophie von einander überlagernden und überlappenden Ländern zu entwickeln. Wenn körperliche Gebrechen einen ins Land der Kranken schicken – das seine eigenen Rituale, Bräuche, Traditionen und Regeln hat –, dann war er von Alkaitis auf ein instabiles Territorium geschickt worden, ins Land der Betrogenen. Manche Dinge waren nach Alkaitis unmöglich: Ruhestand, ein Haus ohne Räder, anderen Menschen außer Marie zu vertrauen. Und nach seinem Aufenthalt in Deutschland mit Michael Saparelli waren andere Dinge unmöglich geworden: jede Gewissheit der eigenen Moral; die frühere Überzeugung beizubehalten, dass er im Grunde unbestechlich war; Miranda anzurufen und um einen neuen Beraterauftrag zu bitten.

Eine Woche nach seiner Rückkehr aus Deutschland kam eine E-Mail von Saparelli mit einem Link zu einem passwortgeschützten Video. In der E-Mail stand: »Wir haben den Laptop von Ms Smith untersucht und uns stundenlang Videos angesehen. Mehrere davon ähneln dem angehängten und einige davon wurden bei sehr schlechtem Wetter aufgenommen. Dachte, Sie sollten das sehen; untermauert unseren Befund, dass ihr Tod vermutlich ein Unfall war. Vergessen Sie nicht, dass in der Nacht ihres Verschwindens ein Unwetter herrschte.«

Es war ein kurzer Videoclip, etwa fünf Minuten lang, gefilmt vom Hinterdeck bei Nacht. Vincent hatte mehrere Minuten lang den Ozean aufgenommen, die vom Mondlicht beleuchtete Heckwelle, dann änderte sich der Blickwinkel: Sie war vorgetreten und hatte über die Reling gefilmt, die an diesem Teil des Decks nicht besonders hoch war, hatte sich beängstigend weit vorgebeugt, sodass sie die Kamera direkt auf das Meer unter sich richten konnte.

Leon ließ den Film noch zweimal ablaufen, dann schloss er den Laptop. Er begriff, dass Saparelli ihm eine Gefälligkeit erwies, dass er ihm Beweismaterial schickte, womit die Aussage ihres Berichts bekräftigt wurde und er sein Gewissen beruhigen konnte. Leon und Marie befanden sich an jenem Abend in Washington State auf einem privaten Campingplatz, der außerhalb der Saison fast verlassen dalag. Draußen senkte sich die Nacht herab, die Äste der Zedern und Tannen schwarz vor dem verblassenden Himmel. Das Video bewies nichts, höchstens eine gewisse Waghalsigkeit, doch wurde es ihm dadurch leichter gemacht, eine bestimmte Erzählung beizubehalten: raue See, heftiger Wind, eine Frau auf rutschigem Deck, abgelenkt, eine niedrige Reling. Vielleicht war Bell von Bord gegangen, weil er seine Freundin umgebracht hatte, vielleicht aber war er auch einfach gegangen, weil die Frau, die er geliebt hatte, verschwunden war.

***

»Hier ist es so schön«, sagte Marie eines Abends, ein Jahr nach Leons Rückkehr aus Deutschland. Ihm waren keine weiteren Berateraufträge angeboten worden. Während der Vorweihnachtszeit hatten sie in einem Lagerhaus in Arizona gearbeitet, Zehn-Stunden-Schichten, in denen sie vornübergebeugt, einen Scanner in der Hand, zügig durch Betonkorridore liefen, um sich immer wieder zu bücken und Ware anzuheben, aber nun waren sie auf einem Campingplatz außerhalb von Santa Fe, um sich zu erholen. Anstrengende Arbeit, und sie wurde mit jedem Jahr anstrengender, aber sie hatten nun genug Geld, um den Motor reparieren lassen zu können und noch etwas für den Notfall auf die Seite zu legen. Jetzt ruhten sie sich in der Wüste aus. Auf der anderen Straßenseite lag ein winziger Friedhof mit Kreuzen aus Holz oder Beton, umringt von einem weißen, halb verfallenen Lattenzaun.

»Wir hätten es schlechter erwischen können«, sagte Leon. Sie saßen unweit vom Wohnmobil auf einer Picknickbank und blickten auf ferne Berge, die der Sonnenuntergang violett färbte. In diesem Moment fand er, dass die Welt in Ordnung war.

»Wir ziehen so leichthin durch diese Welt«, sagte Marie und zitierte damit falsch aus einem von Leons Lieblingssongs. Einen zärtlichen Augenblick lang glaubte er, sie meine das ganz allgemein, spreche von all den vielen Menschen, ihren individuellen Leben, die auf der Oberfläche der Welt kaum eine Spur hinterließen, doch dann begriff er, dass seine Frau an sie beide dachte, an Leon und Marie, und sein plötzliches Frösteln ließ sich kaum mit der anbrechenden Nacht erklären. Mit Ende dreißig hatten sie sich gegen Kinder entschieden, was ihnen damals sinnvoll erschienen war, um unnötige Komplikationen und Kümmernisse zu vermeiden, eine Entscheidung, die ihrem Leben zu einer gewissen Leichtigkeit verhalf, die er stets zu schätzen gewusst hatte, zu einem Gefühl seliger Unbeschwertheit. Eine Beschwertheit aber könnte man auch als eine Art Anker verstehen, und in letzter Zeit hatte er sich öfter bei dem Gedanken ertappt, dass er nichts dagegen einzuwenden hätte, wenn sie ein wenig verankerter wären.

Sie sahen die letzten Strahlen der Sonne hinter den Bergen versinken und blieben noch im Dunkeln sitzen, bis die Sterne am Himmel blitzten, irgendwann aber mussten sie rein, also streckten sie die steifen Glieder, gingen ins warme Wohnmobil, erledigten ihre diversen Verrichtungen, mit denen sie sich bettfertig machten, und gaben einander einen Gutenachtkuss. Marie knipste das Licht aus und war nach wenigen Minuten eingeschlafen. Leon lag wach im Dunkeln.

14

Der Bürochor
Dezember 2029

»Der unvergesslichste Job?«, hört Simone sich auf einer Cocktailparty in Atlanta sagen, wo sie mit ihrem Mann und ihren drei Kindern lebt und für eine Firma arbeitet, die übers Internet Kleidung verkauft. »Ach, das ist leicht.« Sie ist umringt von Kollegen, hält Hof. »Erinnert sich irgendwer an Jonathan Alkaitis? Und an sein Schneeballsystem? Damals? 2008?«

»Nein«, sagt ihre Assistentin. Sie heißt Keisha. Als Alkaitis ins Gefängnis kam, war sie drei Jahre alt.

»*Der* Jonathan Alkaitis?« Ein älterer Kollege. »Er hat meinen Großvater um seine gesamten Ersparnisse gebracht.«

»Mein Gott, wie schrecklich«, sagt Keisha. »Was hat er getan?«

»Mein Opa? Das letzte Jahrzehnt seines Lebens im Gästezimmer meiner Mutter verbracht. Ich habe nie wieder einen so verbitterten Menschen gesehen. Und was genau, Simone, hatten Sie mit Alkaitis zu schaffen?«

»Ich war seine Sekretärin, bevor er ins Gefängnis kam.«

»*Ehrlich?*«

»Ach herrje«, sagt Keisha und sieht ihre Chefin auf eine Weise an, wie es Assistentinnen tun, denen gerade aufgeht, dass ihre Vorgesetzte auch einmal eine Assistentin gewesen ist.

»Ich war kurz zuvor nach New York gezogen«, fuhr Simone fort, »war also vermutlich höchstens zwölf Jahre alt, und die Stadt hatte noch dieses gewisse Funkeln. Ich fand ziemlich schnell eine Stelle, bei einer Finanzfirma in Midtown, Rezeptionistin mit leichten Sekretariatsaufgaben. Nach drei Wochen habe ich geglaubt, ich müsste an Langeweile sterben, als ich eines Tages mit einem Tablett Kaffee in ein Meeting spazierte ...«

»*Sie* mussten Kaffee holen?«, fragt Keisha, die ihr zweimal am Tag Kaffee bringt.

»Das gehörte nicht einmal zu meinen langweiligsten Aufgaben«, sagt Simone und beschließt, Keishas Ton zu ignorieren. »Wie auch immer, Alkaitis hat jedenfalls dieses Meeting mit seinen Mitarbeitern und bestellt Kaffee, also trage ich die Tassen auf einem Tablett in den Sitzungssaal. Als ich reinkomme, herrscht eine seltsam geladene Atmosphäre. Fast, als hätten sich alle gefürchtet. Ich weiß nicht, ich kann das gar nicht beschreiben, es war wie ... jetzt helfen Sie mir doch, Keisha, Sie haben schließlich einen Abschluss in Lyrik.«

»Eine Atmosphäre der Angst?«

»Danke, ja, ganz genau. Eine Atmosphäre der Angst, als wäre etwas Schlimmes gesagt worden. Ich will gerade wieder gehen und die Tür hinter mir schließen, da höre ich Alkaitis sagen: ›Wir wissen ja alle, was wir hier tun.‹«

»Wow. Und das war kurz bevor er verhaftet wurde?«

»Buchstäblich einen Tag vorher. Etwa eine Stunde später kommt er zu mir und fragt, ob ich Schredder kaufen könnte.« Sie hat über die Jahre an der Geschichte gefeilt, hat sie prägnanter, unterhaltsamer gemacht, aber wie immer muss sie jetzt die aufkommende Erinnerung an Claire unterdrücken, daran, wie sie hinten im schwarzen SUV saß und durch die Nacht nach Hause gefahren wurde. Was ist aus Claire geworden? Sie will es nicht wissen.

»Und was genau waren Sie?«, fragt Keisha gegen Ende der Geschichte. »Seine Sekretärin? Oder seine Rezeptionistin?«

»Ein bisschen von beidem«, erwidert Simone. »Eher Letzteres. Ist das wichtig?«

»Na ja, wohl nur in einem etymologischen Sinne«, sagt Keisha im zögerlichen Ton derjenigen, die weiß, dass sich niemand sonst so sehr für dieses Thema interessiert wie sie selbst. Im Laufe des Gesprächs aber vergisst Simone dann, sie zu fragen, was sie damit gemeint hat, sieht es jedoch später in der Stille des Schlafzimmers nach, ihr Mann schlafend an ihrer Seite. Als sie über die Herkunft des Wortes nachliest, begreift sie, dass sie wohl nie Alkaitis' Sekretärin gewesen ist, denn eine Sekretärin ist eine Bewahrerin von ›secrets‹, von Geheimnissen.

***

Simone war Mitte vierzig, als der Rest von uns die Strafen abgesessen hatte – vier Jahre, acht Jahre, zehn Jahre – und aus dem Gefängnis entlassen wurde. Nur Oskar kam frei, um kurze Zeit später wegen eines erneuten Verbrechens wieder festgenommen zu werden. Man entlässt uns in unterschiedlichen Jahren und aus unterschiedlichen Anstalten. In disparaten Stadien der Desorientierung kehren wir in eine veränderte Welt zurück, halten unsere Habe fest umklammert. Harvey ist der Erste, denn in Anbetracht seiner unschätzbaren Hilfe für die Anklage wird ihm die bereits in Untersuchungshaft verbrachte Zeit angerechnet – vier Jahre lang pendelte er zwischen der organisierten Hölle des Metropolitan Correctional Centers in Lower Manhattan und den opulent eingerichteten Büros des vom Gericht ernannten Konkursverwalters hin und her, vier Jahre, in denen er tagsüber als Reiseführer durch die Welt des Schneeballsystems fungierte und nachts und an den Wochenenden allein in seiner Zelle lag. Nach der Strafverbüßung erhält er die Genehmigung von seinem Bewährungshelfer, den Staat zu verlassen und nach New Jersey zu ziehen, wo seine Schwester eine Eisdiele hat. Er lebt in ihrer Kellerwohnung und serviert Eiscreme unweit vom Strand.

Ron entgeht einer Gefängnisstrafe, aber nicht der Scheidung. Er wohnt bei seinen Eltern in Rochester im Staat New York und verkauft in einem Kino Eintrittskarten.

Oskar und Joelle werden in verschiedenen Jahren und verschiedenen Staaten an Busbahnhöfen abgesetzt: Joelle fährt von Florida nach Charlotte in North Carolina, wo sie lange im Wartesaal der Greyhound-Busgesellschaft hockt, bis schließlich ihre Schwester eintrifft, zu spät wie immer, über den Verkehr schwatzt, über das Wetter und das Gästezimmer, in dem Joelle bleiben kann, bis sie wieder auf die Füße kommt, was immer das auch heißen mag. Oskar bleibt im Busbahnhof von Indianapolis eine Weile vor einer der Informationstafeln stehen und besteigt schließlich einen Bus nach Lexington, für den er sich entscheidet, da der bald abfährt und er genügend Geld für die Fahrt hat. Er nickt ein und wird unter wolkenverhangenem Himmel in den Bergen wieder wach, auf steilen Hängen ragen Kiefern aus dem Dunst, und die schiere Schönheit der Welt treibt ihm Tränen in die Augen. Dies ist die Landschaft, an deren Bild er sich klammert, als er ein Jahr später wegen des Vorwurfs von Drogenmissbrauch verhaftet wird und um zwei Uhr morgens mit Handschellen über den Gehweg zum Streifenwagen gebracht wird. Auf der Fahrt zum Revier schließt er die Augen und versetzt sich zurück zu jenem Moment im Bus auf dem Weg nach Kentucky, beschwört den Anblick der steilen Hänge herauf, den Nebel, die Kiefern.

Enrico hat zwei kleine Töchter und eine Frau, die glaubt, er heiße José. Die Ehe ist nicht besonders glücklich, aber ihnen gehört ein hübsches Haus am Strand. Den Rest von uns eint unser obsessives Interesse für Enrico. Er wurde für uns zu einer heroischen Gestalt, zu einem Mann, der jenseits der südlichen Grenze ein Leben voller Verve und Geheimnisse führt. Tatsächlich aber schaut er seinen Töchtern und seiner Frau zu, wie sie in der Dämmerung über den Strand toben, und fragt sich, wie sie es verkraften, falls – nein, nicht falls, *wenn*, ganz sicher *wenn* – er schließlich verhaftet und abgeführt wird. Er kann der Angst nicht entkommen. Früher einmal war er stolz darauf, seinem Schicksal entronnen zu sein, in letzter Zeit aber spürt er immer öfter, dass es sich auf ihn zubewegt, dass es ihn aus weiter Ferne doch noch einholen wird. Ständig rechnet er mit einem langsam vorfahrenden Wagen mit dunklen Scheiben, einer Hand auf seiner Schulter, einem Klopfen an der Tür.

15

Das Hotel

1

An einem späten Frühlingsabend im Jahre 2005 kehrte der Nachtdiener die Lobby des Hotel Caiette, als ihn ein Gast ansprach. »Sie haben da eine Stelle übersehen«, sagte sie. Paul rang sich so etwas wie ein Lächeln ab und hasste sein Leben.

»Sollte ein Scherz sein«, sagte die Frau, »entschuldigen Sie, war wohl nicht besonders gut. Aber im Ernst, könnten Sie bitte für einen Augenblick herkommen?« Die Frau stand am Fenster, einen Scotch in der Hand. Sie war alt, zumindest kam sie Paul damals so vor – im Nachhinein betrachtet, war sie vermutlich erst um die vierzig –, doch wirkte sie sehr eindrucksvoll und vermittelte den generellen Eindruck, ihr Leben fest im Griff zu haben, etwas, wovon Paul nur träumen konnte. Umständlich schob er den Besen zu ihr herüber und blieb neben ihr stehen.

»Wie kann ich Ihnen helfen?« Er freute sich, dass ihm diese Frage eingefallen war. So klang er fast wie einer dieser Butler, die er sich für seine Arbeit zum Vorbild nahm. Und in solchen Momenten erhaschte er dann hin und wieder zwar nicht unbedingt einen Blick auf die Freuden des dienenden Gewerbes, aber durchaus doch auf die Freuden professioneller Kompetenz, und ahnte, wie es möglich sein könnte, eine gewisse Befriedigung daraus zu gewinnen, in seinem Job gut zu sein, so gut etwa, wie Vincent in ihrem war. Für seine Arbeit hier im Hotel hatte er allerdings noch nie viel übriggehabt. Vincent stand im Augenblick gerade am anderen Ende der Lobby und musste über eine Geschichte lachen, die ein Gast ihr erzählte, irgendetwas über einen Angelausflug, der auf vergnügsamste Weise aus dem Ruder gelaufen war.

»Ich frage mich, ob ich mit Ihnen wohl einen Moment ganz im Vertrauen sprechen könnte«, sagte die Frau. Paul warf einen Blick über die Schulter zum Empfang, wo Walter seine beachtliche Fähigkeit, Menschen zu beschwichtigen, einem amerikanischen Paar zugutekommen ließ, das aufgebracht war, weil das Zimmer mit Jacuzzi, für das sie bezahlt hatten, tatsächlich nur ein Zimmer mit einem Jacuzzi und nicht mit einem großen Whirlpool war. »Ich heiße Ella Kaspersky«, sagte sie. »Und Sie?«

»Paul. Freut mich, Ihre Bekanntschaft zu machen.«

»Paul, wie lange arbeiten Sie schon hier?«

»Noch nicht lang. Ein paar Monate.«

»Und was meinen Sie, bleiben Sie noch lange?«

»Nein.« Bis er das sagte, hatte er eigentlich kaum darüber nachgedacht, aber seine Antwort klang für ihn richtig. Natürlich würde Paul nicht bleiben. Er war aus Vancouver hergekommen, um ein paar Freunde mit schlechten Angewohnheiten abzuschütteln und weil

Vincent schon im Hotel war und ihm geschrieben hatte, dass die Arbeit hier gar nicht so übel sei, allerdings hatte er schon am Ende seiner ersten Woche gewusst, dass diese Entscheidung falsch gewesen war. Er hasste es, wieder in Caiette zu wohnen. Er hasste es, im selben Gebäude wie seine Mitarbeiter zu leben, hasste diese klaustrophobische Enge. Der Kellner im Zimmer nebenan hatte jeden Abend Sex mit dem Souschef, und Paul, schon lange Single, hörte jeden Laut. Er mochte Walter nicht, seinen Boss, mochte auch dessen Boss Raphael nicht. Er vermisste seinen Vater, der schon vor Monaten gestorben war, trotzdem erwartete er jedes Mal, ihn zu sehen, wenn er ins Dorf ging. »Eigentlich«, sagte er, »habe ich daran gedacht, schon bald wieder von hier zu verschwinden. Vielleicht schon sehr bald.«

»Und was wollen Sie stattdessen machen?«

»Ich bin Komponist.« Er hatte geglaubt, es würde irgendwie realer, wenn er es laut aussprach, aber kaum gesagt, kam er sich wie ein Hochstapler vor. Er komponierte Musik, die niemand zu hören bekam. Er spezialisierte sich auf Musik zwischen Klassik und Elektronik, hatte aber kein Vertrauen in sein Werk.

»Schwieriges Metier, um sich durchzusetzen, könnte ich mir vorstellen.«

»Extrem schwierig«, sagte er. »Solange ich noch an meiner Musik arbeite, werde ich wohl weiterhin in Hotels jobben müssen, aber ich will zurück in die Stadt.«

»Es ist eine Sache, sich mitten im Nirgendwo auszuruhen und die Batterien wieder aufzuladen«, sagte Ella, »aber sicher eine ganz andere, hier draußen zu leben.«

»Stimmt, ganz genau. Ich hasse es hier.« Ihm fiel ein, dass er zu einem Gast vielleicht nicht so reden sollte – Walter würde stinksauer sein, falls er davon hörte –, aber was machte das schon für einen Unterschied, wenn er sowieso ging?

»Ich würde Ihnen gern eine Geschichte erzählen«, sagte Ella, »die mit einem Geschäftsangebot endet, also mit etwas, wobei Sie ein wenig Geld verdienen könnten. Interessiert?«

»Ja.«

»Dann bleiben Sie da stehen, und wir schauen gemeinsam aus dem Fenster, und wenn Ihr humorfreier Manager Sie später danach fragt, sagen Sie, ich hätte nach guten Angelgründen und Ausflugszielen gefragt. Abgemacht?«

»Abgemacht.« Diese wunderbare Intrige stärkte seinen Wunsch, möglichst bald von hier zu verschwinden, denn selbst wenn sie jetzt aufhören würden, miteinander zu reden, und nichts weiter sagten, bliebe es doch das Interessanteste, was ihm seit Wochen widerfahren war.

»Es gibt da einen Mann namens Jonathan Alkaitis. Er wohnt in New York«, sagte sie, »und wir haben nichts weiter miteinander gemein, als dass wir beide Stammgäste in diesem Hotel sind. Er wird in zwei Tagen eintreffen.«

»Sind Sie eine Detektivin oder so was?«

»Nein, ich gebe ausgepowertem Empfangspersonal nur gern extravagantes Trinkgeld. Egal. Sobald er eintrifft, möchte ich ihm gern eine Botschaft zukommen lassen.«

»Und Sie möchten, dass ich sie überbringe.«

»Ja, aber wir reden hier nicht davon, ihm einen Umschlag unter der Tür durchzuschieben. Ich würde ihm diese Botschaft gern auf eine Weise zukommen lassen, die er so rasch nicht wieder vergisst. Ich will, dass er richtig geschockt wird.« Ihre Augen blitzten. Erst jetzt merkte er, dass sie offenbar ziemlich betrunken war.

»Ich habe mal ein Mädchen gekannt, das ans Fenster der Schule mit einem Ätzstift ein Graffiti gemalt hat«, sagte er. »So was in der Art?«

»Sie sind perfekt«, sagte sie.

***

Als Paul die Worte an die Glasscheibe schrieb, war ihm, als explodierten Sterne in seiner Brust, und er fühlte sich, als würde er durch ein Sommergewitter rennen. Am vereinbarten Abend eilte er während der Essenspause nach draußen und schlich sich zu jener Seite des Gebäudes, wo er einen übergroßen Hoodie mit Ätzstift in der Tasche versteckt hatte, um dann neben der vorderen Terrasse Position zu beziehen, direkt außerhalb der vom Hotel verströmten Lichtinsel. An jenem Abend ging ein leichter Wind, der es leichter machte, sich unbemerkt anzuschleichen, und der seine Schritte mit vielen kleinen Waldgeräuschen übertönte, mit dem Knarren von Ästen, dem Rauschen des Windes. Lange blieb der Nachtdiener an der Tür stehen, viel zu nahe, und Paul glaubte schon fast nicht mehr daran, seinen Auftrag ausführen zu können, als Larry einen Blick auf seine Uhr warf, zurücktrat und in der Lobby verschwand, um in Richtung Personalzimmer zu gehen. Kaffeepause. Eine Wolke schob sich vor den Mond, was Paul wie ein Zeichen vorkam; die Nacht half ihm, unbemerkt zu bleiben. Er zog die Kappe vom Marker und trat mit rasendem Herz und gesenktem Kopf rasch hinaus auf die Terrasse. *Schlucken Sie doch Glassplitter.* Er schrieb es rückwärts, so, wie er es auf seinem Zimmer geübt hatte, um gleich darauf erneut im Wald zu verschwinden, und wie bestellt gab die Wolke den Mond wieder frei, und sein Licht fiel auf das Geschriebene. Paul schlich sich zurück um das Hotel herum und in den Personalbereich. Sich vollkommen lautlos zu bewegen, war unmöglich, aber der nächtliche Wald war sowieso voller Geräusche. Bei den Angestellten fand offenbar eine Art Party statt, Licht und Musik drangen aus einer Zimmerfolge im zweiten Stock, das Tagespersonal gab sich die Kante, um die Agonie der steten Kundenbetreuung erträglicher zu machen.

Er zog den Hoodie und die Handschuhe aus, knüllte sie zusammen, stopfte sie in die Büsche neben einem Baumstumpf, betrat den Weg, der den Personaltrakt mit dem Hotel verband, und spazierte aus dem Wald ins helle Licht, sodass jeder, der ihn zufällig sah, denken würde, er sei nur kurz auf seinem Zimmer gewesen. Paul schaute auf die Uhr und entschied sich dann dafür, gemächlich um das Gebäude herum zum Seiteneingang zu schlendern, nichts zu sehen hier, genieße nur ein bisschen die frische Luft, aufgedreht vom doppelten Vergnügen seines Handelns und von dessen Heimlichkeit, ein Hochgefühl, das bis zu dem Moment anhielt, da er die Lobby betrat und den Anblick wahrnahm, der sich ihm bot: der Gast mitten in der Lobby, bestürzt, der Nachtmanager, der hinter seinem Tisch hervortrat, seine Schwester, die hinterm Tresen von dem Glas aufsah, das sie polierte, sie alle starrten auf die Worte am Fenster. Paul fand Vincents Miene unerträglich, diesen Blick nackter Qual und blanken Entsetzens. Der Gast wandte sich ab, Vincent schlug die Augen nieder, und Walter segelte auf einer Woge der Effizienz und Beschwichtigung heran – »Dürfen wir Ihnen noch einen Drink servieren? Natürlich auf Kosten des Hauses. Tut mir so leid, dass Sie das mit ansehen mussten« etc. –, während Vincent auf das Glas in ihrer Hand starrte, das sie polierte, und Paul noch unbemerkt im Seiteneingang stand. Irgendwie war ihm nie in den Sinn gekommen, dass noch andere Leute die Worte sehen würden. Er glitt zurück in die kalte Nachtluft, blieb eine Weile draußen, die Augen geschlossen, und versuchte, sich wieder zu fassen, ehe er erneut das Gebäude betrat, auffälliger diesmal und ganz ungezwungen, während er geräuschvoll die Tür hinter sich zuzog, doch fiel sein Blick gleich auf den Philodendron, den irgendwer – vermutlich Larry – verrückt hatte.

Walter stand hinter seinem Tisch und beobachtete ihn.

»Ist was mit dem Fenster?«, fragte Paul. In den eigenen Ohren klang seine Stimme falsch, zu hoch und irgendwie schief.

»Leider ja«, sagte Walter. »Irgend so ein ziemlich widerwärtiges Graffiti.« *Er glaubt, ich war's*, dachte Paul, was er unerklärlicherweise verletzend fand.

»Hat Mr Alkaitis das gesehen?«

»Wer?«

»Sie wissen schon.« Paul nickte in Richtung des Gastes, eines Mannes um die fünfzig, der in sein Glas stierte.

»Aber das ist nicht Alkaitis«, sagte Walter.

Mist. Paul entschuldigte sich und ging zur Bar, wo Vincent mit dem Polieren der Gläser fertig war und nun unsichtbaren Staub von den Flaschen wischte. »Hey«, sagte er, und als sie aufschaute, schockierte es ihn, Tränen in ihren Augen zu sehen. »Alles in Ordnung?«

»Diese Worte an der Fensterscheibe«, flüsterte sie.

Da wollte er nur noch verschwinden, einfach alles hinter sich lassen, sich von der Lobby aus ein Wassertaxi bestellen, zur Pier gehen, sich nach Grace Harbour übersetzen lassen und einfach immer weiter laufen. »War bestimmt nur irgendein betrunkener Jugendlicher.«

Mit einer Cocktailserviette wischte sie sich immer wieder über die Augen. »Entschuldige«, sagte sie, »mir ist gerade nicht nach reden.«

»Verstehe«, sagte er aus den tiefsten Tiefen jener Art Selbstekels, vor dem man ihn in der Reha gewarnt hatte. Er spürte die wachsende Anspannung in der Lobby. Walter trat hinter dem Empfangstisch vor, und Larry holte einen Gepäckwagen aus der ein wenig abseits gelegenen Abstellkammer hinterm Klavier. Vincent genehmigte sich auf die Schnelle einen Espresso. Fast spiegelgetreu wurde die Lobby von der gläsernen Wand des Hotels reflektiert, ein Anblick, der jetzt von einem weißen Licht draußen auf dem Wasser durchbohrt wurde, einem sich nähernden Boot. Jonathan Alkaitis traf ein.

2

Drei Jahre später, im Dezember 2008, stand Walter am Empfang, hörte die Nachricht von Jonathan Alkaitis' Verhaftung und sackte zusammen. Khalil, der Kellner, der an diesem Abend Dienst hatte, sah ihn fallen und war Sekunden später mit einem Glas kalten Wassers an seiner Seite. »Walter, hier, holen Sie tief Luft …«, und Walter versuchte zu atmen, versuchte, vom Wasser zu trinken, nicht ohnmächtig zu werden, Sterne schwammen vor seinen Augen. Walters Kollegen knieten um ihn herum, fragten, was denn los sei, und machten Anstalten, ein Wassertaxi zu rufen, um ihn ins Krankenhaus zu bringen, als Larrys Blick auf die Story der *New York Times* auf dem Computerbildschirm fiel. »Oh«, sagte er.

»Ich gehöre zu den Investoren«, erklärte Walter.

»Bei Alkaitis?«, fragte Larry.

»Er war doch letzten Sommer hier, erinnern Sie sich?« Walter fürchtete, sich jeden Moment übergeben zu müssen. »Mit Vincent. Eines Abends kamen wir ins Gespräch und fingen an, über Investments zu reden. Ich habe ihm gesagt, ich hätte da einige Ersparnisse …«

»Oh, mein Gott«, sagte Larry. »Walter, das tut mir so leid.«

»Er hat getan, als würde er mir einen Gefallen erweisen«, sagte Walter, »dass er mich in seinen Fonds investieren ließ.«

Larry, der direkt neben ihm kniete, legte ihm eine Hand auf die Schulter.

»Das kann doch nicht alles weg sein«, sagte Walter. »Das geht einfach nicht. Es waren die Ersparnisse meines Lebens.«

Dann eine Erinnerungslücke: Wie kam Walter zurück in sein Apartment? Im Nachhinein unklar, aber einige Zeit später lag er auf seinem Bett, starrte an die Decke, vollständig bekleidet, nur die Schuhe ausgezogen, ein Glas Wasser auf dem Nachttisch.

Es war fast acht Uhr früh, also ging Walter zu Raphael ins Büro. »Ich weiß gar nichts«, sagte Raphael. Er ließ einen Stift über die Knöchel der linken Hand wandern, eine rasche, nervöse Bewegungsabfolge, ein Trick, und Walter verstand nicht, wie er funktionierte. Warum fiel der Stift nicht runter? »Wir müssen auf Nachricht aus den Staaten warten.«

»Auf welche Nachricht?« Walter ließ den Stift nicht aus den Augen.

»Nun, auf Nachricht über unser weiteres Schicksal, wenn Sie so wollen, auch auf die Gefahr hin, allzu melodramatisch zu klingen. Ich habe gerade mit dem Hauptbüro telefoniert. Offenbar gibt es in New York einen Konkursverwalter, einen vom Richter ernannten Anwalt, der das von Alkaitis angerichtete Chaos organisieren soll. Also nehme ich an, dass er entscheidet, was mit dem Hotel passiert.«

Wie sich zeigte, sollten sie nicht lange im Ungewissen bleiben. Gegen Ende der darauffolgenden Woche sickerte zum Hotel durch, der Konkursverwalter habe beschlossen, den Besitz zu verkaufen, um in kürzester Zeit eine größtmögliche Summe für die Investoren zusammenzuscheffeln. Eine Weile ging das Gerücht, eine Hotelmanagementgesellschaft wolle das Grundstück kaufen, doch Raphael blieb skeptisch.

»Lassen Sie mich Ihnen ein Geheimnis verraten«, sagte Raphael zu Walter. »Dieses Haus hat seit vier Jahren keinen Profit mehr erwirtschaftet. Falls sich also ein Käufer findet, dann bestimmt kein Hotelier.«

»Wer wollte das Haus denn sonst kaufen?«

»Ganz genau«, sagte Raphael.

Als sich ihr Schicksal abzuzeichnen begann – das Hotel stand zum Verkauf, doch da weit und breit kein potenzieller Käufer in Sicht war, sollte es in drei Wochen geschlossen werden –, kam Walter ein seltsamer Gedanke. Alle gingen, aber hieß das denn notwendigerweise auch, dass Walter gehen musste? An einem der stilleren Vormittage am Empfang, kurz vor Schichtwechsel, versuchte er zum vierten Mal, den Konkursverwalter telefonisch zu erreichen, und schaffte es schließlich, am Sekretariat vorbei zu Alfred Selwyn persönlich vorzudringen.

»Hier spricht Selwyn.«

»Mr Selwyn. Ich heiße Walter Lee. Ich hoffe, Sie verzeihen mir meine Aufdringlichkeit«, sagte Walter, »aber ich hatte gehofft, mit Ihnen über eine – zumindest für mich – sehr dringliche Angelegenheit sprechen zu können …«

»Was kann ich für Sie tun, Mr Lee?«

Walter wusste nicht genau, was er erwartet hatte. Vielleicht eine Szene aus einem Justizdrama, einen zwielichtigen Anwaltshai mit aufdringlichem amerikanischem Akzent, doch Alfred Selwyn hörte sich an wie ein zuvorkommender Mann leiser Töne, der den Eindruck machte, aufmerksam zuzuhören, während Walter sein Anliegen vortrug.

»Soweit ich weiß«, sagte Selwyn, »liegt das Anwesen ziemlich abgelegen, oder nicht?«

»So abgelegen nun auch nicht«, sagte Walter. »Wenn ich mir ein Wassertaxi rufe, bin ich innerhalb von einer Stunde in Grace Harbour.«

»Und Grace Harbour ist eine eher große Stadt? Entschuldigen Sie mich bitte, nur eine Sekunde …« Selwyn legte eine Hand über den Hörer, und im Hintergrund waren Geräusche zu hören. »Mr Alexander«, die Stimme durch die Hand gedämpft, »wenn Sie bitte Platz nehmen mögen, ich bin gleich für Sie da. Lorraine, könnten Sie bitte für Harvey und mich einen Kaffee bringen?« Noch ein wenig Geraschel, dann hatte Selwyns Stimme wieder die normale Lautstärke. »Tut mir leid. Auch auf die Gefahr hin, unverschämt direkt zu klingen, hätte ich von Ihnen gern gewusst, ob nicht die Gefahr besteht, dass Sie den Verstand verlieren, wenn Sie ganz allein in einem leeren Hotel mitten in der Wildnis leben.«

»Ich verstehe Ihre Bedenken«, sagte Walter, »aber ehrlich gesagt: Ich lebe gern hier.« Er hörte sich dann davon schwärmen, welch immense Freude es ihm bereite, an einem so stillen Ort inmitten herrlicher Natur zu leben, davon, wie freundlich die Ortsansässigen im nahen Städtchen Caiette waren – eine Übertreibung, die meisten hassten Leute von außerhalb –, und konnte währenddessen doch nur unablässig denken: *Bitte, bitte, bitte, lass mich hierbleiben.* Am Ende seines Monologs herrschte eine kurze Pause.

»Tja«, sagte Selwyn, »Sie wissen sich immerhin für Ihre Belange einzusetzen. Könnten Sie mir bitte bis Ende der Woche einige Referenzen zukommen lassen? Auch von Ihrem jetzigen Vorgesetzten, falls möglich?«

»Natürlich«, erwiderte Walter. »Und danke dafür, dass Sie meine Bitte in Betracht ziehen.«

Als er auflegte, fühlte er sich so unbeschwert wie schon seit Langem nicht mehr, zumindest nicht mehr seit dem Abend, an dem er von der Verhaftung gelesen hatte. Er blickte sich in der Lobby um und stellte sich vor, alle anderen wären fort.

***

»Sie wollen was?«, fragte Raphael, als Walter zu ihm kam. Auf seinem Tisch lag ein offener Hefter. Walter sah ein zwei Seiten umfassendes Diagramm, über dem *RevPAR* 2007–2008 stand, ein Kürzel, mit dem der Erlös pro verfügbarer Zimmerkapazität gemeint war. Raphael wurde nach Edmonton versetzt und verbrachte die verbleibenden Tage damit, sich vom neuen Hotel ein Bild zu machen.

»Das Hotel braucht einen Hauswart«, sagte Walter. »Selwyn stimmte mit mir darin überein, dass niemand ein Interesse daran haben kann, das Gebäude verfallen zu lassen.«

»Hören Sie, Walter, ich stelle Ihnen gern ein hervorragendes Zeugnis aus, aber ich kann einfach nicht glauben, dass Sie wirklich ganz allein hier leben möchten. Haben Sie wenigstens eine ungefähre Vorstellung davon, *wie lange* Sie bleiben wollen?«

»Ach, natürlich nicht *für immer*«, sagte Walter, um ihn zu beruhigen, dabei wäre das doch gar nicht mal so schlecht, dachte er auf dem Weg zurück zum Personaltrakt. Caiette war der erste Ort, der ihm wirklich gefiel. Er wollte nirgendwo anders hin. *Gebt mir Ruhe*, dachte er, *gebt mir Bäume und das Meer und keine Straßen. Lasst mich im Sommer durch den Wald ins Dorf spazieren, den Wind in den Zedern spüren, lasst den Dunst überm Wasser aufsteigen und gönnt mir den Blick auf grüne Äste aus meiner Badewanne am frühen Morgen. Gebt mir einen Ort ohne Menschen, denn ich werde nie wieder jemandem trauen können.*

3

Ein Jahrzehnt später wurde Paul vom Barkeeper ein Glas Wein gereicht, und er drehte sich um, weil er sich wieder unter die Menge mischen wollte, als sie plötzlich vor ihm stand.

»Sie«, sagte er, weil er sich nicht an ihren Namen erinnern konnte.

»Hallo, Paul.« Sie sah genauso aus, wie er sie in Erinnerung hatte – eine kleine, gut gebaute Person mit präzisem Haarschnitt, die an diesem Abend ein elegantes Kostüm mit einer Halskette trug, an der ein walnussgroßes Stück Bernstein mit einer darin eingefangenen Mücke zu hängen schien –, nur, wer war sie? Er litt unter Jetlag und war leicht betrunken, hatte außerdem selbst in seinen besten Momenten ein so schlechtes Gedächtnis für Namen und Gesichter, dass er sich seit einiger Zeit fragte, ob nicht vielleicht mehr dahintersteckte, ob er nicht ein grenzwertiger Soziopath war – *bin ich so egozentrisch, dass ich keine anderen Menschen mehr wahrnehme?* – oder an partieller Gesichtsblindheit litt, also an jener neurologischen Verfassung, in der man die eigene Frau nicht wiederkennt, wenn sie mit einer neuen Frisur heimkommt, nicht dass er eine Frau hätte. All dies ging ihm durch den Kopf, während die rätselhafte Frau geduldig neben ihm stand, einen Whisky in der Hand.

»Sie dürfen sich gern Zeit lassen«, sagte sie schließlich, »aber ich wollte gerade auf die Terrasse, eine Zigarette rauchen. Vielleicht kommen Sie ja mit, während Sie weiter nachdenken.«

Sie hatte einen amerikanischen Akzent, was ihm aber auch nicht half. Auf der Party anlässlich des Edinburgh-Festivals tummelte sich ein breit gemischtes Publikum, und viele Besucher sprachen mit amerikanischem Akzent. Er murmelte irgendetwas Unverständliches und folgte der Frau durch die Menge, aber wer sie war, fiel ihm erst wieder ein, als sie bereits einen Moment allein auf der Terrasse standen und sie sich die Zigarette anzündete.

»Ella«, sagte Paul. »Ella Kaspersky. Tut mir leid, der Jetlag, wissen Sie …«

Sie zuckte mit den Achseln. »Sieht man jemanden unter anderen Umständen …« Sie formulierte den Gedanken nicht zu Ende. »Ist lange her.«

»Dreizehn Jahre?«

»Ja.«

Es war kalt auf der Terrasse, und er wäre lieber wieder reingegangen. Nein, noch lieber wäre er ins Hotel zurückgekehrt. Die Kälte war nicht das Problem. Der eigentliche Grund war eher der, dass er Economyclass von Toronto nach Edinburgh geflogen war und deshalb seit zwei Tagen nicht mehr richtig geschlafen hatte, was in die immer größer werdende Kategorie jener Dinge fiel, die man mit achtzehn problemlos tun konnte, die einem mit zunehmendem Alter aber immer schwerer fielen. Und Ella Kaspersky zu sehen, machte alles nur noch schlimmer, was ihm offenbar irgendwie anzusehen war, denn Ellas Gesichtsausdruck wurde weicher, wenn auch nur wenig, und sie berührte ihn leicht am Arm.

»Seit dreizehn Jahren will ich mich bei Ihnen entschuldigen«, sagte sie. »In Caiette war ich wütend und leicht betrunken und habe mich davon leiten lassen. Ich hätte Sie niemals darum bitten dürfen.«

»Ich hätte ablehnen können.«

»Sie hätten ablehnen sollen. Trotzdem hätte ich Sie niemals darum bitten dürfen.«

»Wie auch immer«, sagte er. »Was Alkaitis anging, haben Sie jedenfalls recht behalten.« Er hatte sich für die ganze Sache nie sonderlich interessiert, hatte aber ein wenige Jahre später erschienenes Buch über Alkaitis' Schneeballsystem gelesen, nicht zuletzt auch deshalb, weil er sich davon Informationen über seine Schwester erhofft hatte. Vincent aber tauchte in dem Buch nur am Rande auf, ihre Wortbeiträge beschränkten sich auf Zitate aus der eidesstattlichen Aussage. Der Autorin war es offensichtlich nicht gelungen, ein Interview mit ihr zu bekommen, obwohl sie ausgiebig über den materiellen Reichtum von Vincents Leben mit Alkaitis spekuliert hatte.

»Stimmt, ich habe recht behalten.«

»Haben Sie gewusst, dass er mit meiner Schwester zusammenlebte?« Er rauchte eine Zigarette, konnte sich aber kaum daran erinnern, dass Kaspersky ihm eine gegeben hatte. Seit einer Weile verlief die Zeit manchmal recht sprunghaft.

»Im Ernst?«

»Sie war Barkeeperin im Hotel Caiette«, sagte er. »Ein Mann kommt in die Bar, eines führt zum anderen ...«

»Verrückt. Ich habe Bilder von ihm mit einer jungen Frau gesehen, aber nie irgendeine Verbindung zum Hotel hergestellt.«

»Erinnern Sie sich an eine hübsche Barkeeperin mit langem, dunklem Haar?«

Sie runzelte die Stirn. »Vielleicht. Nein, wenn ich ehrlich bin. Ich kann mich überhaupt nicht an sie erinnern. Was ist aus ihr geworden?«

»Wir haben uns lange nicht gesehen«, sagte Paul. Für ihn existierte Vincent in einer Art scheintotem Zustand. Am ersten Abend seiner Aufführung in der Brooklyn Academy of Music, damals, im Jahr 2008, war er auf die Bühne gegangen und hatte sie gesehen. Sie saß in der ersten Reihe am äußersten Ende. Sein Blick fiel auf Vincent, und sein

Herz begann zu rasen. Irgendwie überstand er den Eröffnungsabend. Als er keine zehn Minuten später wieder hochblickte, war sie verschwunden, im Schatten gähnte ein leerer Sitz. An jenem Abend zögerte er zwei Stunden lang, bevor er sich traute, das Theater zu verlassen, aber sie wartete nicht vor dem Bühneneingang. Sie war auch am nächsten Abend nicht da oder am übernächsten. Jedes Mal, wenn er das Theater verließ, rechnete er damit, sie zu sehen, doch kam sie nie, weshalb er sich ihre Begegnung so oft vorstellte, dass sie ihm zu etwas wurde, was längst stattgefunden hatte. *Hör doch, du hast all die Jahre in Vancouver gewohnt, während die Kisten mit den Videokassetten in deinem Kinderzimmer standen*, sagte er ihr in Gedanken. *Du hattest also offensichtlich nicht vor, irgendwas damit anzufangen. Du hast ja nicht mal gemerkt, dass sie verschwunden sind.* Und da hast du dir gedacht, du könntest sie einfach nehmen, würde sie ihn fragen. *Wenigstens habe ich was damit* gemacht, hätte er ihr darauf geantwortet, und da er dieses Gespräch Tag für Tag durchspielte, begann er fast, sich danach zu sehnen. Es jedoch nie zu haben, lief darauf hinaus, dazu verdammt zu sein, es *immer wieder* zu haben. Genau zehn Jahre waren seit den Aufführungen in der BAM vergangen, und er redete in Gedanken immer noch mit Vincent, die sich im realen Leben nie vor der Bühnentür blicken ließ. Willst du etwa behaupten, fragte sie, du hättest deine ganze Karriere auf meinen Videos aufgebaut? *Nicht meine ganze Karriere, Vincent, aber das Komponieren der Soundtracks für deine Videos hat zur Zusammenarbeit mit Videokünstlern geführt, zu Liveauftritten auf den Kunstmessen in Basel und Miami, zum Aufenthalt an der BAM, meinem Fellowship, meiner Dozentur, zu all dem Erfolg, den ich in meinem Leben hatte.* Und das rechtfertigt, was du getan hast, fragte sie. *Ich weiß nicht, Vincent, ich habe nie so richtig gewusst, was gerechtfertigt ist und was nicht. Aber wenn's irgendwie hilft, nach den Vorstellungen in der BAM bin ich nie wieder mit deinen Tapes aufgetreten.* Und du glaubst, das entschuldigt irgendwas? *Nein, tut es nicht; ich weiß, dass ich ein Dieb bin.*

»Sind Sie noch da?«, fragte Ella, und er begriff, dass er schon eine ganze Weile ins Leere gestarrt haben musste.

»Entschuldigen Sie, ja. Ich bin vom Nachtflug noch ziemlich mitgenommen.«

»Partys sind unter diesen Umständen ein bisschen viel«, sagte Ella. »Lassen Sie uns von hier verschwinden. Ich lade Sie auf einen Drink ein.« Zehn Minuten später saßen sie in einem Pub um die Ecke, einer altmodischen Kneipe mit leuchtend roter Tür und einer holzvertäfelten Innendekoration, für die ein ganzer Wald draufgegangen sein musste.

»Nun«, sagte Ella, als sie in einer Sitzecke Platz nahmen. »Verzeihen Sie mir, aber Sie sehen schrecklich aus.«

»Ich habe seit zwei Tagen nicht geschlafen.«

»Das mag es erklären«, sagte sie, musterte ihn aber mit diesem gewissen Blick. Er hatte Mühe, Namen zu erinnern und Gesichter wiederzuerkennen, doch fiel es ihm nicht schwer, die Frage zu erraten, die sich Ella verkniff. Einen solchen Blick nahm er seit einiger Zeit immer öfter wahr.

»Wie kommen Sie zu dieser Party?«, fragte er, um sie abzulenken. Er war sich des kleinen Plastikbeutels in der Innentasche seines Jacketts nur zu deutlich bewusst.

»Mein Mann ist Intendant eines Theaters.«

»Die Welt ist klein.«

»So klein, dass es mich immer wieder in Erstaunen versetzt.«

Eine Kellnerin nahm ihre Bestellung auf, und Paul entschuldigte sich, um auf der Toilette eine Line zu ziehen, nicht viel, gerade genug, um ein wenig Chaos aus der Welt abzulassen. Fünf Atemzüge lang stand er reglos in der Kabine, dann ging er zum Tisch zurück. Er war jetzt ruhiger, die scharfe Kante des Jetlags leicht abgestumpft. Alles war bestens. Kein Mensch muss *jede* Nacht schlafen. Er könnte von jetzt an eine Menge Zeit sparen, wenn er nur noch jede zweite Nacht schliefe.

»Sieht so aus«, sagte sie, »als hätte sich seit unserer letzten Begegnung viel für Sie verändert.«

»Extrem viel. Es war wirklich unglaublich.« Erfolg hatte er nie erwartet, und er fand ihn noch heute verwirrend. »Ich habe hinter den Spiegeln eine seltsame neue Welt gefunden, in der sich die Menschen meine Musik tatsächlich anhören«, sagte er. *Wie hätte ich das erahnen können*, sagte er in seinem Kopf zu Vincent, *ich habe einfach nur die Gelegenheiten genutzt, die sich mir boten, und mich dann genauso nach vorn gedrängt wie alle anderen auch* … Die Gelegenheiten, die sich boten – so, als wäre dir gar keine andere Wahl geblieben? *Dieses Leben ließ sich wirklich nicht vorhersehen*, sagte er, aber mal ehrlich, warum hatte er nie versucht, mit Vincent Kontakt aufzunehmen, nachdem sie beide das Hotel verlassen hatten? Natürlich wegen seiner Schuldgefühle, weil er das Graffiti geschrieben und ihre Videos geklaut hatte, aber sollte er jetzt nicht versuchen, sie zu finden? Vielleicht war inzwischen genug Zeit vergangen? Wie es war, in einem unvorstellbaren Leben aufzuwachen, schien ihm etwas zu sein, mit dem Vincent etwas anfangen konnte.

»Ein wirklich interessanter Ansatz, den Sie da für sich

entdeckt haben«, sagte Ella. Er hatte ihr nur halb zugehört, während sie seine Arbeit lobte. »Man sieht ja so oft Videokunst, aber Ihre Kollaboration, diese programmierbare Klangkonsole, das ist wirklich eine ganz wunderbare Erfindung.« Für zwei separate Werke seiner Videokunst hatte Paul jeweils vierundzwanzig Stunden Musik komponiert, arrangiert zu dreißig Minuten langen Stücken, die der Käufer nach Belieben kombinieren konnte: Eine Nachteule zum Beispiel bevorzugte um drei Uhr morgens vielleicht etwas Hartes, Schnelles, das zur Schlafenszeit gegen fünf Uhr früh dann in ruhige Musik überging, während die Frühaufsteher es womöglich lieber hatten, zum Sonnenaufgang ihr Wohnzimmer mit etwas Belebendem zu betreten.

»Wenn ich ehrlich bin, brauchten einige dieser Videoprojekte einen Soundtrack, um auch nur halbwegs interessant zu sein«, sagte Paul. Das mit dem Bier war eine schreckliche Idee gewesen. Wenn er jetzt davon trank, würde er gleich mit dem Kopf auf dem Tisch einschlafen.

»Mich würde interessieren, was zu Ihren musikalischen Einflüssen gehört«, sagte sie.

»Baltica«, erwiderte er. »Alles, was ich mache, klingt wie von einer elektronischen Band namens Baltica, die Ende der Neunziger in Toronto aufgetreten ist.«

»Ach, ich habe gar nicht gewusst, dass Sie Mitglied einer Band waren.«

»Ich versuche immer, etwas zu komponieren, das anders klingt«, sagte er, »ich meine, ich gebe mir wirklich größte Mühe, aber am Ende, wenn ich es mir dann vorspiele, klingt es immer ...« Er hielt inne und wandte den Kopf ab, um sein Unbehagen zu verbergen. »Glauben Sie, die haben hier Kaffee?« Er war ganz entgeistert. Von Baltica hatte er noch niemandem erzählt, und jetzt platzte es einfach so aus ihm heraus.

»Nehme ich doch an.« Sie winkte, und eine Kellnerin kam an ihren Tisch.

»Einen Kaffee, bitte.«

»Ich muss Sie warnen«, sagte die Kellnerin. »Unser Kaffee ist grauenhaft.«

»Ich glaube, ich nehme trotzdem einen.«

»Kann ich Sie nicht zu etwas anderem überreden?«, fragte die Kellnerin. »Ich meine, wenn Sie darauf bestehen, bringe ich Ihnen eine Tasse, aber ich schwöre Ihnen, Sie lassen sie zurückgehen.«

»Haben Sie denn schwarzen Tee?«

»Wir sind in Schottland.«

»Dann einen extrastarken«, sagte Paul. »Den stärksten Tee, den Sie haben. Und eine Menge davon. Je mehr Koffein, umso besser.«

»Dann bringe ich Ihnen ein Kännchen«, sagte die Kellnerin, »und Sie können ihn ziehen lassen, solange Sie mögen.« Wie so oft im Vereinigten Königreich hatte Paul den Eindruck, gerade sehr subtil beleidigt worden zu sein, und dies auf eine derart obskure Weise, die aufzudröseln viel zu viel Energie kosten würde, dabei hätte er nicht einmal sagen können, ob es sich wirklich um eine Beleidigung handelte oder nur um einen typisch kanadischen Fall von postkolonialer Verunsicherung. *Verdammt, ich weiß, wie man Tee macht*, hätte er ihr am liebsten hinterhergerufen, aber zu spät, die Kellnerin war fort und er allein mit Ella, die ihn wieder mit diesem Blick musterte.

»Spielen Sie immer noch in der Band? Baltica, richtig?«

Sie hatte ihn missverstanden, aber das konnte er ihr jetzt unmöglich erklären.

»Wir sind alle getrennte Wege gegangen«, sagte er. »Ich sehe sie nur manchmal auf Facebook. Annika ist ständig auf Tour mit mindestens fünf verschiedenen Bands. Theo ist eher der Familientyp. Gibt es das Hotel noch?«, hörte er sich fragen, weil er unbedingt das Thema wechseln wollte.

»Es wurde nach Alkaitis' Verhaftung geschlossen«, sagte sie.

4

Acht Zeitzonen weiter westlich stand Walter am Fenster seines Zimmers im alten Personaltrakt des ehemaligen Hotel Caiette. Hier draußen gab es keinen Handyempfang, aber vor einigen Jahren hatte er sich den Luxus eines kabellosen Telefons geleistet, damit er in seinem Zimmer auf und ab gehen konnte, wenn er mit der Welt da draußen telefonierte.

»Ich fasse es nicht, jetzt sind es fast zehn Jahre«, sagte seine Schwester. »Meine Güte. Und du fühlst dich immer noch nicht einsam?«

»Ich glaube nicht, dass *einsam* das richtige Wort ist. Nein, ich würde nicht behaupten, dass ich *einsam* bin.«

***

Anfang 2009 hatte der letzte Gast aus dem Hotel ausgecheckt, zwei Monate nach der Verhaftung von Jonathan Alkaitis; der Rest des Personals war kurz darauf gegangen. Ist ein Hotel ohne Gäste noch ein Hotel? Walter stand an der Pier, als Raphael abfuhr. »Lassen Sie uns in Verbindung bleiben«, sagte er zu Walter, und die Männer gaben sich in dem beidseitigen Wissen die Hand, dass sie nie wieder miteinander reden würden. Raphael stieg mit seiner Reisetasche ins Boot – das übrige Gepäck war bereits nach Edmonton vorausgeschickt worden –, und Melissa ließ den Motor an. Sie wurde bis zum Ende des Tags bezahlt, hatte sich aber nicht mehr die Mühe gemacht, ihre Uniform anzuziehen. Sie wollte das Boot in Grace Harbour zurücklassen und mit einem Wassertaxi heimkehren. »Ich komme nächste Woche vorbei«, sagte sie zu Walter, »um nach Ihnen zu sehen.«

»Danke«, sagte er gerührt und ein wenig überrascht. Sie legte ab, und das Boot zog hinaus aufs Wasser, umrundete die Halbinsel und verschwand aus seinem Blick. Es war ein verhangener Tag, im Meer spiegelte sich der blassgraue Himmel, der Wald war dunkel, die Bäume tropften vom morgendlichen Regen. Walter stand an der Pier, bis er das Boot nicht mehr hören konnte, dann kehrte er zurück ins leere Hotel, folgte dem Pfad, schloss die Glastür zur Lobby auf und hinter sich wieder ab. Als Raphael ging, hatte er feierlich das Licht ausgedreht, doch Walter schaltete es jetzt wieder ein. Sanft schimmerte das dunkle Holz der Bar. Seine Schritte hallten in der Lobby wider. Bis auf den Flügel, dessen Transport zu teuer geworden wäre, hatte man das Mobiliar verkauft. Walter klimperte ein wenig auf den Tasten, was in der Stille unnatürlich laut klang. Das ist wahre Stille, begriff er, ganz anders als im Wald, in dem selbst in den stillsten Momenten noch viele kleine Geräusche zu hören waren. Er ging am Empfang vorbei, an der Bar, die Treppe hinauf.

In der größten Suite, dem Coast Royal, hatte Jonathan Alkaitis stets gewohnt. Walter dachte kurz daran, hier einzuziehen – die Zimmer waren von einer Pracht, die den Quartieren der Angestellten abging –, aber er hätte es widerlich gefunden, in dem Bett zu schlafen, in dem Alkaitis gelegen hatte. Außerdem mochte Walter sein Apartment. Er wanderte durch alle Gästezimmer und ließ hinter sich die Türen offen.

Er fand es seltsam, dass er sich in all diesem Raum, diesen leeren Fluren und Zimmern nicht allein fühlte. Ihm war, als spukte es im Hotel, wenn auch auf angenehmste Weise: Die Zimmer wirkten noch bewohnt oder doch, als wären sie gebucht, fast, als brächte das Boot jeden Moment neue Gäste, und Raphael käme gleich aus seinem Büro, um über die jüngsten Personalprobleme zu klagen, während Khalil und Larry ihre Nachtschicht antraten. Er ging hinaus auf die Terrasse, die schattig dalag in der frühen Winterdämmerung. Eine Weile blieb er draußen, bis ihm aufging, dass er, aus alter Gewohnheit, jetzt aber gänzlich unbegründet, darauf wartete, dass das Boot anlegte.

***

»Ich kann es selbst nicht ganz glauben«, sagte er 2018 seiner Schwester am Telefon, »aber als ich heute Morgen aufgewacht bin, wurde mir klar, dass ich im Februar seit zehn Jahren als Hauswart hier lebe.« Wirklich kaum zu fassen, aber so war es nun mal: Seit zehn Jahren allein im Personaltrakt, nur hin und wieder spielte er den Hotelführer für potenzielle Käufer, die mit dem Wassertaxi eintrafen, ein Jahrzehnt wöchentlicher Ausflüge nach Port Hardy, um Lebensmittel zu kaufen, ein Jahrzehnt, in dem er das Hotel geputzt, den Rasen gemäht und sich, falls nötig, mit Handwerkern getroffen hatte, in dem er am Nachmittag gelesen und sich am Steinway in der Lobby das Klavierspielen beigebracht hatte oder auf einen Kaffee mit Melissa nach Caiette gefahren war; zehn Jahre, in denen er allein im Wald gewandert war, im Frühling die ersten blassen Blumen aus der dunklen Erde hervorbrechen sah, in denen er an den heißesten Tagen des Sommers an der Pier schwamm, im klaren Herbstlicht in eine Decke eingemummelt auf dem Balkon gelesen oder allein bei ausgeschaltetem Licht in der Lobby gesessen hatte, um ein winterliches Unwetter zu genießen.

»Aber offenbar gefällt es dir immer noch«, sagte sie.

»Ja, sehr sogar.«

»Allein, aber nicht einsam?«

»So könnte man sagen. Ich hätte nie damit gerechnet«, sagte er, »nachdem ich fast mein Leben lang in Hotels gearbeitet habe, stellt sich raus, dass ich fern von anderen Menschen am glücklichsten bin.«

Nachdem er aufgelegt hatte, verließ er den Personaltrakt und folgte dem kurzen Pfad durch den Wald zum hohen Gras hinterm Hotel. Er ließ sich durch die Hintertür ein und nahm sich vor, heute die Lobby zu fegen und zu wischen. Ohne Mobiliar glich die Lobby einem riesigen, dämmrigen Ballsaal, einem großen leeren Raum, hinter den Glaswänden ein Panorama der Wildnis: Binnengewässer, grüne Küsten und eine Pier ohne Boote.

Pauls Tee im Pub in Edinburgh wirkte nicht wie erhofft. »Ich bin schon immer ehrgeizig gewesen«, hörte er sich sagen, »aber ich hätte nie geglaubt, dass mal was draus wird.« Ella nickte, sah ihn an. Wie lange redete er schon über sich? War er gerade für einen Moment eingeschlafen? Er wusste es nicht. Es fiel ihm schwer wach zu bleiben. »Alle Videos waren entweder schön oder interessant, ohne *Musik* aber nicht schön oder interessant genug.« Hatte er das schon gesagt?

»Sie sehen müde aus«, sagte Ella. »Vielleicht sollten wir es für heute genug sein lassen.«

Er warf einen Blick auf seine Uhr und bemerkte erstaunt, dass es schon fast ein Uhr war. Sie sprach mit der Kellnerin, beglich die Rechnung.

»Also schön, dann gute Nacht«, sagte sie, »und viel Glück, Paul.«

»Sehe ich aus, als hätte ich es nötig?«, fragte er ehrlich interessiert, aber sie lächelte nur und wünschte ihm erneut eine gute Nacht. In diesem Moment, als er aufstand und sie allein in der Bar zurückließ, hasste er sie – diese unerträgliche Selbstgefälligkeit der Nichtsüchtigen –, und natürlich irrte sie sich nicht. Er wusste, er würde Glück brauchen, erst vor einem Monat war er nach einer Überdosis in der Notaufnahme aufgewacht (»Willkommen zurück, Lazarus«, hatte der Arzt gesagt). Ein Jahrzehnt lang hatte er trotz Heroin perfekt funktioniert, hatte nicht nur funktioniert, sondern war sogar fantastisch produktiv gewesen. Wie immer kam es allein darauf an, die eigenen Grenzen zu kennen und keine Dummheiten zu machen, bloß gab es da seit einiger Zeit das zusätzliche Problem, dass Heroin kein Heroin mehr war, manchmal hieß es jetzt Fentanyl, kam per Post und Schiff auf den Markt und war fünfzigfach stärker als Heroin und billiger in der Herstellung. Letztens hatte er gerüchteweise gehört, es gäbe nun sogar Carfentanil auf dem Markt, und das fand er grauenhaft: hundertmal stärker als Fentanyl, zugelassen einzig zu dem Zweck, Elefanten ruhigzustellen. Erst gestern Abend hatte er von einer neuen Entzugsklinik in Utah gelesen und einige Zeit auf deren Website verbracht, sich Bilder von niedrigen weißen Gebäuden unter einem Wüstenhimmel angesehen. Auf seltsam abstrakte, logische Weise wusste er, dass es nicht die übelste Idee wäre, wieder in eine Entzugsklinik zu gehen. Mach es einfach, bring es hinter dich. Draußen auf der Straße fiel der Regen auf jene diffuse Weise, die ihn an British Columbia denken ließ, ein sanfter Regen, einer, der von allen Seiten zugleich zu kommen schien.

Er war sich fast sicher, dass sein Hotel in der Nähe der Royal Mile lag, und er war sich auch fast sicher, dass er auf die Royal Mile traf, wenn er am Ende der nächsten Straße links abbog. Wieder dachte er ans Hotel Caiette, was Erinnerungen an Vincent auslöste. Die Straße kam ihm jetzt auf unbestimmte Weise vertraut vor, nur wusste er nicht, ob das so war, weil er sich in der Nähe des Hotels befand oder weil er im Kreis lief. Er hörte auf zu laufen und setzte sich in einen Hauseingang. Er war müde, und der Regen war in seiner momentanen Verfassung kein Problem, also hockte er sich auf die Eingangsstufe und legte den Kopf auf die Arme. Sollte er versuchen, Vincent aufzuspüren, irgendwie Kontakt mit ihr aufzunehmen, ihr einen Teil seiner Einkünfte anzubieten? Nein, er brauchte das Geld. Alles. *Ich habe nie so richtig gewusst, was gerechtfertigt ist*, hatte er Vincent gesagt. Wenn er in letzter Zeit mit ihr sprach, redete nur er, sie aber sah ihn bloß an und hörte zu. Im Hauseingang war es überraschend bequem. Er würde nur kurz ein Nickerchen machen, einen Moment ausruhen und dann das Hotel suchen und richtig schlafen.

Aber er war nicht allein. Er spürte, dass ihn jemand beobachtete. Als er aufblickte, stand eine Frau gleich gegenüber auf der anderen Seite der schmalen Straße. Sie trug eine Art Uniform mit einer langen weißen Schürze, ein Tuch um den Kopf gebunden und sah aus wie eine Köchin aus einem nahen Restaurant, sagte er sich, vielleicht jemand, der während der Vorbereitungen zu einem späten Abendessen kurz nach draußen ging, doch falls dies tatsächlich ihre Pause war, verbrachte sie die seltsam, starrte ihn einfach nur an, statt etwas zu essen oder eine Zigarette zu rauchen. Sie kam ihm vertraut war, sie konnte unmöglich Vincent sein, aber …

»Vincent«, rief er, aber vielleicht hatte er sie sich auch nur eingebildet, jedenfalls war sie verschwunden, für den Rest seines Lebens würde er jedoch von dem Vorfall erzählen, als sei Vincent wirklich dort gewesen. Und immer wenn das Gespräch auf Gespenster kam, gab er die Geschichte wie einen Kartentrick zum Besten – »ich saß in einem Hauseingang in Edinburgh und sah meine Halbschwester auf der anderen Straßenseite, aber gleich darauf war sie wieder verschwunden, löste sich einfach in nichts auf. Ich fing dann an, nach ihr zu suchen, und fand Wochen später heraus, dass sie in ebenjener Nacht gestorben war, vielleicht sogar in derselben Minute, allerdings viele Tausend

Meilen weit weg …« –, und er würde immer vorgeben, sie wirklich gesehen zu haben, als hätte er nicht halluziniert, und die Frau, die er sah, wäre wirklich Vincent gewesen, und Vincent wäre kein Gespenst und das Gespenst wirklich dort bei ihm in der Straße gewesen, was auch immer das bedeuten mochte, denn was bedeutete es schon, ein Gespenst zu sein, was, *dort* zu sein oder *hier*? Es gab so viele Möglichkeiten, einen Menschen oder ein Leben heimzusuchen – trotzdem blieb immer diese Ungewissheit, und er war sich nie sicher. Später fragte er sich, ob er sie tatsächlich mit Schürze gesehen oder ob er seine Erinnerung nur um eine Schürze ergänzt hatte, als er herausfand, dass sie Köchin gewesen war; und ständig die Frage, die ihm schon damals zu schaffen machte, als er noch im Regen im Hauseingang saß und kurz davor war einzuschlafen: Hatte er sie wirklich auf der anderen Straßenseite gesehen? Oder war er nur betrunken und high gewesen, verirrt in einer fremden Stadt weit fort von daheim, vor Erschöpfung so schwindlig, dass er sich im Dunkeln Dinge einbildete?

16

Vincent im Ozean

1

Beginne am Ende:

Der Sturz an der Schiffswand hinab

Der Horizont wirbelte vorbei, einmal, zweimal, die Kamera flog aus der Hand

Es fühlte sich an, als tauchte ich in Eissplitter ein.

2

Nein, fange zwanzig Minuten früher an:

»Wo warst du gestern Abend?«, fragt Geoffrey. »Ich habe dich nach meiner Schicht gesucht.« Es ist Dezember 2018, und wir sind seit Jahren zusammen, zumindest phasenweise, finden zusammen und trennen uns einvernehmlich wieder. Es gibt da gewisse Spannungen: Einmal wollte er mich heiraten, aber ich hatte schon lange entschieden, dass ich niemals heiraten würde und nie wieder von einem anderen Menschen abhängig sein wollte; er redete davon, die Meere aufzugeben und irgendwo zusammen zu leben, nur zieht mich nichts zurück an Land. Heute Abend sind wir zusammen, auch wenn wir uns vorhin noch gestritten haben, und er liegt neben mir in meinem Bett. Wir sehen zu, wie mein Koffer durch die Kabine rutscht. Das Unwetter dauert jetzt den dritten Tag an.

»Ich war spazieren.«

»Wo? Im Maschinenraum?«

»An Deck.«

»Wir dürfen nicht an Deck«, sagt er. »Das weißt du doch. Unter Deck eingesperrt, bis der Sturm nachlässt.«

»Willst du mich beim Kapitän verpetzen?« Ich lächle, erst dann merke ich, dass er sich ärgert.

»Das ist gefährlich«, sagt er. »Mach das bitte nie wieder.«

»Ich wollte nur das Meer filmen.«

»Was? Vincent! Sag mir bitte nicht, du hast dich über die Reling gebeugt und bei diesem Sturm das Meer gefilmt.«

»Würdest du bitte nicht so laut reden, Geoff? Die Wände sind dünn. Hör mal, ich weiß, es war vielleicht ein wenig riskant, an Deck zu gehen, aber das ist es wert gewesen. Es war so schön.« Ich hatte mich oben an Deck unsterblich gefühlt. Nur Sturm und Meer zusammen können ein Schiff wie die *Neptune Cumberland* klein aussehen lassen.

Er richtet sich im Bett auf, zieht sich an, redet immer noch zu laut. »*Riskant* ist wohl kaum das passende Wort, Vincent. Um Himmels willen, mach das nie wieder.«

Ganz oben auf meiner langen Liste von Dingen, die ich nicht ausstehen kann, steht, gesagt zu bekommen, was ich zu tun habe. In der Küche finde ich mich damit ab, aber nicht in meinem Schlafzimmer, und das sage ich ihm.

»Ich schreibe dir nicht vor, was du zu tun hast, und ich verbiete dir nichts. Ich sage nur, du sollst bei Sturm nicht nach draußen gehen, weil ich Angst habe, du könntest sterben.«

»Ich werde wohl kaum gleich *sterben*. Sei nicht so melodramatisch.«

»Nein, bin ich nicht, ich bin vernünftig. Und ich fände es verdammt gut, wenn du das zur Abwechslung auch mal wärst«, sagt er und knallt hinter sich die Tür zu.

Lange liege ich nur da, wütend, und sehe meinen Koffer mit jedem Schlingern des Schiffs durchs Zimmer rutschen. Das Problem bei schwerem Wetter ist, dass man unmöglich schlafen kann, zumindest ich kann es nicht, da ich im Bett nicht still liege; wenn das Schiff durch die Wogen rollt, rolle ich mit ihm, und das bedeutet für mich eine ruhelose Nacht. Irgendwann stehe ich auf, ziehe mich an, nehme die Kamera, schlüpfe hinaus in den Korridor und gehe aufs C-Deck, stelle mich dem Sturm.

***

Die frische Luft ist eine Wohltat, selbst der Regen fühlt sich wunderbar an nach einem Tag in der schalen Luft industrieller Innenräume. Blitze zucken und erhellen das Schiff. Gehen ist nicht einfach – ich taumle gegen die Reling –, aber ich spüre die vertraute Erregung, die mich immer überkommt, wenn sich die Gelegenheit zu einer schönen Aufnahme bietet. Ich werde nur wenige Minuten lang filmen, nehme ich mir vor, und dann wieder reingehen. Ich arbeite mich zur hinteren Ecke des C-Decks vor, wo der Grill in seinen Ketten klirrt. Als ich den Donner höre, schalte ich die Kamera ein und nehme das Schönste auf, was ich je gesehen habe, Blitze über aufgewühltem Meer. Bei einem Unwetter sind die Wellen hoch wie Berge. Kalter Regen schlägt mir ins Gesicht und auf die Kameralinse, aber auch das wird schön sein, das Verwaschene, die Tropfen. Ich stehe an der Reling, nur kann ich mit einer Hand am Geländer die Kamera nicht ruhig halten, also lasse ich los – bloß für einen Moment – und in einem Augenblick der Stille zwischen sich auftürmenden Wellen beuge ich mich vor, sodass ich den Bogen vom Himmel zum Meer filme, ehe ich die Kamera direkt nach unten ins Wasser richte.

Das Licht an der Wand hinter mir beginnt zu flackern. Als ich über die Schulter blicke, begreife ich, dass noch jemand hier draußen ist, drüben, am anderen Ende des Decks.

»Hallo?«, rufe ich, erhalte aber keine Antwort.

Nein, ich habe mich getäuscht. Ich bin allein. Ich muss allein sein, denn ich habe gemeint, eine Frau zu sehen, aber ich bin die einzige Frau an Bord.

Doch, sie ist da. Ich kann sie fast sehen. Das Licht flackert noch, das Deck abwechselnd hell und dunkel. Wie grauenhaft, dass diese andere Person auch mal da ist, mal nicht, weniger menschliche Gestalt als eine Luftverzerrung, ein Schatten, der an der Reling auftaucht, dann wieder verblasst, jemand, der näher kommt. Sie ist jetzt sehr nahe. Ich meine, eine Hand an der Reling zu sehen, eine Silhouette, und dann steht Olivia Collins neben mir am Bug, schaut ins Wasser hinab. Sie sieht viel jünger aus als bei unserer letzten Begegnung, aber auch nicht so kompakt. Der Regen fällt durch sie hindurch. Ich halte noch die Kamera über die Reling. Ich kann nicht atmen. Olivia Collins dreht sich zu mir um, als wollte sie etwas sagen, und mir fällt die Kamera aus der Hand, ohne nachzudenken, greife ich danach, beuge ich mich zu weit vor, das Schiff schlingert

ich bin über Bord

ich bin schwerelos

die Kamera fliegt in den Regen davon,

das blaue Rechteck des Bildsuchers wirbelt durchs Dunkel …

3

Die Kälte ist vernichtend …

4

Ich halte mich an der Hand meiner Mutter fest. Ich bin sehr klein. Wir sind in Caiette, pflücken Pilze im Wald. Eine Erinnerung, aber die ist so lebhaft, dass sie sich wie eine Zeitreise anfühlt, wie die Rückkehr zu einem bestimmten Moment. Es ist so schön, wieder dort zu sein! »Sieh nur, Lämmchen«, sagt sie und bückt sich, um ein kleines orangefarbenes, flötenhaftes Etwas von der dunklen Erde zu pflücken, »das ist ein Pfifferling.«

Es ist wie der Augenblick kurz vor dem Einschlafen, wenn man nur mehr halb bei Bewusstsein ist – gerade noch wach genug, um zu spüren, dass man einschläft –, die Gedanken und Erinnerungen aber gehen schon in Träume über, und man merkt, dass man bereits Geschichten spinnt: Ein letzter Moment des Wachseins, im Mund Salzwasser, kurzes Wiederauftauchen in einem Wellental, keine Luft mehr, keine Zeit mehr, das Schiff eine undeutliche Masse aus Schatten und Lichtern, und dann zieht Olivia mich beiseite, um sich zu entschuldigen. Sie habe an mich gedacht, sagt sie, wie sie oft an mich denkt, und an das Meer, an den Törn mit Jonathans Yacht, also hat sie mich gesucht und auf dem Schiff gefunden, wie ich den Sturm filme. Sie habe nicht geglaubt, dass sie mich sehen könne. Um mir das zu sagen, zieht sie mich beiseite, aber beiseite von was? Wir befinden uns in einem Zwischenraum, zumindest kommt es mir so vor, zwischen dem Meer und etwas, woran ich nicht denken mag …

Fegt mich weg: Ans Schulfenster gekritzelte Worte, damals, als ich dreizehn Jahre alt war, die Buchstaben blass auf dem Glas …

Eine Erinnerung, in der ich gern länger verweilen würde: Vor einer Wand aus Schiffscontainern am Heck küsse ich Geoffrey, seine Hand an meinem Gesicht.

»Ich liebe dich«, flüsterte er, und ich flüsterte ihm die Worte zurück. Ich hatte sie schon früher gesagt, aber mir schien, als hätte ich bis zu diesem Moment gar nicht gewusst, was sie bedeuteten …

Jetzt aber stehen Geoffrey Bell und Felix Mendoza an der Gangwaytreppe im leichten Regen, über ihren Köpfen die orangeroten Kräne des Hafens von Rotterdam. Geoffrey ist unrasiert und hat dunkle Ringe unter den Augen. Dies ist keine Erinnerung.

»Du weißt, das lässt dich schuldig aussehen«, sagt Felix.

»Ich schwöre bei Gott, ich habe keine Ahnung, was mit ihr passiert ist.« Geoffreys Stimme bricht, er schluckt und schließt kurz die Augen, während Felix ihn weiter unverwandt anstarrt. »Aber ich habe Angst, dass man mir einen Mord anhängt, wenn ich bleibe.« Felix nickt, sie geben sich die Hand, dann wendet Geoffrey sich ab und geht im Regen mit hochgezogenen Schultern die Treppe nach unten. Er sieht so einsam aus, so verloren, dass ich wünschte, ich könnte zu ihm, ihn an die Schulter fassen und ihm sagen, dass es mir gut geht, dass ich jetzt in Sicherheit bin und mich nichts mehr verletzen kann, aber da ist eine Wirrnis, eine Ferne, er weicht immer weiter zurück …

Ich bin in einem Hotel, das ich kenne. In Dubai, glaube ich, nur ist es hier nicht wie an den anderen Orten und Erinnerungen, die ich aufgesucht habe. Es kommt mir seltsam unwirklich vor. Ich stehe an einem Springbrunnen in der Lobby.

Ich höre Schritte, und als ich aufblicke, sehe ich Jonathan. Wir sind an irgendeinem Unort, einem Traumort, einem Ort, dessen Details sich ständig ändern. Niemand sonst ist hier. Ich fühle mich realer als anderswo; Jonathan kann mich sehen, das merke ich an seinem überraschten Gesicht, und wir können miteinander reden.

»Hallo, Jonathan.«

»Vincent? Ich hätte dich fast nicht erkannt. Was machst du hier?«

»Bin bloß auf Besuch.«

»Auf Besuch von wo?«

Auf Besuch vom Ozean, hätte ich fast gesagt, werde aber abgelenkt, weil ich meine, gerade Faisal am Fenster vorbeilaufen zu sehen, zusammen mit einer Frau, die mir seltsam bekannt vorkommt – ist das Yvette Bertolli? –, außerdem bin ich genau genommen nicht im Ozean, oder falls doch, bin ich zugleich auch anderswo …

Zeit ist vergangen. Ich drifte durch Erinnerungen. Weil ich Paul höre, wie er zu mir redet, laufe ich durch eine Straße in einer fernen Stadt, in der mein Bruder in einem Hauseingang sitzt, doch als er aufblickt und mich sieht, hat er mir nichts zu sagen; eine Zeit lang bewege ich mich durch Vancouver, gehe durch die Gegend, in der ich mit siebzehn gewohnt habe, wobei *gehen* nicht richtig beschreibt, wie ich mich jetzt bewege; ich suche Mirella und finde sie allein in einer schönen Wohnung, einer Art Loft, in dem sie ihr Handy anstarrt, hochblickt und die Stirn runzelt, mich aber nicht zu sehen scheint …

11

Meine Erinnerung führt mich zurück ins Le Veau d'Or, die Inneneinrichtung rot und gold, und ich höre den mir unliebsamsten Investor über eine Sängerin reden. Nein, nicht über eine Sängerin, über ein Schneeballsystem. »Sie konnte Gelegenheiten einfach nicht ergreifen«, sagte Lenny Xavier und meinte die Sängerin. »Ich hingegen, als ich Ihren Mann kennengelernt und begriffen habe, wie sein Fonds funktioniert? Ich wusste gleich, das ist *die* Gelegenheit, und ich habe sie ergriffen.«

Ich bemerkte Jonathans entsetzten Blick, seine Art, sich beim Reden vorzubeugen, der unbedingte Wunsch, Lenny am Reden zu hindern: »Lenny, jetzt langweile unsere Frauen doch nicht mit Gerede über Investitionen«, und Lennys Grinsen, als er sein Glas hob: »Ich sag ja nur, das in deinem Fonds angelegte Geld rentiert sich besser, als ich es je für möglich gehalten hätte.« Er wusste Bescheid, ich natürlich auch, obwohl ich nicht in alle Einzelheiten eingeweiht war, die Tatsache aber, *dass* es ein Betrugssystem gab, wusste ich, schließlich gab ich damals schon seit Monaten vor,

Jonathans Frau zu sein, nur hatte ich eben entschieden, nichts wissen zu wollen …

12

Ich suche erneut nach Paul und finde ihn in einer Wüste vor einem flachen weißen Gebäude, das in der Dämmerung hell zu schimmern scheint. Er ist gerade vor die Tür getreten und zündet sich mit zittrigen Händen eine Zigarette an. Er blickt auf, sieht mich, lässt die Zigarette fallen und hebt sie wieder auf.

»Du«, sagt er. »Du bist es, nicht? Du bist wirklich hier?«

»Ich weiß nicht, was ich auf deine Fragen antworten soll.«

»Ich habe gerade von dir geredet«, sagt er, »gerade eben während meiner Stunde. Ich habe meinem Berater alles über dich erzählt, was ich noch niemandem gesagt habe.« Ich kann sein Gesicht im Dämmerlicht nicht deutlich erkennen, aber er klingt, als hätte er geweint. »Bevor du wieder gehst, Vincent, würde ich dir gern was sagen.«

»Mir was sagen?«

»Es tut mir leid. All das tut mir leid.«

»Ich war auch eine Diebin«, sage ich ihm, »wir wurden beide dazu verführt«, aber ich sehe ihm an, dass er nicht versteht, nur will ich nicht länger bleiben und es ihm erklären, da ich woanders lieber wäre, also verlasse ich die Wüste, verlasse Paul und kehre den weiten Weg nach Caiette zurück.

Ich bin am Strand unweit der Pier, an der das Postschiff anlegt, und meine Mutter ist dort. Sie sitzt ein wenig abseits auf einem angeschwemmten Holzblock, Hände im Schoß gefaltet, sitzt so ruhig da, als warte sie still auf eine Verabredung. Ihr Haar ist immer noch zu einem Zopf geflochten, sie ist immer noch sechsunddreißig und hat immer noch die rote Strickjacke an, die sie an jenem Tag trug, an dem sie verschwand. Es war ein Unfall, natürlich war es das, sie hätte mich nie absichtlich verlassen. Sie hat so lang auf mich gewartet. Sie ist immer hier gewesen. Das hier war schon immer mein Zuhause. Sie blickt hinaus auf den Ozean, auf die an den Strand schlagenden Wellen, und sie blickt erstaunt auf, als ich ihren Namen sage.

Danksagung

Ich möchte den freundlichen Menschen bei *Lloyd's List* danken, die mir ein Probeabo bewilligten und es mir damit möglich machten, mehr über die Schifffahrt zu erfahren; und ich möchte Rose George für ihr faszinierendes Buch *Ninety Percent of Everything* über die Schifffahrtsindustrie danken. Alle in diesem Buch vorkommenden Figuren sind fiktiv, das beschriebene Finanzvergehen aber beruht auf Bernard L. Madoffs Schneeballsystem, das im Dezember 2008 aufflog. Ich bin zudem zwei ausgezeichneten Büchern über dieses Thema zu Dank verpflichtet: Erin Arvedlunds *Too Good to Be True* und Diana B. Henriques' *The Wizard of Lies*.

Außerdem schulde ich Katherine Fausset Dank, meiner wunderbaren Agentin, und all ihren Kollegen bei Curtis Brown in New York, meinen Herausgeberinnen – Jennifer Jackson, Sophie Jonathan und Jennifer Lambert – sowie ihren Kollegen bei Knopf in New York, Picador in London und Harper-Collins in Toronto, Kanada; Anna Weber und ihren Kollegen bei United Agents in Großbritannien; Lauren Cerand und Kevin Mandel für die Lektüre früherer Fassungen des Romans, und Michelle Jones, damals Kindermädchen meiner Tochter, die so hervorragend auf sie aufgepasst hat, während ich an diesem Buch schrieb.

»Der Roman lässt alle Genres hinter sich und ist ein literarisches Ereignis.«

WDR 1

»Die Grippe war damals wie eine Neutronenbombe auf der Erde explodiert, und es folgte eine Schockwelle – die ersten unsäglichen Jahre, als alle sich auf Wanderschaft begaben, bis den Leuten klar wurde, dass es keinen Ort auf der Welt gab, an dem das Leben so weiterging wie zuvor …«

Zwanzig Jahre nach dem Kollaps der Zivilisation zieht Kirsten mit einer Schauspieltruppe durch die Landschaften einer verwüsteten Welt. Ein Neuanfang scheint endlich möglich. Doch an den Ufern des Lake Michigan erhebt sich eine ungeahnte Gefahr. Ein gewaltbereiter Prophet bedroht die sprießenden Hoffnungen der Überlebenden auf eine sichere Welt.

Emily St. John Mandel

Station Eleven

Roman (ehemals: Das Licht der letzten Tage)

Aus dem Englischen von Wibke Kuhn
Taschenbuch
Auch als E-Book erhältlich
www.ullstein.de

ullstein

Inhalt